U0540097

通識教材：國文叢書211

中國散文卷 2111
中國詩詞卷 2112
中國小說卷 2113
中國戲曲卷 2114
中國哲學卷 2115
中國文學批評卷 2116
應用中文卷 2117
中國古典文學卷 2118
中國現代文學卷 2119
臺灣文學卷 21110
大陸文學卷 21111
港澳文學卷 21112
中國文學綜合卷 21113

應用中文卷

蔡輝振 編撰

天空數位圖書出版

目 錄

007 編者序

009 勉勵篇
　　一、國文對吾人一生的影響 *010*
　　二、文學與人生 *012*

021 第一章　導論
　　第一節　應用文的定義 *023*
　　第二節　應用文的由來與種類 *024*
　　第三節　應用文的價值 *026*
　　第四節　應用文的特性 *029*
　　第五節應用文的撰寫原則 *033*
　　應用練習 *038*

039 第二章　名片與便條
　　第一節　名片與便條概說 *040*
　　第二節　名片與便條的設計 *041*
　　第三節　名片與便條的撰寫原則 *043*
　　第四節　名片與便條範例 *044*
　　應用練習 *046*

047 第三章　自傳與履歷表

第一節　自傳與履歷表概說.................................048
第二節　自傳與履歷表的種類與結構........................050
第三節　自傳與履歷表的撰寫與原則........................055
第四節　自傳與履歷表範例................................057
應用練習..070

071 第四章　書信

第一節　書信概說..073
第二節　書信的種類與結構................................075
第三節　書信的撰寫與原則................................082
第四節　書信的款式與用語................................085
第五節　書信範例..091
應用練習..092

093 第五章　公文

第一節　公文概說..094
第二節　公文的種類與結構................................095
第三節　公文的撰寫與原則................................101
第四節　公文用語共印與簽署之注意事宜....................107
第五節　公文的處理流程..................................109
第六節　公文範例..112
應用練習..124

125 第六章　會議與會議文書

第一節　會議與會議文書概說..................................126
第二節　會議文書種類與撰寫格式..........................128
第三節　會議的程序與注意事項..............................130
第四節　會議文書範例..132
應用練習..140

141 第七章　企劃書

第一節　企劃書概說..142
第二節　企劃書的種類與內容..................................144
第三節　企劃書的綱領與原則..................................154
第四節　企劃書範例..157
應用練習..208

209 第八章　簡報設計與成果報告

第一節　簡報設計與成果報告概說..........................210
第二節　簡報與報告之設計原則與撰寫技巧..........211
第三節　簡報設計與成果報告範例..........................220
應用練習..234

235 第九章　契約書

第一節　契約書概說..236
第二節　契約書的種類形式......................................238
第三節　契約書製作的一般結構與款式..................241
第四節　契約書範例..247
應用練習..252

253 第十章　書狀與單據

第一節　書狀與單據概說.....254
第二節　書狀與單據的種類.....256
第三節　書狀與單據的作法.....258
第四節　書狀與單據範例.....260
應用練習.....280

281 第十一章　規章

第一節　規章概說.....282
第二節　規章的種類與結構.....283
第三節　規章的要領與用語.....285
第四節　規章的制定與原則.....288
第五節　規章範例.....289
應用練習.....296

297 第十二章　啟事

第一節　啟事概說.....298
第二節　啟事的種類與內容.....300
第三節　啟事的結構與注意事項.....303
第四節　啟事範例.....307
應用練習.....312

313 第十三章　電報、傳真與電子郵件

第一節　電報、傳真與電子郵件概說與種類.....314
第二節　電報、傳真與電子郵件的行文原則.....317
第三節　電報、傳真與電子郵件範例.....320
應用練習.....322

323 第十四章　柬帖

第一節　柬帖概說 324
第二節　柬帖的類別與格式 325
第三節　柬帖範例 332
應用練習 340

341 第十五章　慶弔文

第一節　慶弔文概說 342
第二節　慶弔文的種類與結構 343
第三節　慶弔文的作法與用語 347
第四節　慶弔文範例 350
應用練習 358

359 第十六章　題辭與對聯

第一節　題辭與對聯概說 360
第二節　題辭與對聯的種類與格式 361
第三節　題辭與對聯的撰寫技巧 368
第四節　題辭範例與對聯作品欣賞 373
應用練習 388

389 第十七章　論文

第一節　論文概說 390
第二節　論文的種類與結構 391
第三節　論文寫作的技巧與規範 397
第四節　論文範例 404
應用練習 422

編者序

　　大學通識國文課程，已從綜合教材教學改為依老師專長開課，依學生興趣選課的**「大學國文興趣分組選課」**方式。但市場並無專門為依興趣分組選課的國文教材流通，殊為可惜。

　　本叢書之問世，即基於上述之理念，特與國立雲林科技大學漢學研究所、數位典藏中心產學合作，由本人忝為主持人，並由李奕璇、李文心、李珊瑾、陳鈺如、陳慧娟、陳若葳、張怡婷、葉宛筠等研究生協助蒐集資料，並參考蔡輝振等：《應用中文》，（高雄：麗文文化出版社，2009年版）[1]，歷經六年所編撰的成果。當然，人生的第一次難免有所不足，本團隊如有缺失，還望先進指正，研究生蒐集資料如有不慎侵權時請告知，本團隊將立即改正，特此聲明！

　　本叢書依老師的專長，學生的興趣來編撰教材。計有：中國散文卷、中國詩詞卷、中國小說卷、中國戲曲卷、中國哲學卷、中國文學批評卷、應用中文卷、中國古典文學卷、中國現代文學卷、臺灣文學卷、大陸文學卷、港澳文學卷，以及中國文學綜合卷等十三卷叢書，讓授課教師或學生，依其專長、興趣的須要，選擇最適合本身的教材，不假外求。其體例大致以勉勵篇、史蹟篇、賞析篇，以及練習篇來編撰。其中，勉勵篇旨在讓學生知道國文對其一生的重要性，勉勵其用心，進而引發興趣，學習成效自然可成；史蹟篇在於讓學生知道中國各類學術的起源，與其發展的歷史軌跡，並依各類學術發展的主題，以朝代來分期，自先秦以降，一路論述至今，讓學生一窺中國學術之

---

[1] 該書為麗文文化出版社與數位典藏中心的產學合作案，由本人忝為主持人，並聯合中部地區十九所技職院校通識中心的師資共同編撰而成。

浩瀚，而後自詡於生在大哉的文化中國；賞析篇在於呼應史蹟篇之分期，讓學生一睹每一時期的作品，使其對於中國先賢的智慧能真確體認與掌握，並確實反省自身的生命意義與人生價值，以涵養學生的品格與興趣，進而創造美麗幸福的人生；練習篇則在檢視學生習修本課程的成果。唯應用中文卷體例係依教育部新規定所編著而成之新教材，側重於實務應用，盡可能網羅完整的相關資料，是目前應用中文教材中內容最新也最完整之一，可讓授課教師自由選擇。

為配合教育部之政策，讓學生快樂的學習，本公司不惜花費巨資，建置「**天空**數位學習平臺」。該平臺將本叢書全部數位化，並建置教師與學生雙向互動式數位教學模式，以及練習系統、考試系統、題庫資料庫等。對教師而言：將可免除備課與出題考試、閱卷批改的煩惱，課程內容又可標準化，以及廣深化，資料也可隨時統一更新，非常方便省時。對學生而言：趣味性的數位教學，將可引發學習的動機；教材內容的豐富性，將可增進知識的廣博，尤其是課後的輔導，教師與學生之間，隨時可在互動式數位教學平臺上雙向溝通，也可以不受時空限制反覆的學習，尤其是紙版與數位版的教材可相互為用，非常方便。自此而後，我們將可置身在一個人性化、智慧化、便捷化，以及講究視聽覺享受的操作環境，唾手可得所要的資訊。

國立雲林科技大學漢學所教授兼數位典藏中心主任
大學國文分組興趣選課教材叢書編著委員會總編著

蔡輝振　謹識於臺中望日臺
2025.06.19

勉勵篇

一、國文對吾人一生的影響
二、文學與人生

應用中文卷

　　本單元之用意，在於讓學生知道國文對其一生的重要性，勉勵其用心學習，進而引發興趣，國文的教育目的則可成矣！故以下將分國文對吾人一生的影響，以及文學與人生來勉勵諸君。

一、國文對吾人一生的影響

　　國文對大學生而言，除中文系同學外，一般皆認為不是那麼的重要，在他們心目中，專業科目是「生命之必須」，將來就業的飯碗；而國文僅是一門「營養學分」，營養多一點、少一點，並不影響他們的生存，加上其本身較枯燥無味，學生自然意興闌珊，興趣缺缺，這是目前各大專院校同學大致上的普遍現象。

　　學生會主動努力去唸書的科目，主要是建立在兩個基礎上：其一是他認為對其一生有重大的影響，如專業科目，縱是枯燥無味，他們也會強迫自己去讀；其二是本身的興趣（如漫畫、小說類書籍）或他們所喜歡的老師，你就是想禁止他們去讀，恐怕也難。至於他們認為不重要或沒興趣的科目，難免心存應付的態度為之。

　　試問，什麼科目是我們日常生活中，甚至一生當中，最息息相關的呢？專業科目僅在職業上發生作用，平常用的機會並不多。唯有國文如影隨形的相伴，講話也好，寫文章也罷，舉手投足之間無不展現出一個人的氣質水準。我相信，每一位男士或女士，誰都希望能找個談吐文雅，氣質翩翩的伴侶，誰也都不願意跟低俗粗暴的人做朋友。正如俗語所說：「龍交龍，鳳交鳳，隱痀的交侗戇。」什麼樣的人會跟什麼樣的人在一起，物以類聚是很自然的事。所以，一個國文程度好的人，在他的人際關係中，自然會受到較多的青睞，結交異性朋友的機會也會較多，如此便使他的人生旅途更為平順。

　　再者，一個大學畢業生走出校門，能否順利就業，其關鍵往往建立在國文的基礎上。因任何公司行號、金融機構、學校或政府機關的

二、文學與人生

用人，很普遍是透過筆試與口試來篩選人才，尤其是高普考及各種特考等，而國文（論文及公文）即共同的必考科目，有的甚至規定國文不及格者不能晉級參加口試，或直接不予錄取，如司法特考。所以，任你專業知識再豐富，第一關的國文筆試沒能通過也是枉然；進入第二關的口試，也必須藉由國文做為橋樑，適當的遣辭用字，引經據典，方能淋漓盡致地將滿腹專業知識精準地展現出來，國文不好，自難以表達專業知識。

中國清代以前的科舉考試，僅考國文一科而已，因從考生的文章中，便可知學生是否學識淵博，見解是否深入，思想是否正確，智慧是否高超，性格是否正常……等，便可判斷可不可以錄取當官。一個人在就業的筆試或口試中，必須將你的思想、經驗、感情及專業表達出來，而不論是手寫或口說，一定要透過文字來傳遞。如果你的國文造詣深，文字運用能力強，便能占盡優勢，優先錄取，進而改變你的一生。

由此得知，一個人走出校門，踏入社會，能否順利就業，進而開創美麗幸福的人生，其關鍵是在國文的基礎上，雖非必然性，卻有較多數的機會，可見國文對吾人一生影響的重大與深遠。李白是舉世公認才華橫溢的人，然他卻一生潦倒，機會雖曾曇花一現，但終究不得志，只因沒有舞臺的緣故。一個人的才華，須靠舞臺才能展現，而舞臺的獲得，對現今而言，往往是建立在國文的基礎上，願藉此勉勵各位。

二、文學與人生

　　主辦單位、以及在座的諸君們：大家好！

　　今天我能回到久違的故鄉～彰化，與各位鄉親碰面，本人感到非常的高興。彰化！這個令我又恨又愛的地方，多少童年往事，多少辛酸血淚，曾經因妳而發生。也有多少憧憬、多少夢想，曾經為妳而編織。如今呢？雖事隔多年，不管是好是壞，也僅留下一片片，片斷的殘夢，然而我卻始終不能忘懷。於是我將這些殘夢，寄託於筆端，寫下我的感觸，我的哀愁，我的處女作品《雛鴿逃命落溝渠》，便因而得以完成。這時，我突然發覺，長久以來一直積壓在我內心的憤懣、傷感，由此一掃而光，在那一剎之間，我的精神變得非常舒暢、快樂。於是我在書本的自序上寫下這麼一段話：

　　我感謝上帝，賜給我一個不同的環境，也給我一個奮鬥的機會，我將要堅決與命運搏鬥一場。人生猶如一道激流，沒有暗礁是掀不起美麗的浪花，我始終相信有朝一日，我會踏著滿地的落葉歸回。

　　現在，我對於我生長的故鄉，只有感恩沒有怨恨，我甚至慶幸自己能有這樣的一段童年。各位想知道，是什麼原因讓我從怨恨而轉向感恩、熱愛我的故鄉嗎？這便是今天我以「文學與人生」為演講題目的由來。所以今天我不打算用那較為深澀的學術性來演講這個題目，我只想以我個人的親身體驗，來說明從事文學欣賞或創作，可帶給我

二、文學與人生

們快樂無窮的人生,如果我講得好,那是應該;如果我講得不好,那只好請各位見諒囉!以上是我的開場白。

　　接著,在我們要進入主題之前,我們有必要先了解一下什麼是「文學」;什麼是「人生」。基本上,文學這個名詞,曾有很多專家學者為它下過定義,然不管是劉勰在《文心雕龍》上所說的「聖賢書辭,總稱文章。」或是章太炎在《國故論衡》上所說的「文學者,以其有文字著於竹帛,故謂之文;論其法式謂之文學。」抑是美國文學家亨德(T. W. Hunt)所說的:「通過想像、感情以及趣味、具有思想性的文字表現即是文學。」等等,到現在也似乎都沒有定論。但不管怎麼說,人類將其對人生的感觸,運用各種形式如:小說、散文、詩歌等方式表達出來的作品,總在文學的範疇之內這應無疑義。了解這個概念後,對於今天我所要講的題目也就夠了,其他讓專家學者去解決,我們無須傷這個腦筋;而什麼是「人生」呢?記得有一個故事說:

　　有幾個學生問他們的老師蘇格拉底(Socrates,470～399B.C.)說:「什麼是人生?」蘇格拉底帶他們去蘋果園,要大家從果園的這端走到另一端,每人挑選一個自己認為最大的蘋果,並規定不許走回頭路,不許選擇兩次。學生便穿過果園認真挑選自己認為最大的蘋果。等大家到了果園的另一端,蘇格拉底已在那裡等候他們。他笑著問學生說:「你們挑到自己最滿意的蘋果嗎?」大家你看我我看你,都沒有回答。蘇格拉底見狀又問:「怎麼啦!你們對自己的選擇不滿意嗎?」有一個學生請求說:「老師!讓我們再挑選一次吧!因我剛走進果園時,就發現一個很大的蘋果,但我還想找一個更大更好的,當我走到果園盡頭時,才發現第一次看到的就是最大最好的蘋果。」另一個接著說:「我和他恰好相反,我走進果園不久,就摘下一個我認為最大的蘋果,可是後來我又發現了更大的,所以我有點後悔。」「老師,讓我們再選擇一次吧!」其他學生也不約而同地請求。蘇格拉底笑了笑,語重心長的說:「同學們!這就是人生,人生就是一次無法重複的選擇。」

所以，當我們面對無法回頭的人生，我們只能做四件事：第一，鄭重的選擇並努力爭取，不要留下遺憾；第二，有了遺憾就理智面對，並盡力爭取改變；第三，不能改變就勇敢接受，不要後悔繼續往前走；第四，調整心態，因塞翁失馬焉知非福。陳前總統水扁先生，因臺北市長的選舉失利而有機會選上總統，因選上總統而有海角七億的貪瀆，因貪瀆而有牢獄之災，這就是人生。

好！我們現在就正式進入主題，談談為什麼從事文學欣賞或創作，會帶給我們無窮的快樂呢？各位應常聽人家說：「人生不如意事十有八九」，佛家也說：「人生是苦海」。可見我們的生命並不怎麼樣的完美，自然界有月圓月缺，春夏秋冬，而人類有生老病死，悲歡離合，也正因為人生的不完美，才讓我們活著有意義、有價值。各位試想，如果沒有月缺，我們怎麼會知道月圓的美麗，如果沒有冬天寒風的刺骨，我們也無從去體會春天陽光的可愛。我們的人生又何嘗不是如此，沒有離別的悲傷，那來相聚的歡樂？這世界如果真的是那麼完美無缺，我還真不知道我們活著要幹嘛！每天吃、喝、拉，然後等死，這樣的人生有什麼意思！所以名作家魯迅就說：

蓋凡有人類，能具二性：一曰受，二曰作。受者譬如曙日出海，瑤草作華，若非白痴，莫不領會感動；既有領會感動，則一二才士，能使再現，以成新品，是謂之作。

這意思是說，我們人類的創作，來自於對天地萬物的感受，沒有感受也就不會產生創作，所以各位要記住，自然科學甚至是哲學，是用領悟的，文學呢？是用感受的，而人生若是太完美，反而讓人感到空虛，失掉人類存在的價值。我們常聽到歐美先進國家有人自殺，卻少有聽過非洲落後國家的人自殺，只有餓死而已，就是這個道理。了解這一層意義後，我們就可更上一層樓的來談文學欣賞與創作，嘗試從苦澀的咀嚼中，咀出甘味來。各位要知道月圓固然是美，月缺依舊也是美，只不過這是兩種不同的美而已，前者讓人的感覺是一種圓滿

二、文學與人生

的美,而後者讓人的感覺是一種帶有淒淒殘缺的美,卻也最能觸動我們人類的心靈。現在讓我們來欣賞一下南唐後主李煜的《相見歡》:

無言獨上西樓,月如鉤。寂寞梧桐深院鎖清秋。

剪不斷,理還亂,是離愁。別是一般滋味在心頭。

請各位閉一下眼睛,發揮你們的想像力,去試想一下這首詞的情境:「在一座很大的庭院裏,裏面有幾棟樓房,還有幾棵梧桐樹,然後在一個秋風瑟瑟夜深人靜的晚上,有一個孤獨的人帶著落寞神情,登上西樓的陽臺上,若有所思的望著高掛在天空的殘月。」這種情境讓人的感覺自然是一種淒涼的美,但卻也是最能觸動我們人類心靈的跳躍,引發出情感的一種情境。懂得如何去欣賞殘缺的美後,我們自然就可化悲憤為力量,化哀愁為快樂。各位都知道,在我們一生當中,必須常要去面對一些挫折、痛苦,如果你是以哭泣流淚的方式去面對,對事情的解決並沒有任何幫助,畢竟淚填不滿人生的遺恨。如果你是以憤怒、暴力的方式去面對,那也只是徒傷自己的身體而已,甚至因暴力而發生令人終生遺憾的事,對事情的解決也沒有任何幫助。這時,如果你能化悲憤為力量,將挫折、委屈寄託於筆端寫下你的憤懣、你的哀愁,將你的感觸化為美麗的詩篇,當你傾訴於紙張後,你將會發覺心中是多麼的舒暢,多麼的快樂,說不定還能讓你成名,甚至抽不少版稅而致富呢?縱然不是美麗的詩篇,也足以讓我們終生回味,各位試想當我們白髮蒼蒼時,成群兒孫聚集一起,傾聽你話說當年南征北討的英雄事蹟,那是多麼快樂的一件事啊!

再者,各位要知道我們人類的情緒有如一座水庫內的水,經常發脾氣的人,就像水庫經常的放開閘門,讓水庫的水適時放出,如此就不會造成水庫的崩潰,所以喜歡發脾氣的人,通常是發一發脾氣一下子就好了。而不發脾氣的人,就像水庫的水不放出一樣,一直是一點一滴的累積,等到水庫容納不了而使閘門崩潰時,就會一發不可收拾,那種破壞力自然比愛發脾氣的人大得太多了。然而就像俗話所說的:

「一種米養百樣的人」，我們實在很難去控制它，其實也不必去控制，只要將下游的引導溝渠建立好，哪怕再多的水也能引導它流入大海。而引導人類情緒的溝渠是什麼呢？那便是從事文學的創作，我們盡可將我們的喜怒哀樂，毫不憚懼的發洩在紙張上，越是波濤洶湧，越是壯觀，發洩完後所帶給我們的，將是一種成就，一種快樂，不信你們可試試看，我是過來人，深知個中的奧妙。

記得我十八歲時，便因家庭因素而趁著月黑風高，從我家後門偷跑出來，各位想想看，一個十八歲的鄉下土包子，身上僅帶著伍佰元及幾件衣服，跑到一個舉目無親的繁華都市臺北去奮鬥，這其中之挫折與辛酸可想而知，真是寒天飲冰水，點滴在心頭。我曾經撿過同事丟棄在垃圾筒的罐頭起來吃，也曾在三更半夜偷吃房東的飯菜而被逮個正著，但為了活下去，那是無可奈何的事。各位知道嗎？我讀書時的學費是怎麼來的，那是在同學們正興高采烈的歡度假日時，我戴著斗笠在烈日陽光下，將磚塊一塊塊的挑上四樓賺來的。雖然，我面臨的是如此困境，但我內心卻充滿著鬥志，因每當我顧影自憐於坎坷的遭遇時，我便會讀一讀鄭豐喜《汪洋中的一條船》我就會覺得我比鄭先生幸福得太多了，畢竟我有健全的四肢，足以與環境搏鬥。每當我受盡別人的欺凌恥辱時，我會去唸一唸宋代蘇東坡所說的：

古之所謂豪傑之士，必有過人之節，人情有所不能忍者，匹夫見辱，拔劍而起，挺身而鬥，此不足為勇也。天下有大勇者，卒然臨之而不驚，無故加之而不怒，此其所挾持者甚大，而其志甚遠也。

這時我心中的悲憤也會頓然消失而能一笑置之。每當我遭遇挫敗時，我便想起蔣故總統經國先生在《風雨中的寧靜》書中所說的：「為了高尚的目標，甘願歷苦捨生，忍受一切憂傷創痛，來建設永恒的快樂。」如此我便能坦然接受我坎坷的命運。最後我把這段奮鬥的經過，寄託於筆端，寫下我的哀愁，我的辛酸，去參加香港中國文化學會所主辦的全球華人徵文比賽，得了第三名，黃鶯初啼竟然能榜上有名，

二、文學與人生

這心中之喜悅可想而知。從此以後我便喜歡將心裏的感受，不管是喜是悲，讓它跳躍於紙上，慢慢譜成屬於自己的生命之歌。各位知道嗎？那種感覺真是好，沒想到不堪回首的往事，如今竟變成我創作的泉源，我真慶幸上帝給我一個這樣的環境，如果下輩子上帝給我選擇的權利，我想我還是會喜歡今世的我，雖然我過得很辛苦，但我已懂得如何從苦澀的咀嚼中，咀出甘味來，這也就是我在前面會說，故鄉是一個令我又恨又愛的地方的緣故。

　　以上，各位如果能做到的話，那將是打開快樂泉源的閘門，不管是喜是悲，是好是壞，都能讓你的一生，快樂無窮。善用文學它所提供給我們的幻想空間，讓我們的思想可毫無禁忌奔馳於遼闊無際的天空上，任何不可得的事物，在文學中皆可獲得慰藉、滿足。不管你要的是白馬王子、白雪公主，或是王永慶般的財富，皆不成問題，這也就是古人所說的：「書中自有顏如玉，書中自有黃金屋」的樂趣。你甚至可嚐一嚐扮演上帝的滋味，操縱你筆下人物的生死，交代月下老人，亂點他們的鴛鴦譜。也可將你最痛恨的人物，成為你筆下的犧牲品，出出你的悶氣而無傷大雅，這又何其樂哉！

　　至於從事文學的欣賞與創作，可產生哪些功用呢？它的功用很多，不過主要的有下列三點：

第一點、文學可改造社會、淨化人心：

　　國父孫中山先生曾說：「政治之隆污，繫乎人心之振靡。」而我們的人心要如何去提振而去靡，這是非常重要的課題。自古以來，我們的教育方法，無非要我們如何知禮義、懂廉恥，如何克制我們的慾望。問題是這種教育在中國已具有三、五千年的歷史，今天我們的社會變好了沒有？沒有，歹徒公然在縣長公館槍殺桃園縣長劉邦友，彭婉如的命案至今還未破獲，以及藝人白冰冰女兒白曉燕被擄人勒贖案等等，層出不窮的暴力事件，我們彷彿活在野蠻的社會中。以前總是有人把這些罪過推給所謂的「饑寒起盜心」，人們為了活下去那是可

理解的。而今呢？臺灣這麼富裕，外匯存底位居世界前茅，但我們的社會為什麼還是這麼亂？可見我們的教育方法並不正確。各位回憶一下先秦時代大禹父子治水的故事，大禹父親「鯀」，他治水方法是用「堵」的方式，雖歷經九年的漫長歲月，洪水依舊沒有消退。而禹治水方法是用「導」的方式，將洪水引入大海，終於平息了洪水氾濫。各位想想看，我們的教育要我們克制慾望，這個也禁止，那個也不行，什麼非禮勿聽，非禮勿視，但一個高挑的美女，穿著迷你裙從我們眼前輕盈的飄過，教我們如何不多看她幾眼呢？這種教育與鯀的治水方法有何不同。所以人類的情感慾望是不能用堵的，要引導它得到正常的發洩，要讓他們懂得如何以藝術眼光來欣賞這位女孩的美，進而讚嘆上帝的傑作。誠如名詩人朱湘所說的：

　　人類的情感好像一股山泉，要有一條正當的出路給它，那時候它便會流為一道灌溉田畝的江河，有益於生命，或是匯為一座氣象萬千的湖澤，點綴著風景；否則奔放潰決，它便成了洪水為災，或是積滯腐朽，它便成了蚊蚋、瘴癘、汙穢、醜惡的貯藏所。

　　而這條出路便是從事文學的欣賞與創作。我舉一個例子來說明，每個人雖然都有情緒，但發洩的方法卻各自不相同，農人發洩情緒，大概就是三字經滿天飛，嚴重者充其量也只是打打架而已。地痞流氓發洩情緒，不是白刀進去紅刀出來，就是到警察局開它幾槍示威。而文藝家發洩情緒，大都表現在作品上，即使在罵人也是冷嘲熱諷，罵得非常斯文。簡單的說，我們的社會若從事文學欣賞與創作的人愈多，社會就愈祥和，就愈能造就一股風氣，進而帶動社會向前邁進，建立一個良性互動的社會環境，從而達到改造社會淨化人心的目的，這也就是俗語所說的：「喜歡文學的小孩，不會變壞」的原因。

第二點、文學可擴大我們的體驗，增長我們的見聞，提昇我們的

二、文學與人生

生存能力：

前中央研究院院長吳大猷曾說：「識越深，觸角就愈廣。」各位要知道，一個人對於外界的體驗是非常有限的，不要說那種像驢子轉磨般的農民，他們終生只是黏附在那幾畝有限的土地上，日出而作，日入而息。就是拿那些閱歷最廣的人來說，他們所經歷的社會各相，比起社會的全相而言，也僅是九牛一毛而已，這說明我們人類要以有限的生命去經歷那無限事物的不可能性。當然，也沒有這個必要凡事皆須親身經歷，我們可從文學上吸取前人的各種經驗，以作為我們的知識，進而引為處事的借鏡，使我們成為先知先覺的第一種人，能拿別人的經驗來做為自己的經驗而不須付出代價。千萬不要去做那後知後覺的第二種人，凡事皆要付出代價才能獲得教訓，各位要記住這種代價有時是非常慘痛的，會造成你終生遺憾。當然，更不能去當不知不覺的第三種人，經驗後仍不知引為借鏡，一直在做錯誤的嘗試，那種代價之高就可想而知。所以我們如果能當第一種人，培養出對文學的愛好，便能從文學中吸取前人那對人生豐富體驗的總和，擴大了我們的觸角，增長了我們的知識，相對的也提昇了我們生存的能力，足以去應付各種環境的挑戰。

第三點、文學可變化我們的氣質，充實我們的人生：

在大體上而言，每個人都有每個人的氣質，每一類的人也都有每一類的氣質。基本上，軍人有軍人的氣質，文人有文人的氣質，地皮流氓或殺豬的也都有他們的樣子，這個樣子就是我所說的氣質，我們一看即大致可分辨出來。各位不妨看一看你四周的朋友，大概也知道哪些是學生，哪些是教師，或從事其他工作的人。當然，如果我們還要細分的話，還可從每一類中再加以區分，如教師這一類，體育老師就有體育老師的樣子，文科老師就有文科老師的樣子。如果你的觀察能力很強的話，你甚至連哪位老師較有文學修養，哪位老師的脾氣不好等，也都可大致上分辨出來。各位若不相信，我們現在請主辦人瞿

毅老師站起來，面向大家，各位總不會把他看成是殺豬的吧！所以說，一個人氣質的表現，來自於其所經歷環境的總和，也就是說一個人的氣質深受其置身環境的影響。因此，如果我們能培養出對文學的愛好，自然可變化我們的氣質。

再者，文學還可提供一個消愁遣悶的好去處，進而規劃我們的生涯，充實我們的人生。德國哲學家叔本華曾說：「苦是人類的本份。」意思即說明了在我們的一生當中，會有許許多多的愁苦，而這種愁苦煩悶如都蘊結在我們的心中，它最是傷害身體。這時，如果你能讀一讀法國作家雨果的《悲慘世界》（LsMiserables），或是鄭豐喜《汪洋中的一條船》，你將會從埋怨上帝轉而變成慶幸自己。當然，如果你悶得發慌時，你也不妨看一看魯迅的小說《阿Q正傳》或《離婚》等，你將會從你的嘴角邊露出會心的微笑，在百般無聊中得到慰藉，尤其是在退休後那種空虛的日子裏。各位只要留心一下你四周的親朋好友，你就會發現很多人一旦退休下來，便會頓時失去依憑，整日無所事事，煩悶得很，不是生病就是性情大變。如果他們能夠培養出對文學的愛好，就像瞿老師一樣，雖已退休了，但仍熱衷於文學，辦雜誌及各種文藝活動，使他忙得不亦樂乎，生命也更為充實精彩。

據上，我們都知道從事文學的欣賞與創作，不僅能帶給我們個人無窮的快樂，充實我們的人生外，更能建立一個良性互動的祥和社會，真可謂有百利而無一害的事情。如果各位現在就開始培養對文學的興趣，就有如打開了快樂泉源的閘門，你的一生將會過得快樂無限，這就是文學的人生。

好！今天就講到此結束，請各位賢達多多賜教，謝謝！再見！

第一章　導論

應用中文卷

　　文章的文體，大致可分為：記敘文、抒情文、論說文，以及應用文等。其中之應用文，又名實用文，是個人或機關、團體相互間，因公因私往來而使用之各種特定的文字格式，是種應用於日常生活，並有特定目的的文類，是人際相互溝通時，非常重要的載體。它的創始和使用，可以追溯到上古時期。隨著時間的推移，越是步入現代社會，應用文不但不被淘汰或落伍，反而日新又新，越發顯現其重要性。它的應用範圍很廣，諸如：便條、柬帖、啟事、廣告、電報、書信、對聯、題辭、契約、e-mail、自傳、佈告等皆是。

　　高考、普考、特考等國家考試，公文是必考項目。許多大專校院早已將應用文規定為必修課程，受到重視的情況，絲毫不亞於大學國文選。為了應考，學生必須熟練公文作業；為了交朋友，要能在書信當中展現才華；為了租屋，必須與房東簽署相關契約書；為了爭取權益，或身受委屈時，要有能力寫相關的說明書；學成就業之後，必須會寫簡要的報告書、請假單之類；中、高階的上班族，更是人人皆須撰寫公文；至於管理階層，雖然不必親自撰寫公文，往往由秘書或助理代筆，但身為主管，一定要有能力修改屬下所擬的公文。應用文的重要性由此可見一斑，可說是現代國民必備的學養。

　　應用文非常重視實作，好比游泳課程，吸收知識、學習理論固然重要，但畢竟要以學會實際下水游泳才算成功。應用文課程的內容非徒不算高深或艱澀，反而是淺白通用的、演練人情世故的、貼近日常生活的實用教材。如果能按照步驟、掌握要領，勤加練習，那麼假以時日，一定不難成為個中高手。以下將分成：應用文的定義、應用文的由來與種類、應用文的價值、應用文的特性，以及應用文的撰寫原則等五個單元，逐一解說。

第一章 導論

第一節 應用文的定義

　　有人認為既然文字可以表意，因此凡是作者寫出任何詩詞文章，哪怕是個人吟風詠月、怡情悅性之作，都已經足以抒寫心聲，並且把心中的想法傳達給別人，也就是說，任何詩詞文章都含有「應用」的實質。依照這樣的定義，古代的《周易》、《尚書》、《詩經》、《左傳》都算是應用文；但上述這樣的說法，是屬於廣義的應用文，在目前分工精細的科技社會，我們應採用較為嚴謹的狹義應用文定義：意即「所謂應用文，是指人與人之間，或人與機關之間，或機關與機關之間為了互相溝通而製作特定形式的文書，而為社會大眾所共同信守、共同使用者。」

　　本書所稱「應用文」，指的正是這種狹義的應用文。一般所謂「文學作品」，泛指經過組織的文字，文人的詩文，無論是記敘、論說、抒情的體裁，可能只是用以自表心聲，並沒有和他人相互溝通的意圖或行為，所以不被視為應用文。例如有人將《詩經‧豳風‧七月》抄寫一遍，寄給友人，雖然有「相互往來」的事實，但它並不屬於應用文。相反的，如果有溝通的用途，即使是詩或詞，也算是應用文。

　　應用文有其特殊屬性，其撰寫及格式也有一定規矩，絕非天馬行空、不著邊際、無實用特質的文章。若不知應用文的定義及格式而信手塗寫，難免會寫出被視為非鴉非鳳，不成體統的東西。例如國家考試中，有些考生國文科的作文非常傑出，但公文的部分卻得了零分，因為那些考生竟然不知道公文為何物，整篇以書信的格式書寫。

第二節　應用文的由來與種類

　　上古時代未有文字，人類先有結繩記事，後以圖畫、符號記載事物，表達情意，這是應用文的胚胎期。

　　文字發明之後，應用文隨之誕生。刻在器物上的，有甲骨刻辭及鐘鼎銘文，粗具單調的應用文形式。《尚書》中有典、謨、訓、誥、誓、命等文體，顯示當時已有多樣體製的公文書。《周禮・天官冢宰》：「宰夫之職，掌治朝之法，以正王及三公六卿大夫群吏之位。掌其禁令，敘群吏之治，以待賓客之令，諸臣之復，萬民之逆，掌百官府之徵令。……六曰史，掌官書以贊治。」由此可知，上古時期已有專管公務文書的職官。

　　魏曹丕《典論・論文》將文體分為奏議、書論、銘誄、詩賦四類。晉陸機〈文賦〉分文體為詩、賦、碑、誄、銘、箴、頌、論、奏、說等十類，其中已有多種應用文。南朝劉勰《文心雕龍》也有詔策、檄移、章表、奏啟、議對、書記、誄碑、哀弔……等，也是應用文。蕭統《昭明文選》三十八類選文中，獻詩、公讌、祖餞、贈答、挽歌、詔冊、令、教、表、上書、啟、彈事、牋、奏記、書、序、檄、銘、誄、哀、碑文、墓誌、弔文、祭文……等二十餘類都是應用文。清朝姚鼐輯《古文辭類纂》、曾國藩輯《經史百家雜鈔》，當中也收羅許多名目細碎的應用文格式。

　　民國成立，南京臨時政府頒布〈公文程式條例〉，規定公文七種體裁：令、呈、示、咨、批、公函、狀，廢止清代所使用的應用文形式及名目。民國八年五四運動以來，落實白話文運動，也使公文的行文用語起了重大的改變。現行的公文體裁，是幾經修訂的結果，共分為：令、呈、咨、函、公告及其他公文。

　　隨著文明快速進步，邁入e化新世代，全新的複雜的人際關係和事

第一章　導　論

物不斷湧現，應用文的類別跟著日漸增多。在迅速、精確、簡潔、效率等條件要求下，今人所慣於使用的應用文，早已不是只將古代的各類名目照單全收，其中有所歸並簡化，也有所創新，使得應用文的細目分類更切合實用，內涵大大地擴充，效率也有顯著的提升。簡化的部分，讓人感受到執簡馭繁的方便；創新的部分，使今人更容易面對當前日新月異的新社會，迎接更多新的的挑戰。本書將應用文分為十七項：

一、名片與便條

二、自傳與履歷表

三、書信

四、公文

五、會議與會議文書

六、企劃書

七、簡報設計與成果報告

八、契約書

九、書狀與字據

十、規章

十一、啟事

十二、傳真與電子郵件

十三、柬帖

十四、慶弔文

十五、題辭與對聯

十六、論文

　　針對以上十六項，本書將分章探討，雖然未必每個人每一類都會用到，但讀者仍有必要對各項類型有所知曉。人人書架上都應該備有應用文資料，它是工具書，隨時可查閱，以求適用；當然，若法令有所更新，資料也必須跟著更新。

第三節　應用文的價值

古代文人十分講究文章的怡情和載道功能，甚至對於師承門派、文筆章法、風格特色等等，都有詳實而綿密的考究，儼然視為學術之正宗。至於專門用以溝通人際關係的應用文書，並沒有得到該有的重視。一方面是因為格式固定，缺乏個人特色，另一方面是其內容多半是辦理或溝通公務的文書，性靈不足、境界不高。

俗話說：「各人吃飯各人飽，各人生死各人了」，強調個體的獨立性，一切都由個體打理自己，顯然這種精神不適合應用文的存在和發展。現實社會和人生不容個人離群而索居，晉朝陶淵明的〈歸去來辭〉：「請息交以絕遊，世與我而相遺，復駕言兮焉求？」乍看之下，以為陶淵明是過著獨來獨往的生活，可是他並非杜門謝客，和別人「老死不相往來」。事實上，自從陶淵明離開官場，返歸家園之後，他轉而利用農暇和親戚好友熱絡交往，四處遊山玩水。因此，既然不能離群索居，為了面對現實生活的種種事務，人人都應該知曉應用文。

鑑於公務人員必須具備熟習撰寫公文的能力，國家考試的國文科目中有一定比重的公文題目。通曉應用文，不僅可以使辦事效率大幅提高，而且可以促進人己的情誼，也可以避免無意中對人失禮或處事不當而獲罪。不只是在公、私機關擔任祕書、文書工作的人須要通曉應用文，即使是市井小民，要向某人或某機關有所陳述、聯繫、溝通時，也必須使用應用文體式，應用文的重要性不言可喻。有關應用文的價值，粗略可分為以下七項：

一、政府組織，以備體制：

政府或機關推行政令或辦理各項業務，民眾與機關之間也有密切的溝通、協調的情形，這都有賴公文作業系統。唯有官民共同熟習這套系統，才成其為完備的政府或組織。因此行政院公布「公文程式條

第一章 導論

例」，使全國各機關的公文形式統一，藉由這套形式，可以順利溝通，完成業務，解決問題；健全的國家體制賴以維繫，可見其重要性。

二、**處理事務，方便有效**：

應用文，無論是柬帖、契約、規章、名片、題辭、公文、書狀、字據、啟事，大多有其固定格式，易學易用，使用者不分階級，面對日常各種不同的情況，無論是描寫、記錄、贈予、規劃、商議、執行，人們各自選取適合的應用文格式表達其情志。即使沒有擔任公職，只是日常過著居家生活的國民，也可能面臨村、里民大會，須要了解會議的過程及提案、表決的性質等等。因此，應用文是人與人交際溝通時，讓大家感到方便有效的文體，是處理日常事務的重要工具。

三、**信而有據，避免紛爭**：

舉凡公文、契約、票據、聘函、同意書、協議書……等，不僅必須形諸紙面，而且還要加蓋印信。任何會議文書、規章，條列陳述，經由討論、決議，公布施行之後，即可供人信守，一體適用，避免紛爭。這是就法律面而言，所謂白紙黑字，信而有據，是應用文的一大特點。例如某人在社會上出示畢業證書求職，徵才單位的人事部門都會對於該紙畢業證書做查證的工作。某人一旦接受某單位的聘書，在聘任的期限內，他的工作權受到法律的保障。

四、**促進溝通，加強情誼**：

人與人之間，若有良好的情誼、和諧的關係，事務的推展才會順利。反之，惡劣的人際關係將造成事事受阻的現象，足以讓美事廢毀，或事倍功半；若事關公務，其蒙受惡果的人，往往不是辦事的當事人，而是普羅大眾。陸游〈晚秋農家〉詩：「老來萬事懶，不獨廢應酬。」由此可以反證「應酬」被視為重要活動，陸游在年輕時期是常有應酬的。今日社會比傳統農業社會更須要講究人際關係，若能適時送出柬帖、名片，可以廣交朋友。有些人無暇親自參與婚、喪、喜、慶、弔、

祭等場合，如果善用慶賀文、祭弔文、題辭、對聯、書信等表達情志，以作品替代本人的交際酬酢，也可以發揮促進和諧的作用。試觀地方有名望的人過世了，各黨派的題辭紛紛寄達，這些題辭所發揮強大的「解冤釋結」的作用，是難以想像和評估的。

五、自我表達，推薦行銷：

求職的時候，繳交自傳、履歷往往是個開端。聰明的人將其視為自我表白、展現實力的大好時機。自己的成長歷程、人格特質如何？有什麼特殊才能？曾有哪些輝煌的紀錄和成就？最景仰哪些人物？未來的奮鬥目標如何？在這裡，應用文的確曾經幫助不少人因此斬將搴旗，順利勝出，找到心目中理想的工作。此外，書寫對聯、書信、慶弔文，也都可以展現才華，間接推介自己。至於企劃書方面，例如：展演活動、競賽選拔、形象包裝等，是機關團體自我廣告的重要方法，能增加曝光率、打響知名度，對於拓展業務也有莫大的幫助。

六、修德勵志，有益社會教育：

個人書信可以勉人勵志，進行人格教育，例如東漢馬援〈戒兄子嚴敦書〉、明朝王守仁〈答友人書〉、明末魏禧〈答李作謀書〉、清朝曾國藩〈答黃麓溪〉、〈與鮑春霆書〉。廟宇中的題辭或楹聯，往往表彰許多古代忠孝節義的事跡，信眾除了頂禮膜拜神明之外，也順便對於那些忠孝節義故事重新思索，一股景仰的情緒油然而生，這也有促進社會教育的功能。

七、鼓勵研發，促進創新：

今日工商業社會，競爭十分激烈，各項事業的規畫、研發、執行、行銷、考核、宣傳都強調科學及效率。企劃書、簡報、成果報告等新的應用文類型正紛紛出現。這些新文體，配合科技和效率的原則理念，帶動了產業、產品或行銷手法的創新和進化。

第一章 導論

第四節　應用文的特性

一、實用性：

（一）有特定的目的：

任何應用文，都是為了達成某種實用目的，為了達成相互溝通的意圖而寫。自傳、履歷、名片表是在特定場合，為了讓別人了解自己。書信、便條、對聯、電報傳真與簡訊電子郵件，可以達成溝通情志的目的。公文可以解決與公眾規章相關的事務。會議與會議文書可達成集思廣益的目的。企劃書、簡報設計、成果報告、與論文可達成開發、研究與創新等目的。契約書、書狀與字據、規章、啟事能達成堅定證據與彼此信守的目的。柬帖、慶弔文、題辭可表達彼此關懷的目的。而一般文章，則可以沒有特定目的，自由揮灑。

（二）有特定的對象：

應用文必定有特定的對象，才有溝通必要和意義。這裡所說的對象，可能是個人，可能是群體，也可能是機關。沒有對象，應用文就失去溝通的意義。至於名勝古蹟常有人創作題辭或對聯作品，有的刻在石碑、山壁，有的刻成楹聯，其作者的溝通對象，是社會大眾，尤其是遊客或回顧歷史的人。至於漫無對象的文章作品，並不屬於應用文。

（三）有特定的範圍：

普通文章，可以天南地北盡情地抒寫，可以大談人神靈異、魑魅魍魎，恣意揮灑，也許作者能夠得到「文學家」的稱號，但這類作品並不屬於應用文。應用文的寫作，無論時間、空間，或事件，都有一定限度的範圍。是為了切合實用的事情，為了達成某一目標，或處理某一問題而寫。

（四）有特定的格式及作業流程：

為了達到溝通的效果，以及考量溝通的便利性、適切性，各種應用文都依照它的性質，各自發展出一套大家共同信守的格式。只要接受過公文寫作訓練，不分東西南北，寫出來的公文格式都是一致的。書信方面，從稱謂、問候、主體內容，結尾祝福及題名、年月日，有其一定的程序章法。信函投遞的方式不同，其信封書寫方式也跟著不同。

（五）有特定的語法：

應用文有其特有的語法，必須注重禮貌，用字須依照身分，謹守分際；無論是有所請示、擬訂方案、批示可否，都必須拿捏適當的用語，勿庸別出心裁。至於公文中的稱謂語、起首語、引述語、經辦語、准駁語、法律用字等，都有定式，必須遵用政府所公布的規範。至於題辭、書狀、契約書，所採行的特殊用語，是前賢經過千錘百鍊之後的智慧結晶，含有縝密的思考及典雅的修飾，更值得後人珍惜保存。

二、多樣性：

應用文應根據事實須要，設計出多樣的寫作格式，好比餐廳有多種套餐，才足以滿足多樣顧客的須求。又好比服裝多樣，才足以應付各種不同的場合。應用文，有的供求職之用，有的供認識彼此之用，有的磋商私事，有的辦理公務，有的證明身分，有的為事件存證，有的彼此賀喜，有的告哀慰藉……不一而足。就以公文為例，可以細分為：令、呈、咨、函、公告、書函、表格化公文、簽、通告、通知、證明書、手諭、報告、電及代電等，以因應各種不同的職級或場合。

三、傳統性：

《論語·八佾》：「子貢欲去告朔之餼羊。子曰：『賜也，爾愛其羊，我愛其禮。』」孔子所珍惜是一種美好傳統，值得我們繼續努力，加以保存。應用文中蘊藏許多古代生活習性或先人智慧的結晶，以書信用

第一章　導　論

語為例，信封上的書寫行數，有所謂「三凶、四吉、五平安」的規範，那是一種體貼的設計，能讓收信者在打開信封之前，心裡先有個準備；如果是報告壞消息，才不會讓收信者突然受到無法承受的打擊。書信和公文之中，有所謂「抬頭」以表禮貌的格式。書信提稱語，有「膝下」、「尊前」、「鈞鑒」、「足下」、「閣下」等用語，又有「家姊」、「舍妹」等稱謂方面的用語規定。

再以婚禮為例，中國從周朝開始實施「六禮」婚制，儘管現代是自由戀愛的社會，但即將結婚的當事人仍大多會找一個親戚或朋友充當「便媒人」，然後進行合八字、送禮、訂婚儀式、印製喜帖、親迎之禮、歸寧等程序，而這類程序往往伴隨著相關的應用文書，出現在生活中。以上種種都顯示古人許多傳統思想或習性，被現代人藉由應用文承襲下來，活用於今人的生活之中。

四、趨時性：

應用文是隨時合用的形式文體，不代表某種是非，它只是約定俗成或符合時代須求所做的規定。例如清朝有清朝的公文格式，民國初年則有新格式，現在又有改革後的格式。以前規定公文必須直式書寫，現在已改為橫式書寫，以利與國際接軌。以前的公文格式，只有包含：發文機關、文別、日期、字號、主旨、說明、辦法、署名蓋章，現在為了因應更為複雜的人事社會以及便於追蹤查核，公文呈現的項目多出不少，例如：地址、傳真、承辦人、電話、E-mail、速別、密等及解密條件或保密期限、附件、正本、副本，此外，還必須貼上辨識條碼；這些新的項目，在在顯示公文的趨時性。在題辭方面，古人可能用「百子千孫」相祝福，但現代已無人使用該句題辭。應用文既是與時俱新的文體，自不宜墨守成規，頑固不化。

五、道德性：

中國自古以來就十分注重溫良恭儉讓的人格，追求淳樸的民風，一旦反映在應用文上面，白紙黑字明確寫定，令人務得慎重其事：題

辭用以送人，大都為正面表述，鮮有輕佻、謾罵、攻訐的用語。慶賀文亦是如此，祝福、祝壽，總是極盡歌頌祈求之能事。弔祭文章，對於往生者更是一掃前愆，誇其善行，不計較往生者的子女表現如何，總是在祭文上寫著：「壽終正寢，子女隨侍在側」。這種場合，重點不在追究、查明真相，而是為了以道德勉勵、教育世人。

六、倫理性：

應用文將倫理觀念自然融入文筆之中，例如行政院、考試院、司法院給總統的公文文別應該用「呈」；稱長官為「鈞長」、「鈞座」，稱別人的學校為「貴校」，稱呼沒有隸屬關係的較高級機關，必須冠以「大」字；屬下對於長官，自稱「職」，而且必須縮小字體；致函上級機關，不可用「希」字，而應使用「請」字；寫信給昔日長官，應該自稱「舊屬」。公文、書信中，提到對方，必須空一格（挪抬）[1]，以表尊敬。因此，為社會倫理把關，應用文的貢獻實在不小。

七、文化性：

應用文所反映出的，例如婚喪喜慶等禮俗的繁簡、人際溝通的方式、人情的厚薄、政府的辦事效率以及廉潔與否、工商業的水準、文明化的程度、文章體裁的形式等等，幾乎可以說：從應用文可以看出一個國家社會的文化總體表現。

以喪禮為例，臺灣人在訃聞上面，大多密密麻麻地按照輩分排列宗親家族的姓名，從伯公、祖父、叔公、姑婆……一路考證下來，在印製訃聞之先，即使對於根本不認識的家族成員姓名，（尤其是他們的後代子孫姓名），也必須辛苦查尋，生怕漏列而得罪族人；即使已經盡了全力，還擔心萬一有所閃失，因此末尾必須加上一個括號，寫著：「族繁不及備載」；這個現象正反映好禮的文化特質。

---

[1] 行政院復於民國 104 年 3 月 25 日院臺綜字第 1040127907 號函文各機關，即日起所有公文書均不再使用「挪抬」。

第一章 導 論

八、前瞻性：

　　現代社會中，企劃書、簡報等應用文類型蓬勃興起，這是應用文的前瞻性。社會必須進步，工商業必須有創意，企劃書是負責向前推進的一大動力。唯有不斷研發、企劃、研究，才是活力與進步的保證。企劃書、簡報，因其與現代人工作密切結合，成為應用文領域裡極為重要的新類型。

第五節　應用文的撰寫原則

　　為了應用的須要，平日便應學習應用文，臨到使用關頭才有辦法駕輕就熟，而免於手足無所措。既是與他人以文書方式往來溝通，不可不知規矩，也不可掉以輕心。一紙公文，可能發揮雷霆萬鈞之力。如果發出不當的應用文，其應也若響，不知會造成多大的損傷。例如嵇康之死，難道和他寫的〈與山巨源絕交書〉無關嗎？如果努力研習應用文，依照規範去處理文書事務，或是面對社會百態，當能輕鬆面對，綽有餘裕。

　　有關應用文的撰寫原則，約有下列十項：

一、正心誠意，態度謙沖：

　　應用文主要用於與人溝通而達成某種目標，得到他人的信賴是非常重要的。要怎樣才能建立起人與人之間的互信呢？首先，撰寫應用文的人應該具備誠懇的心，所謂：「桃李不言，下自成蹊」，人也是這樣，不必透過自吹自捧、宣傳廣告的手段，就能得到眾人的信賴，就在於有「誠」的實質。古語說：「不誠無物」，可見「誠」的重要性。

　　就人與人相處的經驗法則而言，能言善辯，不如真心誠意。寫作應用文，首先，態度宜誠懇謙和、表裡如一、表白恰如其分。即使意見與人不同，也必須固守「有理不在高聲，遣詞始終溫文」的信念，

不可有粗暴謾罵等情事。張瑞濱說：「諸葛亮〈出師表〉及李密〈陳情表〉，都是應用文，其所以感人肺腑，扣人心弦，原因在於至誠貫穿全篇。韓愈〈祭十二郎文〉及袁枚〈祭妹文〉，亦屬應用文，其所以動人心弦，使讀者為之泣下，就是在於其真摯之情，溢貫全篇。」[2]

二、明白立場，適當遣詞：

撰寫應用文，必先明白立場，而後寫作時才能懂得如何使用適當的語彙和格式。首先弄明白，到底是懇求，或是答覆？是請示，或是糾正？是賜予，或是追討？是告幸，或是自愧？各種不同的立場，將影響到語氣、修辭的不同。

三、認清對象，確認彼此關係：

撰寫應用文，必須認清對象，確認彼此關係。例如訂立契約，其用語若有參差，往往會影響契約之認定與效力。撰寫書信，為了表達禮貌，對長輩、平輩、晚輩，用語有所不同；例如提稱語，對長輩使用「尊前、賜鑑、崇鑑……」；對平輩用「臺鑑、大鑑、惠鑑……」；對晚輩使用「青鑑、青覽、收覽……」。書信的結尾敬辭，對長輩用「肅此、謹此……」；對平輩用「耑此，特此……」，如果使用不當，恐怕在無意中造成失禮和冒犯。又如公文分為上行文、平行文、下行文，用辭必須恰當。題辭的對象，是何種行業，年齡如何？性別為何？……按照實際情況，選用最適當的用語，才可以中節合度，不失禮儀，達成預訂的目標。

撰寫應用文時，即使已經確定彼此長幼關係，但必須注意有一特殊習慣，所謂「晚輩」不妨看成「有血統關係」的晚輩才算晚輩，否則一律視之為平輩。因為聞道有先後，術業有專攻，有些人雖然年長，卻屈居卑職，有人雖然年輕，卻職居高位。試想，某一位五十歲的工友寫信給他三十歲的董事長，可以使用長輩對晚輩的用語嗎？顯然是

---

2. 張瑞濱：《現代應用文》，（臺北，智勝文化出版社），頁 20。

第一章 導論

不妥的,因此,除非是血統上的晚輩,否則寫信給比自己年輕的人,宜使用平輩用語。此外,老師寫信給自己的學生,習慣上稱呼他「賢棣」,但學生卻不可以因為老師如此稱呼,便從此改稱老師為「仁兄」。

四、斟酌體裁及事實,適切表達:

　　寫作應用文,就整體原則而言,下筆應該不卑不亢,適切拿捏分寸。雖然大致上有其固定格式,但仍須審度情況,斟酌用語,相體裁衣,隨機應變,做出適切的表達。同時應注意不得向壁捏造,憑空杜撰,否則偽造公務文書將負刑責,私人書牘也將有失誠信。書牘方面,貴其文理昭暢,抒情雅正,匠心獨運,擲地金聲。公文方面,貴在文從字順,井井有條,內容完整,明白曉暢。柬帖內容宜簡要明瞭而莊重。題辭以精確而富於內涵的四字達意。對聯除了溝通達意之外,兼有顯露才華的作用,雖然對聯字數不一,有的長對,有的短對,但其詞性對仗必須工整,音韻也須講究,內涵更是不可或缺,具備以上幾個條件,才堪稱上品。撰寫契約,不妨參考舊章,參照前人經年累月考驗之後的成果加以修改。同時書寫的過程不標榜所謂「落紙如飛,不假思索,援筆立就」,而是要深思熟慮,面面俱到,字斟字酌,精確推敲,寫出絲毫不苟,四平八穩的內容。

　　履歷自傳,貴其情見乎詞,斐然成章,不宜自猥樗櫟庸材。既要顯露人品高尚,才藝超群,卻又態度謙沖而溫文;尤須表白其專心致志、努力不懈,吃苦耐勞,敬業樂群的精神,而且蘊含豐沛的發展潛力。撰寫行狀,敘述死者生平行誼及爵里,生卒年月,不宜諂媚浮泛,有過失則適度寬宥,有美善則如實表揚。撰寫規章,自宜展現公開公平公正、開誠布公的精神,思慮周到,注重條理。

五、遵從格式,不背禮俗:

　　每個環境各自有其特殊的歷史背景、生活習性和價值觀,生活在該環境中,應該對其風俗展現尊重的態度,才不致在人際關係上產生

牴牾或衝突的現象，這就是所謂「入境隨俗」。在應用文格式方面，也必須遵從格式，不背禮俗。題辭雖僅四字，其力萬鈞，若用辭不當或狎謔不莊，恐怕大損情誼。例如褒美好事，不宜使用「罄竹難書」等。又如在一夫一妻制的現代時空裡，「小星有耀」、「櫻桃樊素」等賀人納妾的題辭，早已因為違反禮俗而消聲匿跡。又如寫作慶弔文，切莫我行我素，不顧禮俗，放任不羈，恣意馳騁，以致寫出憂樂反常，悲喜顛倒的作品。撰寫書信，應注意行款，遵照格式，以示敬意。使用「家大、舍小、令人家、賢他人、愚自己」的稱呼。

　　時下年輕人寫信，多不習慣使用傳統書信格式－－從「稱謂」、「提稱語」、「啟事敬辭」、「開頭應酬語」、「書牘主體」、「結尾應酬語」、「結尾敬辭」、「署名敬禮」、「年月日」一路寫下來，時下已經很少人能寫出古雅的書信，更不能因為自己能力學養不足而責怪書牘格式繁複。唯話雖如此，不容否認的，擺脫傳統書信格式，的確可以轉變成令人耳目一新、富於活潑朝氣的現代書信；可是在與長輩寫信，或是面臨求職競爭的場合，傳統書信格式仍可能是使人得以脫穎而出的秘密武器。寫或不寫是一回事，每個人都須具備閱讀和理解的能力才是重要。

六、文字簡淺明確，不宜艱澀模稜：

　　由於時代的變化，現在多數民眾只能接受淺白明確的應用文。雖然文學是知識份子的基本修養，但撰寫應用文如果使用詰屈聱牙，古奧難懂的筆法；或好用典故，高弔書袋，隱晦曲折，令人不知所云；拖泥帶水，繁蕪而不知剪裁，造成如《顏氏家訓‧勉學》所言：「博士買驢，書券三紙，未有驢字」的現象，都算是不良的應用文。甚或批示的時候，故意使用模稜兩可、夾雜疑義、易肇紛爭的字眼，如「姑予照准」、「似可照辦」等，以上弊端，都已不容於講究權責分明、注重辦事效率的現代法治社會。

　　目前已進入e化時代，電子郵件和卡片的使用十分盛行，這是崇尚簡要的文書。但某些文體，如契約書或與招標相關的公告，非但不崇

尚簡要，反而極其繁複，這是為釐清相關法律權責，不得不然，因而造成趨繁現象。

七、居心善良，注重道義：

應用文包含公務文書，牽涉許多公眾事務，寫作公文，應本著堂堂正正，頂天立地的襟懷，廉潔奉公，為寫作的主軸。

國家有興衰，社會有治亂，民風有悖磽；勵精圖治，改善社會風氣，無論官員或民眾都有責任。這種居心，反映在應用文方面，例如秦大士造訪岳飛的墓之後，寫了：「人從宋後少名檜，我拜墳前愧姓秦。」而秦檜指使諫議大夫等交章彈論岳飛罪狀，當時所上公文，就是泯滅良心的文書，即使得逞於一時，卻永遠留下奸臣的罵名。至如諸葛亮寫〈出師表〉，其「鞠躬盡瘁，死而後已」的忠貞氣節，躍然紙上。

八、不斷進修，充實學識：

應用文由於格式固定，用語的侷限也不少，初學儉腹，藝事未精，以致因循模仿、拾人牙慧的情形十分普遍，令人耳目一新的作品實在不多見。若有心創造別饒意趣、可傳之久遠的不朽作品，必須從平日努力學習、充實學識著手。飽學之士能左右逢源，信手拈來，皆成文章，尤其在履歷表、書信、慶弔文、對聯……方面，是一展身手的好園地。謝海平、黎建寰《國學常識與應用文》：「良好的公文，必出於具備豐富行政經驗者之手。精密的契約，必出於具備深厚法律知識者之手。優美的對聯、慶弔文，必出於具備高深國學素養者之手。」歷代著名書信及對聯，已有不少集成專書，那是因為它們內涵豐富、辭采華美、感情充沛，才得以受到世人讚賞而愛不釋手。所以不斷進修，充實學識，是撰寫傑出應用文的不二法門。

九、尊重與包容，落實民主：

俗語說：「人多講出理來，稻多打出米來。」又說：「三個臭皮匠，

勝過諸葛亮。」現代人必須面對許多會議以求集思廣益，撰述會議相關文書，必須講究相互尊重與包容，勿專制獨裁，勿打壓不同的言論，才能真正從會議的過程中得到最大好處，也才能真正落實民主機制。

十、企劃書以創意為貴：

　　企劃書的撰寫要領，不外：1.有構想，具備敏銳的觀察力，時時掌握時代的脈動，提出種種切合須要的企劃案。2.有方法，具備清晰的思考能力，事先有充分的準備，執行期間，有條理、有步驟地解決各種問題。3.有成果，將執行成果圓滿絢爛地展現出來，經得起各界的檢驗與公評。

■應用練習

1. 試述應用文的定義。

2. 試說明應用文的由來與演變。

3. 試述應用文的價值。

4. 試述應用文的特性

5. 試述應用文的撰寫原則。

第二章 名片與便條

名片是一種標示自我的介紹卡片，能夠在初次見面的介紹當中以最短的時間留給彼此深刻的印象，把自己推銷出去。上頭多有其隸屬單位、聯繫方法、職稱等，除了可以方便雙方交際外，更是一種在商業行為中的官式禮節。

便條是一種隨時皆可傳遞訊息的紙條，可以簡單的記載待辦事項，亦可留言給對方所欲告之的事情。其格式純以傳達訊息、解決問題為目的，因此並沒有嚴格的格式限制，然而倘若傳遞訊息的對象為長輩或上級長官，仍必須注意應有的文書禮節。以下將分成：名片與便條概說、名片與便條的設計、名片與便條的撰寫原則，以及名片與便條範例等四個單元，逐一解說。

第一節　名片與便條概說

一、何謂名片？

中國的名片歷史，最早可以溯源至戰國時代的官場拜會，當時會先遞上「名刺」，《清波雜誌》中也曾提及：「宋元佑年間，新年賀節，往往使用傭僕持名刺代往。」可見當時的確有使用「名刺」的情形。「名刺」除了寫有姓名與職稱外，尚有表、號、籍貫等，但由於現代人多以省略字號不用，故現今名片多註明姓名、隸屬單位、聯繫方法、職稱等，除了可以方便雙方交際外，更是一種在商業行為中的官式禮節。

其實簡單說來，所謂名片就是印有個人資料簡介的小卡片，並且在繁雜的人際交往的工商社會裡，助人快速建立人脈，簡便介紹自我又不容易令他人忘卻的好工具。另外，在網際網路普及以後，目前名片多會加印上公司網站以及個人電子信箱。

二、何謂便條？

所謂便條，簡易說來就是輕便的字條。通常使用對象以平輩或晚輩為主，譬如說當我們有件事情或消息想告知某人，但對方卻恰好不在時，便可使用「便條」扼要的寫下所要表達的短言，像是便利貼就是隨著便條習慣而產生的一種留言的好工具。

一般而言，便條並非正式文書形式，僅是一種在普通便條紙上留言所欲表達的事情而已，用詞往往輕簡，不拘小節，因此不是很適用於長輩或上級長官等對象。

第二章　名片與便條

第二節　名片與便條設計

一、名片格式：

　　名片的格式多分為「職務格」、「姓名格」、「通訊格」等三部份。

（一）**職務格**：職務格是註明其服務單位、職稱等。倘若友兼任或委任的機關單位亦可標明，並且使用全銜。職務格擺放位置位於中間偏右，伸入天格。

（二）**姓名格**：姓名格是名片當中主要的欄位，倘若有碩士以上學位亦可加註於姓名之上，擺放位置於名片正中央，字體略大於職務格與通訊格，但要記得空出天格與地格。

（三）**通訊格**：通訊格內容不外乎是地址、電話、傳真、電子信箱等個人通訊資料，印法如下：

　　1. **地址**：含個人住址與公司地址。某些人基於隱私考量，商業使用的名片多只標註服務的單位地址而省去個人住家位置。

　　2. **電話**：含行動、住家或公司電話，彼此以英文代碼區分，例如：行動號碼以「手機」二字表示；公司號碼以英文字母「O」表示（Office 的縮寫）。住家號碼以英文字母「H」表示（Home 的縮寫）。另外，由於臺灣各縣市自有其區域號碼，在印製名片時要記得加印進去，以免造成對方聯絡不便。

　　3. **傳真及 E-mail**：現代電子科技發達，訊息的傳達，往往透過傳真和 E-mail 帳號，以取代傳統書信。所以通訊格內除地址和電話外，多會再加印傳真號碼和 E-mail 帳號，以便快速聯絡。

　　所有通訊格中的文字資料，均勻安排若干行。上端不超過姓名格

中姓字的高度;下端伸入地格無妨。

　　以上所敘,乃中文直行豎寫的格式。至於橫式的名片,文字由左向右排印。版面自上而下分三格,上格為「職務格」,中格為「姓名格」,下格為「通訊格」,左端靠邊與右端靠邊各空一格。左格相當於直式的天格,右格相當於直式的地格。所有文字的安排比照直式的規矩。

　　由於國際交流普遍,也有很多人在名片背面加印外國文字。其格式仿照橫式名片的安排,而將名片主人姓名、服務機關職位及通訊地址譯成外文。也可以加將橫式名片的正面分成左右兩大區,左區安排外文安排中文。

　　也有人為了加深印象而加印個人照片或服務機關標誌,為了商業宣傳而加印註冊商標。其排印位置,直式在天格,而橫式在左格。

　　上述的名片設計,是屬於正式的規格。但也可以自求變化,一個人的興趣、須要而秀其才華,別開生面,製作出風格獨特的名片來,不但達到令人難忘效果,甚至可因賞心悅目而使人珍愛收藏。

二、便條格式:

　　便條,既然是「簡便的字條」,便條的格式很簡單,只包括受便條人、便條正文、寫便條人、簽署時間四部分。

(一)**受便條人**:對方的姓名字稱呼(如〇〇先生、小姐、〇〇兄嫂)。如果稱謂在正文後面,則應加上交遞語「此致」、「此上」、「敬上」、「此請」、「此覆」等。

(二)**便條正文**:所要表達的事情。

(三)**寫便條人**:寫便條人署名之上,要先寫自稱詞,如弟、妹、晚弟、晚等。署名之下,要加敬詞,如上、敬上、拜上、謹上等,以示禮貌。

(四)**簽署時間**:為方便對方知道留言時間宜註明「月、日、時、分」。

第二章　名片與便條

第三節　名片與便條的撰寫原則

在名片上留言而傳遞與他人，其作用就與便條相同，但寫作的方式則不一樣。利用名片留言，其文字包含「正文」、「受名片人」、「留言人署名」及「留言時間」四項。其書寫位置，在名片正反兩面皆可，其書寫說明如下：

一、**正文**：利用名片正面書寫者，「正文」寫於「職務格」與「姓名格」的中間。由於空間極窄，書寫內容宜力求簡要。利用背面書寫者，直接在背面頂格書寫，無須分段。

二、**受名片人**：受名片人，只寫於名片的正面，若為職式，寫於左上角天格空白處；若為橫式，寫於左格下方空白處，也可寫於右格上方空白處。稱呼可用「敬陳○○兄（姐）」、「敬陳鄭○○先生」。

三、**留言人署名**：「正文」寫於名片正面者，留言人署名，無論直式、橫式應在「姓名格」最後一個字之後，加寫敬詞，如「敬上」、「拜上」、「敬留」等語。另在姓名之前加一自稱詞，如「弟」、「學生」、「受業」、「後學」等。直式寫於「姓」的右上方，橫式寫於「姓」的左上方。「正文」寫於名片背面者，留言人署名，只要在「正文」之後，另行署寫「名正肅」或「名正具」即可，無須再寫姓名。所謂「名正肅」，意謂我的名字以恭印在正面了，這是對長輩所使用的署名。所謂「名正具」，意謂我的名字已在正面具備，這是對平輩所使用的署名。

四、**留言時間**：年、月、日或月、日，或詳細留月、日、時、分。書寫位置，直式寫於「敬詞」的下方，或左下方；橫式寫於「敬詞」的右方或下方。

便條的撰寫，直式書寫或橫式書寫均可，以簡單、明白方便為原則。用字簡明扼要、清晰明確。配合時代社會變遷，不必沿用過去的文言句法，而以現代詞語為宜。因為接受便條的對象，多半是寫便條人的平備或晚輩的親友、家人、同學、同事，所以稱謂語要自然親切，不必太客套、太講求禮節；便條的本文，也只須直接說明要表達的事情，不必多作應酬的話。另外，書寫的字跡不可太潦草，令對方看不清楚，也不可因為圖求方便，寫簡體字或有錯別字，這是不禮貌的。雖然是「簡便的字條」，便條的撰寫原則，仍應注意規矩、莊重，不可以太草率隨便。

應用中文卷

第四節　名片與便條範例

一、名片之範例：

1. 橫式：

名片一（左上）：

天空數位科技 Digital Technology Sky
天空數位圖書 Digital Books Sky
天空數位學習 Digital Learning Sky

天空家族企業總部
Family Sky Conglomerate

蔡普得
Tsai, Pu-Der Ph.D.

MOB: 0900602919
TEL: (886)04-22623893
FAX: (886)04-22623863
E-mail: familysky@familysky.com.tw
https://www.familysky.com.tw
40255台中市南區忠明南路787號30樓國王大樓
No.787-30, Zhongming S. Rd., South District, Taichung City 402, Taiwan (R.O.C.)

名片二（右上）：

Sky Commerce City　Sky Book City　Sky Knowledge City
空商城　空書城　空知城
http://www.bookcitysky.com.tw　http://www.bookcitysky.com.tw　http://www.knowledgecitysky.com.tw

服務項目：電子書製作行銷、影片錄製、網頁、動畫設計、網站架設代管系統設計、資料庫建構、DM設計、個人企業形象包裝、數位學習平台與認證系統建置、平面多媒體、空間等客製化規劃設計以及三城經營。

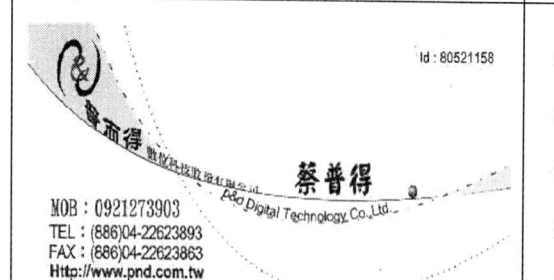

名片三（左中）：

普而得
p&d Digital Technology Co.,Ltd.

蔡普得

Id: 80521158

MOB: 0921273903
TEL: (886)04-22623893
FAX: (886)04-22623863
Http://www.pnd.com.tw
E-mail: pnd@pnd.com.tw

總　公　司：台中市南區忠明南路787號30樓(大安國王大樓)
北區分公司：新北市中和區安平路200號3樓
南區分公司：高雄市左營區新莊一路31號23樓之1

名片四（右中）：

普而得ID 80521158　　營業項目　　　天空ID 28904101

數位科技：影片拍攝、DM海報、網頁與動畫設計、網站投代管維護系統設計、資料庫建構、個人企業形象包裝、數位學習平台各類檢定系統建置、平面多媒體、空間等客製化規劃設計。

數位圖書：個人著作、學位論文、學報期刊出版印刷、研討會全程服務各出版社普籍數位化並流通、數位教材編製出版、電子書製作，以及「天空書城」書籍流通平台經營。

數位學習：勞動部男女智慧、美容等技能檢定錄音教材(學科與術科)國小、國中、高中、大學等數位教材編製與線上學習，以及「天空知城」數位學習平台經營。

數位行銷：提供消費者購物平台，以滿足我們日常生活所需。
提供生產者銷售平台，直接與消費者對話，以避免中間剝。
「天空商城」物流通平台經營。

美の世界：提供線上競賽一致選OMC國手及國內外各種比賽。
影音學習—美容美髮線上學習與技能檢定。
購物平台—與美有關的產品。

名片五（左下）：

風
Tsai, Huei-Cheng Ph.D

天空家族 Family Sky

MOB: 0921273903
E-mail: tsaihc@yuntech.edu.tw
260006宜蘭縣宜蘭市晨曦路93號一樓　新都心

名片六（右下）：

國立雲林科技大學漢學所　退休教授
天空數位圖書出版社　　社長

喜耕讀書寫。做白日夢；
好邀遊天下，走通世界每一個角落。
秉持「明知不可為而為之」的儒家精神，
凡事盡心，得失隨緣。
「窮則獨善其身，達則兼善天下」與
「給人一個機會，等於為自己留下一條後路。」
為其一生所堅持的人生哲學。

第二章　名片與便條

2. 直式：

　　國立雲林科技大學
　　漢學應用研究所　教授
　　　　蔡　普　得
地　址：雲林縣斗六市大學路一二三號
電　話：（○五）五三四二六○一
E-mail：tsai@yuntech.edu.tw

3. 變化設計：

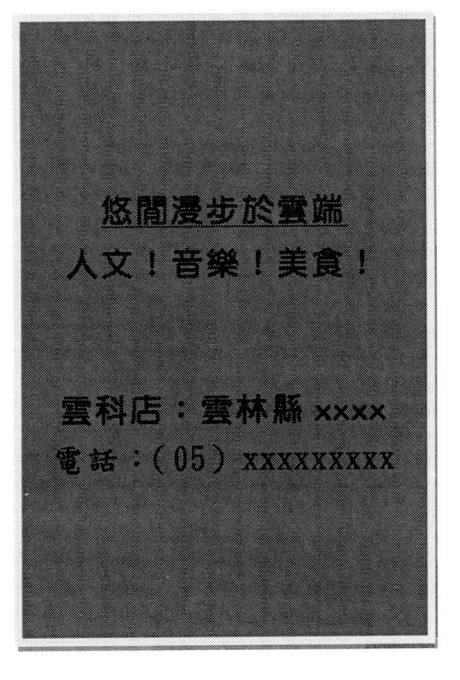

悠閒漫步於雲端

人文！音樂！美食！

雲科店：雲林縣××××
電話：（05）×××××××××

二、便條之範例：

（一）便條留言

○○姐：吳所長有要事找您，請盡速回電。

　　　　　　　　　　妹○○　敬留　○○.○○.下午○時

（二）便條邀約

○○姐：大後天早上十點，雙子星戲院有一部新戲上檔--「齊天大聖西遊記」，我這有兩張電影票，當天上午九點，我開車來接您一同觀賞。

　　　　　　　　　　妹○○　敬邀　○○.○○.下午○時

（三）便條餽贈

```
奉上今年冬季新設計名牌大衣一件，請笑納。

此上

○○姐

                妹○○  敬送  ○○.○○.下午○時
```

■應用練習

一、請試擬一份便條餽贈。

二、請試製作一張直式名片。

三、何謂名片？其功用為何。

四、何謂便條？其用處為何。

五、名片與便條的撰寫原則各是如何？

第三章 自傳與履歷表

撰寫自傳與履歷表之目的，無非在於把自己推銷給對方，讓人認識你，了解你，進而錄用你。在每個人的一生，除非特殊原因，否則都要歷經求學與就業的階段，而每一個階段是否能順利通過，自傳與履歷表扮演著關鍵的角色。如果自傳與履歷表寫得不好，很有可能在求職的第一關即被否定，沒有機會進入第二關的筆試或口試，亦即得不到表演的舞臺，那麼你的專業知識再好也是枉然。

撰寫自傳與履歷表看似容易，因我們從小學開始，就要寫我的家庭，我的志願等有關的自傳，到大學、研究所以後還是要寫求學的自傳，所以寫自傳並不困難，但要寫一篇文情並茂，令人欣賞感動，進而想錄用你的自傳則不容易。因此，如何撰寫超群傑出的自傳與履歷表來推銷自己，便是重要的課題。

本單元之目的，即在教導你如何撰寫成功的自傳與履歷表來推銷自己，以下分成：自傳與履歷表概說、自傳與履歷表的種類與結構、自傳與履歷表的撰寫與原則，以及自傳與履歷表範例等四個單元。茲說明如下：

第一節　自傳與履歷表概說

自傳與履歷表的概說，包含有：意義、用途，以及目的等三個項目。茲分析如下：

一、自傳與履歷表之意義：

敘述自己生平事蹟的文章謂之「自述」；記載一個人一生事蹟志業的文章謂之「傳記」。兩者相合則稱之「自傳」。因此，所謂的「自傳」，即是指敘述自己生平事蹟與志業的文書。

「履」本意雖是鞋子，但有行走、實踐的引申義；「歷」即是經驗、經過、過去的意思；而「表」則有格子化之意。三者相合稱為「履歷表」。因此，所謂的「履歷表」，是指以表格化的方式，去呈現個人生平所經歷過事蹟的文書。

二、自傳與履歷表之用途：

自傳與履歷表之用途，除在求職應徵時必須使用外，在求學應試

第三章　自傳與履歷

或就學時也會被要求填寫，以作為日後輔導、存查之用。尤其是近年來的多元入學方案，以及研究所的入學考試，也將自傳列為書面審查必要項目，佔有一定比例的分數。自傳之內容，主要在於對過去學歷與經驗的展現，對現在的學習精神與態度，以及對未來的展望等描述。

自傳與履歷表之使用範圍非常廣泛，舉凡政府機關、學術單位、公司行號、民間團體等各項工作職務，求職者皆須提供個人自傳或履歷表。而自傳與履歷表的格式，除求才單位所提供專用格式外，求職者皆另行選擇，屆時如何寫出一份出色的履歷表，將是應屆畢業生的第一道社會考題。

三、自傳與履歷表之目的：

自傳與履歷表之目的，主要是針對對方所須，陳述個人生平的事蹟，適度展現過去求學、工作經驗所獲得的才能與特殊條件，讓對方能快速認識你、了解你，進而判斷出你是否為他們所須的人才。

自傳和履歷表撰寫的出色與否，會直接影響到你在對方心目中的第一印象，如何將個人生平資料與學歷經驗，轉化成具有吸引力、說服力，以及實質內涵之自我介紹文書，讓你在眾多競爭者當中脫穎而出，讓對方願意給予面試的機會，進而打敗其他求職者而聘用你，或是同意你入學，這都是一份「量身打造」的自傳或履歷表的重要性，它可以讓你有效達成被錄取的目標。可見，撰寫自傳與履歷表，是當今求學求職者不可或缺的基本能力之一，對於社會新鮮人日後求職尤為重要，不可輕忽。

在學習撰寫時，應多參考範例並反覆練習調整，以期熟悉自傳、履歷表的形式與適切表達自身的優越條件，以便提高對撰寫求職文書技巧的掌握，再加上個人構思與創意的表達，即能撰寫出一份文情並茂的自傳和履歷表，在第一時間吸引對方，說服對方，順利進入職場，如此才能發揮自己的專長，不致於落入「畢業即失業」的窘境。

學習者可預先藉由應用中文的課程，學習自傳與履歷表之撰寫，以做為進入社會求職之準備，唯注意仍須不時補充修改來呈現最新的資訊。

第二節　自傳與履歷表的種類與結構

本節之自傳與履歷表的種類與結構，包含：自傳之種類與結構，以及履歷表之種類與結構等四個項目。茲分析如下：

一、自傳之種類：

1. **傳世之自傳**：傳世之自傳的目的，在於留存與傳世之用的文書，其內容應詳細而忠實記載個人生平事蹟，以利後世的認識與研究。

2. **就學之自傳**：就學之自傳的目的，在於進入學校以後，提供存查與輔導之用的文書，故其內容也應詳細而忠實記載個人生平的事蹟，尤其是特殊生長環境、性格與志向的描述最為重要，這有利輔導人員的指引，開發個人的潛在能力。

3. **求學之自傳**：求學之自傳的目的，在予以升學考試為目標的文書，故其內容應強調學歷與經驗、學習的精神與態度、入學後的讀書規畫，以及未來的願景等描述，讓人覺得你是位可以雕琢的人才。

4. **求職之自傳**：求職之自傳的目的，在予以獲得面試機會，或是順利進入職場為前提的文書，故其內容主要是針對對方所須，陳述個人過去和工作相關的人生經驗與能力，以及如何適任於此份工作的描述，尤其是錄取你以後對他們的好處，讓對方覺得不錄用你是他們的損失。

以上，自傳的種類大致有四種，學習者可依須要，或不同的性質作修改，內容不應執一不變地使用同一份自傳。

二、自傳之結構：

1. **基本資料**：包含姓名、性別、年齡、出生年月日、出生地、籍貫、身體特徵、健康狀況、婚姻情形、興趣，以及專長等項目。

第三章　自傳與履歷

2. **家世背景**：包含目前家中成員（祖父母、父母、配偶、兄弟姐妹、或子女等）的年紀、學歷、職業、生活相處的情況，以及家庭經濟狀況等。如父系或母系雙方的家族有特殊的事蹟也可以書寫。

3. **求學過程**：依時間先後，排序階段學程的學校全名、修業起迄年月、主修科目，以及所受的專業訓練。若有獲獎事蹟、擔任社團或班級幹部、實習或工讀經驗，以及通過專業證照等項目，尤其是校園學習所受的啟發心得，或是一些感人的故事，都應加以描述。

4. **工作經驗**：包含：個人曾任職的機關單位、職務名稱、工作內容、實際績效，以及曾進修研習課程、受訓項目、特殊榮譽與離職原因等項目。尤其是針對求才單位的須求或屬性，強調之前相關工作的經驗。

5. **人際關係**：書寫自己與他人相處的情形和經驗，對象可包含：家族中的成員；校園中的同學、師長、社團夥伴；或是職場中的同事、長官、下屬，以及朋友等關係。可依求才單位的須求或屬性，強調自身適任的人際關係。

6. **自我評價**：以客觀、誠懇、務實的態度，對自己的能力、專長、個性、興趣、人格特質、人生觀，以及宗教信仰等項目，作一綜合性的評價，也可以利用他人的評論，來呈現自己的價值。如果有缺點，也可以提出，並說明具體可改善的作法，給予對方正面的印象，尤其是要讓人覺得你是位可造之才，可用之人。

7. **抱負展望**：明確提出自己對求才單位的了解，以及欣賞之處，並結合過去的經驗與訓練，敘述聘用後所能提供的貢獻，以及自己對未來的發展與期望，以展示個人之學養潛力，從而建立求才單位對你錄用的信心。

8. **其他事項**：凡未盡事宜者，皆可在此處說明，尤其是可敘述人生中的轉捩點、影響最深的人事物，或自己最景仰的人物，以

及選擇此份工作的動機等項目。

自傳的撰寫並非一成不變，也非一定要遵照上述的結構順序，主要還是要依求才單位的須求或性質，做適度的調整，一切以通順流暢為原則。

三、履歷表之種類：

履歷表是最常用的求職文書，它被廣泛使用於各種職場求職應徵當中，它的種類大致有五種，但並無嚴格的規範或限制，坊間有多種固定格式的履歷表出售，可提供吾人參考。其五種格式大致如下：

1. **履歷卡**：履歷卡的內容，僅提供很簡單的個人基本資料欄位，它通常使用於職場低階的人員，如普通職員、工人，以及工友等。它的目的，在於讓求才單位對求職者有一基本的認識。

2. **履歷表**：履歷表的內容比履歷卡豐富一點，它除提供較詳細的個人基本資料欄位外，也增加健康狀況、婚姻情形、特殊技能，以及經歷等項目。通常使用於職場中階的人員，如專業職員、技術人員，以及管理人員等。它的目的，在於讓求才單位對求職者有一概括性的了解。

3. **履歷自述書**：履歷自述書的內容比履歷表更豐富，它是履歷表加上自傳所組成的格式，除提供個人基本資料的欄位外，又增加自傳的項目。通常使用於職場高階的人員，如高階職員、工程師、教師，以及主管人員等。它的目的，在於讓求才單位對求職者有一詳實的認知。

4. **公務人員履歷表**：公務人員履歷表的內容又比履歷自述書更詳細，更豐富，幾乎涵概一個人生平背景的所有項目。是公務人員任職時的專用格式，由任用機關發給填寫。它的目的，主要用於建檔的基本人事資料。

5. **自製履歷表**：坊間雖有多種固定格式的履歷表出售，但其形式

第三章　自傳與履歷

規格制式化，缺乏獨特性，所提供的欄位也不一定符合須求，更無法引起求才單位的注意。因此，可藉由自己的巧思與創意，自行設計履歷表，來加深求才單位對你的印象。

履歷表的種類大致有以上五種，提供學習者參考，亦可依須要自行調整修改。

四、履歷表之結構：

履歷表的種類雖大致有五種，但其結構脫離不了以下的項目：

1. **姓名**：必須填寫真實姓名，若有須要填上筆名，可以加括號書寫。

2. **性別**：填寫「男」或「女」。

3. **年齡**：填寫實際的年齡，在下方可加括號書寫出生年月日。

4. **籍貫出生地**：依身分證上所記載的省份與縣市填寫。

5. **身分證字號**：填寫國民身分證上的身分證統一編號。

6. **學歷**：填寫最高學歷之學校全名、修業狀況，如有空位再填寫次高學歷，以此類推。

7. **通訊處**：以方便連絡的地址為優先。

8. **戶籍地**：填寫戶籍地的地址。

9. **永久住址**：填寫不易變動的聯絡地址。

10. **電話**：填寫通訊處的聯絡電話，再加上手機、電子信箱等項目，以增加連絡的便利，避免錯失面試機會的通知。

11. **兵役狀況**：填寫免役、待役或是役畢。

12. **婚姻狀況**：填寫已婚或是未婚。

13. **曾任職務**：填寫過去曾擔任公司的職務，工讀生也算在內，若尚無工作經驗者，可填寫在校期間曾實際擔任的班級幹部、社團幹部，或是曾獲得的認證，以及檢定證明。

14. **工作成果**：可具體提出過去工作中的成果，如增加多少業績、節省多少成本、或是提高多少產能等，以數字量化敘述為佳。

15. **應徵職務**：填寫期望擔任的工作職位，如依求才啟事投遞履歷表，則依照啟事上的職位名稱填寫。

16. **希望待遇**：可參考各大人力銀行網站薪資調查填寫，或填寫依貴公司的規定。

17. **希望工作地點**：求才單位若有分公司、分處須註明清楚，可寫出選擇的原因。

18. **交通工具**：填寫交通工具與汽機車駕照的有無，依居住地的遠近，可提出通勤，或租屋的方式。

19. **專業證照**：與應徵工作相關的專業證照或檢定技術，無則免填。

20. **經歷或自述**：依求才單位須求，填寫個人的經歷，類似簡略自傳。

21. **推薦人或關係人**：填寫推薦你的人，或與應徵工作有關的人士，事先要告知以徵求其同意，其名譽要好，有地位者佳。

22. **貼相片處**：依求才單位所規定格式，貼上清晰的相片，相片背後要寫上姓名，提供不慎掉落時之辨別，大頭貼或藝術照則不宜。

23. **備註**：凡有未盡事宜，在此處填寫。

　　以上雖列有履歷表結構之二十三個項目，但並非上述五種種類的履歷表，都必須具備這些項目，其項目的多寡，完全取決於履歷表本身的特性，學習者只要按表填寫即可。

第三章　自傳與履歷

第三節　自傳與履歷表的撰寫與原則

　　自傳與履歷表等求職文書的撰寫，無非在把自己推銷給對方，尤其是自傳最為有效，故其撰寫大致與作文相同，必先「審題」，而後「立意」，再來「選材」，最後「撰述」等程序，才能寫一篇符合對方所須的自傳。所以，如何撰寫一篇文情並茂的求職文書，以引起求才單位的注意，進而順利進入職場工作，是整個撰寫的重點。

　　因此，有關自傳與履歷表之撰寫，以下分成撰寫要領與撰寫原則兩部分，茲分析如下：

一、撰寫要領：

1. **使用正楷書寫**：避免用簡體字或火星文，尤其是錯別字要校正，字跡要工整不可潦草，版面乾淨，可用電腦文書軟體排版列印，以展現其電腦使用的能力。

2. **文筆流暢達意**：不要有重複敘述的現象，累贅的字與點綴的字儘量不用，不必刻意修飾，也儘量不使用抽象概念的詞句，以避免讓人有浮誇不實的印象。

3. **敘述條理分明**：敘述時應採用由小而大，如：童年、少年、青年等之順序；由近而遠，如：家庭、學校、社會、國家等之順序；以及自先而後，如：幼稚園、小學、國中、高中、大學等之順序說明。每一段落皆有其描述重點，重點與重點之間皆能前後呼應，主題脈絡貫穿整篇文章。

4. **內容具體扼要**：填寫資料應避免混淆籠統，敘述之事必須有依有據，同時具體扼要，避免空洞冗長的言詞，如有正式文件須附上證明。

5. **語氣莊重平實**：儘量使用正面字眼，表現自己積極求善的態度，但不可流於誇大、或是過度謙虛，只要讓文章呈現莊重而不輕佻，平實而不虛浮即可。

6. **正確標點符號**：使用標點符號，看似簡單，但要能正確的運用，也似乎沒有那麼容易。標點符號的使用要正確，才能使段、句分明，語意清楚，尤其是字數不宜太長，才能順暢易讀，最好是十個字左右即以標點作區隔，以避免閱讀者之不便。

二、撰寫原則：

1. **字數限制**：在今日的工商社會，時間就是金錢，如果一篇求職文書太過冗長，求職人員又那麼多，求才單位之承辦人未必願意，或有那麼多時間來審閱，甚至可能草率為之。所以，求職文書的字數應有所限制，以方便承辦人員看完，也才能發揮預期的效果。因此，屬於中、低階之職務者，求職人員較多，職務也較不重要，故求職文書大約以一千字，閱讀時間五分鐘以內為佳；屬於高階之職務者，基於是重要成員，其求職人員自然較少，職務也較重要，有必要讓求才單位更深入的了解，故其求職文書大約以三千字，閱讀時間十五分鐘以內為佳。

2. **誠懇感人**：求職文書之撰寫，必須讓人感受到誠懇，對方才會相信所寫的內容是真實，否則寫得再好再多，對方不相信也是枉然。再者，要讓人讀了會感動，人為感性的動物，有了感動就容易產生共鳴，有了共鳴事情就好說。因此，只要能讓對方感受到誠懇，進而感動，那就成功一半，另外一半就靠專業技能或人際關係了。

3. **重點描述**：求職文書之撰寫，必須依對方所須做重點的描述，才能在有限的篇幅打動對方，千萬不可敘述與工作無關的事，就如對方在徵求會計人員，而你卻寫當過業務經理，當過體育老師等，這些職務雖高，卻不是對方所要，倒不如寫曾經當過會計助理還來得有用。

以上，即是自傳與履歷表之撰寫要領與撰寫原則，提供學習者參考，並反覆練習，熟能生巧就能掌握其撰寫技巧。

第三章　自傳與履歷

第四節　自傳與履歷表範例

一、履歷表之範例：

1. 履歷卡

姓名	年齡	籍貫	學歷	通訊處	曾任職務
林○○	二十八歲	臺灣省臺北縣	國立○○大學畢業	新竹市○○路○號	電影社總務一年
性別　女				電話	
貼相片處			○○○○○	希望待遇 依公司規定
					身分證字號

2.履歷表

<table>
<tr><th colspan="8">履 歷 表</th></tr>
<tr><td>姓　名</td><td>王〇〇</td><td>性別</td><td colspan="3">男</td><td colspan="2" rowspan="4">貼相片處</td></tr>
<tr><td>年　齡</td><td>24歲</td><td colspan="4">民國73年10月10日生</td></tr>
<tr><td>籍　貫</td><td>臺北市</td><td>身分證字號</td><td colspan="3">〇〇〇〇〇〇</td></tr>
<tr><td>電子信箱</td><td colspan="5">〇〇〇〇〇〇〇〇〇〇</td></tr>
<tr><td>通訊地址</td><td colspan="4">臺北市大同區〇〇路〇〇號</td><td>電話</td><td colspan="2">〇〇〇〇〇〇〇</td></tr>
<tr><td>永久地址</td><td colspan="4">臺北市大同區〇〇路〇〇號</td><td>電話</td><td colspan="2">〇〇〇〇〇〇〇</td></tr>
<tr><td>婚姻狀況</td><td colspan="3">已婚</td><td>子女</td><td colspan="3">無</td></tr>
<tr><td>健康情形</td><td>良好</td><td>血型</td><td>B</td><td>身高</td><td>180公分</td><td>體重</td><td>70公斤</td></tr>
<tr><td rowspan="4">學　歷</td><td colspan="7">國立〇〇大學資訊管理學系畢業</td></tr>
<tr><td colspan="7">私立〇〇高級職業學校資訊管理科畢業</td></tr>
<tr><td colspan="7">臺北縣立〇〇國民中學畢業</td></tr>
<tr><td colspan="7">臺北縣立〇〇國民小學畢業</td></tr>
<tr><td rowspan="4">經　歷
（自　述）</td><td colspan="7">1.工程學會會長</td></tr>
<tr><td colspan="7">2.辯論社社長</td></tr>
<tr><td colspan="7">3.典藏中心助理</td></tr>
<tr><td colspan="7">4.班代表</td></tr>
<tr><td>應徵職務</td><td colspan="3">程式設計師</td><td>希望待遇</td><td colspan="3">依公司規定</td></tr>
<tr><td>專長</td><td colspan="3">資訊管理</td><td>語言能力</td><td colspan="3">英文說寫流利</td></tr>
<tr><td>備註</td><td colspan="7"></td></tr>
</table>

第三章　自傳與履歷

3. 履歷自述書

<table>
<tr><td colspan="7" align="center">**履歷自述書**</td></tr>
<tr><td>姓　名</td><td>林○○</td><td>性別</td><td colspan="3">男</td><td rowspan="4">貼相片處</td></tr>
<tr><td>年　齡</td><td>25歲</td><td colspan="4">民國72年09月09日生</td></tr>
<tr><td>籍　貫</td><td>臺灣屏東縣</td><td>身分證字號</td><td colspan="3">○○○○○○○</td></tr>
<tr><td>電子信箱</td><td colspan="5">○○○○○○○○○○</td></tr>
<tr><td>通訊地址</td><td colspan="3">屏東縣○○鄉○○村○○路○○號</td><td>電話</td><td colspan="2">○○○○○○</td></tr>
<tr><td>永久地址</td><td colspan="3">屏東縣○○鄉○○村○○路○○號</td><td>電話</td><td colspan="2">○○○○○○</td></tr>
<tr><td>學歷</td><td colspan="6">國立○○大學企業管理學系畢業</td></tr>
<tr><td>健康情形</td><td>良好</td><td>血型</td><td>B</td><td>身高</td><td>180公分</td><td>體重</td><td>70公斤</td></tr>
<tr><td rowspan="2">曾　任
職　務</td><td colspan="3" rowspan="2">1. 工程學會會長
2. 便利商店工讀生</td><td>應徵職務</td><td colspan="3">業務員</td></tr>
<tr><td>希望待遇</td><td colspan="3">依公司規定</td></tr>
</table>

自述內容

　　我從小在屏東漁村長大，父親是個漁夫，母親則是小學老師，還有一個弟弟就讀國小，家中經濟小康，相處和樂。由於父母鼓勵多於打罵的管教方式，讓我從小就樂觀進取，也很容易與人相處，平日嗜好是閱讀，但也不忘課餘跑步打球，或到郊外踏青，所以人緣還算不錯。

　　在求學期間，成績雖非名列前茅，但我向來努力於課業，最終以前十名的成績畢業。在工作經驗方面，曾於便利商店工讀二年，讓我感受到企業經營的不易，也讓我更加固守本分，以求減輕主管的壓力，進而培養自己獨立作業的能力。我非常感謝第一份工作的主管，給我一個進入公司學習的機會，以及同事們的照顧，使我學習到待人接物等許多寶貴的經驗，讓我深信今後不論在哪個職場，我都能虛心求教，並快速投入其中，只要團隊同心協力，無論多困難的任務皆可達成。另外，我也曾與遠海漁船一同出海作業，在眾人協力之下，終有豐富的漁獲，我也深深體會到，大海的遼闊相較於個人是如此的渺小，同心協力是多麼重要。漁船上的辛勞，並沒有讓我退怯，大海的美景，更激起我追求成就的心，我也知道人生的方向在哪裡，它是我回憶中不可抹滅的一部分，也讓我成長不少。

　　我覺得自己個性上的缺點，就是想太多，以致遇事時會瞻前顧後，猶豫不決。而優點就是樂觀進取，以及溝通合作的能力。性格樂觀使我不怕艱辛的挑戰，溝通與合作是團隊成功的前提。所以我期望未來在職場上，能充分發展我的長才，尤其是人際溝通方面，並藉由職場的磨練，改善我的缺點。我深信，只要貴　公司給我舞臺，我一定是個出色的演員，對業績一定有所幫助。

4. 公務人員履歷表

公務人員履歷表（簡式）

姓 名		英 文 姓 名 (姓氏在前)		性別		請粘貼最近二寸半身正面脫帽彩色光面照片
國民身分證統一編號		出生日期	民國　　年　　月　　日			
護照號碼		外國國籍				
通訊處	戶籍地	□□□（郵遞區號） 縣（市）　　鄉（鎮市區）　　村（里）　　鄰 路（街）　段　巷　弄　號　樓				
	現居住所	□□□（郵遞區號） 縣（市）　　鄉（鎮市區）　　村（里）　　鄰 路（街）　段　巷　弄　號　樓			電話號碼	住宅:（　） 手機:
	電子郵件信箱					
緊急通知人	姓 名		關 係		電話號碼	住宅:（　） 手機: 公:（　）

學　　　　　　　　　　　　　　　歷

學校名稱	院系科別	修業年限		畢業	結業	肄業	教育程度(學位)	證書日期文號
		起(年、月)	迄(年、月)					

考　　　　　　　　　　　　　　　試

年度	考試	類　科　別	證書日期文號

第三章 自傳與履歷

專 門 職 業 及 技 術 人 員 考 試 或 檢 覈						
專門職業及技術人員考試或檢覈及格證書					專門職業及技術人員證書	
年 度	類　科	生 效 日 期			核發機關	證書日期文號
^	^	年	月	日	^	^

外　　國　　語　　文						
語 文 類 別						

家　　　　　　　　　　　屬					
稱　謂	姓　　名	國民身分證統一編號	出 生 日 期		職　業
^	^	^	年	月	日	^

兵　　　　　　　　　　役				
役　別		軍　種		官(兵)科	
退　伍軍　階		服　役期　間	起：民國　　年　月　日迄：民國　　年　月　日	退伍令字號	

身心障礙註記		原住民族註記	
種類	等級	身分別	族別

本人及配偶曾獲配公教貸款或配購公教住宅註記

☐曾獲配公教貸款　　☐曾配購公教住宅　　☐未曾獲配公教貸款或配購公教住宅

簡　　要　　自　　述

填表人	承辦人員	人事主管	機關首長

中華民國 97 年 7 月 23 日

第三章　自傳與履歷

5. 自製履歷表

履　歷　表

一、基本資料：

姓名：陳 OO　　年齡：三十六歲　　性別：男

學歷：東海大學　　中國文學研究所博士班畢業

經歷：健行工商專校　　共同科兼任講師

　　　南華大學　　　　兼任副教授

現職：實踐大學　　　　通識教育中心專任副教授

二、研究成果：

《人性、環境、行為互動關係之研究》　碩士論文。

《魯迅小說研究》博士論文高雄復文出版社 2001 年 9 月初版。

〈儒家人性觀之析論〉　第五次孔子國際學術研討會　雲南師範大學主辦 2000 年 12 月《孔學研究》第七輯　雲南人民出版社。

〈中國現代文學史上第一篇小說為誰〉　《紹興文理學院學報》第 21 卷第 3 期。

〈董仲舒人性三品之探析〉《古今藝文雜誌》第二二卷第一期。

三、文藝創作：

〈那一段苦澀的歲月〉　榮獲一九九三年香港中國文化協會主辦全球華人徵文比賽佳作獎。

〈晴嵐谷之戀〉　《古今藝文雜誌》第二二卷第二期。

四、專長：

現代文學、小說創作理論。

五、目前任課：

應用中文、小說欣賞與創作、文學賞析。

六、通訊處：

住　址：臺北縣〇〇市〇〇街〇〇巷〇〇號。

電　話：(〇〇) 〇〇〇〇〇〇〇〇

E-mail：abc@yahoo.com.tw

二、自傳之範例：

1. 求學自傳

自　　傳

　　我姓張，民國七十四年除夕，隨著清晨熱鬧的鞭炮聲，我來到喜洋洋的臺北縣新店市。父母希望我像水一般澄澈明淨；像山一般清健靈秀，故於歡欣之餘，替我取名為「明秀」。

　　家中的成員，除父母之外，還有兩個姊姊和一個弟弟，父親從事機車買賣；母親與二姊則是幫忙店中的事務；大姊服務於金融界；弟弟就讀於高中，家中經濟算是小康。不過由於近年來景氣不佳，家中的生意也大受影響，看著父母每日辛勤工作，心中除了不捨之外，更立志要好好讀書，以期日後有所成就，報答父母之恩。

　　國中畢業後，在父母的堅持下，進入教會女校就讀，原本心理有些排斥，但一踏進崇光女中之後，我便深深的愛上她，因在那裡我重新認識了自己，也發現自己的能力。在學校除用功讀書外，也積極參與社團活動，曾擔任「仁愛服務社」和「知心社」的社長。此外，舉凡校內的國語文競賽、班際辯論賽等，我都勇於參加，雖然沒有得到好的名次，但我還是很喜歡有這樣的經驗。在班上同學都叫我「張修女」，因為我喜歡走入人群，聽取別人的心聲，在我的能力範圍內，儘量去幫助別人，因而也發現我另一個人格特質，我很喜歡這樣的感覺，故心中悄悄萌生從事教職的願望。

　　大學聯考後，我並沒有考上夢想的心理學系，卻進入東吳大學的中文系。在我的印象中，念中文系的人，個個都是才華洋溢、飽讀詩書，而我平日就不擅長寫文章，也沒有和其他同學一樣，大量涉獵文學書刊，心裡真是惶恐不安。曾經一度陷入低潮，但最後在師長與同學的鼓勵下，我決定先接受它、讀通它，才能明確知道自己到底適不適合，於是我更加的努力。故從大二起，我即連續獲得學校之「知學

第三章　自傳與履歷

獎」、「林伯謙老師獎學金」、「白馬文教基金會優秀學生獎學金」、「中國時報張旭昇先生紀念獎學金」等獎項。平日除了唸書，也不忘積極參與班上的事務，曾擔任班代、副班代，以及社團會長等職務，尤其是在戲劇大展中，勇奪服裝造型獎第二名；也曾榮獲中文系「德行楷模獎」第一名。一路走來，能有這樣的成績，我已很欣慰，也很感謝師友的幫助與支持。現在的我，覺得念中文系是件幸福的事，因為可以藉由文學作品，以及文化思想的理解與實踐，對生命有更深一層的了解與感受，並培養更豐富的人文素養。

人生充滿著偶然，任何一個偶然皆會決定我們未來的方向，今日我們所認為的失，也許能成為日後的得，我當初進中文系的沮喪，今日卻變成讓我很開心的事，我甚至決定繼續攻讀中文研究所，更希望日後能運用專業知識，教育英才，回饋社會，一償宿願，這便是我報考貴　所的原因。

2. 求職自傳

自　　傳

我許○○，來自屏東，家中有父母、一個哥哥和一個妹妹、一堆小貓與一隻大狗，父母以耕農為生，哥哥服務於教育界，妹妹就讀高中，家境雖不是很好，但我們知足一家和樂。

在國立屏東科技大學取得視覺傳達設計系學位後，就前來臺北考取國立臺灣科技大學視覺傳達設計研究所繼續深造。在臺北的日子裡，我看到兩個不同環境對設計所產生的差異，尤其是地方文化上的衝擊，讓我深深感受到設計是一個必須隨機應變的行業，而外語能力的訓練，也與專業技能同等重要。因此，在臺北求學期間，我特別注重設計與英文能力的學習。

從小就傾向安靜內向的我，對於設計卻從來不沉默，身邊任何與設計美學有關的事情，幾乎都和我扯上關係。求學期間，我常被委派

擔任美術設計的工作，我總有自己的見解與堅持，在一項職涯興趣測量的結果，也顯示我非常適合從事設計相關的行業。雖然我的外表讓人覺得是溫室裡的小花，但認識我的人都知道，我這朵小花，其實喜歡在冰天雪地裡成長，風雪越大，我長得越燦爛。我除了有一張與年齡不相稱的臉外，還有著與外型不相搭的能力，尤其是在設計方面，在校的成績總是名列前茅，也曾贏得一些獎項，尤其是○○全國創意設計比賽的冠軍，以及全校英文說寫比賽的亞軍，最讓我高興，因這些都是我學習設計前預期的目標。另外，我曾擔任一場校內舞臺劇的導演，它培養我在管理上，以及知人善任的能力，管理能力對一位設計師來說，就像一個人要懂得挑一雙適合他的皮鞋一樣重要。

為減輕父母的負擔，我經常在老師那裡打工，不管是打掃研究室、做研究助理，或是設計教學網頁等，我都非常樂意。也曾利用寒暑假到一家動畫公司實習，學習 2D、3D 動畫和廣告影片的製作，接觸很多不一樣層面的東西，這就是我喜歡設計的原因，無論是在做什麼樣的設計，驚喜總是很多，我非常清楚我想要的，就是這種不斷變化的體驗與學習。

一般人大致都認為，正職的工作經驗，在求職時是非常重要，雖然我今年才踏出校門，成為社會新鮮人，沒有正職的經驗，但我認為，工作經驗的取得，並非只有正職的工作，當下所看見的、所學習的、所接觸的這一秒，在下一秒都會成為我們的經驗，這是長期以來我堅持的信念。所以，只要有任何獲得經驗的機會，我都會把握。

貴　公司，以數位科技而聞名，尤其是形象包裝，更是公司主要的業務，然面對多元、多面向的企業，其形象包裝的設計，要讓每一位業主滿意，並非易事，但客戶的肯定卻是公司永續經營的關鍵。所以，貴公司如果給我一個參與服務的機會，我將以「客戶的滿意，是我設計的最高目標」來自勉，我雖不能保證，但我是一個有心把事情做好的人。

第三章　自傳與履歷

3. 高階職位求職自傳

自　　傳

　　我楊○○，係臺灣省彰化縣人，今年已是不惑之年，世居臨海僻鄉的福興，代代以務農為生，生活純樸，家教嚴明，對於忠孝節義尚能謹守。父親健在仍操舊業，兄姊四人各已子女成群，並服務教育及工商界，我排行老么，拙荊任職會計師事務所，小女一人就讀於小學，家庭尚稱美滿，不愁三餐。由於成長環境影響，使我生性樸實剛毅，亦顯得執著孤僻，望滄海之大而覺人類之渺，見落日餘暉而嘆夕陽無限美，不禁憶起〈滿江紅〉中的「莫等閒，白了少年頭，空悲切！」。因而肯定生命之價值，在於不斷的奮鬥；生命之意義，在於理想的追尋，若理想未能實現，奮鬥絕不中止，至死不渝。

　　自八歲入學，先後完成國中學業後，本欲弦歌再繼，奈何！因家逢變故而輟學，真是欲哭無淚。事隔一年，深知願望之實現，有賴學問為基礎，故在家人反對下，趁著月黑風高離家出走，從此爾後便過著流浪生活，因而自喻「我如曠野之鴿，浪跡天涯！」。初次離鄉背井來到臺北，人海茫茫，舉目無親，真不知如何是好？然為了實踐「志未成，誓死不還鄉。」的諾言，我已不再流淚，畢竟淚填不滿人生遺恨。隨後，即進入半工半讀之生涯。在面對新旅程的開始，也為了生存，我拾過同事丟棄在垃圾筒的罐頭，只為已吃怕那只有白飯的日子，我曾在三更半夜起來偷吃房東的飯菜，也只因肚子餓得無法入眠。還更為那昂貴學費而成為臺北橋下之常客，每當同學們興高采烈歡渡假日時，我便忙於打工，將磚塊一塊塊挑上四樓，尤其是為了考上大專院校，更讓我的大腿留下二十幾個香疤。就在這種艱苦歲月中，挨過了兩度鳳凰花開、驪歌高唱，才完成了學業。幾年來的摸索，其中之辛酸，有如寒天飲冰水，點滴在心頭。我感謝上帝，賜給我一個不同的環境，也給我一個奮鬥機會，我將堅決要與命運搏鬥一場，我深信命運操在自己手中，多少年來我一直孤軍奮鬥，多少次在人生旅途上摔倒，但我依舊勇敢地站起來。人生猶如一道激流，沒有暗礁是掀不起美麗浪花，我始終相信有朝一日，我會踏著滿地落葉歸回。

自學校畢業後，即致力所學而加以運用，把電腦技術結合於日常生活中，如電腦瓦斯爐、電腦熱水器……等，是為我首創。並將這些作品參加中華民國第九屆全國發明展大賽，被選為國家代表，參加德國紐倫堡國際發明展大賽，於賽中脫穎而出奪得「金牌獎」。能為國爭光終究是件好事，回臺後並蒙臺灣省主席、經濟部長、教育部長頒發獎狀及召見慰勉。翌年又參加美國紐約國際發明展大賽，再次奪得「金杯獎」，同年的國父誕辰紀念日，即被選為中山學術技術發明獎「得主」，並蒙前考試院長楊亮功及一級上將何應欽頒發獎狀獎金。再次年，我另一作品又獲得瑞士日內瓦國際發明展大賽的「銀牌獎」，由副總統謝東閔親頒獎狀勉勵。在事業上雖小有成就，然這終非是我的理想與願望，在形而下之應用科學上雖稍有所得，但對形而上之哲學思想卻無緣一窺堂奧，難免令人遺憾。況哲學為智慧之本源，而應用科學則為其末端，哲學領導科學，倘使無法進入哲學領域，捨本而逐末，應用科學的發展必然有限，這也是我後來從理工轉向哲學之原因。

作品在一連串得獎後，即開始尋求投資成立公司，以便將其商品化，行銷市場。公司成立之初，即挾其得獎威名而大獲其利，業務成長更是驚人，工廠也急速擴張中。我個人事業如日當中，公司一家接一家的開設，期能多元化，所涉之處，諸如電子、家廚、養殖、招標工程……等。且發明有「電腦瓦斯爐」、「電腦熱水器」、「具多種功能之自動辦公桌」、「救生腰帶」、「車輛妨害交通告知器」、「防止物品遺失或被盜之提示嚇阻裝置」等專利十幾件作品，當時我才二十九歲。本以為十大傑出青年或十大傑出企業家在望，然少年得志對一個年輕人並非好事，也是日後埋下兵敗如山倒的主因。事業擴張太快及驕傲成性，凡事都認為沒問題，以致後來被倒債近千萬，造成公司周轉不靈，再加上本身是白手起家，並無雄厚資金做後盾。雖曾回鄉求助父親，將農田借我向銀行貸款，只須少量周轉金公司即可渡過難關，然他不肯，他能為他那才十九歲的寶貝兒子要一部跑車而將農田賣掉，卻不願助我一個月營業額超過四千萬元之公司渡過難關。只得眼睜睜看數年來心血付之東流，所以敗得慘兮兮，連一家公司都沒得留下，想到這裡，不禁令人感慨萬千，不勝唏噓，而我又能怎麼樣呢？這只

第三章　自傳與履歷

不過是一個悲劇故事的延伸罷了。我只能含淚將專利賣給一家財團一千萬，並以此資金再投入合夥，成立新公司繼續經營。沒想到「雛雞逃命落溝渠」，不到兩年即被該財團以種種理由吃掉，留下兩袖清風，吃掉原因雖各說各話，然大家心知肚明。在沉思痛省後，覺得以我純樸個性，並不適合在商場上浮沈，且從商並非我理想。於是找一份工作，重拾書本，準備研究所考試，不管多少年，立志不變。然上帝憐我，隔年即在一個機緣下考上香港○○大學哲學碩士班。畢業後得以再上一層樓，考進香港○○大學文學博士班，對於曾幫助我的人，我感激萬千盡在不言中。

在年已三十有幾的我，能重拾書本，再度與學生結緣，其心中之喜悅自不在話下，人生最大幸福莫過於能從事自己興趣，生活雖苦，心中卻非常踏實，只是苦了吾妻含辛供我父女唸書，每想及此總令人為之哽咽。唉！我命固坎坷，然能得妻如此，夫復何求！為減輕吾妻負擔，我便以「減少一分支出，糟糠即少一分辛勞」來自勉，故有段時間我寄居於臺灣人到香港開設的佛堂，對那位不顧臺灣方面反對而收留我的○○姊，我始終銘感在心，只是令人很疑惑的，何以能為港人服務卻不能對同一臺灣人伸出援手。後我自然不便讓○○姊困擾而決定搬出，適港人○○的幫忙住進政府公屋，我的生活方告穩定，但無論如何人間畢竟處處有溫情。我除正常課業外便開始打工，不管是烈日陽光，抑是寒風瑟瑟，我會像個老頭子拖著沉重腳步，往返於香港、大陸之間，雖然同事常罵老闆沒良心，每次東西都那麼重，叫我不要做，但我可以嗎？何況咬緊牙根的日子，我早已習慣。

碩士畢業後我便留母校任教，因有空閒時間，故開始練習文藝寫作，著有《曠野之鴿》（散文、小說集）、〈那一段苦澀的歲月〉、〈晴嵐谷之戀〉……等。其中之〈那一段苦澀的歲月〉曾參加香港中國文化學會所舉辦之一九九三年全球華人徵文比賽，獲得「佳作獎」。黃鶯初啼，即榜上有名，對於爾後寫作將更具信心，然此份榮譽已不能再與慈母共享，這是我一生中最大憾事。猶記離別時叮嚀，相約兩年後的團聚。奈何！慈母不待我歸，驟然而去，叫我何處再聞慈母喚兒聲，我情以何堪，不覺聲淚俱下，真是：

應用中文卷

　　昨日叩別惜依依，望兒學成早日回。
　　今日跪臨淚涔涔，只因慈母乘鶴去。
　　慈母已逝，承歡膝下的美夢，亦不能再續。唉！「樹欲靜而風不止，子欲養而親不待」真不知道盡多少人對生命之無奈！實令人欲哭無淚。

　　時光飛逝，五年匆匆，今年的鳳凰花開，驪歌將再響起，一份喜悅，一份眷戀，終擋不住歸心似箭之鄉愁。別了！美麗的香港，縱要面臨就業之徬徨，我也要回到屬於我的地方，守著吾妻，守著吾女，吾願足矣！我生無大志，只想過著執鞭生涯，然這小小願望，對一個被上帝遺忘在幸福領域之外的人而言，就顯得非常困難。雖歷經多時，但依舊不可得，然此心數年如一日，始終不能忘懷。昔日千里迢迢，遠渡重洋所為何事，只不過想一償夙願而已，願上帝助我。

蔡○○　謹誌於香港 2025.06.06

■ **應用練習**

1. 試述學習撰寫自傳與履歷表之重要性為何？

2. 試述自傳與履歷表之意義、用途，以及目的為何？

3. 試述履歷表之種類有哪些？

4. 試述自傳之種類有哪些？

5. 試述履歷表之結構有哪些項目？並概略說明之？

6. 試述自傳之結構有哪些項目？並概略說明之？

7. 試述自傳與履歷表之撰寫要領有哪些？並概略說明之？

8. 試述自傳與履歷表之撰寫原則有哪些？並概略說明之？

9. 請自我模擬試寫一份履歷表。

10. 請自我模擬試寫一份自傳。

第四章　書信

書信是一種人與人之間、機關與機關之間「魚雁往返」的過程。無論是透過文字或是口語皆是其內涵的表達形式，人與人之間意見的交流經由書信方式傳遞。在古代又表示為「舒布其言」、「信實可徵」之意。直至今日科技文明的世紀，透過書信表達彼此的意見，或是情感交流，進而建立共識，依然擁有著不變的本質。即使書信的行事略有不同，卻仍是不可或缺的存在。

本單元之目的，即在教導你如何撰寫成功的書信，來增進人與人之間的情感，使人際關係更加和諧。以下分成：書信概說、書信的種類與結構、書信的撰寫與原則、書信的款式與用語，以及書信範例等五個單元。茲說明如下：

一、何以須要學習書信的使用方法？

書信無論在種類或結構上，皆依人、事、時、地、物的不同而有所改變。若未具備此種知識，將每一種類的結構及寫作格式任意擺置，往往貽笑大方，更甚者，容易失禮於對方，鑄下無法挽回的大錯，故實不可不謹慎對之。

其中，又以稱謂、提稱語或是結尾敬語等部分最為容易讓使用者感到疑惑其使用方法。例如：寫信給師長時其提稱語可用「函丈」、「帳下」、「講席」、「座右」、「道席」等，然使用者若不熟悉或根本不懂提稱語的使用方法，將寫給平輩或年幼者的「青盼」、「青睞」用在了寫給長輩的信件裡，那實在是大為不敬的失誤啊！

二、要如何學習並撰寫書信？

凡事皆非一蹴可幾，學習撰寫書信也是如此。縱然萬事起頭難，然若能多加練習，熟悉其書信基本格式，並搭以閱讀佳作範例，定能下筆得體、運筆成章。下段便依照書信概說、種類、結構、撰寫與原則、款式用語等章節來細細說明其書信重點與通則。

第四章 書信

第一節 書信概說

　　中華文化悠遠流長，自古便以禮儀之邦頂立天下，人們彼此在交際、情感交流上，也多透過書信往返來連繫彼此。在現今，書信仍舊是人與人之間、人與機關之間或機關與機關之間在溝通信念、維繫情誼、宣揚理念的重要工具。即使電子通訊已普遍流傳於世，書信依然擁有著物質實體、個人筆跡手澤等特點。無論是在審美、存證、紀念或史料等方面均維持著一定的價值與地位。除此之外，在經濟效益上它也存在著物美價廉的特色，透過誠懇的文字反覆思量與修飾用語，或含蓄或暢所欲言，皆不因時間與篇幅而有所受限，確實具有無法被替代的原由。

　　《說文解字》：「著於竹帛謂之書，書者，如也。」[1]清毛奇齡《經問》亦如此解釋：「書者，如也。如其所言而記之。」[2]《文心雕龍》更如此說道：「書者，舒也。舒布其言，陳之簡牘。」[3]書字，從手執筆寫作「聿」，為「筆」字之初文。故《說文解字》因而言其「所以書也。」[4]舉凡筆記眾言諸事，皆可構其言暢其思也，並將其透過曼妙文字將其記錄，就是書的意思。而信字，則有信實、確實可靠之意。誠如《說文解字》所言：「信，誠也。從人言。」[5]

　　《晉書・陸機傳》一書是最早出現書信二字的古籍：「『我家絕無書信，汝能齎書取消息不？』犬搖尾作聲。機乃為書以竹筒盛之而系其頸，犬尋路南走，遂至其家，得報還洛。其後因以為常。」[6]書本為文字形式，信則指稱口語形式，後來因為兩者在性質上與功能性方面

---

1 許慎：《說文解字・序》，（臺北：迪志文化出版有限公司），頁 1。
2 毛奇齡：《經問》，（文淵閣四庫全書），頁 2。
3 劉勰：《文心雕龍・書記》，（文淵閣四庫全書），頁 11。
4 許慎：《說文解字・序》，（臺北：迪志文化出版有限公司），頁 11。
5 許慎：《說文解字》，（臺北：迪志文化出版有限公司），頁 7。
6 詳參（唐）房玄齡等撰：《晉書》，（臺北：中華書局），卷五十四。

相當接近，因此成為同義複詞，合而稱之為「書信」。即使書信可以讀之行雲如水，如同一篇文情並茂的文章，然書信與文章仍有許多不同的地方，下面依對象、目的、格式三方面來說明：

一、有一定的對象：

　　書信的來往必定具有一位明確的對象或機關，因此這當中就十分講究遣詞用字的禮節，合乎彼此身分關係的用語，才能使魚雁往返的過程一切愉悅。

二、有一定的目的：

　　意圖顯著，輕易使收信人明瞭發信人所要表達的意思，文字確實扼要，言簡意賅。

三、有一定的格式：

　　具有專門的用詞用語，諸如：提稱語、祝頌問候語、啟告語等面對不同對象、不同身分都有不一樣的特定用詞。必須注意其慣例，否則易造成失禮的糗事。除此之外，書信自古以來便有許多稱呼，諸如：牘、柬、簡、素、箋、函、札、鴻雁、鯉魚、魚雁、書筒等，都與古時候書信使用的材料，或傳信的動物相關。

第四章　書信

第二節　書信的種類與結構

一、種類：

　　書信種類依其收信人的不同，而有不同的用法。大致上可以對人或對事來區分其類別，或依其目的來區別一般與專門書信兩類。

（一）以對人來說便有身分上的用語差別，更可依其發信與收信人的關係區分為晚輩、平輩、長輩三種：

1. **晚輩**：包括子女、甥姪子女、孫子女、學生等。

2. **平輩**：包括和自己同輩的年幼者親友、同儕友人、共事者等。

3. **長輩**：包括父母、祖父母、岳父母、長輩親友、上級長官、老闆上司、教師等。

（二）以對事來說便有目的上的書寫差別，約略可以分類出以下幾種信函：

1. **應酬**：諸如弔唁、慶賀等。

2. **議論**：諸如論學、論政等。

3. **問候**：諸如問候、慰問、感謝、勉勵等。

4. **專門**：諸如求職、存證、薦聘等。

　　其中又以專門用途的信件在撰寫的使用上較為廣泛，以下說明之：

應用中文卷

1. 求職信件：

A. 求職信的意義：

　　求職信的意義所在並非只是為了虛以委蛇的公式化形式文章，而是能適當的凸顯個人自我專業與特色的求職好幫手。在眾多求職者當中，如何讓僱主能一眼便被你的求職信件吸引住目光，進合獲得聘任機會，便是求職信的重要意義。其所要傳達的訊息有三：

　※ **彰顯個人特質**--對受僱者來說能夠在求職信件篩選的第一時間便獲得僱主注意，以競爭激烈的職場來看絕對是件佳事。然而，僱主一天須要瀏覽的履歷多不勝數，因此一封形象鮮明卻簡潔無贅字的求職信絕對是求職的必要條件。一方面除了可以在內容上盡量彰顯個人特質外，最好也思考其求職的公司、職位所須的人才質性是否與自我個性相去不遠，例如公關公司須要的是一位能夠與他人交際活絡的專業人員，而您又剛好具有和大眾應酬的本事，便可在此推銷個人特色，以便增加通過篩選階段的機率。

　※ **凸出專業能力**--除了個人特質必須符合公司求職須求外，專業能力更是現今社會最重視的要件之一。一般來說，公司在應聘新進人員的開缺徵人訊息中會要求受僱者必須具備哪些能力，例如學歷限制、語言能力檢定等條件。因此求職人在求職的過程中必須要事先注意自己是否符合公司的須要，倘若條件相符，那便能力圖於求職信件中凸顯自我專業技能、豐富的經歷，讓僱主發現自己與其他求職人優勢之處。

　※ **展示積極態度**--彰顯了個人特質、凸出了自我專業能力後，再來便要在求職信件當中注入自我積極態度。僱主徵人除了希望受僱者能夠符合工作條件與能力外，更期望其能具備工作熱忱。一位熱忱的員工，往往能積極面對工作上的壓力與挫折，進而為公司帶來貢獻與生機。

第四章　書信

B. 求職信寫作要訣：

　　雖然求職信件的目的是為自己求得一職，然而切不可因而言詞溢美諂媚、矯情低俗。其原則是以誠懇真摯、謙虛自然的態度，如若在上頭提及自己具有哪些相關專業證照，最好能附上影本作為佐證。於寫法格式上，應使用較大字體寫上「求職信」為標，並置中信件首行。標題下行便寫上求職的單位名稱或負責人名稱，正文則盡量以簡潔又不失禮貌的文字來彰顯自我特質、凸出專業能力與積極態度，長度約三至四個段落為佳，盡量不要超過一頁的範圍。

　　無論如何，一封優質的求職信件應該再開頭便清楚說明何以對此職務具有熱忱，並表述其個人質性與優於他人的經驗資歷或者能為公司帶來效益的專業技能等。文末則感謝僱主能夠考慮此次求職申請為結，並於附件附上其證照影本。

2. 存證信函：

　　存證信函，為「郵局存證信函」的簡稱。依「郵件處理規則」第三十四條第一項規定：「掛號信函交寄時，加付存證相關資費，依中華郵政公司規定方式繕寫，以內容完全相同之副本留存郵局備作證據者，為存證信函。存證信函留存郵局之副本，自交寄日起，由郵局保存三年，期滿後銷燬之。」[7]由此可知，所謂存證信函是一種能夠存妥證據的文書，透過郵局來證明發信日期與內容的證明信函，乃法律上的書證，於證據法中佔有一席之地。常見存證信函適用時機，諸如購物糾紛、車禍案件、承租、借貸等問題，不一而足。

撰寫內容與格式上，有以下要點：

---

[7] 詳參中華民國 91 年 12 月 30 日交通部交郵發字第 091B 000166 號令訂定發布之郵件處理規則。

A. 特定用紙：

　　B4 橫式，可向郵局購買存證信函特定用紙，或自行於網路下載列印。一式三份，亦即按雙方當事人之人數外加一份，由寄件人、收件人、郵局三造各執一份。

B. 格式內容：

　　撰寫存證信函時必須清楚宣明其目的，並掌握法律時效或合理催告時間，以簡明扼要的言詞彰顯出重點。首先以首行頂格開始書寫，因應注意人、事、時、地、物等重要事項，寫明由於對方之作為或不作為而導致我方損失之情事，切忌言詞含糊閃爍，模糊事實焦點。進而在信件當中載明希望對方能夠於期限內有所回應或補償，倘若置之不理，則警告對方將會採取法律途徑解決。文末更可以「請　臺端自重，以免訟累」做為結尾。此外，在寄送之前望能反覆審稿，避免於遣詞用字上顯現邏輯漏洞或者遺落重要事宜。

C. 塗改蓋章：

　　存證信函應具有法律效益，故有別於一般書信，在內文上盡量避免過多塗改、增刪，若仍無法避免，應於備註欄處註明訂正字處與字數，並簽章以示負責。

D. 注意細節：

　　存證信函寄發時須以「雙掛號」形式寄出，郵政承辦員受理時會檢核信件概況，並複製三份－－一份寄發相關收件人、一份發信人收存、一份郵局存留。無論是郵局掣給的「特殊郵件寄送收據」或者寄件人持有的存證信函，甚至是事後收到的「回執證明」等，都是極為重要的憑證物。一般來說郵局方面會保存三年，若須延期則須向郵局另外提出申請。

第四章　書信

二、結構：

書信結構約可分為開頭、正文與結尾三大部分，分別說明如下：

（一）開頭：

1. 稱謂：

　　無論信件為直式或橫式，都應在首行標明其收件人稱謂，置於頂格，下加冒號。並依其身分地位而有所不同的稱呼，例如尊親多可使用平日習慣之稱呼--「叔公」、「奶奶」等；師長則多稱呼以字號，現在人取名多捨去字號，故可以稱其--「○○教授」、「○○老師」等；平輩常用--「兄」、「女士」，交情匪淺者則可加上名字--「○○吾妹」、「○○老弟」等；晚輩多直呼其名或者就其出生排行稱之--「○○吾兒」「○○吾姪」等；同儕間可稱呼--「學妹」、「學弟」等；職場上的稱謂則多稱其職稱，諸如--「○○主任」、「○○副總」等，尤其是大人物，如總統、市長等，可取名子一個字，在加「公」字，加職稱--「哲公市長」；對不確定其稱謂的人士，或者對象是一團體則可以「敬啟者」表示。

2. 提稱語：

　　提稱語用於稱謂之後，具有提高稱謂或請對方讀此信件的涵義。使用時必須注意其規則，例如對象是父母時可用「膝下」、「尊前」；對象是長輩時可用「尊右」「座下」；對象是平輩時可用「臺右」、「足下」；對象是晚輩時可用「知之」、「如晤」等，各有不同。倘若錯用，必然貽笑大方，須慎之。

3. 啟事敬詞：

　　多置於提稱語後，作為陳述事情之發語詞，如啟事於尊親時可用「敬稟者」，今多省略。

（二）正文：

1. **開頭應酬語**：開始敘述正事之前的客套用語，例如：初次見面可稱「久仰」、受人教導可稱「茅塞頓開」等。當然，也能夠省略過多的客套用詞，以開門見山之言詞宣告正事。

2. **正文**：其為書信的主幹，內容必須明確具體，可依其須要而分段，不限長短。然，此部分為主旨所在，務必將發信人所要宣達的目的與意圖展現於此，並以懇切的用語來敘述之。

（三）結尾：

1. **結尾應酬語**：結尾應酬語顧名思義，便是在書信末尾時所講述的客氣話，諸如「天氣漸涼，外出請注意添加衣物」或是「多年未見，對您總充盈著思念，渴望相聚」等，亦可省略。

2. **結尾敬辭**：結尾敬辭又分指申悃語與問候語，申悃語是指「肅此」、「敬此」等，現在書信內容多省略掉申悃語；問候語則表以敬意、問候的言詞，依照對象不同有一定的使用規則，諸如：書信收件人為尊親則可使用「敬請　福安」、「叩請　金安」等；收件人為長輩則可使用「恭請　崇安」、「敬請　鈞安」等；收件人為師長則可使用「敬請　道安」、「恭請　教安」等；收件人為平輩則可使用「敬請　大安」、「順頌　時綏」等；收件人為晚輩則可使用「順問　近祺」、「即問　近好」等。

3. **自稱**：是指發信者對收件者的自稱詞，書寫格式與寫法須要與書信開頭相呼應，如對父母可自稱「兒」、「女」等，倘若為中式直式信箋，格式應偏右書寫，字體略小；反之為西式橫式信箋，則其格式應偏上書寫，字體亦應略小，表示尊敬。

4. **署名**：署名表示一種負責的態度，為自己的信件簽署時只寫名、不寫姓，另收件人觀名如睹其人。倘若收件者是與自己關係較疏遠之

第四章　書信

人，署名通常是連名帶姓；而當收件者是與自己關係甚為親密之人，署名也可以稱謂表示「大姐」、「爺爺」等。要特別注意的是，假使發信人目前正處於服喪期間，要記得在姓名字號之前加上「制」字為佳。

5. **末啟詞**：末啟詞是表示將信件種種內容告知對方的意思，置於署名之下。面對不同的收件人身分，有不一樣的用語，如：書信收件人為尊親則可使用「敬稟」、「叩上」等；收件人為長輩則可使用「謹上」；收件人為師長則可使用「謹上」；收件人為平輩則可使用「敬啟」、「謹啟」等；收件人為晚輩則可使用「示」、「手書」等。

6. **時間**：寫信時標明書寫的日期是有其必要性的意義，除了可以用來表示時效外，有時亦可被採信為法律之依據。此外，時間多以縮小字體置於署名下敬辭的下方，可與寫作地點一起標註。

7. **附候語**：書信完成後，可順便問候收件人的親友，亦可省略。常置於信箋末尾空白處，另起一行，或與補述語連用。內容大致如此：問候對方母親--「令堂大人前，乞代叱名請安。」；問候平輩兄長--「某兄處未及另函乞代致意。」；問候晚輩--「順候令郎安好。」……等等。

8. **補述語**：補述語是指書信完成後，倘若想起某件事遺漏未提，可在信末空白處補充述說。另起一行，冠以「另」、「又」等字。須要特別注意的是，現今書信常使用「P.S.」（Post Scriptum），對長輩不宜使用。

第三節　書信的撰寫與原則

一、撰寫原則：

（一）注重禮貌、情感真摯：書信面對的是一特定對象，可以是機關也可以是個人，因此禮節的注意是相當重要的。就對方的身分、地位而擇用不同的表達方式，並以真切自然的態度來書寫，務求通篇文章懇切真摯，切勿流於浮誇空洞、言詞鄙陋而不自知。

（二）用語得當、格式正確：書信自古而今有一套制式的格式與專門用語，雖然現今書信多趨向簡化，然而某些必要的款式套語仍然沿襲至今。各式格式套語在上一章節以充分講述，應明瞭許多用詞皆有其對象限制，雖無須事事墨守成規，但倘若套用錯誤不免給人差勁的印象，甚至失禮於對方引發不必要誤會，因此實不可不慎。

（三）條理分明、簡明扼要：寫信要明白為何寫、如何寫，並讓對方能夠一目了然的言辭書寫，力求宣明主旨，應對適宜之態度、語氣，切勿如裹腳布般又臭又長，雜亂無章。盡力就實際想表明的事項為內容，鎖定文字鋪述範圍，且條理分明、簡明扼要。

二、注意事項：

（一）開頭：開頭是指稱謂擺放位置，是整篇書信最先入眼的文字。一般來說，中式直式信箋以最右邊第一行頂格寫起，橫式西式信箋則以最左邊第一行頂格寫起。要特別注意的是，倘若使用的是素面的信紙，無論中西式信箋要留適當的天地邊欄，才不至於讓收信人感到閱讀上有所壓迫。

（二）抬頭：所謂抬頭是指在書信中提到對方稱謂或名號時，用以表示尊敬時可於原來位置往下留空一格--又稱「挪抬」；或另起

第四章　書信

一行頂格書寫--又稱「平抬」。舉凡在信箋當中有關收信人或者與收信人相關的事宜皆可加以運用。另外，提到發信人自己的尊親或師長等長輩，亦可使用挪抬以示敬意。惟，行政院於民國一百〇四年三月二十五日函文各機關，即日起所有公文書均不再使用「挪抬」等格式。

（三）**行款**：傳統書信多以直行書安，盡量避免單字成行、單行成頁的狀況，亦使整體版面看來不甚美觀，輕重失頗。另外，提到人名時也應遵照單字不成行的準則，所謂「名不落二行」即是如此。

（四）**稱謂**：

1. **自我稱呼**

    A. 在信箋當中自我稱呼時，應該縮小側寫，以表謙卑。

    B. 在信箋當中稱呼尊親時應加「家」字，如「家母」；稱呼弟妹時，應加「舍」字。

    C. 在信箋當中稱呼自己店號時應加「小」字，並縮小側寫，以表謙卑。

    D. 在信箋當中稱呼自家時應加「敝」字，並縮小側寫，以表謙卑。

    E. 在信箋當中稱呼已故尊親時應加「先」字，如「先母」。

    F. 在信箋當中稱呼已故晚輩時應加「亡」字，如「亡姪」。

    G. 在信箋當中稱呼自己的伴侶或子女時應加「愚」字，並縮小側寫，以表謙卑。

    H. 在信箋當中收信人是尊長時，自稱應加「晚」字，並縮小側寫；在信箋當中收信人是上司時應加「職」字，並縮小側寫；在信箋

當中收信人是晚輩時可加「愚」字，並縮小側寫。另外，自我作品可稱「拙著」、自我意見可稱「拙見」等。

2. 稱呼對方：

A. 在信箋當中提及對方親友可加「令」字，以表尊敬。

B. 在信箋當中提及對方尊長可加「尊」字，以表尊敬。

C. 在信箋當中提及對方友人可加「貴」字，以表尊敬。

D. 在信箋當中提及對方配偶可加「尊」字，如「尊夫人」，以表尊敬。

E. 在信箋當中提及對方父子、兄弟或夫婦皆可加「賢」字，如「賢伉儷」便是尊稱他人夫婦。

F. 在信箋當中提及對方處所可加「貴」字，以表尊敬。

G. 在信箋當中提及對方店號可加「寶」字，如「寶號」，以表尊敬。

H. 在信箋當中提及對方著作可加「大」字，如「大著」，以表尊敬。

I. 在信箋當中提及對方意見可加「尊」字，如「尊意」，以表尊敬。

J. 在信箋當中提及對方尊長卻不曉得適當稱謂為何時，可以「○老」、「○公」等語，以表尊敬。

K. 在信箋當中收信人有兩位以上，且輩分相同的話可以將其名字平列，反之則應遵照輩分排之。中尊，其次是右，末為左。

（五）署名：

　　署名的使用必須按照收信者與發信者之間的關係而定，如當收件者為自己的祖父母時則可用「孫」字表己；當收件人為自己的師長時可用「受業」自稱，並應從信末請安語之下次行中間寫起。

第四章　書信

第四節　書信的款式與用語

一、款式種類：

書信款式有三，分述如下：

（一）信封

信封是收信人第一眼映入眼簾的首要印象，因此其禮節更應講究：

1. **顏色**：無論直式或橫式，信封以白色系最為雅素，適合於各式各樣的場合，皆顯得大方得當。然而要注意的是，倘若寄信的對象為喪家，要記得購買黑色格線的信封，或是將原本的紅色格線塗黑，以免冒犯對方。

2. **字體**：信封上的字體除了供給收信人辨識外，也必須讓郵務人員在送件過程中，能夠正確無誤的讀懂上面的文字。因此，在書寫過程中須盡量以正楷字端正書寫，避免令字跡潦草難辨。

3. **寫法**：

　A. **橫式**：分上下路。上路從左上角開始為發信人的郵遞區號、地址處所及緘封辭，分上下兩行，由左至右橫寫於信封的左邊算起約三分之一的位置；下路則從信封的下半部約二分之一的位置開始寫起，第一行先寫收信人的郵遞區號，第二行寫收信人的地址，下方則以較大字體書寫收信人的姓名、稱呼及啟封辭。郵遞區號、地址與姓名的首字大約對齊。右上方則為黏貼郵票的地方。晚近由於電腦的普遍使用，橫式信封大有取代直式信封的趨勢。

　B. **直式**：直式信封分為左、中、右三路。右路寫收信人的地址處所，並且上端應空二格再開始書寫，字體以緊湊為宜。至於收信人的任職機關行號，可以寫在右路左行或中路右行，並將字體縮小，

而中路中行則寫收信人的姓名、稱號、啟封詞等，從信封上端開始寫起，字體較大些，端正勻稱；左路的部分寫上的是發信人的地址、姓名、緘封詞等，且中路稱呼倘若不採用先生、女士、小姐，可以改成收信人的職稱，其寫法是：「姓、職位、名，而後啟封詞。」記得，「名」須採靠右側略微小字的方式較為禮貌。另外，信封之繕寫款式應符合以下寫法：「李大方先生　大啟」、「李大方主任　大啟」、「李主任正德　大啟」。

（二）信箋

1. **顏色**：無論直式或橫式，信箋以白色系最為雅素，適合用於各式各樣的場合，皆顯得大方得當。然而要注意的是，倘若寄信的對象為喪家，要記得購買全白的信箋，不可使用具有紅色格線的信箋，以免冒犯對方。

2. **字體**：字體沒有限制，但以讀來舒適的字體樣式為佳。墨色則以藍、黑二色最為文雅大方。對上（長輩）最好以端正楷書書寫，對下（平、晚輩）則可自行揮灑，但仍須避免過於潦草，導致對方看不明白。

3. **封折**：信箋須以寫字的那一面向外摺疊，最上一層是收信人姓名及稱謂，務必使收信人一拆信便可清楚看見自己的稱謂及提稱語呈現於眼前，一方面可令收信人閱讀便利，另一方面也是種禮儀的展現。

（三）明信片

臺灣的中華郵政規定明信片格式最大者為 14.8 乘以 10.5 公分，最小者為 14 乘以 9 公分，其正面同信封格式，反面則為信箋，可書寫內容，亦稱之為「郵片」。因無封口，所以明信片所寫的內容都是對外公開，可以輕易地被他人瞧見內容。必須注意的是，明信片為非正式書信，故寄給長輩較為不適當，另外要注意不可寫成「○○○啟」，而應將「啟」字改成「收」。

第四章　書信

二、各式用語：

（一）稱謂

1.家族：

稱　人	自　稱	稱對方家族	稱己方家族
祖父、祖母	孫、孫女	令祖父、令祖母	家祖父／母
父親、母親	兒、女	令尊、令堂	家父／母
伯父、伯母	姪子、姪女	令伯、令伯母	家母／伯母
兄、嫂	弟、妹	令兄、令嫂	家兄／嫂
弟、弟婦	兄、姊	令弟、令弟婦	舍弟／弟婦
姊、妹	弟、妹、兄、姊	令姊、令妹	家姊／妹
吾夫	妻	尊夫	外子
賢妻	夫	尊／嫂夫人	內子／人
吾兒、吾女	父、母	令郎、令媛	小兒／女
賢媳	愚	令媳	小媳
幾孫、孫女	祖父、祖母	令孫、令孫女	小孫／孫女
賢姪、姪女	愚伯、伯母	令姪、令姪女	舍姪／姪女
君舅、君姑	媳	令舅、令姑	家舅／姑

2. 親戚：

稱　人	自　稱	稱對方親戚	稱己方親戚
外祖父／母	外孫／孫女	令外祖父／母	家外祖父／母
姑丈／母	內姪／姪女	令姑丈／母	家姑丈／母
舅父／母法	甥／甥女	令母舅／舅母	家母舅／舅母
姨丈／母	姨甥／甥女	令姨丈／母	家姨丈母
岳父／母	子婿	令岳／岳母	家岳／岳母
姊丈	內弟／姨妹	令姊丈	家姊丈
妹丈	內兄／姨姊	令妹丈	舍妹丈
表兄／嫂	表弟／妹	令表兄／嫂	家表兄／嫂
表弟／弟婦	表兄／姊	令表弟／弟婦	舍表弟／弟婦
內兄／弟	妹／姊婿	令內兄／弟	敝內兄／弟
襟兄／弟	襟弟／兄	令襟兄／弟	敝襟兄／弟
姻伯／伯母	姻姪／姪女	令親	舍親
姻兄／嫂	姻弟／侍生	令親	舍親
賢內姪／姪女	愚姑丈／母	令內姪／姪女	舍內姪／姪女
賢外孫／孫女	外祖父／母	令外孫／孫女	舍外孫／孫女
賢甥／甥女	愚舅／舅母	令甥／甥女	舍甥／甥女
賢婿	愚岳／岳母	令婿	小婿
賢表姪／姪女	愚表伯／伯母	令表姪／姪女	舍表姪／姪女

第四章　書信

3. 世交：

稱　人	自　稱	稱對方師友世交	稱己方師友世交
太夫子、太師母	門下晚生		
老師、師母	受業	令業師	敝業師
世伯、世伯母	世姪、世姪女	令世伯、令伯母	敝世伯、敝伯母
學長、學姊	學弟、學妹	貴同學	敝同學
同學	小兄、愚姊	令高足	敝門人
世兄	愚	令世姪	敝世姪

（二）知照敬辭

使用對象	對應之知照敬辭
祖父母、父母	膝下
師長	函丈、道鑒、壇席
長輩	尊前、尊鑒、賜鑒
平輩	臺鑒、雅鑒、惠鑒
晚輩	青鑒、如晤、如握
文教界	道鑒、文席、撰席
財經界	臺鑒、大鑒
宗教界	道鑒、法鑒、壇席
軍政界	鈞鑒、鈞座、勛鑒
部門主管	鈞鑒
居喪者	禮鑒、苫次

（三）問候語

使用對象	對應問候語
祖父母、父母	敬請○福安
師　長	恭請○道安、敬頌○鐸安
長　輩	恭請○尊安、敬頌○福安
平　輩	敬頌○臺安、敬頌○大安
晚　輩	順候○近好、順候○近佳
文教界	敬頌○道安、敬頌○撰安
財經界	敬頌○財安、敬頌○商安
宗教界	敬頌○法安、敬頌○教安
軍政界	敬頌○勛祺、敬頌○政安
部門主管	敬頌○鈞安、敬頌○鈞祺
居喪者	敬頌○禮安、敬頌○苫安

（四）啟告語

使用對象	對應問候語
祖父母、父母	叩稟、敬稟、敬叩
師　長	敬上、謹上、謹啟
長　輩	敬上、謹上、謹啟
平　輩	謹上、謹啟
晚　輩	手書、字
文教界	謹上、謹啟
財經界	謹上、謹啟
宗教界	謹上、謹啟
軍政界	謹上、謹啟
部門主管	謹上、謹啟
居喪者	謹上、謹啟

第四章　書信

第五節　書信範例

一、家書類：
範例一：子稟雙親書

父母親大人膝下：
　　前因工作事務繁忙，多日未曾通稟，甚感思念。不知家中是否一切安好？今升遷應試在即，^兒正以背水一戰之姿準備當中，希望能如願成功。
　　^兒待應試完畢便會返鄉，勿掛，一切順利，敬請寬懷。謹此
　　恭請
金安

　　　　　　　　　　　　　　　　　　^兒○○　敬叩
　　　　　　　　　　　　　　　　　　○○年○○月○○日

範例二：父母覆子書

○○青覽：
　　來信已收閱，今之你將面對如此重大的人生變動，我與你的父親都感到相當興奮，希望你能夠如願獲得升遷的機會。目前家裡一切安好，請不用掛念我們，並且注意三餐飲食要均衡，切勿熬夜準備升遷應試。
　　附頌
日佳

　　　　　　　　　　　　　　　　　　母手　草
　　　　　　　　　　　　　　　　　　○○年○○月○○日

二、問候類：
範例：致摯友

○○吾兄臺鑒：
　　多年未見，近來是否安好？早些年我們還在臺灣，一起遊山玩水，一起行遍天下，實在快活！回想當年，每每懷念不已。盼能尋個日子，一同敘舊話當年，並期我倆友誼常存。耑此
　　敬頌
臺安

　　　　　　　　　　　　　　　　　　^弟○○　拜上
　　　　　　　　　　　　　　　　　　○○年○○月○○日

三、推薦類：
範例：自薦信

主任臺鑒：
　　日前由人力銀行資料中得知
貴公司徵聘文書行政人員五名的消息，應徵條件為研究所畢業，無工作經驗亦可，中文打字速度須於一分鐘五十字以上。素仰
貴公司近年業績蒸蒸日上，並獲得無數國際大獎認證，因此不揣冒昧，投函自薦。[本人]雖無工作經驗，然中文打字速度一分鐘可達八十字以上，熟悉英、日兩國語言，自信必能勝任
貴公司文書行政一職。如蒙
錄用，必當竭盡所能。茲隨函附上履歷、自傳各一份，敬請　卓裁。耑此！恭請
崇安
　　　　　　　　　　　　　　　　　　[晚]李○○　謹上
　　　　　　　　　　　　　　　　　　○○年○○月○○日

四、聯絡類：
範例：問候師長

○○恩師尊鑑：
　　畢業多年，許久未見，未知安否？回想高中三年，您總是對[生]諄諄教誨不倦，往事歷歷在目，沒想卻已十年過去。時光匆匆，倍感思念。冬季將至，甚望吾　師珍重，亦期待日後相聚之時。肅此
　　敬請
道安
　　　　　　　　　　　　　　　　　　[受業]李○○敬上
　　　　　　　　　　　　　　　　　　○○年○○月○○日

■應用練習
　1. 請寫一封信向父母稟報近日在學校學習的情況。
　2. 假設你要申請學校，推薦信該如何寫最為適當？
　3. 請問信箋該書寫完畢，該如何摺起才較為禮貌？
　4. 請問中式直式信封其收件人、送件人該如何書寫才最為正確？
　5. 請寫一封中式直式信件，問候高中恩師。

第五章　公文

公文是公務文書的簡稱，是國家機關、社會團體、企事業單位在各種公務活動中，所使用特定的效能和廣泛用途的文書，具有規範體式和法定效用，且有資訊傳遞和記錄的作用。它是一種應用文書，主要使用於人民與機關團體，或機關團體與機關團體之間的溝通文書，具有時效與重要性等特點，也同時涉及許多機密政務。除此之外，在一般私人單位也普遍的與民眾緊緊相扣，因此學習與認識公文是現代公民所須具備的技能之一。

本單元之目的，即在教導你如何撰寫成功的公文，順利就業並在職場一展才華，或考上高、普考，進而成為國家的棟樑。以下分成：公文概說、公文的種類與結構、公文的撰寫與原則、公文用語用印與簽署之注意事宜、公文的處理流程，以及公文範例等六個單元。茲說明如下：

第一節　公文概說

早期，公文書寫以直式文書為主，直到行政院研究發展考核委員會推動將公文格式改為橫式書寫的一項行政革新，該措施或稱為「公文橫書」。藉著事務管理規則、公文程式條例、中央法規標準法等相關法律條文修正與正式頒行，自民國九十四年一月一日起，行政院將沿襲已久的公文直式書寫習慣全面改成橫式書寫。[1]行政院復於民國一百〇四年三月二十五日函文各機關，即日起所有公文書均不再使用「挪抬」。

公文之界定在〈公文程式條例〉第一條即規定：「稱公文者，謂處理公務之文書；其程式，除法律別有規定外，依本條例之規定辦理。」所以公文的基本要求就是公務文書的處理者，有一方必為機關，因此機關與機關之間、機關與人民之間的文書處理，皆是屬於公務文書的處理範圍，即必須符合《公文程式條例》、《文書處理手冊》等程序與格式的相關規範。

公文依性質分為：「內部文書」與「外部文書」。內部文書，如：簽等；外部文書，如：函、公告等，其用法各有不同。

1　見現行《公文程式條例》第七條：公文得分段敘述，冠以數字，採由左而右之橫行格式。

第五章 公文

第二節 公文的種類與結構[2]

一、公文程式之類別說明如下：

（一）公文分為「令」、「呈」、「咨」、「函」、「公告」、「其他公文」6種：

1. **令**：公布法律、發布法規命令、解釋性規定與裁量基準之行政規則及人事命令時使用。

2. **呈**：對總統有所呈請或報告時使用。

3. **咨**：總統與立法院、監察院公文往復時使用。

4. **函**：各機關處理公務有下列情形之一時使用：

    甲．上級機關對所屬下級機關有所指示、交辦、批復時。

    乙．下級機關對上級機關有所請求或報告時。

    丙．同級機關或不相隸屬機關間行文時。

    丁．民眾與機關間之申請或答復時。

5. **公告**：各機關就主管業務或依據法令規定，向公眾或特定之對象宣布周知時使用。

6. **其他公文**：其他因辦理公務須要之文書，例如：

    （1）書函：

        甲、於公務未決階段須要磋商、徵詢意見或通報時使用。

---

[2] 文參行政院秘書處編撰《文書處理手冊》電子檔，http://www.good.nat.gov.tw/G2B2C/upload/file/20100127105258_file1.pdf，上網日期：2012年7月1日。

乙、代替過去之便函、備忘錄、簡便行文表，其適用範圍較函為廣泛，舉凡答復簡單案情，寄送普通文件、書刊，或為一般聯繫、查詢等事項行文時均可使用，其性質不如函之正式。

（2）開會通知單：召集會議時使用。

（3）公務電話記錄：凡公務上聯繫、洽詢、通知等可以電話簡單正確說明之事項，經通話後，發（受）話人如認有必要，可將通話記錄作成2份，以1份送達受（發）話人簽收，雙方附卷，以供查考。

（4）手令或手諭：機關長官對所屬有所指示或交辦時使用。

（5）簽：承辦人員就承辦事項，或下級機關首長對上級機關首長有所陳述、請示、請求、建議時使用。

（6）報告：公務用報告如調查報告、研究報告、評估報告等；或機關所屬人員就個人事務有所陳請或陳述時使用。

（7）箋函或便箋：以個人或單位名義於洽商或回復公務時使用。

（8）聘書：聘用人員時使用。

（9）證明書：對人、事、物之證明時使用。

（10）證書或執照：對個人或團體依法令規定取得資格時使用。

（11）契約書：當事人雙方意思表示一致，成立契約關係時使用。

（12）提案：對會議提出報告或討論事項時使用。

（13）記錄：記錄會議經過、決議或結論時使用。

（14）節略：對上級人員略述事情之大要，亦稱綱要。起首用「敬

第五章 公文

陳者」，末署「職稱、姓名」。

（15）說帖：詳述機關掌理業務辦理情形，請相關機關或部門予以支持時使用。

（16）定型化表單。

（二）上述各類公文屬發文通報周知性質者，以登載機關電子公布欄為原則；另公務上不須正式行文之會商、聯繫、洽詢、通知、傳閱、表報、資料蒐集等，得以發送電子郵遞方式處理。

二、公文之作法與結構如下：

（一）令：

1、公布法律、發布法規命令、解釋性規定與裁量基準之行政：

（1）令文可不分段，敘述時動詞一律在前，例如：

甲、訂定「○○○施行細則」。

乙、修正「○○○辦法」第○條條文。

丙、廢止「○○○辦法」。

（2）多種法律之制定或廢止，同時公布時，可並入同一令文處理；法規命令之發布，亦同。

（3）公、發布應以刊登政府公報或新聞紙方式為之，並得於機關電子公布欄公布；必要時，並以公文分行各機關。

2.人事命令：

（1）人事命令：任免、遷調、獎懲。

（2）人事命令格式由人事主管機關訂定，並應遵守由左至右之

橫行格式原則。

(二)「呈」：

    1. 呈之本義：是呈現、顯露、奉上，公文之「呈」係表示下級機關對上級機關或屬官對長官「奉而上獻」之文書。然現行《公文程式條例》規定「呈」，僅對總統有所呈請或報告時用之，如：行政院、司法院、考試院或所屬各部會，或各地方政府對總統有所呈請或報告時的公文。

    2. 呈之製作要領：呈之作法《文書處理手冊》並未規定，因此其基本原則可比照「函」之「主旨、說明、辦法」三段式活用即可。

    3. 呈之署名及用印：呈為上行文屬性，故應依上行文辦理；用機關首長全銜（機關全銜加職銜）、姓名、蓋職章。

(三)「咨」：

    1. 咨之本義：是諮詢、諮議、商量、商請之意。總統府雖為立法院之上位，然立法院是民意最高機關，其職權與總統府互不隸屬，故以較客氣且無強制力或拘束力之「咨」做為平行行文之文別。

    2. 咨之適用範圍：《公文程式條例》第2條第1項第3款規定，咨為總統與立法院、監察院公文往復時用之。其立法意旨，乃三者皆為人民選舉產生，為表示民主與尊重，故行文以「咨」為之。但依中華民國憲法增修條文第7條第2項規定，監察院設監察委員，由總統提名，經立法院同意任命之。故憲法增修後監察院已非民意機關，因此監察院與總統間之行文，應改為「呈」始為正確，然因《公文程式條例》迄今未配合其屬性而修正，故嚴格講，「咨」之用途應僅限於總統與立法院間公文往復時使用。

第五章　公文

3. 使用時機：

（1）.徵求性：總統提名司法院院長、副院長及大法官；考試院院長、副院長及考試委員；監察院院長、副院長及監察委員暨審計長，徵求立法院同意時使用。

（2）.答復性：立法院對總統所提司法院院長、副院長及大法官；考試院院長、副院長及考試委員；監察院院長、副院長及監察委員暨審計長等人選咨徵同意案，經立法院行使同意權投票後，將投票結果答復總統時使用。

（3）.洽請性：總統提請立法院召集臨時會議時使用。

（4）.移送性：立法院法律案通過後，依憲法規定移請總統公布法律時使用。

4.咨之製作要領：

（1）.「咨」於《文書處理手冊》亦未規範，因此其基本原則亦比照「函」之「主旨、說明、辦法」三段式活用即可；因屬平行文，故在文字運用上只要彼此相互尊重即可。不適用於行政機關。

（2）.總統所發「咨文」於文末署名與用印時，僅蓋總統簽字章即可；至於立法院之咨文，其文末由機關首長署名。

（四）函：

1. 行政機關之一般公文以「函」為主，函的結構，採用「主旨」、「說明」、「辦法」3段式；也可依其需要採用1段式函「主旨」，或2段式函「主旨」、「說明」。

2. 行政規則以函檢發，多種規則同時檢發，可並入同一函內處理；其方式以公文分行或登載政府公報或機關電子公布欄。但應發布之行政規則，依法規命令之發布程序辦理。

（五）公告：

1. 公告之結構分為「主旨」、「依據」、「公告事項」（或說明）3段，段名之前不冠數字，分段數應加以活用，可用「主旨」1段完成者，不必勉強湊成2段、3段。

2、公告分段要領：

（1）「主旨」應扼要敘述，公告之目的和要求，其文字緊接段名冒號之下書寫。公告登載時，得用較大字體簡明標示公告之目的，不署機關首長職稱、姓名。

（2）「依據」應將公告事件之原由敘明，引據有關法規及條文名稱或機關來函，非必要不敘來文日期、字號。有2項以上「依據」者，每項應冠數字，並分項條列，另列低格書寫。

（3）「公告事項」（或說明）應將公告內容分項條列，冠以數字，另列低格書寫。使層次分明，清晰醒目。公告內容僅就「主旨」補充說明事實經過或理由者，改用「說明」為段名。公告如另有附件、附表、簡章、簡則等文件時，僅註明參閱「某某文件」，公告事項內不必重複敘述。

4. 工程招標或標購物品等公告,得用定型化格式處理,免用3段式。

3. 公告得張貼於機關之公布欄、電子公布欄，或利用報刊等大眾傳播工具廣為宣布。如須他機關處理者，得另行檢送。

（六）其他公文：

1. 書函之結構及文字用語比照「函」之規定。

2. 定型化表單，如：「開會通知書」等之格式由各機關自行訂定，並應遵守由左至右之橫行格式原則。

第五章 公文

第三節 公文的撰寫與原則[3]

公文製作一般原則如下：

一、文字使用應儘量明白曉暢，詞意清晰，以達到公文程式條例第8條所規定「簡、淺、明、確」之要求，其作業要求：

1. **正確**：文字敘述和重要事項記述，應避免錯誤和遺漏，內容主題應避免偏差、歪曲。切忌主觀、偏見。

2. **清晰**：文義清楚、肯定。

3. **簡明**：用語簡練，詞句曉暢，分段確實，主題鮮明。

4. **迅速**：自蒐集資料，整理分析，至提出結論，應在一定時間內完成。

5. **整潔**：文稿均應保持整潔，字體力求端正。

6. **一致**：機關內部各單位撰擬文稿，文字用語、結構格式應力求一致，同一案情的處理方法不可前後矛盾。

7. **完整**：對於每一文件，應作深入廣泛之研究，從各種角度、立場考慮問題，與相關單位協調聯繫。所提意見或辦法，應力求周詳具體、適切可行，並備齊各種必須之文件，構成完整之幕僚作業，以供上級採擇。

二、擬稿注意事項如下：

1. 擬稿須條理分明，其措詞以切實、誠懇、簡明扼要為準，所有模稜空泛之詞、陳腐套語、地方俗語、與公務無關者等，均應避免。以「云云照敘」，自圖省事，如必須提供全文，應以電

---

[3] 文參行政院秘書處編撰《文書處理手冊》電子檔，http://www.good.nat.gov.tw/G2B2C/upload/file/20100127105258_file1.pdf，頁5-7。上網日期：2012年7月1日9點55分。

子文件、抄件或影印附送。

2. 引敘來文或法令條文，以扼要摘敘足供參證為度，不宜僅……。

3. 敘述事實或引述人名、地名、物名、日期、數字、法規條文及有關解釋等，應詳加核對，避免錯漏。

4. 各種名稱如非習用有素，不宜省文縮寫，如遇譯文且關係重要者，請以括弧加註原文，以資對照。

5. 文稿表示意見，應以負責態度，或提出具體意見供受文者抉擇，不得僅作層轉手續，或用「可否照准」、「究應如何辦理」等空言敷衍。

6. 擬稿以一文一事為原則，來文如係一文數事者，得分為數文答復。

7. 引敘原文其直接語氣均應改為間接語氣，如「貴」「鈞」等應改為「〇〇」「本」「該」等。

8. 簽宜載明年月日及單位。

9. 擬辦復文或轉行之稿件，應敘入來文機關之發文日期及字號，俾便查考。

10. 案件如已分行其他機關者，應於文末敘明，以免重複行文。

11. 文稿中多個機關名稱同時出現時，按照既定機關順序，由左至右依序排列。

12. 字跡請力求清晰，不得潦草，如有添註塗改，應於添改處蓋章。

13. 文稿分項或分條撰擬時，應分別冠以數字。上下左右空隙，力求勻稱，機關全銜、受文者、本文等應採用較大字體，以資醒目。

14. 文稿有2頁以上者應裝訂妥當，並於騎縫處蓋（印）騎縫章或職名章，同時於每頁之下緣加註頁碼。

第五章　公文

三、分段要領如下：

1. 「主旨」：

    （1）為全文精要，以說明行文目的與期望，應力求具體扼要。

    （2）「主旨」不分項，文字緊接段名冒號之下書寫。

2. 「說明」：

    （1）當案情必須就事實、來源或理由，作較詳細之敘述，無法於「主旨」內容納時，用本段說明。本段段名，可因公文內容改用「經過」、「原因」等名稱。

    （2）如無項次，文字緊接段名冒號之右書寫；如分項條列，應另列縮格書寫。

3. 「辦法」：

    （1）向受文者提出之具體要求無法在「主旨」內簡述時，用本段列舉。本段段名，可因公文內容改用「建議」、「請求」、「擬辦」、「核示事項」等名稱。

    （2）其分項條列內容過於繁雜、或含有表格型態時，應編列為附件。

4. 「主旨」、「說明」、「辦法」3段，得靈活運用，可用1段完成者，不必勉強湊成2段、3段。

四、簽、稿之撰擬如下：

（一）簽稿之一般原則：

1. 性質：

    （1）簽為處理公務表達意見，以供上級瞭解案情、並作抉擇之

依據，分為下列 2 種：

甲、機關內部單位簽辦案件：依分層授權規定核決，簽末不必敘明陳某某長官字樣。

乙、下級機關首長對直屬上級機關首長之「簽」，文末得用敬陳○○長官字樣。

（2）「稿」為公文之草本，依各機關規定程序核判後發出。

2. 擬辦方式：

（1）先簽後稿：

甲、制定、訂定、修正、廢止法令案件。

乙、有關政策性或重大興革案件。

丙、牽涉較廣，會商未獲結論案件。

丁、擬提決策會議討論案件。

戊、重要人事案件。

己、其他性質重要必須先行簽請核定案件。

（2）簽稿並陳：

甲、文稿內容須另為說明或對以往處理情形須酌加析述之案件。

乙、依法准駁，但案情特殊須加說明之案件。

丙、須限時辦發不及先行請示之案件。

（3）以稿代簽：為一般案情簡單，或例行承轉之案件，不必加簽，長官看簽稿即知道為何？標頭須為「以稿代簽」。

第五章　公文

(二) 簽之撰擬：

1. 款式：

    (1) 先簽後稿：簽應按「主旨」、「說明」、「擬辦」3段式辦理。

    (2) 簽稿並陳：如案情簡單，可不分段，以條列式簽擬。

2. 撰擬要領：

    (1)「主旨」：扼要敘述，概括「簽」之整個目的與擬辦，不分項，一段完成。

    (2)「說明」：對案情之來源、經過與有關法規或前案，以及處理方法之分析等，作簡要之敘述，並視須要分項條列。

    (3)「擬辦」：為「簽」之重點所在，應針對案情，提出具體處理意見，或解決問題之方案。意見較多時分項條列。

    (4)「簽」之各段應截然劃分，「說明」一段不提擬辦意見，「擬辦」一段不重複「說明」。

3.「簽」之作法，下級機關首長對直屬上級機關首長行文時應一致採用，至各機關內部單位簽辦案件得參照自行規定。

(三) 稿之撰擬：

1. 草擬公文按文別應採之結構撰擬。

2. 撰擬要領：

    (1) 按行文事項之性質選用公文名稱，如「令」、「函」、「書函」、「公告」等。

    (2) 一案須辦數文時，請參考下列原則辦理：

        甲、設有幕僚長之機關，分由機關首長及幕僚長署名之發文，分稿擬辦。

乙、一文之受文者有數機關時，內容大同小異者，同稿並敘，將不同文字列出，並註明某處文字針對某機關；內容小同大異者，用同一稿面分擬，如以電子方式處理者，可用數稿。

（3）「函」之正文，除按規定結構撰擬外，並請注意下列事項：

甲、訂有辦理或復文期限者，請在「主旨」內敘明。

乙、承轉公文，請摘敘來文要點，不宜在「稿」內書：「照錄原文，敘至某處」字樣，來文過長仍請儘量摘敘，無法摘敘時，可照規定列為附件。

丙、概括之期望語「請核示」、「請查照」、「請照辦」等，列入「主旨」，不在「辦法」段內重複；至具體詳細要求有所作為時，請列入「辦法」段內。

丁、「說明」、「辦法」分項條列時，每項表達一意。

戊、文末首長簽署、敘稿時，為簡化起見，首長職銜之後可僅書「姓」，名字則以「〇〇」表示。

己、須以副本分行者，請在「副本」項下列明；如要求副本收受者作為時，則請在「說明」段內列明。

庚、如有附件，得在文內敘述附件名稱及份數；正、副本檢附附件不同時，應於文內分別敘述附件名稱及份數。

五、製作公文，應遵守以下全形、半形字形標準之規定：

1. 標號：應另列縮格以全形書寫為一、二、三、……，（一）、（二）、（三）……，1、2、3、……，（1）、（2）、（3）；但其中「（）」以半型為之。

2. 中文字體及同於中文使用之標點符號應以全形為之；阿拉伯數

字、外文字母以及並同於外文中使用之標點符號應以半形為之。

第四節　公文用語用印與簽署之注意事宜[4]

一、公文用語規定如下：

（一）期望及目的用語，得視須要或上行文、下行文、平行文等，酌用「請」、「希」、「查照」、「鑒核」或「核示」、「備查」、「照辦」、「辦理見復」、「轉行照辦」等。

（二）准駁性、建議性、採擇性、判斷性之公文用語，必須明確肯定。

（三）直接稱謂用語：

1. 有隸屬關係之機關：上級對下級稱「貴」；下級對上級稱「鈞」；自稱「本」。

2. 對無隸屬關係之機關：上級稱「大」；平行稱「貴」；自稱「本」。

3. 對機關首長間：上級對下級稱「貴」；自稱「本」；下級對上級稱「鈞長」，自稱「本」。

4. 機關（或首長）對屬員稱「臺端」。

5. 機關對人民稱「先生」、「女士」或通稱「君」、「臺端」；對團體稱「貴」，自稱「本」。

6. 行文數機關或單位時，如於文內同時提及，可通稱為「貴機關」或「貴單位」。

---

[4] 文參行政院秘書處編撰《文書處理手冊》電子檔，http://www.good.nat.gov.tw/G2B2C/upload/file/20100127105258_file1.pdf，頁 9-12。上網日期：2012 年 7 月 1 日 9 點 14 分。

（四）間接稱謂用語：

1. 對機關、團體稱「全銜」或「簡銜」，如一再提及，必要時得稱「該」；對職員稱「職稱」。

2. 對個人一律稱「先生」「女士」或「君」。

三、用印工具與規則：

（一）條戳：木質或用橡皮刻製，以長方形為原則，用正楷或宋體字，由左至右，刻機關（單位）全銜。於書函、開會通知單、移文單、建議單、通知單、催辦單等用之。

（二）簽字章：木質或用橡皮刻製，依機關首長、副首長及幕僚長等之簽名由左至右刻製，對外行文時用之。

（三）鋼印：鋼製、圓形，由左至右，刻鑄機關全銜（並得刻鑄機關全銜之英文名稱），其圓周直徑以不超過 5 公分為限，於職員證、證書、證券等證明文件上用之。

（四）校對章：用篆字、隸書或正楷刻製，由左至右，刻機關全銜或簡稱，並加「校對章」字樣，於文書改正時用之。

（五）騎縫章：款式與校對章同，並加騎縫標示字樣，於公文、附件或契約黏連處用之。

（六）附件章：款式與校對章同，並加「附件章」字樣，於公文之附件上蓋用之。

（七）收件章：用橡皮刻製、由左至右刻機關全銜，並加「收件章」字樣，並附日期及時間，於收受文件時用之。

（八）職名章：以正楷或隸書，由左至右，刻製職稱、姓名。

（九）電子文件章：由左至右，於收發電子文件時蓋用之。

第五章　公文

第五節　公文的處理流程[5]

一般文書流程管理：

一、公文處理應重視時效及品質，全面全程實施管制，促使公文依限辦結。

二、公文處理之權責劃分、時限、管制、計算標準、稽催、檢核、教育與宣導、時效統計等相關作業，除法令別有規定者外，依文書流程管理相關規定辦理。

三、各類公文之處理時限基準如下：

（一）一般公文：

　　1. 特急件：隨到隨辦。

　　2. 最速件：1日（但緊急公文仍須依個案須要之時限內完成）。

　　3. 速件：3日。

　　4. 普通件：6日。

　　5. 限期公文：

　　　甲. 來文或依其他規定訂有期限之公文，應依其規定期限辦理。

　　　乙. 來文訂有期限者，如受文機關收文時已逾文中所訂期限者，該文得以普通件處理時限辦理。

---

[5] 文參行政院秘書處編撰《文書處理手冊》電子檔，http://www.good.nat.gov.tw/G2B2C/upload/file/20100127105258_file1.pdf，頁，41-43。上網日期：2012年7月1日9點14分。

丙. 變更來文所訂期限者，須聯繫來文機關確認。

6. 涉及政策、法令或須多方會辦、分辦，且須30日以上方可辦結之複雜案件，得申請為專案管制案件。

7. 專案管制案件或其他特殊性案件之處理時限，各機關得視事實須要自行訂定。

（二）立法委員質詢案件：依據立法院職權行使法及「行政院與所屬機關辦理答復立法委員質詢案件處理原則」規定辦理。

（三）監察案件：依據「監察院糾正及調查案件追蹤管制作業注意事項」規定辦理。

（四）人民申請案件：應按其性質，區分類別、項目，分定處理時限，予以管制。

（五）人民陳情案件：依據行政程序法第7章及行政院暨所屬各機關處理人民陳情案件要點之規定辦理。

（六）訴願案件：應依訴願法之規定辦理。

一般公文來文之處理速別與公文性質不符者，得經由收文單位之主管或指定之授權人員核定後，調整來文辦理速別。

四、各類公文處理時限之計算標準如下：

（一）公文辦理時限，除限期公文、專案管制案件、訴願案件、人民申請案件外，均不含假日。

（二）一般公文發文使用日數：

1. 一般公文自收文次日或交辦日起至發文日止，所須日數扣除假日。

2. 限期公文於來文所訂或規定期限內辦結，未超過6日者，

第五章　公文

以實際處理日數計算，超過6日者，以6日計算；逾越來文所訂或規定期限辦結，以實際辦理日數計算。

（三）專案管制案件、立法委員質詢案件、監察案件、人民申請案件、人民陳情案件、訴願案件之計算基準，於規定處理時限內辦結者列為「依限辦結」，超過規定辦理時限辦結者列為「逾限辦結」。

（四）辦理時限以時為計算基準者，自收文之時起算；以半日為計算基準者，以收文次日起算，但收文當日辦結者以半日計算。

五、公文登錄、催辦及銷號規定如下：

（一）各機關對所收之公文，應按收文號予以登錄管制；其相關登錄及催辦格式，由各機關視須要自行規定。

（二）文書單位或單位收發人員應逐日檢查公文處理紀錄，對屆辦理期限之案件，並應提醒承辦人員並陳報單位主管；對已逾期而未申請展期之案件，或送會逾時者，應予催辦。

（三）經簽擬核定之公文，應於發文或辦結後予以銷號；惟應繼續辦理或尚未結案者，仍應繼續管制。

六、各機關對於文書流程管理之各項作業應確實管制。

公文管制區分為以文管制及以案管制：

（一）一般公文視案情、重要性採取以案管制或以文管制。

（二）限期案件、專案管制案件、立法委員質詢案件、監察案件、人民申請案件、人民陳情案件、訴願案件或其他指定案件等，原則上須以案管制。

七、各機關對公文處理時效，應定期檢討分析，簽報機關首長核閱。

第六節　公文範例

一、令：

總統　令

檔號：
保存年限：

發文日期：中華民國〇〇年〇〇月〇〇日
發文字號：華總（一）義字第 8801123126 號

印信位置

　　茲修正護照條例第一條、第四條、第九條、第十一條及第十三條條文，公布之。附「護照條例」修正條文。

總　　　統　〇〇〇
行政院院長　〇〇〇
外交部部長　〇〇〇

二、呈：

司法院　呈

地址：
傳真：
承辦人：
電話：
E-mail：

受文者：總統

發文日期：中華民國○○年○○月○○日
發文字號：○○○字第00000000000號
速別：
密等及解密條件或保密期限：
附件：如文

主旨：據○○法院呈送○○股份有限公司代表人林○○因○○年營業稅事件，不服財政部所為之再訴願決定，提起行政訴訟一案判決書。謹檢同件呈請鑒核施行。

正本：總統
副本：○○○

司法院院長　○○○（職章）

三、咨：

立法院　咨

地址：
傳真：
承辦人：
電話：
E-mail：

受文者：總統

發文日期：中華民國○○年○○月○○日
發文字號：○○○字第00000000000號
速別：
密等及解密條件或保密期限：
附件：如文

主旨：制定「○○○○○○法」，咨請公布。

說明：
　　一、行政院000年00月00日○○字第0000000000號函請本院審議。
　　二、經提本院000年00月00日第00次會議審議通過。
　　三、檢附「○○○○○○法」1份。

正本：總統
副本：行政院

院長　○○○（簽字章）

四、函：

上行文

雲林縣斗六市○○兒童之家　函

地址：
傳真：
　承辦人：
電話：
　E-mail：

受文者：雲林縣斗六市公所社會課

發文日期：中華民國 101 年○○月○○日
發文字號：○○字○○○○號
速別：普通件
密等及解密條件或保密期限：普通
附件：會議紀錄乙份

主旨：檢送雲林縣斗六市○○兒童之家第○屆第○次理監事聯席會議紀錄（會員大會尚須檢附會員簽到簿、章程、會員名冊及會員大會手冊各乙份），請准予備查。

說明：依據內政部「督導各級人民團體實施辦法」第五條辦理。

正本：雲林縣斗六市公所社會課
副本：

理事長○○○（職章）

下行文

雲林縣斗六市公所　函

地址：
傳真：
承辦人：
電話：
E-mail：

受文者：○○兒童之家

發文日期：中華民國101年○○月○○日

發文字號：○○字○○○○號

速別：普通件

密等及解密條件或保密期限：普通

附件：如文

主旨：復貴家所檢送之理監事聯席會議紀錄，並請依說明修正或補件，請查照。

說明：該紀錄並未檢附會員簽到簿，請於文到一個月內修正或補件。

正本：○○兒童之家
副本：斗六市公所社會課

市長○○○（簽字章）

第五章 公文

平行文

臺北市政府 函

機關地址：臺北市信義區市府路 1 號
傳真電話：02-27208889
聯 絡 人：林○○
聯絡電話：02-27208888
電子郵件：○○@○○○○○.gov.tw

受文者：雲林縣政府

速　　別：普件
密等及解密條件：普件
發文日期：中華民國 114 年 07 月 08 日
發文字號：(114) 北(教)字第 114123009 號
檔　　號：GHC09
保存年限：依規定
附　　件：如文

主旨：函請貴縣教育局協助本市教育局，舉辦本市所屬中小學農業觀摩活動，請查照。

說明：
　一、為加強本市所屬中小學學生對農業生產的認知，特舉辦本次農業觀摩活動。
　二、貴縣為農業大縣，素有「農業首都」的美譽，故本市特選定貴縣為學生農業觀摩的場所。

辦法：
　一、請安排古坑鄉農會農產品展示場。
　二、請安排古坑鄉農產品生產基地。

正本：雲林縣政府教育局
副本：臺北市政府教育局

市長　　蔣　○　○（簽字章）

啟始函

國立雲林科技大學　函

機關地址：雲林縣斗六市大學路三段123號

傳真電話：(05)5342601 轉 3402
聯 絡 人：林韋伶
聯絡電話：(05)5312182
電子郵件：ghc@yuntech.edu.tw

受文者：教育部

速　　別：普件
密等及解密條件：普件
發文日期：中華民國 93 年 03 月 08 日
發文字號：(93) 雲(漢)字第 9303009 號
檔　　號：GHC09
保存年限：依規定
附　　件：如文

主旨：函請同意本校漢學應用研究所與廈門大學臺灣研究所簽定學術交流合作，請核示。

說明：

一、本校漢學應用研究所為提昇學術地位，加強兩岸學術交流，擴展國際空間，特函請鈞部同意與廈門大學臺灣研究所簽訂師生互換學術交流合作。
二、簽約時將本著對等原則協商雙方的合作事宜。
三、隨文檢陳草約書乙份。

正本：教育部
副本：漢學應用研究所、校務發展中心

校　長　　林　○　○（職章）

第五章 公文

回復函

國立雲林科技大學　函

機關地址：雲林縣斗六市大學路三段 123 號
傳真電話：(05)5342601 轉 3402
聯　絡　人：林○○
聯絡電話：(05)5312182
電子郵件：ghc@yuntech.edu.tw

受文者：教育部

速　　別：普件
密等及解密條件：普件
發文日期：中華民國 93 年 04 月 28 日
發文字號：(93) 雲(漢)字第 9304019 號
檔　　號：GHC19
保存年限：依規定
附　　件：如文

主旨：復本校漢學應用研究所與廈門大學臺灣研究所簽定學術交流協議書乙案，請核示。

說明：
一、依鈞部九十三年四月十六日臺陸字第 0930047368 號函辦理。
二、本校漢學應用研究所與廈門大學臺灣研究所在論及學術交流之初，即本著對等原則簽定協議書，故在協議書上雙方都未冠上任何頭銜，且是以繁體字簽定，此應未違反對等原則。
三、雙方簽定協議書的時間為民國九十二年十二月二十日，當時鈞部並未有冠上「國立」的規定，如今我方要求協議書作廢重簽或變更，實有違誠信原則，在實際面亦難於執行。
四、事牽我方誠信，且雙方均未冠上任何頭銜，應符合對等原則，請鈞部體察爰用九十三年四月六日「各級學校與大陸地區學校締結聯盟或為書面約定之合作行為」申報案第二次審查會議中案由一之決議第一款規定：本年三月一日以前簽署者，除內容有明顯違反法令政策外，對於校名部份從寬處理。
五、隨文檢陳雙方簽定協議書乙份。

正本：教育部
副本：漢學應用研究所碩士班、校務發展中心

校長　　林　○　○（職章）

五、公告：

管理費繳納　公告

繳納期限：<u>114</u>年<u>06</u>月<u>01</u>日到<u>06</u>月<u>10</u>日止。

一、本次繳交之管理費為 <u>114 年 4、5 月份</u>管理費；繳納通知單已投入您的信箱，未收到請洽詢補發。

二、請於 <u>114</u> 年 <u>06</u> 月 <u>10</u> 日前繳交完畢。

三、管理費可採 <u>1.匯款 2.ATM 轉帳 3.現金 3.玉山銀行自動扣繳</u> 等方式繳交。

敬請留意繳費期限，謝謝您的配合。

觀山觀海社區管理委員會（蓋委員會章）

中華民國 <u>114</u> 年 <u>05</u> 月 <u>30</u> 日

六、其他：

開會通知單

雲林縣斗六市〇〇社區發展協會

開會通知單

受文者：如出、列席者

發文日期：中華民國 101 年〇〇月〇〇日
發文字號：〇〇字〇〇〇〇號
速別：普通件
密等級解密條件或保密期限：普通
附件：會議議程表乙份（如附件）

開會事由：雲林縣斗六市〇〇社區發展協會第〇屆第〇次理監事
　　　　　聯席會議
開會時間：101 年〇〇月〇〇日（星期〇）下午〇〇時〇〇分
開會地點：雲林縣斗六市〇〇活動中心（斗六市〇〇路〇號）
主持人：〇理事長〇〇
聯絡人及電話：〇總幹事〇〇（手機 09xxxxxxx）

出席者：本協會各理監事（各會員）
列席者：雲林縣斗六市公所社會課
副本：
備註：會議資料現場提供。

理事長〇〇〇（簽字章）

2. 簽：

國立雲林科技大學　簽

中華民國九十二年四月一日
簽　於　漢學應用研究所

主旨：擬請同意越南河內國家大學學士生阮壽德同學，依本校「接受外國籍學生申請入學辦法」之相關規定甄試入學，攻讀本所碩士班，請核示。

說明：

一、本所於九十二年三月四日簽報越南河內國家大學推薦學士生前來本所攻讀碩士班並經校長核准在案。

二、今該校副總校長阮德政博士九十二年三月廿三日來信，推薦學士生阮壽德同學前來本所攻讀碩士班。申請書將於近日送達本校教務處。

三、本所擬同意該副校長之推薦並隨文檢陳其推薦信一封。

擬辦：

一、本案奉可後，擬依本校「接受外國籍學生申請入學辦法」之相關規定，辦理甄選入學。

二、甄選通過後，擬依教育部頒布之「外國學生獎學金核給要點」或本校外籍生工讀辦法相關規定，核發該生獎助學金，以使該生順利完成學業。

承辦單位	會辦單位	核稿人員	決行

第五章　公文

以稿代簽

國立雲林科技大學　　函（稿）

機關地址：雲林縣斗六市大學路三段123號
傳真電話：(05)5342601 轉 3402
聯 絡 人：林○○
聯絡電話：(05)5312182
電子郵件：ghc@yuntech.edu.tw

受文者：教育部
速　　別：普件
密等及解密條件：普件
發文日期：中華民國93 年 04 月 20 日
發文字號：　　　　　　　　　號
檔　　號：
保存年限：
附　　件：如文

主旨：復本校漢學應用研究所與廈門大學臺灣研究所簽定學術交流協議書乙案，請核示。

說明：
一、依鈞部九十三年四月十六日臺陸字第0930047368號函辦理。
二、本校漢學資料整理研究所與廈門大學臺灣研究所在論及學術交流之初，即本著對等原則簽定協議書，故在協議書上雙方都未冠上任何頭銜，且是以繁體字簽定，此應未違反對等原則。
三、雙方簽定協議書的時間為民國九十二年十二月二十日，當時鈞部並未有冠上「國立」的規定，如今我方要求協議書作廢重簽或變更，實有違誠信原則，在實際面亦難於執行。
四、事牽我方誠信，且雙方均未冠上任何頭銜，應符合對等原則，請鈞部體察爰用九十三年四月六日「各級學校與大陸地區學校締結聯盟或為書面約定之合作行為」申報案第二次審查會議中案由一之決議第一款規定：本年三月一日以前簽署者，除內容有明顯違反法令政策外，對於校名部份從寬處理。
五、隨文檢陳雙方簽定協議書乙份。

正本：教育部
副本：漢學應用研究所、校務發展中心

校長　林　○　○(職章)

承辦單位	會辦單位	核稿人員	決行

■應用練習

一、請說明何謂公文,其存在意義與目的為何?

二、請說明公文具有幾種類別,功用各為何?

三、請說明公文一般標準處理流程。

四、請試擬一份開會通知單。

五、請試擬一份簽,請求嘉獎有功人員。

六、請試擬內政部函請各縣市政府,加強轄區內各名勝古蹟之管理維護,以利觀光事業的發展之公文。

第六章 會議與會議文書

會議的開啟，是為因應各種不同的意見做一有效統合，或是招集眾人之智慧結晶，共同商討，整合與凝聚各方構想，達成主要共識來完成目標，此為會議的主要目的，而會議文書的形成，則是源於會議召開時，所發給成員們的資料性質文書。典型的會議文書，包括：開會通知、會議議程、會議記錄和會議紀要。有時候連同開會通知發出的，還有參加者回條；而比較大型或正規的會議，還會有與會者提案。

其中之開會通知，用來通知某些會議的參加者，關於會議的召開日期、時間、地點，以及需要閱覽和攜帶的文件，通常由主席或者秘書發出。如果是比較大型的會議，還需要列明與會者報到的時間和地點、聯絡人姓名和聯絡方法、交通安排等；而會議程序，也可以稱為議事日程，簡稱「議程」，用來列明某次會議將要討論的事項和程序，以便參加者可以事先閱覽有關的文件，作好開會準備；會議記錄則用來記錄會議的過程，視乎個別情況，有些機關團體會再根據會議記錄，整理歸納出比較重要的內容，寫成「會議紀要」，供有關人士閱覽，也可以用來反映某些會議的主要概況和精神。至於提案，是會議成員就個別議題提出的議案，交大會討論之用。

本單元分為：會議與會議文書概說、會議文書種類與撰寫格式、會議的程序與注意事項，以及會議文書範例等說明如下：

第一節　會議與會議文書概說

現代已是科技文明、數位網路發達的社會，人與人、族群與族群、國與國之間的關係，更顯多元文化而複雜，其所產生的利害衝突也更為緊張而嚴重。為因應現實的須要，除了有組織、有領導、有步驟商議事情的集會外，經常商討並處理各類型重要事務的常設性組織，以及相關機構便相應而生。因此，會議逐漸由軟性聯誼式集會，轉變成硬姓法制式議會組織。

第六章　會議與會議文書

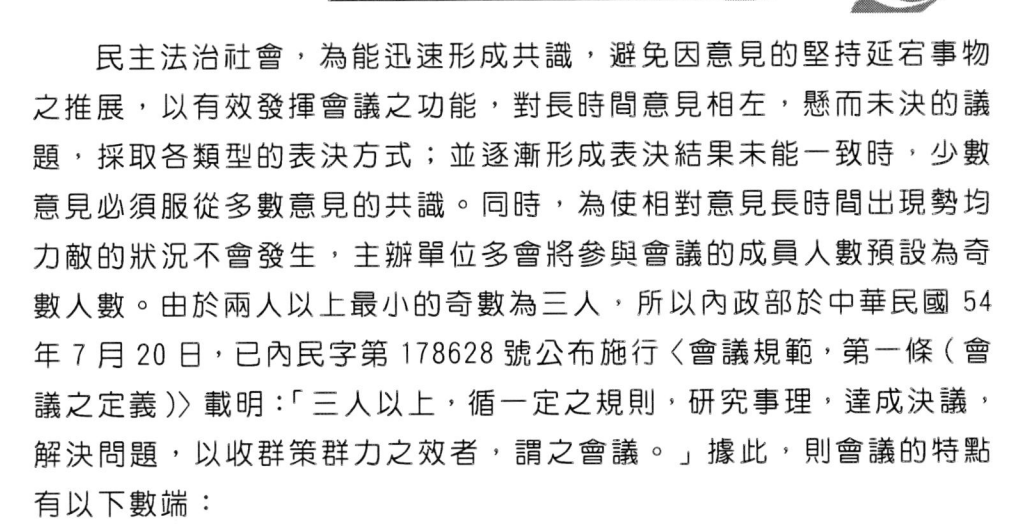

　　民主法治社會，為能迅速形成共識，避免因意見的堅持延宕事物之推展，以有效發揮會議之功能，對長時間意見相左，懸而未決的議題，採取各類型的表決方式；並逐漸形成表決結果未能一致時，少數意見必須服從多數意見的共識。同時，為使相對意見長時間出現勢均力敵的狀況不會發生，主辦單位多會將參與會議的成員人數預設為奇數人數。由於兩人以上最小的奇數為三人，所以內政部於中華民國54年7月20日，已內民字第178628號公布施行〈會議規範，第一條（會議之定義）〉載明：「三人以上，循一定之規則，研究事理，達成決議，解決問題，以收群策群力之效者，謂之會議。」據此，則會議的特點有以下數端：

（一）會議的構成要件，必須由三人以上組織而成。

（二）會議的執行效力，建構於依循一定法源依據的議事規則之上。

（三）會議的運作機制，在於針對某些議題集思廣益，深入事理充分討論，形成共識並達成決議。

（四）會議的整體效能，則是解決各種紛擾的問題，凝聚團體內部的向心力，以收群策群力之效。

　　因應會議運作執行之須要，於是有各類會議文書產生，以輔助會議的召開，引導會議進行；呈顯會議效果，使會議得以發揮其整體效能。

第二節　會議文書種類與撰寫格式

會議文書類型，依據會議的內容不同而定，大致上分為以下幾種類別與撰寫格式：

一、開會通知單

開會通知單在於開會前發給與會成員，目的在於通知程原會議時間、地點、主題等。另又依照通知方式分為個別通知與公告通知兩種。

（一）個別通知：書函式、公函式、表格式、信箋式、條列式等。

（二）公告通知：表格式、網路式、張貼式等。

撰寫內容時必須將主題與開會原由交代清楚，標明開會時間與地點，並且召集人要記得在通知單上簽章以示負責，倘若還有須要交代的細項以附見表示也必須註明。

二、委託書

委託書也是用於會議開始前，是一種開會規劃與準備的應用文書。主要提供與會成員倘若自身不克前往參與會議，可以透過委託書的形式委託他人代替參與此場會議。如此一來除了保障了無法參與會議的成員，又保障了其權利與義務。

三、會議議程表

會議議程表主要公告議程內容，除了有助於與會人是在開會前了解各段主題為，也能夠確保議會行進更有效率。目前會議議程表的形式大概可以分為書面寄送與張貼公告兩大類。如：國立雲林科技大學漢學所家長會會議議程表等。

四、簽到簿

第六章　會議與會議文書

簽到簿是會議當中很重要的文書，它可以確認此次與會人數，以及記錄參與者出席狀況，做為評分、評等的依據。另一方面倘若此次會議是類似於說明會性質，透過簽到簿也能更加確立會議的合法性，判斷是否達到能夠開始並進行實質會議議程標準。

五、提案單

提案單主要用於會議行進中，倘若因應會議內容而須要臨時提出動議，則可使用提案單來將動議內涵與原由具體說明清楚，必要時還可以列舉數點可行辦法與因應措施，避免動議內容趨於不實際。

六、選票單

選票單是方便於在會議進行中如果須要進行投票，可以使用選票單來匿名或公開抉擇候選人。與一般選票雷同，都係為了表達個人意志，透過選舉的方式推選一位或某件由多數共識所決定的人選或事項。

七、會議紀錄

會議記錄顧名思寄即為記錄此次會議的過程、決議事項、提案、選舉結果、討論共識等。透過詳實的會議記錄能夠方便與會人士或為參雨與會的相關人士皆能明瞭會議的行進狀況。另外，也能防止事後對於會議內容有所疑問或爭議。

第三節　會議的程序與注意事項

一、會議召開前的規劃準備階段

會議召開前其實有許多待規劃與準備的事項，諸如確立主題、通知與會成員、訂定會議的時間地點、制定各式會議文書--開會通知單、委託書、會議議程表、簽到簿、提案單、選票單、會議紀錄表等。

二、依會議進行中的程序步驟階段

會議開始後，便要確保此次會議的順暢與秩序度。利用簽到表精準統計與會人數與名單，並且盡量讓會議符合議程表上的行進速度，避免耽誤與會人員的後續行程。另外，也要維持場內秩序與維護其運作倫理，省去許多紛爭的可能性。

三、會議結束的集結整理階段

此階段工作重點在於會議結束的記錄與統整。因此，其注意事項有如下數端：

（一）紀錄程序必須與議程一致

（二）紀錄內涵要簡明扼要

（三）紀錄結果必須忠誠詳實

（四）紀錄內容要確實檢核

以上即是會議結束後的集結整理階段，有關於會議結果紀錄與統整的各項工作，及其相關的注意事項。一般而言，會議的主要程序，集中於開會至會議結束過程，根據內政部中華民 54 年 7 月 20 日，內民字第 178628 號公布施行〈會議規範，第八條（會議程序）〉的規範，

第六章　會議與會議文書

其注意事項有以下數點：

（一）由主席或臨時主席（發起人或籌備人）報告出席人數，並宣布開會。

（二）報告事項。

（三）討論事項。

（四）選舉。（如有必要，必須得移於討論事項之前。）

（五）散會。

如無特別的要求和規範，任何會議必須依照上述的規定程序運作執行。總而言之，凡有會議必有程序，無論是處於哪種階段，都有其因應的各項工作，也皆有其相關的注意事項，順應會議議程的程序，以忠誠負責的態度從事，過程中把握合法正當性的原則，運用適當的會議文書加以輔助。並於事件進行之前後加以詳實的紀錄檢核，則是會議程序與注意事項的最高指導原則。

第四節　會議文書範例

一、開會通知單：

  1. 個別通知類型

公函式

雲林縣國立○○大學校友會　通知

受文者：章理（監）事○○

發文日期：中華民國○○年○○月○○日
發文字號：○○○字第 00000000000 號
速別：最速件
附件：會議議程暨回函 1 份

主旨：本會　謹訂○○年○○月○○日下午○○時○○分整召開本會第○屆第○次理監事會聯席會議，中午○○時聚餐聯絡情誼，敬請　各位理事、監事踴躍出席。

說明：

  一、本會　謹訂○○年○○月○○日（一）下午○○時○○分整，假○大校友會館 3A 會議室召開本會第○屆第○次理監事會聯席會議，敬請各位理事、監事踴躍出席。

  二、○○年○○月○○日中午十二時於 2 樓○○小館聚餐聯絡情誼，請踴躍出席。

  三、為促進互動，午宴邀請○大校友總會理監事餐敘聯誼，餐後列席參加下午一時三十分之理監事會議。

正本：本會各理事、監事；中華民國國立○○大學校友總會各理事、監事；雲林縣政府社會局；各地校友會
副本：雲林縣國立○○大學校友會

（校友會條戳）

第六章　會議與會議文書

請柬式

> ## ○○大學　會議通知
>
> 　　　　　　　　　　　　　　　　○○年○○月○○日
> 　　　　　　　　　　　　　　　　○字第○○○○○號
>
> 謹訂於○○年○○月○○日（星期○）上午○○時，在本校體育館演講廳，召開○○學年度第○學期校務會議，敬請準時出席。
> 此致
>
> 　　　　　　　　　　　　　　　　　　　章○○教授
> 　　　　　　　　　　　　　　　　　　（○○大學條戳）

2.公告通知類型

表格式

○○、○○兩系聯合會議第四次會議通知

會議通知	
會議名稱	「○○、○○兩系聯合會議」第四次會議
日期	○○年○○月○○日（星期三）中午○○：○○
地點	○○館○○會議室
主持人	章○○主任、林○○主任
討論事宜	如附件
此致 兩系全體老師	
通知單位	○○人文科學學院

網路式

公告日期	○○年○月○日	工作負責人職稱	○○處王○○組長	發布人	章○○
會議名稱	『暑期泳訓混齡教練班』工作協調會					
會議日期	○○年○○月○○日，時間○○：○○					
會議主席	鄭校長○○					
會議地點	孝親樓一樓會議室	辦裡單位分機221	設備組分機222	聯絡人	章○○
參加人員	王○○校長、李○○執行長、章○○秘書、陳○○主任、陳○主任、吳○○主任、王○○主任、章○○主任、鄭○○組長、王○○組長、劉○○組長、李○○組長、陳○○組長、鄭○○、李○○、管○○					
列席人員	章○○主任、李○○組長、陳○○、盧○○、江○○					
會議說明	敬請全體準時出席，病假及重要公假，請事先向負責單位請假，謝謝合作。					

第六章　會議與會議文書

二、委託書：

委託書

　　本人因故不克出席第○屆第○次理監事會議,茲委託本會理事○○○代表本人出席,並代表行使會議期間一切權利與義務。
　　此致
○○○○研究協會

委託人：朱○○　（簽章）
受委託人：李○○（簽章）
中華民國○年○月○日

注意事項：1. 每一會員代表僅能接受其他會員代表一人之委託。
　　　　　2. 請持本委託書於開會時向報到處報到並編號。

三、會議議程：

○○協會第○屆第○次理（監）是會議議程

一、宣布開會	08：00
（應到○○人,請假○○人,實到○○人）	
二、主席致詞	08：10
三、來賓致詞	08：25
四、報告事項	09：00
1. 上次會議決議案執行情形	09：05
2. 業務報告	09：25
3. 會務報告	

四、簽到簿：

○○院○○委員○○會會議簽到簿

壹、開會時間：○○年○○月○○日（星期○）○○午○○時○○分

貳、開會地點：○○○○○○○○

參、主持人：吳○○　記錄：章○○

肆、出（列）席單位及人員：

出席單位及人員			簽名處	
單位（機關）	職稱	姓名	職稱	姓名

伍、散會：○午○○時○○分

第六章　會議與會議文書

五、提案單：

國立○○大學○○學年度第○學期第○次○○會議提案單

編號	11	提案性質	章則訂定	提案單位提案人	○○○○處
案由	為「國立○○大學、法國羅浮宮／大英博物館學術交流合作協議」範本草案，提請審議。					
說明	一、依○○年○○月○○日文化資源學院博物館研究所簽鈞長批示意見辦理。 二、本處於○○月○○日、○○月○○日二度邀集吳○○長○、法國羅浮宮○○○○○館長、大英博物館○○○○○館長、章○○老師進行專案會議。 三、所長於第一次會議中提出本範本訂定之須求說明。 四、第二次會議中決議，相關內容文字修正後，續提本次○○會議審議。				
辦法	本辦法經本次會議審議通過後，擬公告提供本校單位參考利用。				
審議意見					
決議					

六、選罷單：

　　1. 選舉票

<h2 style="text-align:center">記名式</h2>

	○○○○委員會選舉票
1	□馬○○（選舉人自行書寫候選人姓名）
2	□陳○○（選舉人自行書寫候選人姓名）
3	□蔡○○（選舉人自行書寫候選人姓名）
	選舉人吳○○
	○○○○選舉事務所印製
	中華民國○○年○○月○○日

<h2 style="text-align:center">無記名式</h2>

	○○○○委員會選舉票
1	□馬○○（選舉人自行書寫候選人姓名）
2	□陳○○（選舉人自行書寫候選人姓名）
3	□蔡○○（選舉人自行書寫候選人姓名）
	○○○○選舉事務所印製
	中華民國○○年○○月○○日

選舉人自行書寫候選人姓名

\multicolumn{2}{c}{○○縣○○○會第○○屆理事（監事）選舉票}	
編號	
一	（選舉人自行書寫候選人姓名）
二	（選舉人自行書寫候選人姓名）
三	（選舉人自行書寫候選人姓名）
四	（選舉人自行書寫候選人姓名）
五	（選舉人自行書寫候選人姓名）
六	（選舉人自行書寫候選人姓名）
七	（選舉人自行書寫候選人姓名）

2. 罷免票

	同意罷免	（被罷免人姓名） **吳○○**
	不同意罷免	
	同意罷免	（被罷免人姓名） **林○○**
	不同意罷免	

■應用練習

一、請說明何謂會議文書，有哪幾種種類？

二、請說明會議程序有哪些？

三、請試擬一份開會通知單。

四、請說明會議召開前規劃準備階段的注意事項有哪幾要點？

第七章　企劃書

企劃書之撰寫，已從過去的專門知識轉為今日的通識，是每一位大學生所必備的基本能力之一。學習者在要知道如何學習寫企劃書之前，先要了解為什麼要撰寫企劃書？為什麼要學習寫企劃書？以讓學習者知道它的重要性，進而引發學習的動機，學習的效果自然較為理想。

為什麼要撰寫企劃書？一個構思被提出，歷經討論、規劃、執行，以至結束，其間一定有不少事情須要協調配合，尤其在短時間內須將許多的人力、物力、財力，以及各種資源加以整合運用，才可能有良好的成果。因此，如何整合資源並加以調配，以讓團隊執行時有所遵循，將成為成敗的關鍵，而撰寫企劃書便是走向成功最佳選擇。

為什麼要學習寫企劃書？企劃書可以有效的整合資源，達成預期的目標，更是說服對方拿錢出來的武器，是政府機關、學術單位、公司行號、民間團體等不可或缺的一種文書，也是吾人所應具備的基本能力。這是職場的須求，不可不學，否則容易喪失好機會，找到理想的工作。

本單元之目的，即在教導你如何撰寫成功的企劃書，以說服所要的目的者，有助於順利就業與創業，或獲准專案，進而成為成功者的表率。以下分為：企劃書概說、企劃書的種類與內容、企劃書的綱領與原則，以及企劃書範例等說明如下：

第一節　企劃書概說

企劃書之概說，包含了意義、功能、運用，以及目的等四個面向。茲說明如下：

一、企劃書之意義：

所謂的「企劃書」或稱「計畫書」，係指吾人將某一特定主題的構

第七章　企劃書

思，轉化成文字計畫，足以讓人依循執行的一種文書。它包含：構思、分析、歸納、擬定、實行，以及評估等六個部分，其目的在於節省人力資源，提高工作效能，藉以增加產值為目標，是各行業中最常表現策略規劃的文書。

二、企劃書之功能：

主要是針對主題的特性，分析本身現有的條件，以及蒐集各種可利用資源，以便對有限的人力、物力與財力加以統籌規劃，使其運作過程順暢，並有效的達成目標。

三、企劃書之運用：

企劃書的運用範圍非常廣泛，舉凡政府機關、學術單位、公司行號、民間團體等所辦的各種活動，研究調查、競賽選拔、形象包裝、合作加盟、設立單位，以及吾人日常生活中的大小事務等，皆可藉由企劃書方式來事先做準備，以作為執行時的依據，團隊共同遵循的準則。

四、企劃書之目的：

企劃書的目的無非在說服人家，所以企劃書撰寫得好壞，會直接衝擊到該活動之成敗，如何將活動內容，轉化成具有說服力之文字、圖片或是表格，讓人家願意支持，進而補助經費，是現代人不可或缺的基本能力之一，對於社會新鮮人找工作尤為重要，不可不學。學習時，應多參考範例反覆練習，以熟悉企劃書的形式與運用，以便提高對企劃書技巧的掌握，加上構思與創意的表達，即能撰寫出一份出色的企劃書。

以上僅是企劃書大致之概說，但並非唯一的詮釋，撰寫者可依須要作適度調整或詮釋，以使企劃書更加完整。

第二節　企劃書的種類與內容

企劃書之種類，依其性質不同可歸納為：研究調查型計畫書、展演活動型企劃書、競賽選拔型企劃書、形象包裝型企劃書，以及創立合作型企劃書等五種類型。茲說明如下：

一、研究調查型計畫書：

所謂研究調查型計畫書，是指針對特定主題，進行研究或調查類型的計畫書，是政府機關、學術單位、民間團體，以及產業界等慣用的方式。

二、展演活動型企劃書：

所謂展演活動型企劃書，是指針對特定主題，進行展示、演講、表演、造勢，以及募款等推廣活動類型的企劃書，是各行業普遍使用的方式。

三、競賽選拔型企劃書：

所謂競賽選拔型企劃書，是指針對特定主題，加以規劃成競賽或選拔模式類型的企劃書，是各機關團體擅長使用的方式。

四、形象包裝型企劃書：

所謂形象包裝型企劃書，是指針對特定主題的形象，進行美化包裝類型的企劃書，是個人形象、企業形象，或產品形象包裝宣傳最常用的方式。

五、創立合作型企劃書：

所謂創立合作型企劃書，是指針對特定主題，創立新單位，或邀請他人（單位）進行合作聯盟類型的企劃書，是個人、產業，以及機

第七章　企劃書

關團體常有的方式。

其中之所謂「主題」，就是指所要研究調查的名稱，或是所要舉辦活動的名稱，或是所要舉辦競賽的名稱，或是所要形象包裝的企業名稱，或是所要新創立的單位名稱等。

企劃書之內容，由於其性質不同而形式相異，彼此間並不盡相同，茲列舉如下以作為參考：

一、研究調查型計畫書：

（一）**計畫主題**：針對要研究或調查的事項，訂立一個貼切的主題。

（二）**計畫摘要**：就該計畫要點作一摘要概述，以五百字為限，並依其性質自訂關鍵詞五個以內。

（三）**計畫內容**：

1. 簡略說明近五年之研究計畫內容與主要研究成果。

2. 計畫背景與目的：詳述該計畫之背景與目的，以及重要性與國內外有關該計畫研究情況、重要參考文獻之評述等。

3. 計畫之研究方法、進行步驟及執行進度：詳述該計畫採用之研究方法原因，並預計可能遭遇之困難及解決途徑？步驟如何進行？如何管控進度？

4. 預期完成之工作項目及成果：詳述該計畫預期完成之工作項目；它對於學術研究、國家發展、其他應用方面預期之貢獻；以及對參與工作人員，預期可獲得之訓練等。

（四）計畫經費預算：

1. 業務費：詳列研究人力費，以及耗材物品與雜項費用等。

2. 研究設備費：詳列該計畫所須購買之軟、硬體設備費用。

3. 差旅費：詳列該計畫所須之差旅費，包含國內外之交通、食宿等費用。

4. 管理費：管理費為某些申請機構配合執行該計畫所須之費用，依其規定編列之。

（五）計畫單位：提出該計畫之個人或單位。

二、展演活動型企劃書：

（一）**活動主題**：針對要舉辦的活動，訂立一個貼切的主題。

（二）**活動緣起**：為什麼要辦這個活動？詳述該活動之背景。

（三）**活動目的**：活動之目的亦可稱為活動之宗旨，主要是在說明辦這個活動欲達成什麼樣的目標；也可以與第二項之緣起合併為「前言」敘述。

（四）**活動策略**：詳述分析所要面臨的對象，並充分的了解市場，以便能掌握重點，進而建立良好的形象。

（五）**預期效果**：辦理該活動所預期的效益，以量化的數字來表達，最容易引起認同。

（六）**指導單位**：通常為上級單位或補助單位。

（七）**主辦單位**：指參與主辦的單位，包含有：

1. 承辦單位：承接辦理活動的單位。

第七章　企劃書

　　2. 合辦單位：與承接單位一起辦理活動的單位。

　　3. 協辦單位：協助辦理活動的單位，以支援人力、器材等為主。

　　4. 贊助單位：贊助該活動的單位，以提供經費、財務等為主。

（八）**活動日期**：辦理該活動之日期年月日時間要明確，如須報名始可參加，則要訂出報名表，以及報名時間與截止日期等。

（九）**活動地點**：辦理該活動之地點也要明確，如有不同場地均須列出，備案也應視實際須求而加以設計。

（十）**活動方式**：詳述該活動之實施方式、流程，以及報名方式等各項細節。

（十一）**參加對象**：規範參加該活動者的資格與人數等。

（十二）**進度管制**：排定工作進度管制表，會議召開的日期等。

（十三）**工作職掌**：明確安排各單位之工作職掌，以避免責任重疊或三不管地帶發生。

（十四）**工作分配**：詳列工作團隊之工作項目與職責，工作人員之姓名、電話、手機、傳真，以及 E?蚌 mail 等，可以表格方式呈現。

（十五）**器材清單**：詳列器材之數量、出處，以及是否良好等。

（十六）**經費預算**：詳列所須之經費，並依實際估算，避免浮濫。

（十七）**經費來源**：說明所須經費之來源，不足部分如何應對。

（十八）**聯絡人**：填寫聯絡人的姓名、電話、手機、傳真，以及 E-mail 等，以方便聯繫。

（十九）**附錄**：未包含在上述內的項目，可以用附錄的方式呈現；或為了獲得補助單位的青睞，可以將過去執行的成果以附錄的方式說明。

（廿）**企劃單位**：提出該企劃之個人或單位。

三、競賽選拔型企劃書：

（一）**競賽主題**：針對要舉辦的競賽，訂立一個貼切的主題。

（二）**競賽緣起**：說明為什麼要辦這個活動，詳述該活動的背景。

（三）**競賽宗旨**：競賽之宗旨亦可稱為競賽之目的，主要是在說明辦這個競賽欲達成什麼樣的目標；也可以與第二項之緣起合併為「前言」敘述。

（四）**實施時間**：明確說明每年舉辦的次數，報名或收稿的開始與截止時間，揭曉頒獎的日期等。

（五）**預期效果**：辦理該競賽所預期的效益，以量化的數字來表達，最容易引起認同。

（六）**經費預算**：詳列所須之經費，並依實際估算，避免浮濫。

（七）**經費來源**：說明所須經費之來源，不足部分如何應對。

（八）**指導單位**：通常為上級單位或補助單位。

（九）**主辦單位**：指參與主辦的單位，包含有：

　　1. 承辦單位：承接辦理活動的單位。

　　2. 合辦單位：與承接單位一起辦理活動的單位。

第七章　企劃書

3. 協辦單位：協助辦理活動的單位，以支援人力器材等為主。

4. 贊助單位：贊助該活動的單位，以提供經費、財務等為主。

（十）**實施對象**：規範參加該競賽者的資格與人數等。

（十一）**競賽範圍**：規範競賽實施之範圍，或是限制徵文主題的原則等。

（十二）**競賽類別**：規範競賽實施之分類等。

（十三）**評審與獎勵**：

1. 說明評審人員的產生辦法，須要公平公正且有學術聲望的人士擔任；以及規範評審標準，如創意（含題材）40%、組織 30%、文筆 30%等。

2. 依競賽分類，制定獎勵辦法，錄取人數，名次排列，獎牌獎金多寡等，都須明確規範，以避免爭議。

（十四）**參加辦法**：

1. 規範參賽者之作品或表演的條件與件數等。

2. 要求參賽者提供個人基本資料等。

3. 規範投稿或競場的地點單位，並詳述地點或單位的地址，聯絡電話或方式等。

4. 明確規範報名或收稿的開始與截止時間，以郵戳為憑。

5. 規範應徵作品或表演等的排他條款。

6. 禁止參加的人員。

（十五）**其他**：以上之規範而有未盡事宜者，在此處說明，如：參賽得獎作品，主辦單位擁有出版權等說明。

（十六）**企劃單位**：提出該企劃之個人或單位。

四、形象包裝型企劃書：

（一）**包裝主題**：針對要包裝的形象，訂立一個貼切的主題。

（二）**包裝緣起**：為什麼要辦這個包裝活動，詳述該活動之背景，尤其是自我定位，向社會大眾所宣告的形象，可供吾人產生認同與識別，促成良好的互動關係，以提振優良的形象或聲望等。

（三）**包裝目的**：包裝活動之目的亦可稱為包裝之宗旨，主要是在說明辦這個活動欲達成什麼樣的目標；也可以與第二項之緣起合併為「前言」敘述；尤其是為塑造特定形象，所採取系統化、標準化的設計規範，藉以達成特定形象之認知目的等。

（四）**市場分析**：

1. 競爭者分析，包含：總體環境、客層來源、周邊對手等。

2. 目標者分析，包含：目標者的品味喜好、對品牌的忠誠度、須求與期望等。

3. 產品位階分析，包含：與競爭者產品彼此分析、尋找適合自己產品的位階等。

4. 品牌形象定位，包含：先評估自己、再與競爭者做交

第七章 企劃書

叉分析、訴求的形象分析、優良印象提升分析,以及自我品牌形象定位等。

(五)品牌形象設計(CIS):

1. 商標(LOGO)設計,包含:徽章標誌、象徵圖案、設計理念、口號設計,以及應用等說明。

2. 場所布置,包含:外觀與內部的空間設計、櫥窗擺飾、聲光效果等。

3. 產品設計,包含:外表包裝、產品造型、產品功能、素材統一、規格型號等。

4. 延伸設計,包含:形象字體大小、配色設計、視覺識別(徽章標誌、象徵圖案、標準字體、精神標語、標準色系、飾物規劃、周邊用品)等。

(六)運作規劃:

1. 運作時程表,包含:從草擬企劃書、品牌設計、施工製作,以至到完成的日期等,都必須明確排定,以利團隊執行。

2. 人力規劃表,包含:投入時間多長?須運用多少人力?

3. 財政規劃表,包含:該動支多少成本製作設計、評估盈虧及可行性。

4. 宣導活動設計,包含:媒體廣告、海報宣導等,使內外界產生共識與認同。

(七)預期效果:辦理該活動所預期的效益,以量化的數字來表

達，最容易引起認同。

（八）**企劃單位**：提出該企劃之個人或單位。

五、創立合作型企劃書：

（一）**創立主題**：針對要創立或合作的事業體，訂立一個貼切主題。

（二）**創立緣起**：為什麼要創立或合作這個事業體，詳述創立該事業體之背景，尤其是自我定位，向社會大眾所宣告的形象，可供吾人產生認同與識別，促成良好的互動關係，以提振優良的形象或聲望等。

（三）**創立宗旨**：創立或合作之宗旨亦可稱為創立或合作之目的，主要是在說明創立或合作這個事業體所欲達成什麼樣的目標。

（四）**組織架構**：包含：組織圖、職掌編制、成員名冊以及使用空間與資源。

（五）**市場分析**：

1. 競爭者分析，包含：總體環境、客層來源、周邊對手等。

2. 目標者分析，包含：目標者的品味喜好、對品牌的忠誠度、須求與期望等。

3. 產品位階分析，包含：與競爭者產品彼此分析、尋找適合自己產品的位階等。

4. 品牌形象定位，包含：先評估自己、再與競爭者做交叉分析、訴求的形象分析、優良印象提升分析，以及

第七章 企劃書

自我品牌形象定位等。

（六）營運規劃：

1. 資金的籌措，包含：自有資金的多寡、不足資金如何籌措、資金如何運用等。

2. 營運的項目，包含：經營哪些產品、提供哪些服務等項目。

3. 銷售的對象，包含：產品或服務的對象是誰？什麼層次？有何特徵？

4. 經營的特色，包含：事業體的形象、產品、服務、資金、技術、人才等，與同業相比有何特色，具何優勢。

5. 營收的預算，包含：精確估算營收額、營運成本、管銷費用，以及盈虧等項目。

（七）未來展望： 包含事業體的遠景、列舉成功的案例等說明。

（八）結論： 規劃這份企劃書的想法與總結以上之分析。

（九）企劃單位： 提出該企劃之個人或單位。

以上便是各種類型企劃書的內容，但並非固定不變，撰寫者可舉一反三，觸類旁通，依須要作適度調整，以符合對方格式或要求。

第三節　企劃書的綱領與原則

　　企劃書之綱領，包含了企劃的流程、企劃的呈現，以及圖表的運用等三個部分。茲說明如下：

一、企劃的流程：

（一）**主題的意涵**，包含：深入了解企劃主題的意涵，以準確抓住構思的方向，進而才能有良好的結果。

（二）**找點子創意**，包含：看書找文獻資料、與朋友同事腦力激盪等，定能產生不錯的點子。

（三）**找可用資源**，包含：人力、物資、場地、經費、資訊等可用資源，以使該活動順利進行。

（四）**訂企劃原則**，包含：由小而大、由易而難、注意小細節、掌握大方向，以及量力而為，務使該活動圓滿成功。

（五）**籌備該活動**，包含：開籌備會議、成立組織單位、確定參與人員、人員調度、責任分工、經費分配，以及制定進度管制表，以作為執行時的依據，團隊共同遵循的準則。

（六）**舉辦該活動**，包含：活動事前之準備（活動議程公告、場地布置、來賓接待、茶水供應，以及安全衛生等）、活動期間之注意事項（注意來賓的須求、隨時應對突發的事件，以及掌握整體狀況等）、活動結束之應作項目（歡送來賓、清理場地、清點物資造冊、物歸原處，以及慰勞工作人員等）。

（七）**撰成果報告**，包含：撰寫該活動的成果報告、與預期效果做比較等，以提供召開檢討會時的參考。

（八）**經費之核銷**，包含：人事、設備、雜支等費用的核銷，但求務實精確。

（九）**召開檢討會**，包含：針對該活動舉辦之優缺點，以及經費

第七章　企劃書

使用的合理性做檢討，以供下次參考。

二、企劃的呈現：

企劃之構思，係藉由企劃書來呈現，其目的主要在說服對方，固在撰寫企劃書之前，要先清楚給誰看？不同的人或單位可能有不同的格式或偏好，才能投其所好或遵循規定，完成一份圖文並茂的企劃書。尤其是提出充分的條件，足以證明完成的能力，以說服別人相信，進而願意託付執行或經費補助。所以企劃的呈現，應把握以下之重點：

(一) **告知對方**：明確的告知意圖，讓對方清楚明白。

(二) **說服對方**：重點描述，誠懇感人，爭取認同，進而引起共鳴，足以讓對方放心。

(三) **美觀大方**：外觀設計美麗，內部敘述大方，工整不花俏，閱讀方便。

三、圖表的運用：

圖表的運用，可讓人一目了然，清晰易懂，又可藉由量化來表達，最容易引起認同。故能以圖、表說明的盡量使用。常用的圖與表有如下幾種：

(一) **組織圖**：用於參加人員之工作分配，權責畫分之組織架構。

(二) **甘特圖**：用於進度管控。

(三) **流程表**：用於安排工作之順序，完成之時間。

(四) **其他**：可以表達的圖、表，盡量使用。

有關企劃書之原則，就整體來說，包含了擬定原則與撰寫原則二部分。茲說明如下：

一、擬定原則：

企劃之價值，不在於當次活動之成敗，而是看他長遠的影響，短暫成功，可能會隨著時間的消失而變得無意義。好的企劃，縱然當次

不見成果，但對於長遠而言，自有其影響的價值。因此，在擬定企劃時，應守住二個原則：

（一）**企劃之開展性**：企劃必須具有後續的開展性，能夠一路發展下去；沒有開展性的企劃，無法成就長遠的目標，充其量只能取得經驗與小小的成就感。

（二）**企劃之延續性**：企劃必須延續過去的基礎與經驗，不能憑空想像閉門造車，也不能跳躍式天馬行空的進行，否則容易招致失敗。

二、撰寫原則：

企劃書之撰寫目的，主要在說服對方，要說服對方，就要對方看得懂，而且還要閱讀得舒適感動，才能發揮最大的效果。因此，在撰寫企劃書時，應注意以下幾個原則：

（一）**字數限制**：篇幅不宜太冗長，因別人不一定有很多時間來閱讀。

（二）**重點描述**：篇幅既不能太長，那只能針對對方的須求，重點的說明，尤其是企劃特色之強調。

（三）**誠懇感人**：企劃書之主要目的既在說服對方，首先要讓對方感覺到你的誠懇，你講的話對方才會相信，否則你寫得再好，對方不相信也是枉然；再者，也要讓對方感動，一感動就容易產生同情心，一有同情心就容易答應，一切也就水到渠成。

（四）**清爽乾淨**：企劃書版面乾淨，段落分明，使人閱讀時感到舒適。

（五）**簡單扼要**：企劃書之文字簡潔，敘述要扼要易懂，點綴與累贅的字不用，避免艱深詞彙，使人清楚了解企劃之內容。

（六）**避免流行語**：企劃書之閱讀者，其年齡層以及職務水準不盡相同，故要避免使用流行語，以一般用法為宜。

第七章　企劃書

第四節　企劃書範例

　　企劃書之種類眾多，實無法一一列舉，但為提供學習者模擬，以見學習之功，特就上述之：研究調查型計畫書、展演活動型企劃書、競賽選拔型企劃書、形象包裝型企劃書，以及創立合作型企劃書等五種類型，加上表格化簡易企劃書計六項，列舉如下：

壹、研究調查型計畫書

生死何從研究

一、研究計畫中文摘要：

　　※就本計畫要點作一概述，並依本計畫性質自訂關鍵詞（五百字以內）。

　　本文以《生死何從》為題，其動機乃基於人類社會的亂象，有大部分來自吾人對生死的迷惑與恐懼，不論積極抑是消極，不論富貴或是貧賤，總對生命的短暫有著無限感慨。自然，追求長生不老者、力倡享樂主義者，或是出世思想的道家、現世思想的儒家，以及入世超脫生死的佛家、基督等宗教團體，便應運而生，各自追求其人生價值的信仰，以求依憑、慰藉，進而能坦然面對生死問題。只可惜，各宗教團體所闡述人生信仰及其方式的差異性頗大，加上本位主義作祟，彼此之間難免產生摩擦與對立，野心人士便利用這種信仰或爭議來謀取自身的利益。此種現象，古今中外皆然，無以避免。

　　所以，探討生、死問題，好讓吾人找出「人生大道」，足以依憑，足以慰藉，使生命更充實幸福，並避免迷信、疑惑，進而解決社會亂象，便是本文之目的，亦是吾人所面臨的最大課題。

　　關鍵詞：斥引作用、牽引力量、自然法則、物質體、精神體。

二、研究計畫內容

（一）近五年內主要研究成果說明。

（二）研究計畫之背景及目的：詳述本研究計畫之背景、目的、重要性及國內外有關本計畫之研究情況、重要參考文獻評述等；本計畫如為整合型研究計畫之子計畫，請就以上各點分別述明與其他子計畫之相關性。

（三）研究方法、進行步驟及執行進度，請分年列述：1. 本計畫採用之研究方法與原因；2. 預計可能遭遇之困難及解決途徑；3. 重要儀器之配合使用情形；4. 如為整合型研究計畫，請就以上各點分別說明與其他子計畫之相關性；5. 如為須赴國外或大陸地區研究,請詳述其必要性以及預期成果等。

（四）預期完成之工作項目及成果，請分年列述：1. 預期完成之工作項目；2. 對於學術研究、國家發展及其他應用方面預期之貢獻；3. 對於參與之工作人員，預期可獲得之訓練；4. 本計畫如為整合型研究計畫之子計畫，請就以上各點分別說明與其他子計畫之相關性。

（一）近五年內主要研究成果說明

筆者出身理工，研究於哲學並從事本文研究已有三年，目前完成的部分為：第一章　導論；第二章　生命起源之探索；第三章　人類由來之探索。並陸續發表相關論文於：2002 年 12 月由大陸雲南孔子學術研究會主辦,海峽兩岸第六次孔子學術研討會,〈儒家宇宙觀之探究〉論文，以及 2002 年 12 月〈西哲宇宙觀之探究〉，載於《古今藝文雜誌》第二十九卷第一期等論文。並預計今（2008）年 12 月再參加海峽兩岸第七次孔子學術研討會，發表〈儒家生死觀與道家、佛家生死觀之比較〉之論文。

本文共計六章，目前雖已完成一半，但後二章之「萬物一元二體說」及「人類生死流轉說」為本文之精髓所在，須做甚多實驗印證與

第七章　企劃書

調查，急須經費補助，方能順利完成。

（二）～（四）研究計畫之背景、目的、方法、步驟、進度、預期完成之工作項目及成果以及參考書目。

生死二事，古今中外的聖哲先賢，已著手研究數千年，可惜至今仍舊是個謎。二十一世紀初的今日，雖再度興起研究「生死問題」的熱潮，然仍跳脫不了傳統的窠臼。從美國・卡爾・貝克（CarlB.Becker）所著《超自然經驗與靈魂不滅》（ParanormalExperienceandSurvivalofDeath）、肯內斯・克拉瑪（KennethKramer）《宗教的死亡藝術→世界各宗教如何理解死亡》（TheSacredArtofDying:HowWorldReligionsUnderstandDeath），到英國・莉拉・布萊德（LeilaBright）的《輪迴與你→初學者入門》（ReincarnationandYou:ABeginner?樟 sGuide）、約翰・鮑克（JohnBowker）《死亡的意義》（TheMeaningsofDeath）；從日本・豬木正文所著《人的生死之謎》、石上玄一郎《輪迴與轉生》，香港・李潤生《佛家輪迴理論》，到大陸・陳兵的《生與死的超越》、張三夕《死亡之思》、段德智《死亡哲學》、西藏・索甲仁波切喇嘛《西藏生死書》、達賴喇嘛《生命之不可思議→揭開輪迴之謎》，甚至來臺演講引起騷動的南昌大學鄭曉江教授之《超越死亡》，以及臺灣傅偉勳教授所著之《死亡的尊嚴與生命的尊嚴》、馮滬祥《中西生死哲學》、成和平《生死科學》、潘添盛《奧秘的生死輪迴》、藍守仁《靈學的現在和將來》等書（有關此等資料的評述請見第四單元「文獻檢討與回顧」）。他們對生死問題雖各有所闡述，自然亦有相當參考價值。但綜其所述，也僅止於：

1. 以精神醫學的立場，談論生死尊嚴問題。誠如傅偉勳教授所說：

即使面臨個體死亡的日益「機械化以及非人性化」現象，仍要在「傳統」與「現代化」之間，保持適當的平衡，儘量設法使絕症患者在他生命的最後關頭，能夠心平氣和又具有人性尊嚴而離開人間（todieinpeaceandwithdignity），如此避免死亡「機械化以及非人化」的

極端現象，對於我們現代人來說，乃是第一項根本的死亡問題，值得大家關注反思。⋯⋯此項問題又同時關涉到有關精神醫學與死亡學的另一問題：如何了解絕症病人的精神狀態？精神醫學或精神治療的專家與死亡學專家如何配合主治醫師的醫療工作，幫助病人克服負面的精神狀態？這就有從醫藥倫理學的研究，進一步開展我所說的「臨終精神醫學與精神治療」（thanatologicalpsychiatryandpsychotherapy）這門學科的必要了。目前似乎沒有人構想此一新辭，這是我多年來所積下教學經驗而有的著想，即將「死亡學」（thanatology）與「精神醫學」（psychiatry）以及「精神治療」（psychotherapy）結合起來，成為一門新科。[1]

2. 以宗教的立場，談論生死問題。此如達賴喇嘛所說：

　　理解輪迴轉生的結構，不是一件容易的事。這是從一項非常獨特的構想產生出來的佛教思想。輪迴就是依前世而決定的次回生命→連續繼承下去的眾生的生命。⋯⋯輪迴轉生，生命再生，並不是特定被選上者才會發生。從佛教的觀點說，無論接不接受輪迴思想，一切眾生都要平等接受輪迴。[2]

3. 以引述古今中外之聖哲先賢對生死問題的看法，然不管是積極的「殺身成仁」、抑是消極的「順其自然」，無非在說服吾人要認命達觀，生死是必然的無可奈何，只能坦然去面對。此亦如鄭曉江教授所說：

　　我以為，現代人在死亡方面出現的許許多多問題，可以從中國傳統死亡觀中汲取有益的教益。⋯⋯所以，溝通「生」與「死」，視「生」、「死」為互滲的兩個領域，乃是現代人建構起科學且合意死亡觀的核心與基石。中國傳統死亡智慧，無論是儒家「殺身成仁」、「捨生取義」的精神超越死亡的方式，還是道家「生死齊一」之本體性超越死亡的

1　傅偉勳：《死亡的尊嚴與生命的尊嚴》，（臺北，正中書局），頁 7、12。
2　十四世達賴喇嘛：《生命之不可思議→揭開輪迴之謎》，（臺北，立緒文化公司），頁 32~34。

第七章　企劃書

觀念，抑或佛家「了生死」的「往生」式超越死亡的追求，以及中國民間百姓皆堅信的「陰間」與「陽間」可互通的神祕式超越死亡的方法等等，皆旨在溝通「生」與「死」，以尋找出生死的結合點，既為人生的性質與意義定位，又為人死的性質與意義尋找到一種中國化的解釋模式，並為人們坦然地面對死、最終回歸那永恒的甜蜜之鄉提供了一條可行之途。可以說，千百年來，中國人就是在這些觀念的導引下，不同程度地實現了「生死兩相安」的理想狀態。[3]

問題是，縱讓吾人死得多有尊嚴仍無法消弭吾人對生死的困惑與不安。而麻醉式的「生死兩相安」論點，是否能繼續發揚於高度科技文明的今日，吾人是否還願意無怨無悔的認命，而生死是否也真如聖哲或宗教所說那樣。顯然的，這種人生價值觀，是必須加以重新檢討，重新界定的。

筆者出身「理工」，研究於「哲學」，嘗試以哲學思維去探究萬物的本源，以科學方法去探求事情的真象，熔宏微二觀於一爐。儘管以人類有限知識，實無法窺知無限世界的真相，看不到摸不著的東西並不代表它不存在，但吾人卻可藉由現象界來得知本體界的存在，就像聽到收音機廣播，即可確定電波是存在的道理，而有些事雖不能用科學印證，然只要反身自省即可感受到。誠如法國哲學家笛卡兒（ReneDescartes,1596?蚒1650A.D.）名言「我思故我在」，不假外求；當然，看得見摸得到的也未必是真相。所以，筆者即企圖以「自然科學」立場，去解釋「現象界」的事物，進而探討「本體界」的原質，以期能呈現生死問題的真相。並循著「大膽假設，小心求證」原則進行，力求深入淺出，來闡釋證明奧秘的生死現象，然能否實現不敢妄斷，惟心嚮往而已。

接著，筆者將「研究動機與目的」、「研究方法與順序」、「研究範圍與限制」、「文獻檢討與回顧」、「進行步驟與進度」、「預期完成項目

---

[3] 鄭曉江：《超越死亡》，（臺北，正中書局），頁1、2。

與成果」以及「重要參考書目」等加以說明如下：

（一）研究動機與目的

　　本文以《生死何從》為題，其動機乃基於人類社會的亂象，有大部分來自吾人對生死問題的迷惑與恐懼，不論積極抑是消極，不論富貴或是貧賤，總對生命的短暫有著無限感慨。自然，追求長生不老者、力倡享樂主義者，或是出世思想的道家、現世思想的儒家，以及入世超脫生死的佛家、基督等宗教團體，便應運而生，各自追求其人生價值的信仰，以求依憑、慰藉，進而能坦然面對生死問題。只可惜，各宗教團體所闡述人生信仰及其方式的差異性頗大，加上本位主義作祟，彼此之間難免產生摩擦與對立，野心人士便利用這種信仰或爭議來製造社會紛端以求自身的利益。此種現象，在古今中外皆然，無以避免，早期西方的宗教革命、近期 911 事件美國遭回教徒自殺式的恐怖攻擊，而中國亦有太平天國、白蓮教之亂，普遍的斂財、騙色等宗教事件，實不勝枚舉，尤以臺灣目前的社會最甚。雖然臺灣近年的生活水準直線上升，人民教育水準亦復如此，但何以宗教斂財騙色的事件不減，反有提高現象，而受騙者又不乏是高級知識份子呢？尤其在今日科技高度發達的時代，依舊如此，這實是吾人所必須認真面對的事。

　　不可否認的，社會很多亂象之根本，乃在於吾人對生死之困惑不安，尤其是生活水準越高，其生存意識就越強烈，所承受的死亡焦慮也就越痛苦，尋求信仰，使得心靈有所寄託，便成為吾人生活中的一環，偏偏科技固然發達，卻無能為力去印證宇宙奧秘、生死源由。因此，吾人便無從理智去分析、去判斷事實的真偽，總是帶著矇矓眼睛，感性的去信仰。如此宗教團體才能無視於科技而欣欣向榮，如果有一天科技能證明一切，那哲學與宗教將因此而絕跡。試想，從美國太空人阿姆斯壯（Neil Armstrong, 1930?蚪 A.D.）駕太空船登上月球後，有誰還會相信「嫦娥奔月」的傳說？我們承認宗教信仰對於社會安定是

第七章　企劃書

功不可沒，只可惜野心人士藉由宗教迷信造成社會亂象也是不爭的事實。所以，探討生、死問題，好讓吾人找出「人生大道」，足以依憑，足以慰藉，使生命更充實幸福，並避免迷信、疑惑，進而解決社會亂象，便是本文之目的，亦是吾人所面臨嚴肅的課題。

（二）研究方法與順序

本文之研究，係採「文獻分析法」（DocumentoryAnalysisMethod）、「歸納法」（InductiveMethod）、「演繹法」（DeductiveMethod）、「批判法」（CriticalMethod）以及「驗證法」（VertificationMethod）、「田野研究法」（FieldStudyMethod）六者並用。先行蒐集與研究有關的基本文獻、各家評論資料，繼就所得材料續予外在評估（ExternalCriticism），與內在評估（InternalCriticism）。前者在鑑定資料之真實性，後者在確定資料之價值性，然後引述分析、歸納，並就不合理者給予適當批判，同時提出己見加以演繹論述，配合科學驗證及田野研究加以佐證，以求獲得結論。批判時，如係個人立場或學術素養等的差異，而有不同看法，無牽涉到所謂對或錯，筆者將儘量不做任何評論，讓其從各種角度的主張，呈現出來，才不致流予以自己的主觀，去強暴他人的主觀，期能達到真正之客觀。然若屬史料或有充分證據，以證明其錯誤時，則加以批判說明。在論述先哲之順序，係依個人出生年代的先後來安排，並以個人為主，如牽涉到學派且主張相同，則以具代表性人物為主。對於介紹他人學說，本身無創見，或紹述前言而未能自成系統之先哲，限於篇幅，在此不贅陳。引用外來的人名或學術名詞時，原則在第一次出現的後面加註原文，且以英文為主，第二次後原文從略；如有翻譯文字或生卒日期有疑義時，以《大不列顛百科全書》中文版為準。

至於順序，則基於興建大樓，必先紮穩其地基，而後向上發展，自然不怕狂風暴雨。同理，學術理論之建構，博引文獻以作為立論根基，乃不可或缺之一環，進而才能開花，以得較客觀的結果；而要探

討人類生死問題，必先了解人類從何而來，要了解人類從何而來，又須先了解生命的起源，方能對研究人類生死問題提供一個正確的方向，誠如孔子說：「未知生，焉知死。」因此，本文除對有關生死問題的文獻資料做歷史性回顧外，亦將先探討歷代先哲、各派宗教對「宇宙生成、生命起源」的主張，接著再探這些主張的背景與證據，自可理解其真偽。確定生命從何而來後，再論「人類的由來」及其進化機制與證據，以鞏固本文立論之根基。而後提出「己見」，加以科學驗證來獲得總結，以建構「生死理論系統」。全文共分六章，論之如下：

第一章　導論：該章為敘述筆者之研究動機與目的、研究方法與步驟、研究範圍與限制、名詞概念與釋義以及文獻檢討與回顧。

第二章　生命起源之探索：本文從生命的起源著手，先對前哲論述有關宇宙生成與生命起源問題的文獻資料加以分析介紹，並分宗教說、哲學說以及科學說，接著再歸納這些主張的背景，並提出證據評論其真偽，以確定生命從何而來，方能進一步探索人類生死問題。

第三章　人類由來之探索：確定生命從何而來後，再探人類之由來，並分物質演化時期、物種演進時期以及人類進化時期三階段，後再論其進化機制與證據，以鞏固本文立論之根基。

第四章　萬物一元二體說：立論根基確立後，即可提出己見「萬物一元二體說」，並分宇宙之產生及萬物之形成來演繹說明，後再論其生成機制，同時以科學方法做驗證。

第五章　人類生死流轉說：宇宙萬物之生成確定後，再提己見「人類生死流轉說」，並分生命之由來及死亡之歸處作演繹說明，後再論其流轉機制，同時亦以科學方法來驗證，以

第七章　企劃書

建構自成體系之「生死理論系統」。

第六章　結論：綜合上述，客觀做出總結，並提出建議以供參考，好讓吾人找出「人生的康莊大道」，「社會亂象」自可迎刃而解。

（三）研究範圍與限制

本文範圍的界定，可以使研究材料的取捨有所依準，研究對象之分際也得以劃清。如就「本文」來說，應可依其時間、空間兩個角度來探之。以前者而言，本文將從先秦諸子及古希臘時期起至二十世紀止為經；以後者而言，本文將以中西前哲、學派或宗教，論述有關宇宙生成及生命起源問題的主張，且能自成體系之學說為緯。同時提出自己的創見，加以科學驗證，由點而面，由橫而縱，以求獲得客觀結論，並建議解決之道。

至於限制方面，則來自本文所涉「層面」與「資料來源」兩部分。以前者而言，本文為求論述的完整及立論根基的鞏固，不得不涉及廣泛的學術領域，故無從一一細論，致非本文重點者，皆以概論為之，且基於學問之研究，貴在承先啟後，並無須浪費時間重複先進已走過的路，尤其是西洋方面資料的蒐集、翻譯及真偽之評估上，須大量時間，故參考材料之選擇，以較不具爭議性的為主。以後者而言，本文受限於筆者語文能力，不能精通數國語言，致本文所參考引用的外國資料，皆以翻譯本為主。

（四）文獻檢討與回顧

有關生、死方面的文獻資料，大致可從「各教派生死觀」及「現今生死觀」這兩部分來做歷史性的回顧與檢討。而各教派生死觀的介紹，乃以儒家、道家以及世界三大宗教為主；現今生死觀則以已在臺灣出版（包含外國著作的翻譯本）、發表或學位論文，闡述有關生死問題的文獻資料且以學術性著作為主。非學術性因資料太過龐雜，且較

無參考價值，故在此從略。茲分析如附錄一所示。

　　綜合所論，我們發現在上述各教派以及諸多著作當中，不管是闡明宗教的教義或引述聖哲先賢或自身的主張，儘管他們的論述有所差異，但大致有個共通點：即承認「人」除了有形的「軀殼」外，尚有另一無形的「靈魂」存在，且會「生死輪迴」不已，至於生死怎麼輪迴，則各自見解不同。「靈魂輪迴說」雖有相當人數承認，也有多人現身說法，然因其無法以科學印證，故至今尚未獲得普遍性認同。由此，本文將站在此等研究成果的基礎上，以科學立場對「生、死」問題做縱橫之延伸。

（五）進行步驟與進度

1. 進行步驟為：

（1）文獻資料蒐集：本文之文獻蒐集，將從先秦諸子及古希臘時期起至二十世紀止之中西聖哲、學派或宗教，論述有關宇宙形成與人類生死問題以及自然科學的資料，包括書籍、報刊雜誌、相關研究論著等等。

（2）文獻資料整理：繼將所得資料予以評估其真實性與價值性，並詳細分類註記，作成摘要。

（3）文獻資料探究：後運用分析法，將作成摘要資料使之系統化，並歸納出重要議題。

（4）文獻資料批判：再運用批判法，將所歸之議題加以檢討批判，凡成理者為本文所引用論證，凡不能成理者則加以反駁，以鞏固本文立論之根基。

（5）提出己見論證：立論根基確立後，即可提出己見演繹說明，同時以科學方法做驗證，以求獲得客觀結論，以建立自成體系之「生死理論系統」，並提出建議供吾人參考。

（6）本文之撰稿：本文依計畫進度撰述，並於研究期間隨時向師長同儕請益，或參與國內外相關學術研討會，藉以討論辯難，澄清疑惑，以順利完成本研究。

（7）付印及裝訂：依國科會之標準規格列印及裝訂。

2. 執行進度為：本研究大約一年完成，其時間分配如下：

（1）文獻資料蒐集：一個半月。

（2）文獻資料整理：一個月。

（3）文獻資料探究：二個月。

（4）文獻資料批判：一個月。

（5）提出己見論證：二個月。

（6）本文之撰稿：四個月。

（7）付印及裝訂：半個月。

合計：一年時間。

（六）預期完成之項目及成果

筆者自碩士研究生起，即對生死問題有著濃厚興趣，資料蒐集更不遺餘力，也陸續發表過幾篇這方面的論文。故本文之研究應可在一年內完成。至於具體成果如下：

1. 在學術理論方面：本研究龐引文獻以作為立論之根基，進而提出己見「萬物一元二體說」及「人類生死流轉說」，並用科學方法做驗證，以建構自成體系之「生死理論系統」。

2. 在實務應用方面：社會甚多亂象來自於吾人對生死之困惑與不安，尤其是生活水準越高，其生存意識就越強烈，所承受的死

亡焦慮也就越痛苦，尋求信仰，使得心靈有所寄託，便成為吾人生活中的一環，偏偏科技固然發達，卻無能為力去印證宇宙奧秘、生死源由。因此，吾人便無從理智去分析、去判斷事實的真偽，總是帶著朦朧眼睛，感性的去信仰。如此野心人士方能藉由宗教造成社會亂象。所以，本文所建構具有科學依據之「生死理論系統」，能讓吾人於日常生活中實踐，從實踐中找出「人生的康莊大道」，足以依憑，足以慰藉，使生命更充實幸福，並避免迷信、疑惑，「社會亂象」自可迎刃而解。

3. 在人才養成方面：培養參與人員資料蒐集與分析概念，進而訓練論文寫作能力，並藉由參與接觸而獲得相關領域知識，以增其見聞。

第七章　企劃書

（七）重要參考書目：（從略）

三、計畫經費預算

※依補助單位之規定編列。單位：新臺幣

補助項目 \ 執行年次	第一年 (96年8月~ 97年7月)	第二年 (_年_月~ _年_月)	第三年 (_年_月~ _年_月)		
務　　費：	439,640元				
研究人力費	419,640元				
耗材、物品及雜項費用	20,000元				
國際合作研究計畫國外學者來臺費用					
究設備費：	82,099元				
外差旅費：	0元				
國外或大陸地區差旅費					
出席國際學術會議差旅費					
國際合作研究計畫出國差旅費					
理　　費：	78,261元				
計：	600,000元				
重儀器中心使用額度					
士後　國內、外地區	共　名	共　名	共　名		
究　　大陸地區	共　名	共　名	共　名		

請機構或其他單位（含產業界）提供之配合項目（無配合補助項目者免填）

配合單位名稱	配合補助項目	配合補助金額	配合年次	證明文件

四、計畫單位（人）：

國立○○大學○○研究所　蔡○○。

貳、展演活動型企劃書

臺灣關公文化節人文藝術教育展

一、活動緣起

臺灣民間信仰承襲大陸傳說，關公崇拜起自明鄭時期，若從永曆十五年（公元 1661 年）鄭成功趕走荷蘭人起算，關公信仰來臺即將屆三百五十周年。在這漫長的歲月中，關公信仰早已在臺灣這塊土地上生根發芽、成長茁壯，扮演著安定社會不可或缺的一股力量。

但自從社會工業化之後，人口迅速移動，人與人之間的疏離感日益增加，「各人自掃門前雪，莫管他人瓦上霜」，傳統的守望相助美德喪失殆盡。加上拜金主義盛行，社會「笑貧不笑娼」，特種營業充斥大街小巷，處處笙歌豔舞，色情網站、報刊俯拾皆是，於是犯罪率逐年增加。尤其是國中生的犯罪日益嚴重，根據青輔會所發表的青少年白皮書指出，國中生犯罪已占青少年犯罪率的一半以上，實令人憂心。當務之急，唯有重拾早被國人拋在腦後的道德教育，教導國人忠孝節義的道理，才是根本解決之道。

在教育不普及的年代，聽說書、看野臺戲是普羅大眾汲取知識的主要來源。其中，三國故事是人們百看不厭、百聽不膩的戲碼，更是接受忠孝節義道德教育的主要媒介。關公「五倫」與「八德」精神涵蓋儒、道、佛三教與民間信仰，對歷史文化與社會風俗有著重大影響，在功利主義盛行的現代，尤值大力提倡。然人們對於關公的崇拜，似乎仍停留在宗教信仰的威靈神蹟上，對其生命所顯現的聖義人格，終究不甚了了。有鑑於此，本學會連續三年舉辦「忠義文學獎」，將關公的忠孝節義精神，從讀書文士開始紮根；如今更進一步，舉辦文化藝術教育展，希望藉此將關公文化的多元面貌，具體呈現在國人眼前，藉以潛移默化，達成忠孝節義的教育目標。

第七章　企劃書

二、活動宗旨

　　為使世人了解關公成聖的歷史真相及來臺信仰沿革，進而效法其忠孝節義之精神，俾世人能知禮守法，家庭興盛，社會祥和，國家富強，世界和平。

三、活動策略

　　國內舉辦關公文化展屈指可數，大半流於單調的宗教或文物展示；本學會以「臺灣關公文化節」為基調，以六大主題區呈現關公文化到臺灣後，在人文、藝術、教育等方面所展現的旺盛生命力。走完一趟六大主題區，不但對關公的生平、歷史背景能有清楚的認識，對關公的忠義精神及其相關經典，亦可獲得更深一層的體認。

四、預期效果

　　本活動秉持關公忠義精神，配合國家文化藝術教育發展方向，預期達成以下幾項目標：

（一）以展覽會方式發揚關公忠義精神，闡述關公經典內涵，探究臺灣關公信仰的歷史軌跡，展現臺灣關公文化的多元風貌。

（二）提升關公信仰至文化層次，鼓勵大家從讀經、誦經做起，最終能依經奉行，淨化社會風氣。

（三）將所有成果，包括文字、照片、錄影、演說內容、活動記實等，將以專書或網路方式永久保存、開放，以豐富臺灣關公文化藝術資料的典藏與傳承。

（四）將本次成果廣向海外發行，展現臺灣關公文化教育推動成果。

（五）將本次成果集結製成專書和光碟後，將廣送全國矯正機關和各級學校，希望能藉此啟迪受刑人、游走法律邊緣者和青少年朋友的心靈，為國人道德教育的重建略盡綿薄之力。

五、指導單位

行政院文化建設委員會。

六、辦理單位

（一）主辦單位：金門縣政府文化局、臺灣關公文化協會、臺北地藏淨宗學會、中華民國一貫道總會、中華道教關聖帝君弘道協會、中華玉線玄門真宗教會，及新人類文明文教基金會。

（二）承辦單位：社團法人中華桃園明聖經推廣學會。

（三）合辦單位：宜蘭礁溪協天廟、虎尾順天宮、臺南關帝殿、桃園明聖道院、日月潭文武廟、國際洪門中華民國總會、臺中重生堂、豐原宏德堂、雲林興國宮、基隆普化警善堂、金門縣讀經學會、金門內武廟，以及金門外武廟。

（四）贊助單位：良機實業（股）公司、崇光企業（股）公司、邰港科技（股）公司、工研整合行銷（股）公司，以及普而得數位科技（股）公司。

七、活動日期

○○年○○月○○日～○○年○○月○○日。

八、活動地點

金門縣【三月份】、宜蘭縣【四月份】、臺北市（縣）【五月份】、新竹市（縣）【六月份】、臺中市（縣）【七月份】、雲林縣【八月份】、臺南市（縣）【九月份】、高雄市（縣）【十月份】、屏東縣【十一月份】，以及花蓮縣【十二月份】。

九、活動方式

採陳列展演方式，並開放自由參加。

十、活動內容

本活動以六大主題區為主軸，以活潑的方式，展現關公文化的多元面貌。茲分別說明如下：

（一）百幅國畫介紹關公及三國英雄豪傑事跡

本區將透過一百幅以上國畫，介紹關公出世背景、幼年生活，以至逝世成神、歷代帝王封帝入聖，以及三國英雄豪傑等情景，每張國畫都能撼動人心。參觀後，對於忠孝節義的道德概念，必然會有深刻印象，尤其青少年學生走完本區，對他的人生觀將會有正面的影響。

（二）關公如何封帝稱聖之研究

在中國眾多神祇中，沒有任何神祇能像關公被這麼多行業供奉。一般商家把祂視為武財神；讀書人奉祂為文昌帝君；軍人供為戰神、武聖；警察敬為正義象徵；道士尊為化劫鎮煞、斬妖除魔的三界伏魔大帝；佛教敬奉為伽藍菩薩、蓋天古佛。在世人眼裡，關公是萬能之神，所以其廟宇遍布全國，擴及海外華僑社區。關公崇拜是一種文化現象，面對這麼一位三教共尊的聖人，我們不能簡單的肯定或否定，唯有深入研究關公生平，充分了解其人格特質，這樣的信仰才能更加堅實，也才能作為導正人心的借鑒。

（三）關公經典內涵區

關公經典有：《關聖帝君桃園明聖經》、《關聖帝君覺世真經》、《關聖帝君大解冤經》、《關聖帝君忠義經》、《關聖帝君戒淫經》、《玉皇普渡尊經》、《洞冥寶記》等，其中尤以《桃園明聖經》為關公的主要精神學說。《桃園明聖經》的內涵在於發揚忠孝廉節、五常八德之旨，實乃導正時弊，淨化人心之最佳南鍼。其經文不僅氣勢磅礡，雄偉浩蕩，且處處隱藏奧妙玄機，使人出迷省悟，雖一字半語，皆足以感天地動鬼神。本區將以書法寫成十八公尺長的整部《桃園明聖經》，與另一部世上獨一無二的梵天文字相對照，相信參觀後必然會令您意外驚奇。

（四）扶鸞儀式展示區

　　在大多人眼裡，扶鸞一直披著神祕的面紗，有些人因為不了解，以至吃虧上當。有鑑於此，本活動特別開闢「扶鸞儀式展示區」，將扶鸞真相公諸於世，增廣世人信仰的智慧。扶鸞又稱為借竅、降壇、顯化，扶鸞時用三才，即天才、地才、人才。扶乩者為天才，抄字者為地才，報字者稱為人才，這三才相當於鸞堂的正鸞生、唱鸞生、錄鸞生。本區特別邀請專家為大家講解沙盤木筆的操作方式，並示範完整的扶鸞流程，透過扶鸞的儀式，可讓神佛與三才合靈，並藉此與信眾溝通或傳達教化的訊息。

（五）關公造型藝術展覽區

　　本區將以木雕藝術創作出三十六種以上不同的關公相關之人物造型，以及有關書畫作品等，從藝術的角度領略關公之神武雄姿。除可作為蒐集、典藏、供養、禮拜關公聖像者的交流平臺，一般民眾也可藉由本區的展示，提升對關公聖像的鑑賞能力。

（六）關公來臺三百五十年歷史沿革區

　　本區商請全臺具代表性的關帝廟，如宜蘭礁溪協天廟、臺北行天宮、臺南祀典武廟、高雄武廟等宮廟提供建廟沿革、建築格局、宮廟特色之相關照片，以及珍貴的文物典藏，一飽眾人眼福。並四處延聘熟諳當地關公信仰沿革、聖帝顯化事跡的耆老宿儒，為大家做精彩的歷史口述。透過文物圖片和耆老口述，讓大家一次看完三百五十年來，關公文化在臺灣各地所展現的不同風貌。

十一、參加對象

（一）兩岸三地致力於關公研究之專家學者。
（二）全臺關帝廟暨相關之宗教、學術團體。
（三）各宗派信奉關聖帝君、恩主公或伽藍菩薩者。
（四）社會賢達、士農工商軍政人士供奉關帝者。
（五）凡對關公文化藝術教育有興趣者，皆表歡迎。

十二、進度管制

時間 項目	05月	06月	07月	08月	09月	10月	11月	12月	08年01月	02月	3月～09年2月
向主管機關呈送企劃書	*										
邀主、協辦及贊助單位		*									
DM 設計			*								
成立籌備小組召開籌備會議				*							
六大主題區負責人研討作法				*							
確認各區講說示範人員					*						
徵求參展藝術家及作品					*						
行文各縣市文化局探詢意願					*						
勘察各縣市展出場地						*					
展場所在自行舉辦籌備會議						*					
展場設計發包						*					
成立會場工作小組						*					
開始施工								*			
透過媒體發布訊息								*			
所有準備工作完成								*			
場地布置完畢									*		
展覽期間										*	
檢討、核銷，以及成果報告											*

十三、工作職掌分配

組　別	人數	姓　名(電話 E-mail)	職責說明
名譽主任委員	1	立法院院長王金平	
總召集人	1	黃國彰(0955053136)	統籌一切事務
副總召集人	2	黃柏霖、吳金德	
顧問團	13	立法委員尹伶瑛 立法委員賴清德 立法委員張慶忠 考試院保訓委員邱華君 海巡署副署長鄭樟雄 臺灣粥會會長陸炳文 城鄉改造環境保護基金會執行長黃晴琦 良機實業集團董事長張廣博 多識界圖書總經理蘇俊源 如億實葉公司董事長黃仁相 臺南香光聖堂總經理陳錫山 臺北天生聖堂總經理林光雄	提供本活動之諮詢
總幹事	1	郭先全	執行一切事務
公關組			
文宣組			
總務組			
文書組			
場地組			
財務組			
採購組			
經典組			
展覽組			
企劃組			

十四、器材清單

器材名稱	數量	是否良好	備　　註
投影機組	2	良好	
筆記型電腦	2	良好	
錄影機	1	良好	
攝影機	2	良好	
音響設備	1	良好	
茶水供應組	1	良好	
展示桌椅組	10	良好	

十五、經費預算

（一）籌備至結束辦公費用

項目	說明	所須經費	備註
辦公室費用	3萬元×18月	54萬元	
人事費用	3萬元×3人×18月	162萬元	
設備費用	包含電腦等	25萬元	
辦公費	1萬元×18月	18萬元	
文宣費	5萬元×18月	90萬元	
水電費	0.3萬元×18月	5.4萬元	
電話費	0.5萬元×18月	9萬元	
郵電費	1萬元×12月	12萬元	
交通費	1萬元×18月	18萬元	
	合計：	393.4萬元	

（二）關公文化國際學術研討會費用

項　　目	說　　明	所須經費
論文	0.5萬元×20人	10萬元
車馬費	0.5萬元×20人	10萬元
會議廳	1.5萬元×2天	3萬元
住宿費	三晚六人，一晚五人 5000元×6×3＋5000元×5×1	11.5萬元
餐費	早餐150元×30×3＋聚餐8000元×4×3＋100元×100×2	12.95萬元
茶水費		0.3萬元
點心費		0.5萬元
清潔費		0.3萬元
印刷費		10萬元
		合計：58.55萬元

（三）巡迴展支出費

項　　目	說　　明	所須經費
人事費	3萬元×6×6月	108萬元
裝潢費	50萬元×6處	300萬元
臺灣關公古物		75萬元
印刷費		30萬元
場地費	10萬元×6處	60萬元
水電費	1萬元×6月	6萬元
清潔費	2萬元×6月	12萬元
		合計：591萬元

以上合計：1042.95萬元

十六、經費來源

項　　目	說　　明	預計收入	累　　計
主辦單位	15萬元×6家	90萬元	90萬元
合辦單位	2萬元×15家	30萬元	120萬元
廠商贊助	20萬元×20家	400萬元	520萬元
政府補助		50萬元	570萬元
信眾贊助		472.95萬元	**1042.95萬元**

※若經費有結餘，將捐給推廣關公精神的公益團體。

※若經費有結餘，將捐給推廣關公精神的公益團體。

十七、聯絡人

劉○○；(02) 29301＊＊＊。

十八、企劃單位：社團法人中華桃園明聖經推廣學會[4]

參、競賽選拔型企劃書

「忠義文學獎」實施企劃書

一、設立緣起

　　時序已臻冬令，草木枯槁，寒風颯颯，偶而還可見一二落葉，隨風起舞，令人不禁打起冷顫。大地一切顯得蕭瑟，唯獨寒梅矗立，含苞欲放，等待下一波冷氣團的來臨。臺灣社會不也是如此，前者紛紛擾擾，毫無誠信是非；後者秉持丹心，一心想照明月，奈何！明月總是照映溝渠，實令人憂心。

　　與其無謂的憂心，倒不如有謂的行動，在有限的生命裏，能做幾番有意義的事，自也無負此生，此即「忠義文學獎」之緣起。

　　本獎以「忠義文學獎」為名，其義有二：一為取自關公之精神，

---

4 本企劃書範例參考社團法人中華桃園明聖經推廣學會所舉辦之「臺灣關公文化節人文藝術教育展」活動企劃書。

故曰「忠義」；二為取自關公獨好《春秋》之義，誠如孟子所謂：「孔子成《春秋》，而亂臣賊子懼。」，以及具有褒貶時政，忠義貫古今之意涵。

本獎之問世，將秉持「追求真理的學術精神」，亦保留「民間信仰的神秘面紗」，也留給後人批評的機會，誠如蔡元培所說：「哲學自疑入，而宗教自信入……哲學上的信仰，是研究的結果，而又永留有批評的機會；宗教上的信仰，是不許有研究與批評的態度。」故凡此兩類作品本獎皆表歡迎。

二、設立宗旨

為弘揚關聖帝君忠孝節義之精神，以促使人類敬天地、禮神明、奉祖先、孝雙親、忠國家、守法令、重師尊、愛兄弟、和夫婦、信朋友、親宗族、睦鄉鄰，時行方便，救難濟急，啟發良知良能之至善，並恪遵五倫八德、四維綱常之古禮，己立立人、己達達人，期社會安和樂利，世界太平，特設立「忠義文學獎」。

三、實施時間

每年原則舉辦一次，今年為〇〇月開始收稿，〇〇月底截稿，〇〇月〇〇日會員大會揭曉頒獎。

四、預期效果

藉由本活動之舉辦，以宣揚本會推廣關公「忠義誠信」之精神，並恪遵五倫八德、四維綱常之古禮，以達到社會安和樂利，世界太平。

五、指導單位：

行政院文建會。

六、主辦單位

（一）承辦單位：社團法人中華桃園明聖經推廣學會。

（二）合辦單位：國立○○大學、國立○○大學。

（三）協辦單位：○○數位科技股份有限公司。

七、實施對象

全球華人。

八、徵文主題：

以能弘揚關公之「忠義」或「誠信」精神為原則。

九、徵文類別

（一）文藝創作類（包含小說、散文、戲曲、報導文學等）。

（二）學術論文類（須符合學術論文規範）。

十、評審與獎勵

（一）評審

1. 評審人員：邀請國內外專家學者擔任。

2. 評審制度：採雙盲制度，並分初審、複審，以及決審三關。

3. 評審標準：創意（含題材）40%、組織 30%、文筆 30%。

（二）獎勵

1. 文藝創作類：

第一名獎金十萬元，獎牌一面（一名）。

第二名獎金五萬元，獎牌一面（一名）。

第三名獎金一萬元，獎牌一面（一名）。

佳　作獎金六仟元，獎牌一面（三名）。

2. **學術論文類：**

第一名獎金十萬元，獎牌一面（一名）。

第二名獎金五萬元，獎牌一面（一名）。

第三名獎金一萬元，獎牌一面（一名）。

佳　作獎金六仟元，獎牌一面（三名）。

十一、經費預算

（一）獎金部分：35 萬元。

（二）獎牌部分：3 萬元。

（三）文宣部分：2 萬元。

（四）評審部分：5 萬元。

（五）頒獎活動：5 萬元。

合計新臺幣：50 萬元整。

十二、經費來源

（一）自有款項：20 萬元。

（二）對外募款：30 萬元。

十三、參加辦法

（一）作品一律中文書寫，以不具銜名的有格紙繕寫（直寫橫寫均可）或用電腦列印稿（A4）亦可，稿末以單獨一紙附上

第七章 企劃書

真實姓名、年齡、性別、服務或就讀機關學校、地址、電話、E?蚌mail，以及應徵類別等事項。

（二）稿投本中華桃園明聖經推廣學會：學術組收。

地址：臺北市文山區景福街127號一樓。

電話：02-2930XXXX。

（三）截稿日期為當年度十月底，以郵戳為憑。

（四）應徵作品若有下列情事之一者，經查屬實取消獲獎資格：

1. 作品曾在其他地方發表、出版或得獎者。

2. 作品係抄襲他人或違反著作權者。

3. 不符參賽資格者。

（五）參加者可同時參加其他類組，惟每類以一篇為限。

（六）參賽作品恕不退稿，請自留底稿。

（七）凡本會理監事，以及承辦人員皆禁止參加。

十四、其他

（一）凡參賽作品，主辦單位擁有所有權。

（二）參賽得獎作品，主辦單位擁有出版權。

十五、企劃單位：中華桃園明聖經推廣學會

肆、形象包裝型企劃書

網路書店的專業領導者--誠品

一、包裝緣起

　　網際網路的興起，改變了許多商品的消費模式，為消費者帶來更低的價格、更快速的服務，以及更豐富的產品選擇。就書籍而言，消費者已逐漸由實體店面的購買行為，轉向至網路書店購買。對消費者而言，透過網路購書，除可節省至實體店面購書的時間外，透過網路的快速搜尋系統，亦可立即找到所須書籍及同類書籍，省下在書店內四處尋找的時間。就廠商而言，物價不斷飆漲，如何透過網路的結合與運用，降低經營成本並迎合講究快速、便利與低價的目標客群，也是所須面對的挑戰。

　　誠品書局在實體店面中，頗負盛名，給消費者的印象，就是藏書量豐富，各類書籍都有的專業書店。他雖已跨足網路書店，但明顯不如博客來網路書店受歡迎。其在實體店面所塑造的專業、大量書籍的形象，未移轉至網路書店，塑造成網路書店中的專業領導者，實為可惜。參閱其網路書店的理念，可查覺其對讀者的重視，對知識產業深耕的用心。但網站呈現出來的，卻不如實體店面的吸引消費者。故若誠品能透過重新包裝，將實體店面的形象拓展至網路書店，塑造成網路書店中的專業領導者，相信不僅能強化誠品的品牌形象，亦有助提升其在網路書店市場的市佔率。

二、包裝目的

　　誠品在實體店面已具專業形象，而在網路書店上的經營則明顯不如博客來，無法立即引起消費者的認同。建議可先從網站著手，包括網頁設計與內容的增加，塑造豐富書庫與豐富資訊的形象，轉變消費者對誠品網路書店的原有認知。塑造消費者尋找書籍時，能立即聯想到誠品具最豐富的書籍資訊，如同消費者欲購買筆記型電腦時，會直

第七章　企劃書

覺性聯想到 IBM、ASUS、Acer 等。先藉由此舉，吸引消費者前來瀏覽與獲取資訊。再者，縱然提升消費者對誠品網路書店的瀏覽率，但過高的價格或不夠快速與便利的服務，亦會影響消費者最終的購買行為。故除了產品豐富度的包裝，在交易、取貨與服務之流程，亦須著重快速、便利，塑造誠品在網路經營上的專業形象。透過產品、價格、交易、取貨與服務上的重新包裝，提升誠品在網路書店的競爭力，以便與博客來共同搶食網路書店此一大餅。

三、市場分析

（一）競爭者分析

　　網際網路的興起，加上付款的安全性及取貨的便利性，網路購物已成趨勢。此外，根據博客來過往的銷售統計，發現銷售的書籍中，有半數以上的書籍，是已於實體通路下架的舊書。可見若僅專注於實體書店的經營，在有限上架書籍的限制下，將流失購買舊書的客群，無法與網路書店競爭，故網路書店將是未來重要的趨勢。

就目前網路書店市場而言，較知名包含：博客來、新絲路、三民、金石堂、誠品等。其中，金石堂與誠品包含實體店面與網路書店，博客來與新絲路僅有網路書店。而在網路書店的整體設計上，以博客來最優，新絲路與三民次之。金石堂與誠品，明顯在網站吸引度、界面操作、產品呈現的豐富度及價格價惠度，略遜前者。

（二）目標者分析

　　選擇網路書店購書之消費者，重視商品價格、速度與取貨的便利性，其中以商品價格尤為消費者所在意。何處價格較低，只要速度、便利性與品質不致差太多，就會考慮直接購買，較難引起顧客忠誠度，固定在一家消費。此外，網路購物畢竟看不到實體，若遇上交易糾紛，則品質保證及廠商對顧客問題的處理方式，亦可能影響消費者日後是否繼續進行交易的考慮。

（三）產品位階分析

　　由下表比較，誠品在網站吸引度、操作界面、書籍呈現、書籍內容介紹及優惠皆不如博客來，對網路購物之消費者而言，價格最為重要。故誠品須強化折價卷的大量發行與降低使用上的限制，並多提供促銷活動。可設立比價小組，對其他競爭者之商品進行比價，以設定合理的供貨價格。或學習量販店，打出最低價可退回的手法。產生顧客對商品價格的信賴與迷思，認為誠品商品便宜而減少比價行為。

名稱 項目	博客來	新絲路	三　民	誠　品	金石堂
產品項目	書籍＋生活雜貨（多）	書籍＋生活雜貨（少）	書籍＋生活雜貨（少）	書籍＋生活雜貨（少）	書籍＋生活雜貨（少）
網站吸引	優	中	中	中	中
網站操作	易操作	普	普	普	普
書籍呈現	資料清楚明瞭	資料清楚明瞭	分類清楚（無圖）	分類清楚（少圖）	分類清楚（少圖）
書籍內容介紹	詳盡	簡易	簡易	有圖詳盡無圖簡易	有圖詳盡無圖簡易
優惠	多；限制低	-	-	少；限制多	少;限制多

※1. 表格中之（多）與（少），係指商品陳列數量之多寡。

※2. 網站操作界面,包括查詢購物流程、Q&A 等服務資訊清楚明瞭易查。

※3. 書籍呈現，指查詢某書籍名稱後所呈現的頁面；無圖指未放置該書籍封面圖片；少圖指僅有部分書籍放置封面圖片。

※4. 書籍內容介紹詳盡，指包括大綱、內容簡介。

（四）品牌形象定位

由前表比較可知，博客來在各方面多具優勢，誠品欲有所區隔，除網路書店的專業經營模式外，須將誠品定位為專業的書籍提供者，即僅專注於書籍的經營，塑造最大量藏書的形象，與博客來書籍加生活雜貨的經營項目區隔。

在經營模式上，誠品須著重網站設計、價格、速度與便利性。在網站設計上，須塑造專業度，豐富的視覺效果並搭配人性化的操作界面。在價格上，須增加折價卷的發行與減少使用限制。在速度上，可建構強而有力的供書平臺，避免因缺貨造成貨品的延遲。此外，亦須建立快速與便利的交易、取貨流程。

在專業度的塑造上，須訴求專注於書籍經營，具備最大量的供書體系及最完整的書籍資訊。在書籍資訊的呈現上須詳盡，包括書封圖片、大綱、內容簡介及相關書籍連結等。

四、品牌形象設計

（一）商標（LOGO）

誠品在實體店面已有屬於自己的logo，設計理念，已塑造人文、書香等極具特色的形象。故在網路書店上，可採用其原有logo即可，無須再加以設計。

（二）網站布置

在網站設計上，可參考博客來網站，除專業度與豐富度之視覺效果外，亦須考量操作界面使用上的順手度（如會員登入的位置擺置、

書籍搜尋、進階搜尋等），資訊查詢的方便度（如購買流程、Q&A 等）。其中，特價或促銷商品，須特別強化（如使用跑馬燈或彈跳視窗等）。就整體而言，須呈現專業、書籍豐富的視覺效果。

（三）產品設計

產品的設計，須強調書籍資訊的完整度及內容的詳盡度：

1. 附書封圖片：誠品在產品歸類的部分很清楚，唯缺點就是很多書籍未附書封圖片。除了影響消費者對誠品網路書店之專業度的認同外，亦對習慣利用書封找書籍的消費者造成不便。再者，也會讓想利用書封確認是否為所欲訂購書籍之消費者，少了確認的要素。

類別	書封	商品名稱	作者	出版社	出版日期	價格
中文書生活科學		應用統計學(2版)	李德治/童惠玲	博碩文化股份有限公司	2008.03.05	網路價：450元

2. 詳盡內容介紹：在點選商品內容後，其未附書封圖片之書籍，介紹極為簡易。會影響消費者之專業認同。故在此部分，須補上大綱、內容、相關書籍連結等。

第七章 企劃書

五、運作規劃

（一）運作時程

程序	工作項目	97/4	95/5	95/6	96/7	96/8
短程	1. 擬定形象包裝企劃書	→				
	2. 會同相關單位確認與修正企劃書	→				
	3. 網站規劃與設計		→			
	4. 書籍資料建檔		→			
中程	5. 行銷活動規劃與設計		→			
	6. 其他修定事宜或配套措施				→	
長程	7. 強化誠品在網路書店的專業領導形象				→	→

（二）人力規劃

1. 網站設計人員：負責網站規劃、設計及日後維護與管理。
2. 資料建檔人員：將所有書封圖片、大綱、內容介紹的資料建檔。
3. 網路書店行銷人員：負責行銷活動規劃、執行、成效評估。

（三）財政規劃

項目名稱	單價	數量	總價	備註
網站設計	30萬元	1式	30萬元	網站重新設計與系統重新建置
資料建檔	20萬元	1式	20萬元	書封圖片、大綱、內容介紹等資料建檔
行銷宣傳	100萬元	1式	100萬元	使用電子郵件、媒體等進行宣傳
更新維護				由內部具經驗人員負責即可
合計新臺幣：			150萬元整	

（四）宣導活動設計

1. 電子郵件：可透過促銷訊息或折價卷，吸引消費者前來瀏覽或購買。而寄送方式，由於目標對象為網路使用者，故可採電子郵件寄送即可。

2. 媒體宣傳：舉辦活動、參與書展、電視報紙等宣傳。

3. 實體店面：於推廣網路書店初期，可於店內鼓勵消費者利用網路購物，享 95 折或 9 折之優惠。先將實體客群之吸引力拉進網路書店，使其對誠品網路書店產生不同以往的認知與使用習慣。待產生較大的認同與習慣使用後，再取消優惠。

六、預期效果

（一）強化消費者對誠品網路書店之專業經營的認同度

藉由專業、豐富書庫與產品資訊的形象，提升消費者對誠品網路書店的瀏覽率，進而透過低價，快速與便利的服務，提升消費者進行交易的意願。令消費者對誠品，不僅是對實體店面的認同，亦強化消費者對網路書店之專業經營的認同，使消費者於購書時，最先聯想到的便是誠品。

（二）提升網路書店的市場佔有率

網路購物首重網頁瀏覽度，唯有增加網站知名度，提升消費者之瀏覽率，才有機會進入後續的交易行為。而瀏覽率愈高，進行交易的機率愈高。故若誠品能有效提升網頁瀏覽度，再搭配良好的交易與服務流程，將有助於業績的提升，並與博客來爭鋒。

七、企劃單位

國立○○大學　文獻數位典藏中心

第七章　企劃書

伍、創立合作型企劃書

「文獻數位典藏中心」設立企劃書

一、設立緣起

　　文獻數位典藏，具有：「永久性的典藏與延續」、「無遠弗屆的傳送世界各地」以及「資源共建共享」等優點，並可帶動其他產業的發展，提高國際競爭力，又可增進吾人生活的品質與便捷，造福人類，是一舉數得的事業。因此，世界各國皆不遺餘力的將此列為國家發展的重點，投入龐大的人力、物力，朝這個方向發展。

　　臺灣自中研院於一九八四年七月，率先推動「史籍自動化計畫」，建構「漢籍全文資料庫」以來，迄今已有二十多年光景。參與單位也從原先中研院，到今天的：國科會、文建會、國家圖書館、故宮博物院、歷史博物館，以及各縣市政府、大學校院、民間團體等等，都先後積極的加入這個行列。政府更將其列為國家發展重點之一，編列上百億經費，由國家科學委員會、中央研究院等單位，分別執行「數位博物館先導計畫」及「數位典藏國家型科技計畫」，為臺灣打造一個「e世王國」而努力，進而實現「無紙化世紀」的夢想。

　　可以見得，當文獻數位典藏的技術以及典藏的內容，臻至完善時，吾人便可置身在一個人性化、智慧化、便捷化，以及講究視聽覺享受的操作空間，讓吾人雖在世界不同的角落，資訊卻唾手可得，彼此之間也無距離，這是時代的趨勢，有待大家共同努力。

　　基此，本人認為成立「文獻數位典藏中心」，有助於促進產、官、學的聯盟與合作，彙總可能的資源，來提升典藏的技術，充實典藏的內容，尤其在文化創意產業上，更能輔導業者附加價值的應用；同時也提供一個理論與實務並重的實習舞臺，讓本所（漢學所）學生盡情揮灑，使所與中心相輔相成，相互輝映，並利於將來的就業，共同為「無紙化世紀」的理想盡一份心力。此不僅是時勢所趨，更是國家的

發展重點，本校的政策目標，也是本所的教育方針。

二、設立宗旨

（一）奉行國家的發展重點：加強典藏技術的提升，充實典藏的內容。

（二）致力本校的政策目標：加強產、官、學的聯盟與合作，並輔導業者從事文化創意產業上的應用，以增加其附加價值。

（三）實踐本所的教育方針：提供一個實習的舞臺，訓練學生理論與實務並重的技能，以利於將來的就業。

三、組織架構

（一）架構圖

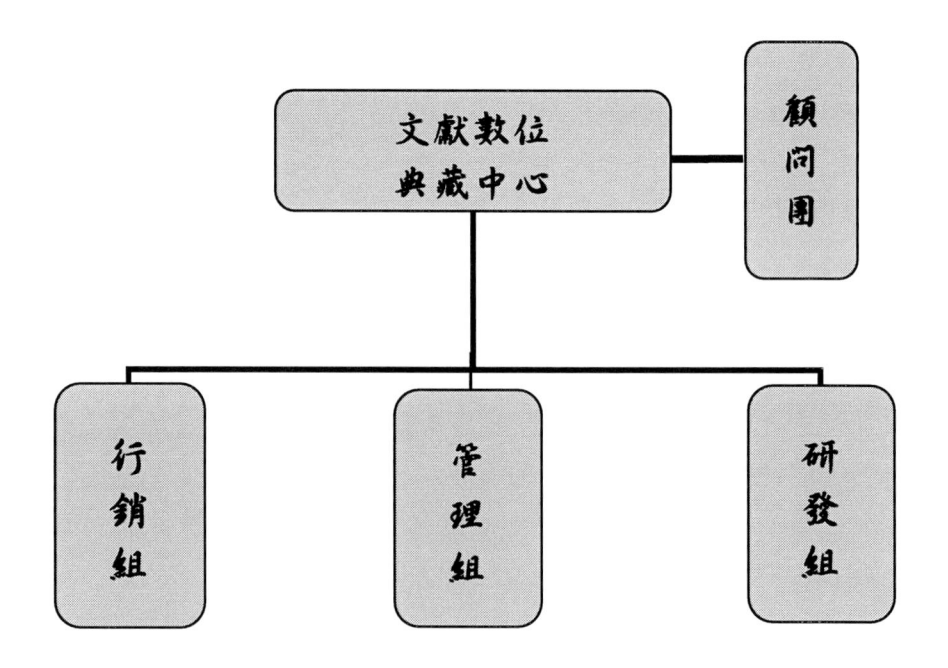

```
         ┌──────────────┐     ┌──────┐
         │ 文獻數位     │─────│ 顧問 │
         │ 典藏中心     │     │ 團   │
         └──────┬───────┘     └──────┘
                │
      ┌─────────┼─────────┐
      │         │         │
  ┌───────┐ ┌───────┐ ┌───────┐
  │ 行銷組│ │ 管理組│ │ 研發組│
  └───────┘ └───────┘ └───────┘
```

（二）職掌編制

1. 本中心：設主任 1 人：負責中心之營運，並自負盈虧。執行秘書 1 人：協助主任執行中心業務。

2. 顧問團：設顧問團主席 1 人：負責整合意見，提供諮詢，並主

第七章　企劃書

持會議。團員若干人：意見諮詢。

3. 管理組：設組長 1 人：負責中心之行政管理，包含人事、財務、總務等業務。

4. 組員若干人：執行組內業務。

5. 行銷組：設組長 1 人：負責中心經營項目之行銷，包含產品、產官學聯盟、營業據點的開發等業務。

6. 組員若干人：執行組內業務。

7. 研發組：設組長 1 人：負責中心之發展規劃，包含整體策略、市場評估、產品研發等業務。

8. 組員若干人：執行組內業務。

9. 各區域：各設區長 1 人：負責該區經營項目之行銷，包含產品、產官學聯盟、營業據點的開發等業務。成員若干人：執行區內業務。

（三）成員名冊

中心職稱	姓　名	現任職稱	專　長	經　歷
主　　任	蔡輝振	漢學所教授	文獻數位典藏	神烽總經理
執行秘書				
管理組長				
組　　員				
組　　員				
行銷組長				
組　　員				
組　　員				
研發組長				
組　　員				
組　　員				
北區區長				
區　　員				
區　　員				
顧問團主　　席	吳德和	材料所教授兼人文與科學學院院長	磁性奈米科技	通識教育中心主任
顧　　問				
顧　　問				
顧　　問				
顧　　問				

第七章　企劃書

（四）使用空間與資源

　　本中心之業務，主要在於產、官、學合作，聯盟文化業者、政府機關、學術單位等文獻資料數位典藏，尤其是電子書的製作場所須要較大的空間。故擬設於本校人文科學學院漢學所的 DH315 電腦教室，使其電腦設備物盡其用，一方面提供教學使用，另方面提供本中心業務的製作場所，一舉兩得，並基於本中心之聯盟對象分散全國各地，待業務有所須求時，擬依序增加北、中、南、東、離島等區之業務據點。北區擬設於本校北部推廣教育中心的一間辦公室；中區擬設於本校中部推廣教育中心的一間辦公室，至於其它則視狀況決定，以利本中心業務之推行。

※DH315 電腦設備統計表：

設備名稱	數量	本所用途	中心用途	備　註
伺服器	1臺	架構本所網站發表教研成果	架構本中心網站發表業務成果	
電腦	14部	教學使用	文獻數位典藏製作	
手動掃瞄器	1臺	教學使用	文獻數位典藏製作	
自動掃瞄器	1臺	教學使用	文獻數位典藏製作	
單色印表機	1臺	教學使用	文獻數位典藏製作	
彩色印表機	1臺	教學使用	文獻數位典藏製作	
大型彩色繪圖機	1臺	製作海報使用	製作海報使用	
單槍投影機	1臺	教學使用	業務簡報、專業訓練等	
音響設備	1組	教學使用	業務簡報、專業訓練等	
備註				

四、市場分析

　　產業經營，可從內部條件與外部環境兩個構面談起，「內部條件」所指，即是產品、人才、資金，以及經營策略等；「外部環境」所指，即是時代趨勢、市場須求，以及政府政策等。內部條件操之在我，可以控制；外部環境則操之在他，可遇不可求。兩者若能尋求到有利點，則企業可經營；尋求到有利面，則企業可永續發展。

　　二十一世紀是 e 化的世代，對數位內容產業而言，真是一個千載難逢的機會。從外部環境言，e 化生活是時代趨勢，任何人也擋不了；而因 e 化生活所引起的市場須求，是以兆計的龐大商機；政府政策又舉全力支持，規劃許多推動計畫與法令配合，投入的經費至少也有千億以上。從內部條件言，e 化生活所引起市場須求的產品或服務，是琳瑯滿目，種類繁多可經營；教育機關對 e 化人才的培訓，亦不遺餘力不缺乏；資金的來源，也不困難，因產品、人才（技術或專利），以及資金三者，是相互為用，有資金可找到產品與人才，有人才可找到資金與產品，有產品可找到人才與資金，只要具有一項即可運作，更何況數位產品大都是成本低，附加價值很高的商品，願意投資者應不在少數。

　　在內部條件與外部環境都非常有利的點上，加上本人長期研究文獻數位典藏的技術已累積相當豐厚的心得，足以應付各種狀況。所以經營數位典藏的產品應是樂觀可期，尤其是以國立科技大學的身分，去承接政府專案或產學合作案，更有助於品牌形象的建立，對業務的推廣具有舉足輕重的影響。

五、營運規劃

　　本中心之業務，主要在於產、官、學合作，聯盟文化業者、政府機關、學術機構等單位，將各自典藏或出版之文獻資料數位典藏，並行銷於消費者間。次為輔導業者在文化創意產業上的應用，以提高其附加價值。三為提供一個實習的舞臺，訓練學生理論與實務並重的技能，以利於將來的就業，並取得較低的營運成本。因此，本中心有以下的作為：

第七章　企劃書

（一）資金籌措

依學校規定，非編制內單位的設立，其營運資金須自籌並自負盈虧，盈餘時繳交 15%給校方。基此，本中心之產品，主要在於文獻數位典藏，尤其是電子書部分須較大的運轉資金。故初期擬與普而得數位科技股份有限公司產學合作，其資金與業務由該公司負責，本中心專業人員之薪水，亦由該公司支付，並在本中心所屬場地營運。年終結算時，與本中心合作部分的盈餘，該公司必須回饋 15%給本中心，本中心亦回饋盈餘的 15%給校方，如虧損時由該公司全額負責，本中心不負任何責任。待本中心資金充裕後，再視情況自行經營。

（二）營運項目與對象

1. 政府機關之典藏品與出版品等。
2. 學術單位之圖書與學報期刊論文等。
3. 出版業界之書籍與報章雜誌等。
4. 單一個人之著作等。
5. 輔導業者在文化創意產業上的應用。
6. 爭取國科會大、小產學合作計畫的經費補助。
7. 爭取教育部、經濟部、文建會等機關專案計畫的經費補助。
8. 開辦「數位典藏」教育訓練班，招收有興趣之一般民眾。
9. 辦理「文化創意產業之應用」冬、夏令營，為產業界訓練菁英人才。

（三）收入預算（新臺幣）

文獻數位典藏雖是時代的趨勢，也是政府發展的重點，其商機自

不可忽視，然創業維艱，凡事起頭難。故本中心在本年度，以力求收支平衡為目標。第二年起應有如下的收入：

1. 承攬政府機關之典藏品與出版品等，年收入預計六佰萬元整。

2. 承攬學術單位之圖書與學報期刊論文等，年收入預計三佰萬元整。

3. 承攬出版業界之書籍與報章雜誌等，年收入預計一仟萬元整。

4. 承攬個人之著作等，年收入預計五十萬元整。

5. 輔導業者在文化創意產業上的應用，年收入預計二十萬元整。

6. 爭取國科會大、小產學合作計畫的經費補助，年收入預計一佰萬元整。

7. 爭取教育部、經濟部、文建會等機關專案計畫的經費補助，年收入預計一佰萬元整。

8. 開辦「數位典藏」訓練班，招收有興趣之民眾，年收入預計二十萬元整。

9. 辦理「文化創意產業之應用」冬、夏令營，為產業界訓練菁英人才，年收入預計二十萬元整。

合計：營業額為貳仟貳佰壹拾萬元整，扣除營業成本（約佔 70%），年盈餘應有六佰六十三萬元整。普而得數位科技股份有限公司必須回饋 15%給本中心，約一佰萬元整，本中心亦回饋校方 15%，約十五萬元整。

※此後每年預計以 15%的成長率為經營目標。

（四）經營特色

1. 雙方產學合作，互蒙其利，本中心可藉由其資金、行銷、管理等專才，順利推動業務；該公司可利用本中的資源，取得較低成本，以提高市場競爭力及可信度。

2. 在文獻數位典藏的技術研發上，透過雙方的交流研究，又有學校的資源可運用，其成果應在同業之上，這有利於市場的競爭。

3. 政府向來鼓勵學校與業者聯盟，輔導產業走出一片天，本中心與該公司產學合作，符合政府的政策，對於有意承接政府案子或爭取補助，應有正面的影響。

4. 本校具有行銷、管理、技術、法律等專家學者群，可供諮詢，這有利於事業體穩健的發展。

5. 學校具有龐大資源可做後盾，必要時可動員支援，這有利於事業體快速的擴張。

6. 與該公司產學合作，本中心所承擔之風險，降至最低。

六、未來展望

（一）遠景

文獻數位典藏附加價值之應用，有三個階段，如下圖所示。

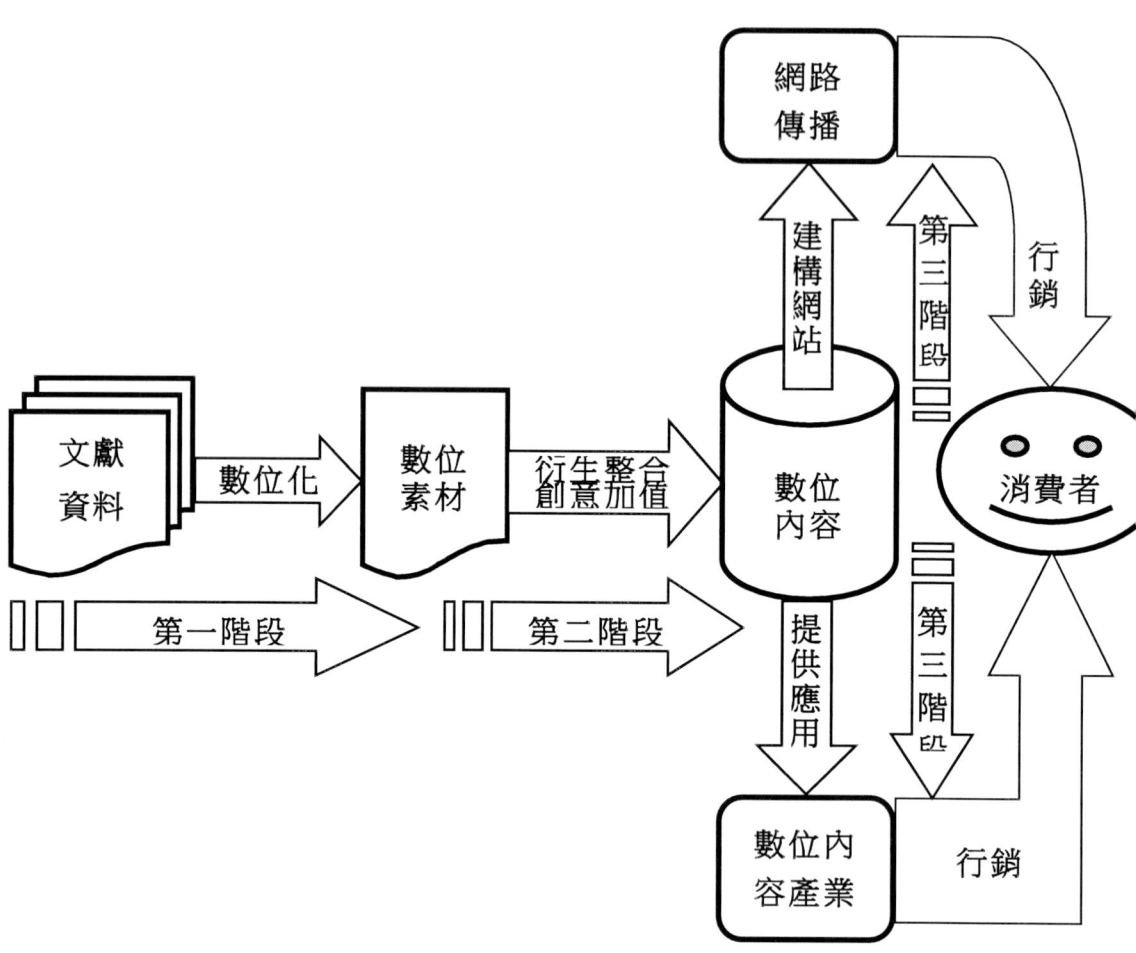

[圖：數位內容產業流程圖]

文獻資料 —數位化→ 數位素材 —衍生整合創意加值→ 數位內容 —建構網站→ 網路傳播 → 消費者（行銷）

數位內容 —提供應用→ 數位內容產業 → 消費者（行銷）

第一階段、第二階段、第三階段

　　上圖之第一個階段，即是將「文獻資料」數位化成「數位素材」；第二個階段為將數位素材整合、創意或衍生等加值，使之成為可應用之「數位內容」；第三個階段為將數位內容架構在網站上，利用網際網路做為傳播媒介，行銷至消費者，或將數位內容提供給產業界應用，使之成為一「數位內容產業」，行銷至消費者。

　　根據經濟部對「數位內容」的定義：「係指將圖像、文字、影像、語音等資料，運用資訊科技加以數位化，並整合運用之產品或服務」5者謂之。可見，圖像、文字、影像、語音等資料，即是「文獻資料」；而運用資訊科技加以數位化出來的東西，即是「數位素材」；經過整合、

第七章　企劃書

創意等加值之後所產生的產品或服務，即是「數位內容」；提供給產業界應用，行銷至消費者，即是「數位內容產業」。而有關數位內容產業的範疇，如下圖所示。

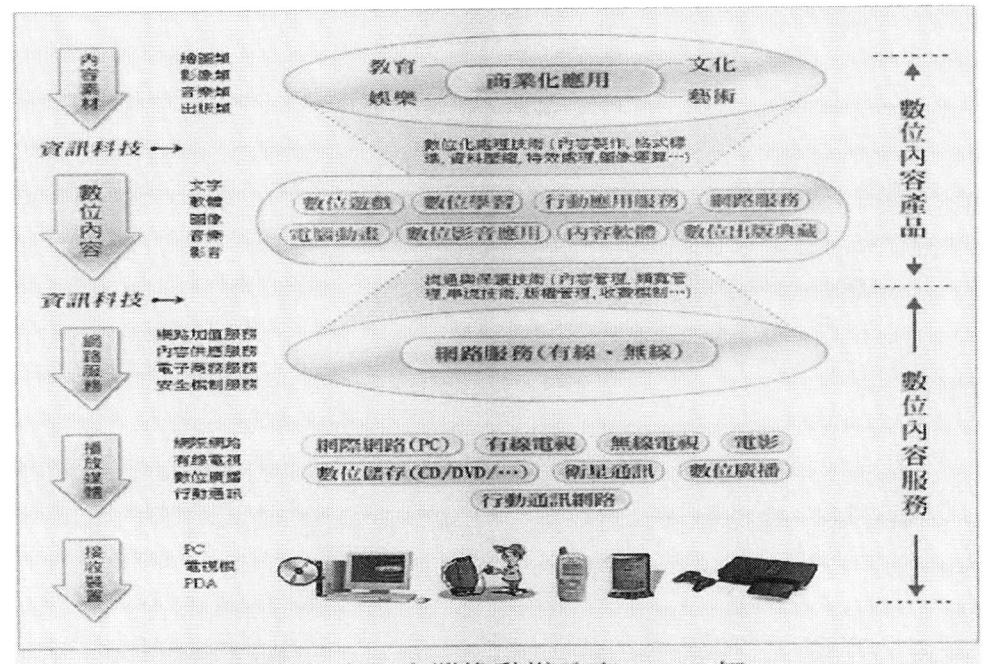

資料來源：經濟部數位內容產業推動辦公室，2002年

可見，經濟部把數位內容產業的範疇，依「數位內容產品」與「數位內容服務」兩大項目，將它區隔為：數位遊戲、電腦動畫、數位學習、數位影音應用、行動應用服務、網路服務、內容軟體、數位出版典藏，以及數位藝術等九大領域，其中之「數位出版典藏」，即是本中心經營重點。

文獻數位典藏的工作，除能保有原始典藏品外，還能產生新的數位形式資料檔，它具有三種性質：

1. 是取之不竭的資源：它只有開發成本，幾乎無複製、生產的成本，且不會損耗、折舊等現象。

2.是無遠弗屆的資源：藉由網路傳播，世界任何角落資訊皆唾手可得，除開發成本外，幾乎無管銷費用。

3.易於匯集集中管理：任何傳統媒介，都能轉換成數位媒介，而電腦的儲存容量幾乎無限制，既省錢又省空間。[5]

可見，數位典藏的技術，應用於傳統文物上，能產生這麼好的效果，故廣泛的被運用在圖書館與博物館上，即是現在所謂的**"數位圖書館與數位博物館"**。尤其是**"數位素材"**被產業加以整合，或創意等的加值應用後，所創造出各式各樣的產品，可利用在吾人的生活、事業，以及娛樂等等上，除具有龐大的商機外，又有助於國家之文化建設與經濟水準之提升，對臺灣發展知識經濟，與數位經濟有著指標性的意義。

政府自 2002 年起，即繼**"數位典藏國家型科技計畫"**[6]後，再推動**"挑戰 2008：國家發展重點計畫"**[7]，該計畫將數位內容產業視為重要的新興行業，隨後在**"兩兆雙星及第三個兆元產業發展計畫"**[8]中，也

---

[5] 參見謝瀛春：〈從傳播觀點看數位圖書館與數位博物館之研發〉，《圖書館學與資訊科學》第 26 卷第 2 期（2000 年 10 月），頁 53。

[6] 案："數位典藏國家型科技計畫"係"國家典藏數位化計畫"的前身，於民國八十九年七月行政院第九次「電子、通訊、資訊策略會議」上通過，從民國九十一年一月起展開為期五年之中程計畫；該計畫有：內容發展、技術研發、訓練推廣、應用服務，以及維運管理等五個分項計畫，現已納入"挑戰 2008：國家發展重點計畫"內。參見「數位典藏國家型科技計畫網‧計畫簡介」，http://www.ndap.org.tw/，上網日期 2006 年 08 月 06 日。

[7] 案："挑戰 2008：國家發展重點計畫"係行政院於 2002 年 05 月 31 日核定通過，該計畫除將數位內容產業列為"兩兆雙星及第三個兆元產業計畫"之一的明星產業，也將培植具跨領域專長之數位內容人才作為發展重點。參見〈挑戰 2008 國家發展重點計畫書〉，「行政院經濟發展委員會網‧業務導覽‧國土綜合開發‧公共建設」，http://www.cepd.gov.tw/index.jsp，上網日期 2006 年 08 月 06 日。

[8] 案："兩兆雙星及第三個兆元產業發展計畫"係"挑戰 2008：國家發展重點計畫"中的一項，由經濟部所擬定，於 2002 年 06 月 27 日正式宣布啟動，其產業分為：半導體、影像顯示器、數位內容，以及生物科技等四類。

第七章　企劃書

將數位內容產業列為其中之一星。可見未來數位典藏的附加價值應用，將對臺灣經濟發展產生重大影響。故政府極力推動 "**數位內容產業**"，制定許多相關發展計畫不是沒有原因。

（二）成功案例

目前以經營「數位內容產業」而成功的典型例子如：

1. 臺灣：華藝數位股份有限公司之「臺灣電子期刊服務網（TaiwanElectronicPeriodicalServices，簡稱 TEPS）」→該公司係將臺灣所出版的期刊、學報等論文資料，數位化並建構網站，以提供線上瀏覽與查詢。採收費方式，其消費群為全世界所有中文研究者，以及各大學圖書館等。

2. 香港：由香港迪志文化出版有限公司開發，臺灣漢珍數位圖書股份有限公司所代理之「文淵閣四庫全書電子版」→該公司係將四庫全書數位化，並製成單機版與網路版銷售，其消費群為中文學術研究者，以及各大學圖書館等。

3. 大陸：由大陸清華同方光盤（股）公司、中國學術期刊（光盤版）電子雜誌社、清華大學光盤國家工程研究中心、清華同方光盤電子出版社、清華同方知識網絡集團，以及清華同方教育技術研究院等共同開發，臺灣金珊資訊有限公司所代理之「中國期刊全文資料庫（ChinaJournalFull?蚌 textDatabases）」→該公司係將大陸所出版的期刊、學報等論文資料，數位化並建構網站以提供線上瀏覽與查詢。採收費方式，其消費群為世界所有中文研究者以及各大學圖書館等。

該等公司所經營的數位產品，都有如下的相同特徵：

"兩兆" 所指是半導體與影像顯示器，希望其年產值各能突破一兆新臺幣；"雙星" 所指則是數位內容與生物科技這兩個具有雄厚潛力的新興產業，而 "第三個兆元" 為通訊產業，係 2005 年 01 月 31 日修訂通過。

1. 皆生產以市場為導向的產品，其消費群面向非常大，且不須售後服務。因學術研究成本最高，也最浪費時間，即是尋找資料，該等公司提供網路查詢，以及全文瀏覽下載，不須出門僅付少數費用，在幾秒內即可找到資料，如此便捷市場自然有其須求；其消費群又涵蓋全世界所有中文研究者，且找完資料不須有任何售後服務。

2. 皆是低成本高附加價值，而有專業技術的產品。因將文獻資料或教材製成數位資料庫，並建構在網路上，雖須要專業技術，但其製作成本低，且只要負擔一次的製作費用，即可享受千秋萬世的回收利益，故其附加價值特別高。

3. 皆為管銷費用低、獲利高的經營模式，不須廠房、機器設備，以及店面等生財器具。因文獻資料或教材的製作，只須幾個人，幾坪空間，幾部電腦，再加上一部架設網站的伺服器即綽綽有餘，不須其他廠房、設備等。其行銷流通又可透過網路進行，不須各地設立分公司或店面販售，故其管銷費用特別低，而年營業額則動輒以「億」計。

可見，該等公司的經營管理，其策略應用是非常成功的，故目前該等公司所經營的數位產品，已成為學術研究者，或線上學習者不可缺少的一環。

一個深受政府重視，又是時代潮流，其商機動輒上仟億的新興行業，其未來展望是樂觀可期的，本中心有幸得以參與這個行列。

七、結論

綜上所論，文獻資料數位典藏，是時代的趨勢，也是國家發展的重點；產學合作是本校的政策目標；提供一個理論與實務並重的實習舞臺，讓學生盡情揮灑，更是本所的教育方針。而產業經營之內部條件與外部環境，目前皆在最有利的制高點；其經營業務之項目與對象，

第七章 企劃書

又有別於一般業者；其經營特色，在市場上也別具一格，競爭力十足；其發展潛力深厚，又有樂觀可期的遠景，這是千載難逢的機會。可見，本中心的成立，是應運而生，符合天時、地利，至於人和，則有待　鈞長的支持，那三才齊備，大事可成！

八、企劃單位

　　○○研究所　蔡○○　撰

陸、表格化簡易企劃書

社團活動企劃書

社團名稱	忠義推廣學會	負責人簽章	蔡輝振
活動名稱	忠義成長營	活動編號	B-999-0801
對　象	全體社員	人數	約36人
時　間	96年08月01日上午09：00 至96年08月03日下午止	地點	苗栗三義風竹居
預期目標	藉由成長營的舉辦，以宣揚本社「忠義」之精神，並培訓社團新幹部，承先啟後的推動會務，以回饋社會。		
活動內容摘要	1. 團康遊戲：培養會員與人群互動的技巧與能力。 2. 分項跑關：將本會之行政工作分為活動、文書、總務、營隊等四個項目讓會員分項跑關，以最短的時間學到最多的知識。 3. 各組傳承：新舊任幹部進行傳承交接工作，並邀請經驗豐富之人士，分享其社團經驗。 4. 團隊體驗：由全體會員，以及指導老師進行交流活動，以強化團隊的向心力。 5. 郊遊踏青：安排所有參與人員一起踏青，享受自然風光，也為該活動劃下完美的句點。		

經費明細表	支出項目	金　額	用　　途
	餐　　費	16,200	三餐 150 元*36 人*3 天=16,200 元
	保險費	2,376	3 天團體旅遊保 66 元*36 人=2,376 元
	講義費	1,800	每本講義製作 50 元*36 人=1,800 元
	交通費	6,000	遊覽車一部臺北來回三義 6,000 元
	雜項支出	2,000	各項雜費 2,000 元
	合計新臺幣：28,376 元		
自籌金額	8,000 元	申請金額　20,000 元	核定金額

備註：一、每一活動都應詳加規劃，並附於本企劃書之後。

二、活動編號請按屬性代碼-電腦代碼-活動序號依活動時間順序排列。社團屬性代碼：A.學術性 B.休閒聯誼性 C.服務性 D.體育性 E.藝術性 F.音樂性。

三、各項務必詳細填妥（活動經費請詳列支出明細，以利經費審核），並於 96 年 07 月 01 日前，逕送社團輔導助教初審，逾期不受理。

四、活動地點路線圖：

第七章　企劃書

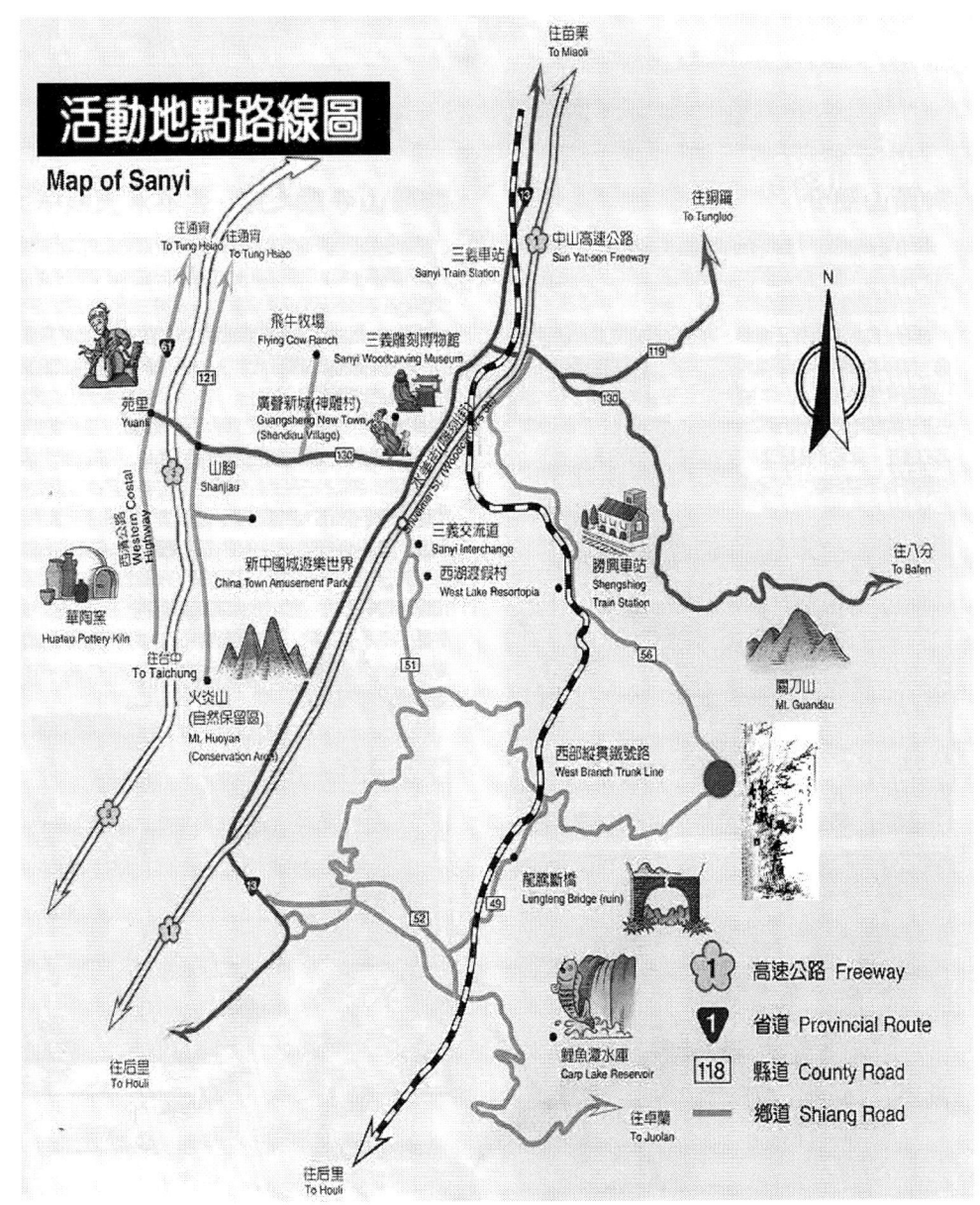

※ 資料來源：交通部觀光局「臺灣觀光資訊網」。

　　以上便是企劃書之六種類型範例，提供讀者參考，讀者亦可依須要做適度調整，不必一成不變的按照範例撰寫。

應用中文卷

■應用練習

1. 請試述學習撰寫企劃書的重要性。

2. 請試述企劃書之意義、功能、運用,以及目的為何?

3. 請試述企劃書之種類有哪些?

4. 請試述研究調查型計畫書之內容有哪些項目?並概略說明之。

5. 請試述展演活動型企劃書之內容有哪些項目?並概略說明之。

6. 請試述競賽選拔型企劃書之內容有哪些項目?並概略說明之。

7. 請試述形象包裝型企劃書之內容有哪些項目?並概略說明之。

8. 請試述創立合作型企劃書之內容有哪些項目?並概略說明之。

9. 請試述企劃書之撰寫有哪些項目?並概略說明之。

10. 請試述企劃書之原則有哪些項目?並概略說明之。

11. 請自我模擬試寫一份企劃書。

第八章 簡報設計與成果報告

簡報與報告在目前工商社會中應用非常普遍，小至課堂報告、大至科學發表等皆可見蹤跡。因此學習如何巧妙運用簡報的設計來達到高成果的報告回饋，便是本單元學習重點。故以下分為：簡報設計與成果報告概說、簡報與報告之設計原則與撰寫技巧，以及簡報設計與成果報告範例等來做說明：

第一節　簡報設計與成果報告概說

一、簡報設計概說

所謂「簡報」，即是在一個公開的場所，將事先設計好的論點，於有限的時間之內，運用經過條理組織的表達方式，以流暢節奏，合宜地傳達給一群聽眾。實際的操作過程包括資料蒐集、電腦軟體應用、文字傳播、視覺傳播以及口語傳播。[1]

1980 至 1990 年代初期，是使用投影片做簡報較為頻繁的年代，簡報稿件的撰寫活動大都在投影紙上進行。直到 1999 至 2004 後，簡報原稿大部分在個人電腦上以 MicrosoftPowerPoint、HarvardGraphics、LotusFreelance 等簡報軟體撰寫；現代使用較為普及的撰寫應用軟體則為 MicrosoftOfficePowerPoint。

二、成果報告概說

成果報告的形式相當多元，諸如：提案報告、業務報告、調查報告、行政報告、損害報告、受訓報告、專題報告、會議報告、日報、月報、個人讀書報告、研究心得報告、專題研究等皆如是，依性質又可分為獨立製作與團體製作。一般說來，出社會以後的成果報告多和商業相結合，表達的是獲利高低與商品價值，而學生時期的研究報告則多取向於學術性的階段性或結果研究發表。雖然就其內容看來有一定的差異性，但無論是何者，都是現今人類所須具備的專業技能。

---

[1] 詳參〈簡報語文能力〉華夏技術學院，林翠真。「技職校院學生語文應用能力學習網」http://genedu.ntut.edu.tw/moodle/mod/resource/view.php?id=65，上網日期：2012 年 7 月 10 日 21 點 55 分。

第八章　簡報設計與成果報告

第二節　簡報與報告之設計原則與撰寫技巧

一、簡報設計原則

簡報的設計原則只是一個參考值，因應每一場發表性質的不同而應有最適切的設計主題，因此不該全盤吸收而不知變通。

（一）簡報設計原則重要的考慮因素

簡報是一種應用文書，但卻沒有制式化的格式要求。反而現今社會更加推舉創意、創新的發表內容，因此在設計一份簡報時，其要考慮的因素與原則就是--觀眾。

首先要知道對談的觀眾族群是屬於哪一種類別，依照其興趣來吸引觀眾的目光，而非按發表者自我興趣來任意編排。即使演講再賣力、報告再炫目，無法集中聽講者的目光與專注度，便徒勞無功。因此，事前了解觀眾的背景是製作簡報前的首要原則。

（二）簡報篇幅長短依簡報時間長短決定[2]

簡報主題、重點配置，必須依簡報的時間長短加以考量。假若是12~15分鐘，通常是屬於小型會議及研討會型的簡報，就必須準備，切莫低於30秒，如此大約準備20張簡報即可，且不宜超過上限。假若簡報時間為30分鐘，通常屬於事務型會議（如行政會議、財務會議等）的簡報，且不宜超過上限。假若時間為60分鐘，通常屬於演講型的簡報，就必須準備50分鐘的內容，鎖定4到6個重點，大約50~100張簡報，且不宜超過上限。

---

[2] 〈簡報篇幅長短依簡報時間長短決定〉一文撰寫參考自謝寶煖〈成功簡報技巧表達與製作〉2007年11月21日，第15頁。收錄於「謝寶煖's Blogs」：http://toppresentation.blogspot.com，上網日期：2012年7月10日22點00分。

上述數量是經過一張簡報以 30 秒~1 分鐘簡報計算所建議之範圍，所定的重點也應控制，否則容易造成主題焦點模糊。至於準備幾分鐘的內容，則要看簡報要留多少彈性時間跟聽眾互動和談話。上述數據僅供參考，實際情況還是可以依演練後在決定較為適合的時間，同時對簡報張數、重點配置做適當的修改與安排。

（三）簡報設計依視覺設計角度製作[3]

在圖像教育課程中，常包括一項主要的能力--排序。語文專家早就注意到排序的能力，亦即是將觀念依邏輯順序排列的能力，是文字素養中非常重要的一環。[4]

基於上述而言，簡報軟體所播放的簡報，最基本常見的包含文字與圖像。如果簡報者有須要，還可以添加聲音、影像等多媒體要素。所以簡報文字排列與圖像（包括色彩）排列，均同等重要。

簡報常利用電腦螢幕或投影機呈現，所以若依聽眾或觀眾的角度考量，簡報設計除了語文撰寫的規範外，勢必還要考慮視覺設計的角度。簡報投影在投影螢幕上，絕不是單純的黑白，而是繽紛的色彩。所以在此項範圍中，筆者將簡報作為圖像來觀察。在圖像觀點上，我們該如何設計與有效的使用視覺圖像呢？首先，我們該注意的是簡報在視覺設計的原則為何？該如何設計？簡報設計重點是選擇適當的文字內容與影像，將其做最有效的安排。選擇合宜的字體、色彩，尚且不必考慮到美學、色彩學等細部學問。不過簡報有其時間限制，若要特別強調內文中重要的部分，則可以運用色彩來強調，色彩強弱依序為：紅、黃、藍。須知簡報畫面若能簡潔明確，將能很快的吸引聽眾的注意力。

---

3 〈簡報設計依視覺設計角度製作〉此一小項文章撰寫參考自：朱則剛〈第三章：視覺設計〉收錄於 Robert Heinich 等《教學媒體語教學新科技》（臺北：心理，1995 年）。
4 朱則剛〈第三章：視覺設計〉收錄於 Robert Heinich 等《教學媒體語教學新科技》（臺北：心理，1995 年），頁 144。

第八章　簡報設計與成果報告

　　設計的原則及圖像安排，應保持適切的平衡。畫面一致性表示畫面中的主題、形狀，或線條的種類與方向有其相關性與重複性，圖像尤其應顯現單一的意念。[5]所以在撰寫與設計簡報時，一頁裡的主題應單一，而版面上的色彩及畫面安排也須一致性，如此觀眾較不易被其他無關的安排所干擾，簡報者所傳達的訊息也較不易失真。以上是簡報圖項設計上應注意的幾個小細節，接下來是簡報編排的逐項講解。準備在螢光幕上或投影簾幕上顯現簡報時，有幾個因素要顧及，包括：標題、小標題、內文、重點強調及圖像等。

1. 標題：

　　（1）利用簡單、扼要、有意義的標題：避免用任何不必要的文字，例如：「論〇〇地區建設三年計畫--以甲區為例」就不應是全部標題，而要分出標題與小標題，文字不應為同樣大小。

　　（2）標題置於簡報中央上端或置左邊。

　　（3）使用全稱，避免簡稱或簡寫、外號等。

　　（4）以標題說明畫面內容，意即標題須點出一張簡報全文或圖片重點；其效果類似新聞標題，以一句話點出全文重點。

　　（5）標題以五到九字說明。

　　（6）在標題和內文間，以橫線或空行以示分隔、分段。

　　（7）標題應明顯，簡報者可以考慮粗體或將字型放大顯示；如果仍不明顯，則可以考慮加上陰影。

2. 小標題

　　（1）利用短的語句，一句應短於七字。

---

5 朱則剛〈第三章：視覺設計〉收錄於 Robert Heinich 等《教學媒體語教學新科技》（臺北：心理，1995 年），頁 151。

（2）利用積極性語句闡釋。

（3）利用明確詞語，避免利用專用名詞或簡稱。

3. 內文

（1）以簡單明確的語句撰寫。

（2）簡報時每一畫面的更換莫過於頻繁，以免造成視覺錯亂。若不得已須更換，也請以 30 秒之後更換為原則。

（3）每行文字間應空一行，字行間距設定大小，應在單行間句以上。

（4）簡報內容資料若為一篇文章，呈現時請轉化分成大綱式條列顯現。

（5）在撰寫簡報內文時，遇到須斷句之處應適時分行，不可像平常寫文章時利用逗點斷句，因為過多符號會造成聽眾視覺干擾。簡報內文以「少」標點符號為原則，簡報段落結束時更無須句號，以避免觀眾視覺雜亂。

（6）每頁內容大綱呈現為原則，如須置入整篇的資料或文章，亦須遵守一頁一段為原則，每頁畫面應只有一段文字。

（7）內文排版時左端應對齊。

（8）每行文字尾端應斷於自然斷句處。

4. 重點強調

（1）重點強調的技巧，可將注意力集中於字詞、內文或圖像上。這些技巧包括色彩、字體大小、底線、圖框、星號、強度、動畫效果（閃動或閃爍等）以及游標指示等。

（2）只有在顯現非常重要訊息時才用動畫效果，在取得觀眾注意

第八章　簡報設計與成果報告

　　力後應立即轉回一般畫面或其他重點強調方式。

（3）避免在同一畫面上同時使用動畫效果。

（4）可以用聲音提醒觀眾作反應。

（5）限制使用重點強調的次數，過度運用會使觀眾注意力至於簡報設計的技巧而非內容，這樣的簡報將造成反效果，導致簡報焦點模糊。

5. **圖像**

（1）避免顯現過多細節，將複雜的圖表分解為簡單的組合，亦即一頁投影片不應容納過多主題。

（2）圖像與文字搭配使用時，圖像應置於相關內文之旁。

（3）運用色彩以吸引注意力於圖像的重點處。

（4）限制在一頁上同時出現之色彩數，原則上最多為四種顏色。

（5）有效運用色彩組合，避免強烈對比色調，模糊焦點，例如：紅--綠、藍--黃、綠--藍以及紅--藍組合。

（6）運用色彩作為重複暗示。

（六）簡報的文字

　　善用 PowerPoint 的簡報設計範本，可以省去我們配色定字型的時間。切記簡報是輔助我們傳達訊息，真正在傳達訊息，說服觀眾的是我們，所以不要將投影片設計成小抄或腳本，照本宣科。因此，製作投影片須要掌握 MagicSeven 原則，每張投影片傳達 5 個概念效果最好。[6]另外提供名家對簡報文字的看法，提出下列要點[7]，請讀者自行參

---

6 謝寶煖〈簡報技巧〉收錄於 http://www.lis.ntu.edu.tw/~pnhsieh/articles/presentation.htm，上網日期：2012 年 7 月 11 日 9 點 0 分。

考：

    1. 淺色背景用深色字。

    2. 深色背景用淺色字。

    3. 紅色和橘色不適合長時間注視。

    4. 綠色、藍色、棕色南捉住觀眾注意力。

    5. 黑底白字不適合遠距離觀看。

二、報告撰寫技巧

成果報告的價值特色應具有前瞻性，成果報告依據時效可分為兩個範圍：一種是限定時間撰寫，具有時效性的成果報告，帶有即時的重要性質，此類報告對一單位的發展有莫大助益。另一種是歸檔性質的歷史成果報告，當單位遇到某種無法處理的事情時，可以參考其成果和方法。所以一份成果報告的成形和當時專案執行之概況，有著相當密切的關係。

（一）成果報告架構

要撰寫成果報告，必須先從一般報告架構入手，包括篇首、正文及參考備註性資料。

1. 篇首

- 封面：包含主題名稱、報告編號、單位主管名稱、撰寫人資料、單位、期限、完成日。

- 目錄：包含章節目錄、表目錄、圖目錄。

---

7 謝寶煖〈成功簡報技巧表達與製作〉收錄於「謝寶煖's Blogs」：http://toppresentation.blogspot.com，　上網日期：2012年7月11日10點0分。

第八章　簡報設計與成果報告

- 摘要：說明正文概要及方向和結論概述。

2. 正文書寫架構

- 緒論：說明原由、動機、目的、現況及前人的成果概述，亦可將前人成果與現今的成果相加比較，可以凸顯一篇報告的價值。

- 本體：資料的呈現，可以是數據和案例說明，詮釋分析進度記錄資料，可以就成果內容與原專案企劃（計畫）相符程度、達成預期目標情形、是否適合發表、新發現和實質效益或其他有關價值，作一綜合評估。

- 結論：經由詮釋分析後所得到的結論與建議，制定改善措施，或更動、調整未來的基本指標，與校標和新增策略等。在此部分也可以稍稍提及成果報告，發現未來行進方針之預測，及其可能面臨問題的假設。陳述完結論後，還要印證結論，提升報告可信度。

- 附錄：參考文獻（包含文獻資料和參考書目），或不適合放在正文中的紀錄、資料等，皆可列入附錄。參考資料可以盡量列入相關人事物，且盡可能詳細，但不宜列入無關事物，以致降低報告的可信度。

（二）撰寫成果報告書格式說明

　　成果報告之篇幅可分為精簡型和成書兩種。精簡報告的篇幅以 4~10 頁為原則，報告之正文以中英文撰寫均可。在字體之使用方面，英文使用 TimeNewRoman，中文使用新細名或標楷體，字體大小以 12 級為主。內文以述寫結論和獲得何種成果為主。詳細說明如下：

1. 封面：一般以 A4 繕打，要加註專案名稱、主（協）辦單位、聯絡人姓名、電話。

2. 內文：A4紙張，由左而右橫式雙面繕打，並附頁碼，左側裝訂。

（1）前言。

（2）執行情形。

（3）執行概況簡述：XXXXX。

（4）基本資料（人事時地物應皆具備）：

    a. 日期：〇〇月〇〇日

    b. 〇〇〇〇專案名稱：尾端要寫性質，如計畫、活動、評估或事先自我評核等……。

    c. 地點：活動成果寫活動地點，專案則寫單位地址。

    d. 參加人數：分活動參與或計畫參與者。

    e. 預估效益：可以是產值、成效案例與數據。

    f. 執行概況：依怎樣的策略、指標執行、執行的方法為何？

3. 自我評鑑：

（1）優點：分項述說。

（2）待改進之處：分點詳述。

（3）預算支用情形：以表格呈現，其中表格部分概說即可，但必須說明經費使用者暨其用途。

4. 檢討與建議：

（1）成果效益。

（2）與原訂計畫之落差及原因分析。

第八章　簡報設計與成果報告

（3）建議事項。

（4）有無製作記錄供作未來之參考。

5. 附件：附上與執行計畫相關的著作、出版品或紀錄，這部分是報告書的補充，因此力求詳盡完整。

6. 附錄：成果報告書附件：

（1）原計畫書。

（2）活動相片（每一流程至少兩張、總數不得少於十張，且須配合文字說明）。

（3）錄影帶（計畫書有列攝（錄）影費用者須附）。

（三）成果報告重點特色與其他報告重點不同

　　報告的公用乃在告知某些客觀事實資訊，而成果報告更著重具體的內容、具體的效用。一份成功的成果報告會凸顯該單位、專案、成品的特色，進而使成果擁有不可取代的重要性。這樣得成果報告往往是說服客戶，並作為宣傳的最好材料。成果報告很容易與記錄性質文章混淆，兩者最大的不同是，報告須加以評析：

1. 時間比較：去年成果跟現在成果。

2. 空間比較：同時與其他相類似專案做比較。

　　評析同時，成果資料須詳加分類，成果報告也才會詳細明顯，顯其特色。成果報告資料依章節分類述寫，不同性質資料放在不同章節，如：質化與量化差別，便得分類放置於不同處。而分析資料的方法大致可以分演繹與歸納法，並加以善用，避免重複、遺漏、離題等報告通病。

第三節　簡報設計與成果報告範例

一、簡報範例

範例：

　　教育部高教司陳德華：〈獎勵大學教學卓越計畫說明會簡報〉，2006年1月19日發表。

（1）

獎勵大學教學卓越計畫
說明會簡報

報告人：教育部高教司
陳司長德華
民國95年1月19日

（2）

規劃過程

時間	說明
93.11-93.12.	邀集學者專家擬訂計畫並通函各大學提出94年度計畫
94.2-94.5.1	94年度計畫審核完竣並核定經費補助
94.5-94.7	本部函報計畫至院爭取自95年度起擴大經費為50億元，並編列於擴大公共工程投資計畫-特別預算

（3）

規劃過程(續)

時間	說明
94.9.19	經建會邀集相關單位審議該計畫，決議如下： (一)同意本計畫經費於「新十大公共建設」計畫項下編列 (二)本計畫應依「擴大公共建設投資特別條例」規定配合立法院審查特別預算，完成規劃作業 (三)本計畫應另邀集學者專家研商修正後再報院
94.9~10	教育部分別於9.28及10.28邀集學者專家、學校代表及經建會等單位召開2次會議研修計畫，並已依學者專家意見及「擴大公共建設投資特別條例」規定修正書
94.11.2-95.1.5	修正計畫報院核定，經建會業於94.12.21及12.26審竣同意，惟尚未獲行政院核定。

（4）

壹、規劃藍圖與願景

一、背景說明（本計畫之必要性）
- 知識經濟時代，國家社會的發展與大學知識的創發及人才的培育密切相關。
- 世界先進國家投注相關經費資源提昇大學教學及研究水準，提昇大學競爭力並追求大學在研究及教學上的卓越。

（5）　　　　　　　　　　　　　（6）

第八章　簡報設計與成果報告

壹、規劃藍圖與願景（續）

本計畫之必要性分析：
- 高等教育發展情勢及現況
  1. 高等教育數量的擴充導致學生平均素質降低
  2. 高等教育經費的成長未能配合學生數量的擴充導致資源稀釋
  3. 大學「重研究、輕教學」的傾向
- 高等教育發展規劃藍圖
- 高等教育面臨的挑戰
  1. 學生素質低落
  2. 大學教育資源不足及教學品質降低
  3. 產業及社會對學校培育之人才滿意度逐年降低
  4. 國際競爭力的提昇

(7)

（一）高等教育發展情勢及現況

1. 高等教育數量的擴充導致學生平均素質降低

84-93學年度大學校院在學學生人數成長圖

(8)

（一）高等教育發展情勢及現況(續)

2. 高等教育經費的成長未能配合學生數量的擴充導致資源稀釋

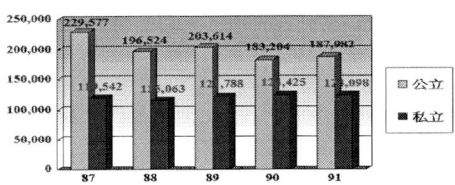

87-91年度公立及私立大學單位學生教育經費變動圖

(9)

（一）發展情勢及現況分析(續)

- 各國高等教育單位學生教育經費比較
  比較國際間（以2000年之資料）美、英、日、韓等國高等教育單位學生教育經費，我國不僅遠遜於美國、日本及德國、英國，甚至比鄰近的韓國都還低。

美國	20,358
日本	10,914
德國	10,898
英國	9,657
韓國	6,118
中華民國	4,911
中國大陸	1,095

(10)

（一）發展情勢及現況分析(續)

3. 大學發展面臨經費及員額不足之困境
   - 近年來大學校院學生數與專任教師人數之比值逐年提高，國立大學從83學年度14.17提高到93學年度的20.28，私立大學從83學年度25.37提高到93學年度30.12

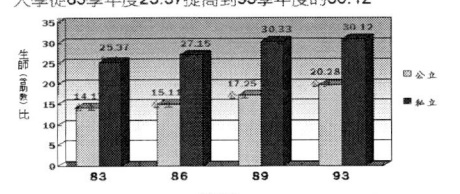

83-93學年度公私立大學生師比變化情形

（二）我國高等教育發展規劃藍圖(續)

- 依據行政院「高等教育宏觀規劃委員會」的分析發現：
  ✓ 高等教育量的成長→菁英教育轉為普及教育
  ✓ 高等教育經費的不足→政府必須在有限教育資源上作更有效地分配及運用
  ✓ 高等教育數量的擴充及高教普及→
    高等教育體系應進行適當分類
    政府則應以政策引導大學分類發展以促進高等教育的多元定位、多元特色及提升競爭力

(11)

（二）我國高等教育發展規劃藍圖(續)

■ 為落實宏觀規劃委員會所提高等教育發展藍圖，本部以各類型高等教育經費的投入，引導學校各自定位發展：

計畫類型	推動計畫名稱	經費（及年度）	目標及成效
提升研究卓越	1. 研究型大學整合計畫 2. 發展一流大學及頂尖研究中心計畫	1.47億元（91至93年度） 2.5年500億元（94年度至98年度）	促成國內7所研究型大學之產生
提升教學卓越	獎勵大學教學卓越計畫	1.10億元（94年度） 2.3年150億元（95至97年度）	1. 透過競爭性的獎勵機制，獎勵大學提升教學品質 2. 引領各校則教學卓越發展 3. 發展國內教學卓越大學之典範

(12)

（三）面臨之挑戰

➢ 學生素質低落

➢ 大學教育資源不足及教學品質降低

➢ 產業及社會對學校培育之人才滿意度逐年下降

➢ 國際競爭力的提昇

(13)

二、規劃藍圖及願景

■ 提供專案競爭性經費，補助國內145所大學中約30％至40％的學校，經由學校整體制度面之改善，提升教學品質，發展國內教學卓越大學之典範，並達成以下之目的：

➢ 強化大學對「教學核心價值」的認知
➢ 提昇教師教學專業能力及對教學之投入
➢ 完善的課程規劃及建立教學評鑑制度
➢ 增強學生學習之意願及成效並強化就業競爭力
➢ 提升國家競爭力

(14)

貳、推動構想

■透過競爭性的獎勵機制
・鼓勵大學提昇教師的教學水準
・學生學習意願及成效
・建立教學評鑑及完善的課程規劃制度
■經由學校整體制度面之改革及建置，促進大學教學品質的提昇
發展國內教學卓越大學典範。

(15)

參、計畫內容與策略

➢ 鼓勵大學重視教學，導引大學對「教學核心價值」認知及導引大學在教學制度面做整體的調整及改善，並以達以下目標：

■ 教師教學專業水準的提升
■ 完善健全的課程規劃
■ 學生學習意願的強化、學習成效的輔導、改進及水準的提升
■ 教學評鑑制度的建立
■ 學校提升教學品質相關制度面的建制

(16)

參、計畫內容與策略（續）

➢ 藉由專案經費的獎勵機制，國內大學獲本項經費補助者得以確實改善提升教學品質及成效。

➢ 發展國內教學卓越大學之典範，帶動大學注重教學品質的風氣，並逐漸發展出教學卓越之具體指標。

第八章 簡報設計與成果報告

(17)

肆、申請資格

- 公立及私立大學校院符合所訂師資、學生、課程規劃、教學品質管控機制等基本條件者，得提出申請。
- 基於整體教育資源的有限性及經費補助不重複原則，已獲本部「發展國際一流大學及頂尖研究中心計畫」補助之學校，不得提出申請。

(18)

肆、申請資格（續）

- 申請學校並應符合以下條件：
一、師資方面：
  - 已建立協助教師專業成長（包括教學專業能力之提昇）輔導措施且設立專責單位辦理。
  - 已建立教師評鑑制度(含教師獎勵措施及淘汰機制)。
二、學生方面：
  - 訂有學生基本能力指標之要求。
  - 訂有合宜之學生選課機制。

(19)

肆、申請資格（續）

- 申請學校並應符合以下條件：
三、課程規劃：
  - 落實課程委員會之運作。
  - 系所開設之課程已建立定期且穩定之檢討評估機制。
四、教學品質管控機制：
  - 定期舉行全校教學單位評鑑，並追蹤評鑑改善建議之後續辦理情形。

(20)

伍、申請程序及計畫內容

申請程序、規劃期程及計畫型態：
- **申請程序**：各校應於本部規定期程內（95年計畫受理截止期限暫訂為95年3月20日）完成校內程序提送計畫報部。
- **規劃期程**：申請計畫以三年(95、96、97年)為規劃期程，並依序逐年遞減規劃期程。

(21)

伍、申請程序及計畫內容（續）

申請程序、規劃期程及計畫型態（續）：
- **計畫型態**：應包含全校性之教學提昇計畫以及重點特色之學門領域教學改進計畫。另學校亦可衡酌學門領域教學績效及學校資源等，規劃成立跨校教學資源中心計畫。

(22)

伍、申請程序及計畫內容（續）

- **計畫內容（計畫以50頁為限）：**
一、計畫摘要（重點條列式摘述計畫內容，以不超過1頁為原則）
二、學校現況
  - 符合申請資格所列各項條件之具體說明
  - 學校發展重點、特色
  - 院、系、所及學生數
  - 師資（現有師資之質與量、師資結構、及生師比等）
  - 教學資源（軟硬體設施，如圖書期刊數、視聽、實驗及實習設備等教學資源）
  - 課程規劃（課程規劃及檢核機制）
  - 教學品質管控機制及具體績效說明（含質化及量化績效）

(23)

伍、申請程序及計畫內容（續）

■ 計畫內容（計畫以50頁為限）：
三、發展計畫
- 全校性之教學提升計畫(含理念、目標及策略等，並參考審核指標擬定各項目標及策略)
- 重點學門領域教學改進計畫（含理念、目標及策略等）
- 預期成效及管考機制（應依審核指標訂定學校預期成效指標及達成率）
- 經費需求（及學校配合款）

(24)

伍、申請程序及計畫內容（續）

■ 計畫內容（計畫以50頁為限）：
- 另學校亦可衡酌學門領域教學績效及學校資源等，提報成立跨校教學資源中心計畫。
- 前一年度已獲本項經費補助學校，除前二項計畫內容外，應另提報執行成果及自評報告（含經費使用情形）。

(25)

陸、審議標準及程序

■ 審核指標：
一、師資
- 建立完善之教師專業成長（包括教學專業能力、實務能力之差異）之輔導措施，確實提供教師改善教學所需之各項協助措施，並落實教學助理制度（T. A. System）。所設立之專責單位（如教學資源中心）其功能及運作完善。
- 建立並落實健全之教師評鑑（含教師獎勵及淘汰措施）及教學評鑑制度。
- 建立教學成效優良教師之獎勵機制以鼓勵教師投注於教學，並逐步落實於教師升等制度。
- 嚴格要求教師開授課程與專長相符，教學人力應充實及提升，並逐年降低生師比以達合理之比例。
- 教師授課負擔（授課時數）之合理性。
- 教師積極對學生進行課後輔導（含office hour之要求）。
- 鼓勵教師開發教材。

(26)

陸、審議標準及程序（續）

■ 審核指標：
二、學生
- 訂有學生基本能力指標之要求及落實學生學習（實習）成效之考核（可包括專業技能檢定）。
- 合宜且具彈性之選課機制且有相關輔導措施。
- 對於學習成效不佳學生應有預警機制並有完善之輔導措施（如學習資源中心之設置等）。
- 境教及學生輔導等達成教育目標之完整配套措施。
- 建立強化校園內師生互動之有效機制。
- 積極掌握畢業生就業狀況（包含就業率、雇主滿意度、畢業生之滿意度等）且建立追蹤機制，並作為調整課程、教學之依據。

(27)

陸、審議標準及程序（續）

■ 審核指標：
三、課程規劃
- 健全之課程委員會之組成與運作，課程規劃過程廣納校內外學者專家及產業界意見。
- 專業課程、共同課程及通識課程之規劃妥適完善。
- 系所院開設之課程建立完善之檢討評估機制，並適度納入校外評估機制；課程發展規劃應加強跨領域學門知識的整合；課程及學程之設計配合學校特色、學術發展趨勢、整體教學目標及學生畢業後之就業需求。
- 落實教師規劃提報教學綱要及課程內容，並公布於學校網站。

(28)

陸、審議標準及程序（續）

■ 審核指標：
四、教學品質管控機制
- 落實全校教學單位之評鑑制度。
- 確實追蹤教學評鑑改善建議之後續辦理情形。

第八章 簡報設計與成果報告

(29)

陸、審議標準及程序（續）

- **審核指標：**
  五、教學資源之充實及使用狀況
  - 充裕的圖書期刊及網路資源
  - 充裕的視聽教學設備、教學實驗及實習相關資源（如善用產企業、政府機關、研究法人等之設備及資源，或運用夥伴關係增廣資源運用）

  六、其他提昇教學成效之具體成果與特殊性、創新性之規劃等項

(30)

陸、審議標準及程序（續）

- **審核程序**
  - 初審：由本部邀集學者專家成立審核小組，根據各校所提計畫進行書面審查，通過初審學校進入複審。
  - 複審：通過初審之學校，得安排赴校實地訪視或請學校至部簡報後進行複審，並擇定教學卓越學校予以經費補助。
  - 經費核定：通過複審之學校，依審核結果核撥補助經費。

(31)

陸、審議標準及程序（續）

- **績效評估與淘汰機制**
  - 核定獎助經費學校應建立管考機制，依計畫執行，本部每年度組成考評小組根據學校所提計畫及各項成效指標前往各校考評。經考核未依計畫確實執行、成效不彰，將視情形刪減或暫緩以後年度之經費補助。
  - 本部並將成立專案計畫辦公室，定期追蹤各校執行情形及辦理成效考核，並提供相關意見供各校參考。

(32)

柒、計畫期程及審核作業時程

計畫期程：
- 以4年為原則，即94至97年度。
- 94年度計畫編列10億元經費已審竣並核撥，95年至97年每年度50億元。

(33)

柒、計畫期程及審核作業時程（續）

審核作業時程：
- 95年度作業時程：
  - 受理期限：暫訂95年3月20日（因行政院尚未核定計畫，如受理期限有變將另函）
  - 初審：95年4月中旬前
  - 複審：95年5月中旬前
  - 核定：95年5月底前
  （詳細時程如計畫圖4）

(34)

柒、計畫期程及審核作業時程（續）

- 96及97年度作業時程：
  於前一年10月底提報計畫至部審核，另已獲前一年經費補助學校，應併提執行績效成果報告至部。本部將組成考評小組至校實地考評，考評意見將併入審查會議俾為次一年度是否繼續補助之參據（時程如圖5）。

（35）

捌、經費需求

- 教育部（94）年度已編列10億元專案競爭性經費，自95年度起增加為50億元，並編列於擴大公共建設投資計畫-特別預算。
- 年度經費預估：95年度至97年度每年度50億元。

（36）

玖、預期效益

一、直接影響：
- 強化大學對「教學核心價值」的認知，學生成為學習的主體及主動學習者
- 教師教學專業水準的提升
- 建立完善健全的課程規劃機制
- 學生學習意願的強化、學習成效的輔導制度的建立、學習成果及水準的提升
- 教學評鑑制度的建立
- 國內145所大學中，約有30%至40%的學校獲本項經費補助，並得以確實提升教學品質。
- 經由專案經費的獎勵機制，發展國內教學卓越大學之典範，帶動大學注重教學品質的風氣，並逐漸發展出教學卓越之具體指標。
- 提昇大學整體競爭力

（37）

玖、預期效益(續)

二、間接影響：
- 建立以優異計畫申請競爭性經費之客觀獎助模式
- 整體教學環境之提升
- 提升國家競爭力

（38）

拾、成本效益分析

一、質化部分：
1. 教學核心價值之建立，學生成為學習的主體及主動學習者
2. 教師教學專業能力的提昇
3. 教師教學水準的提昇
4. 經由學校整體制度面之改革及建制，促進大學教學品質的提昇
5. 藉由專案經費的獎勵機制發展國內教學卓越大學之典範
6. 提昇大學教學品質、培育人才之素質及國家整體競爭力

（39）

拾壹、成本效益分析(續)

二、量化部分：
1. 國內145所大學中，約有30%至40%的學校獲本項經費補助，並得以確實提升教學品質達到教學卓越的目標。
2. 大學應普遍設立協助教師之教學專業成長之專責單位（如教學資源中心），獲經費補助學校設置比率達100%，全體大學設置比率達70%，以協助教師教學專業能力並提升其教學水準。
3. 60%以上教師獲得教學及輔導專業之協助。

（40）

拾、成本效益分析(續)

二、量化部分：
4. 70%以上的大學建立並落實教師評鑑制度
5. 獲經費補助學校之教師對學生的輔導時間及互動次數提升，平均每位學生每學期有1次以上接受教師個別輔導
6. 獲經費補助學校之教師授課課程大綱上網率達80%，教材上網率達60%

第八章　簡報設計與成果報告

（41）

拾、成本效益分析(續)

二、量化部分：
7. 獲經費補助學校之教師平均授課時數降低0.5個小時。
8. 獲經費補助學校之平均每位教師每年參與2次教學相關專業之研習活動。
9. 獲經費補助學校平均70%的學生對教學成效感到滿意。
10. 獲經費補助學校每年平均發展20門新教材，並發展數門標準化成就評量工具。

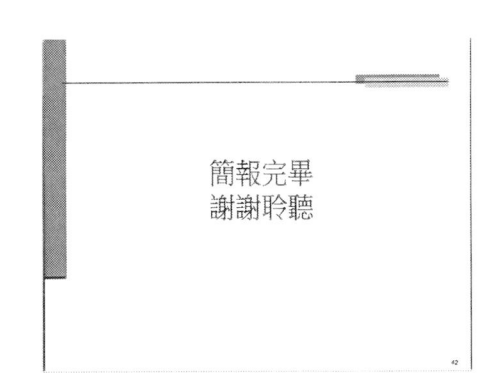

（42）

簡報完畢
謝謝聆聽

二、成果報告範例

行政院國家科學委員會專題研究計畫成果報告[8]

熱化學拋光CVD鑽石薄膜之研究與應用（2/2）

計畫類別：個別型計畫

計畫編號：NSC93-2212-E-007-014-

執行期間：93年08月01日至94年07月31日

執行單位：國立〇〇大學動力機械工程學系

計畫主持人：左〇〇

計畫參與人員：劉〇〇、邱〇〇

報告類型：完整報告

報告附件：出席國際會議研究心得報告及發表論文

處理方式：本計畫可公開查詢

中華民國94年10月31日

---

8. 詳參左培倫：〈熱化學拋光 CVD 鑽石薄膜之研究與應用〉，http://nthur.lib.nthu.edu.tw/bitstream/987654321/10154/1/932212E007014.pdf，上網日期：2012年7月10日22點30分。

中文摘要

由於鑽石的超高硬度,使其具有最高之波傳遞速度,若應用在表面聲波(Surface Acoustic Wave, SAW)元件上,可提升元件之工作頻率。奈米鑽石膜(Nanocrystalline diamond, NCD)具有奈米(nanometer)等級之鑽石晶粒,沉積後可得到平坦光滑的表面,可直接應用於表面聲波元件。

鑽石不具壓電性,本研究以氧化鋅(ZnO)壓電膜搭配,以指狀電路 IDT/ZnO/NCD/Si 之多層結構製作表面聲波元件,得到工作頻率較搭配傳統壓電材料鈮酸鋰(LiNbO3)者提昇近 2 倍,證實 NCD 保有鑽石優越的材料特性,極適用於高頻 SAW 元件之基板。此外,本研究比較不同 NCD 膜厚對 SAW 頻率的影響,結論為當膜厚達到一定值時(3/4 波長),SAW 元件之工作頻率有明顯提昇。

關鍵字:奈米鑽石、氧化鋅、表面聲波元件

English Abstract

Electronic signal processing by means of the selective manipulation of surface acoustic waves (SAW) on piezoelectric substrate was initiated in 1965 with the invention of the thin-film inter-digital transducer (IDT). SAW devices are implemented on piezoelectric substrates, such as quartz and lithium niobate, on which thin metal film IDTs are fabricated using photolithography and used as electric input and output ports. Diamond has the highest propagation speed among all materials due to the highest Young's module. As a result, SAW devices built on diamond can be operated at much higher frequency than those on traditional piezoelectric bulk materials, i.e. frequency is proportional to propagation speed of waves at the same wavelength. Nano-crystalline diamond, NCD, possessing the merits of diamond, yet having smooth as-grown surface because of the nanometer-scale grains, becomes an ideal substrate for high frequency SAW devices. In this study, almost doubled operating frequency of SAW devices based on IDT/ZnO/NCD/Si structure was found compare to those on LiNbO3 substrate demonstrating NCD's superiority in SAW applications. Besides, while the thickness of the NCD film reaches three quarter of wavelength, the working frequency of thin-film SAW devices has already been promoted greatly.

Keywords: SAW devices, nano-crystalline diamond, NCD

第八章　簡報設計與成果報告

目錄

一、前言 04

二、研究目的 04

三、文獻探討 05

四、研究方法 05

五、結果與討論 06

六、總結 06

誌謝 07

參考文獻 07

奈米鑽石表面聲波元件

一、前言

隨著通訊時代的來臨，具寬頻及行動化特性之通訊系統因應而生，高頻率、高資料傳輸率之元件不可或缺，表面聲波（surfaceacousticwave, SAW）濾波器即為一例。SAW 元件的主要構成為壓電材料（piezoelectricmaterial）及一組指狀電極 IDT（inter-digitaltransducer）。其作用原理乃利用壓電材料受到外加電壓時材料產生變形的特性，當在輸入端 IDT 施以交流電壓時，材料的變形將在表面產生機械波，電壓訊號因此轉換成表面聲波傳遞。當聲波傳遞至輸出端時，在壓電材料及 IDT 之作用下，機械波又將轉換回電壓訊號。轉換過程中，表面聲波之波長由指狀電極之間隔決定，由波傳遞之公式可知速度（V）等於頻率（f）與波長（λ）之乘積，特定之壓電材料及指狀電路之設計（V、λ 固定），決定了表面聲波之頻率，即僅有特定頻率之能量得以藉表面聲波傳遞。圖三為一應用例，橫軸為頻率，縱軸為插入損失（insertionloss），其定義為輸出端與輸入端之功率比，由圖中可知，在一特定頻率波段下，插入損失最小，即此頻段之能量得以傳遞，而其餘頻段傳遞功率之比例均極低，可因此達到濾波之目的。

二、研究目的

由波傳遞公式（$f=V/\lambda$）可知，選擇具高波傳遞速度之基材或縮短機械波之波長均可提升表面聲波濾波器之工作頻率。縮短波長可由降低 IDT 指狀電路之線寬達成，然微細線寬（如 0.18μm 以下）之製程難度高、良率低，且對頻率之提升有其限度。鑽石具有最高之波傳遞速度，約略是傳統 SAW 元件基材之 2-3 倍，可大大提升 SAW 之工作頻率。過去十年間掀起以 CVD（chemicalvaporizeddeposition）鑽石與壓電材料複合 SAW 元件之研究風潮，其中以日本住友電工（Sumitomo）公司為首之研究團隊，即成功地研製了以鑽石為基板之表面聲波濾波器。然其製程中包含了對 CVD 鑽石膜之拋光，使得元件製作成本過

第八章 簡報設計與成果報告

高,因此未能受到工業界之青睞。本研究之目的是製作以奈米鑽石為基板之表面聲波元件。奈米鑽石為一新型態之鑽石膜,其因具奈米等級之鑽石晶粒而得其名。奈米鑽石膜之表面粗糙度通常在 50 奈米之下,不須拋光即可用作表面聲波元件之基板。

三、文獻探討

在鑽石表面聲波元件上,日本住友電工(Sumitomo)研製了 IDT/ZnO/Diamond 結構之表面聲波濾波器[1-4],其成果整理如表一。鑽石薄膜的聲波傳遞速度證實可達 10,000m/s 以上,因此結合壓電薄膜與鑽石膜基材的聲波濾波器可以 0.9~1μmIDT 指寬來達到 2.5GHz 以上濾波頻段,若以 0.5μm 的線寬設計則可達到 5GHz 的高頻率須求。由於鑽石的高熱傳導特性以及彈性係數,也使得在高功率環境下得以維持 IDT 電極的可靠性與熱穩定性。在奈米鑽石沉積上,D. Zhou 與 D. M. Gruen[5]等學者進行了一系列之實驗,在傳統沈積鑽石膜之氣氛中(1%CH4+99%H2)逐漸增加惰性氣體 Ar 之比例,完整之鑽石晶格逐漸被破壞、消失,取而代之的是圓形、奈米大小之鑽石。這是因為在大量惰性氣體反應下,電漿成份以 C2(carbondimer)分子為主,其活性高可不斷在表面形成二次結晶(secondarynucleation),使鑽石晶粒無法長大,因此形成奈米鑽石。

四、研究方法

本研究以 AsTeX1.5kW 微波電漿系統沉積奈米鑽石,通入的氣體為 1%CH4+5%H2+94%Ar,功率 1kW,氣體壓力及流量分別為 175torr 及 30sccm。由於奈米鑽石不具壓電性,因此須沉積一壓電膜於鑽石上,用於電波與機械波間之轉換。本研究選用氧化鋅(ZnO)為壓電膜,是以直流濺鍍系統(DCsputtering)沉積,其沉積條件如表二。奈米鑽石之品質由拉曼(Raman)光譜鑑定。以波長 514 奈米之綠光雷射為光源,拉曼光譜中,1332cm-1 代表鑽石 sp3 結構,1140 及 1550cm-1 附近之訊號,前者被認定是奈米鑽石結構[6-8],而後者則代表 G-band 石墨結構。壓電膜之結晶方向則由 X 光繞射圖譜(XRD)判讀,c-軸取向之

ZnO 為理想之壓電薄膜，其品質直接影響 SAW 元件中機電訊號轉換之效率，故須控制好直流濺鍍之條件，以得到高品質之 ZnO 鋅壓電薄膜。在 ZnO 上以微電子加工製程製作指狀電極，即完成奈米鑽石表面聲波元件之製造。

五、結果與討論

圖一為奈米鑽石膜之電子顯微照片，其表面粗度值 36.9nm，膜厚 20.45μm，不須拋光即可用為表面聲波元件之基板。從圖二 ZnO 之 XRD 可知，在本研究之成長條件下，ZnO 呈現完美之 c-軸結晶。圖三為表面聲波元件之工作表現。圖中（a）為以鈮酸鋰為基板，（b）為 ZnO/NCD/Si 之多層結構，在使用相同之指狀電路下（5μm 線寬），二者之工作頻率分別為 180.5 與 353Mhz，證實鑽石基板確實可提昇表面聲波元件之頻率響應。此外，文獻[9]中對層狀表面聲波元件之波速進行理論分析，其代入單晶鑽石的材料特性，在本研究之條件下（ZnO 厚 3μm、表面聲波波長 20μm），預期之波速約為 7,500（m/s），本實驗中求得之奈米鑽石波速約為 7,000（m/s），與理論值相差不遠，因此可推得奈米鑽石具有鑽石般之高波傳遞速度之特性，若將壓電膜之厚度降低，預計可得到超過 10,000（m/s）之聲波傳遞速度。

圖四為在不同厚度奈米鑽石下，所得不同之工作頻率。層狀表面聲波元件之波傳遞速度取決於層狀結構之複合材料特性，高傳波速度基板之比例越高，即奈米鑽石之厚度越厚，所得到之頻率響應就越高，此可由圖四證實。另，由圖中可知，當奈米鑽石厚達一定厚度時，如本研究中之 15μm，所得到之工作頻率已大幅提昇（從 230 至 318MHz），間接證明表面聲波於傳遞時，其能量僅局限於一定之厚度，因此只要奈米鑽石厚於一定值（如 3/4 波長），即可得到相當之工作頻率及波傳遞速度。

六、總結

本研究成功地在奈米鑽石（NCD）上製作表面聲波元件（IDT/ZnO/

第八章　簡報設計與成果報告

NCD/Si 結構），得到工作頻率較搭配傳統壓電材料-鈮酸鋰（LiNbO3）者提昇近 2 倍，證實 NCD 保有鑽石優越的材料特性，極適用於高頻表面聲波元件之基板。此外，本研究比較不同 NCD 膜厚對 SAW 頻率的影響，證實當奈米鑽石膜厚達到一定值時（3/4 波長），表面聲波元件之工作頻率已有明顯之提昇。

誌謝

感謝大同大學施○○老師及老師實驗室同學之協助，得以成功沉積氧化鋅於奈米鑽石上及表面聲波元件之製作及量測。

參考文獻

[1] H. Nakahata, A. Hachigo, S. Shikata and N. Fujimori, IEEE Ultrasonic Symposium 1992, p377-380

[2] S. Shikata, H. Nakahata, N. Sakauru and Y. Takahashi etc., IEEE Ultrasonic Symposium 1993, p277-280

[3] H. Nakahata, H. Kitabayashi, K. Yoshida and S. I. Shikata etc., Jpn. J. Appl. Phys. Vol. 37 1998, p2918-2922

[4] H. Nakahata, A. Hachigo, K. Itakura and S. Shikata, IEEE Ultrasonic Symposium 2000, p349-352

[5] D. Zhou, D. M. Gruen, L. C. Qin, T. G. McCauley, and A. R. Krauss, J. Appl.

Phys. 84（1998）, p1981

[6] R. B. Jackman, J. Beckman and J. S. Foord, Diamond and Related Materials 4（1995）pp. 735-739.

[7] R. E. Shroder, R. J. Nemanich and J. T. Glass, Physical Review B V. 41 No. 6（1990）pp. 3738-3745.

[8] S. M. Leeds, T. J. Davis, P. W. May, C. D. O. Pickard and M. N. R. Ashfold, Diamond and Related Materials 7（1998）pp. 233-237.

[9] B. Bi, W. S. Huang, J. Asmussen and B. Golding, Diamond and Related Materials 11（2002）, p677-680

■應用練習

一、請說明簡報為何？該怎麼設計才符合優良的報告。

二、請說明成果報告為何？共分為哪幾種種類，舉例之。

三、請說明簡報與成果報告之間的差異為何？

四、請嘗試寫一份介紹自己的電子簡報。

五、請嘗試寫一份自己有興趣的研究成果報告。

六、一份成果報告的架構該包含有哪些項目？請試述之。

第九章　契約書

契約書是一種與法律息息相關、緊密相扣的文書，透過契約書的訂立，一方面除了能夠獲得法律的保障以外，另一方面也能增加雙方合作的信心。此外，契約書為因應不同的保障須求而有許多種類，契約條件、保障範圍、約述內容等亦都不盡相同，故簽訂一份契約必須仔細評估其中的差異與利弊。有鑑於此，倘若對契約過程一知半解，無法確保自我權利與義務，小則喪失保障，大則訴訟纏身，學習契約書的相關知識便顯得迫切重要。

本單元之目的，即在教導你如何簽訂成功的契約書，以保障自身權益，進而使人生過得更為順利。以下分為：契約書概說、契約書的種類與形式、契約書製作的一般結構與款式，以及契約書範例等來做說明：

第一節　契約書概說

自商周時期，契約書的制度便已有雛形，無論是社會組織的組成、井田封建制度所須，都有訂立契約的習慣存在，直至今日這科技昌明的世代亦是如此。

契約書的目的在於規範與保障立約人彼此之間的權利與義務關係，亦即是法律上的履行效益。廣義說來，契約乃雙方以發生法律上效果為目的和議。，此為最廣義之契約書。而法律有公法與私法之分，故契約書又可分為公法上的契約書和私法上的契約書。然而，一般所稱之「契約書」，係指狹義的契約書，即專指債之契約書而言。所謂債之契約書乃以發生債之關係為目的，而由兩個以上對立的意思表示所合致之法律行為之文書。茲就此項定義析述如下：

一、法律行為之一種文書

法律行為係以發生私法效果之意思表示為要素之法律事實，故契約書乃法律行為之一種文書。

第九章　契約書

二、兩個以上對立的意思表示之文書

契約書屬於法律行為之一種，而法律行為包括單獨行為（如立遺囑）、對立行為（如訂定契約書）及合同行為（如訂定公司章程）；對立行為亦稱錯綜行為；合同行為又稱統一行為、平行行為。契約書除須兩個以上的意思表示，即表意人及相對人，而且雙方當事人之意思表示須係對立的，此乃契約行為的第一特徵。

三、對立之意思表示合致之文書

契約書須當事人所為對立之意思表示內容與意思合致，包括可觀上（內容）之合致與主觀上（意思）之合致，例如房屋買賣契約書上，客觀上有房屋可供買賣，主觀上有欲買房子之意思，又如房屋租賃契約書，客觀上有房屋可供出租，主觀上有租房子之意思。在一般情形下，一方為要約，他方為承諾，內容一致，契約即成立，不以訂立書面（契約書）為成立要件，故意思表示合致乃契約行為之第二特徵。

四、發生債之關係為目的之文書

契約書發生債之關係，乃債權、債務關係，即契約書知當事人間，一方具有債權，從而他方負有債務，此種債權、債務關係，乃為契約之法律行為。

第二節 契約書的種類形式

契約書的種類相當繁雜，依照其名稱賦予形式可以分為有名契約與無名契約，此二者以實際須要與利益來區分之。有名契約可以適用於各種相關之法律，而無名契約則類推適用、準用的相關規定，或者可以依照立約人的意見與目的來訂定，確立其契約名稱，以便可以釐清立約的法律關係與責任歸屬，說明如下：

一、債編相關契約

（一）**買賣契約**：諸如房屋買賣契約書、汽車買賣契約書、船舶買賣契約書、營業讓渡契約書、不動產買賣契約書、繼續性商品交易契約書、委辦房屋貸款契約書、原料販賣與製品購買契約書、貨樣買賣契約書等。

（二）**互易契約**：諸如房屋戶易契約書、動產汽車互易契約書等。

（三）**交互計算契約**：如交互計算契約書。

（四）**贈與契約**：諸如不動產附負擔贈與契約書、附停止條件之動產贈與契約書、死因贈與契約書、定期性贈與契約書等。

（五）**租賃契約**：諸如公寓租賃契約書、社區設施租賃契約書、店鋪租賃契約書、船舶租賃契約書、汽車租賃契約書、百貨公司專櫃租賃契約書、停車場租賃契約書等。

（六）**借貸契約**：諸如房屋使用借貸契約書、金錢消費借貸契約書等。

（七）**僱傭契約**：如臨時工僱傭契約書。

（八）**承攬契約**：諸如承攬加工契約書、物品委託保養承攬契約書等。

第九章　契約書

（九）**出版契約書**：諸如出版契約書、著作權讓與契約書等。

（十）**委任契約書**：諸如委任契約書、委任管理房屋契約書等。

（十一）**辦理人及代辦商契約**：諸如代辦商契約書、代理店契約書等。

（十二）**居間契約**：如居間契約書。

（十三）**行紀契約**：如代銷契約書、總經銷契約書、總代理契約書等。

（十四）**寄託契約**：諸如股票有償寄託契約書、消費寄託契約書、商品保管有償寄託契約書等。

（十五）**倉庫契約**：如倉庫契約書。

（十六）**運送契約**：諸如旅客運送契約書、郵件運送契約書、鐵路運送契約書、航空運送契約書等。

（十七）**合夥契約**：諸如合夥經營契約書、工廠合夥契約書、共同經營合夥契約書、退夥契約書等。

（十八）**終身定期金契約**：如終身定期金契約書。

（十九）**和解契約**：諸如傷害和解契約書、醫療事故和解契約書、買賣和解契約書、車禍和解契約書等。

（二十）**保證契約**：諸如連帶保證契約書、共同保證契約書、票據債務保證契約書等。

（二十一）**無名契約**：如債權讓與契約書。

二、物權相關契約

（一）**共有契約**：諸如共有物分割契約書、共有房屋分管契約書、不動產共有契約書等。

（二）**地上權契約**：如地上權買賣契約書。

（三）**地役權契約書**：如地役權變更契約書。

（四）**抵押權契約**：諸如抵押權設定契約書、抵押權讓與契約書等。

（五）**質權契約**：諸如動產質權設定契約書、權利質權設定契約書等。

（六）**典權契約**：諸如不動產典權設定契約書、轉典契約書等。

三、商法相關契約

（一）**商務契約**：諸如商標專用權設定契約書、特約商店契約書等。

（二）**保險契約書**：諸如人壽保險契約書、汽車保險契約書等。

四、親屬關係契約

（一）**親屬契約**：諸如子女監護契約書、離婚契約書、收養子女契約書等。

（二）**財產制契約**：諸如夫妻共同財產制契約書、夫妻分別財產制契約書等。

五、定型化契約

諸如手術或麻醉同意書及住院須知契約書、汽車買賣契約書、有線電視節目播送系統契約書、汽車駕駛訓練契約書、路外停車場租用契約書、觀光遊樂園（場、區等）遊樂服務契約書、系統保全服務契約書、中古汽車買賣契約書、海外旅遊學習（遊學）契約書、機車租賃契約書、遊覽車租賃契約書、國內線航空城客運送契約書、殯葬服務契約書、納骨塔位使用權買賣契約書、移民服務契約書、臍帶血保存契約書、婚姻媒合契約書、瘦身美容契約書、小客車租賃契約書等。

第九章 契約書

第三節 契約書製作的一般結構與款式

契約書由於種類繁多，為因應不同種類便衍生出許多格式結構，再加上此種文書又具備有法律效益，故確立其周全格式條件與款式便具有其必要性。另外，契約書的內容與其成立的要件亦是一大重點所在，一般說來成立要件則為當事人，標的與意思表示三者，下述之：

一、標明契約的名稱

在契約書的首行標明該契約的名稱，乃在明確表示該契約法律關係之準據，以促進法律交易，減少契約交易成本。其主要功能有：

1. 作為契約準據。

2. 合理規範契約權利與義務。

3. 補充當事人約定不足處。

4. 強行規範權益。

5. 作為請求權之基礎。

6. 遇爭執得為法院裁判依據。

此外，法律未特別規定而賦予一定名稱的契約，又名無名契約，則依據情形訂定混合契約，可就其個別所屬契約類型與規定來加以評斷。無論如何，契約名稱都應該依照實際運作情形來斟酌定名，除了明確其法律性質外，亦能多分保障度。

二、訂立契約書雙方當事人的法律關係名稱及姓名

此為認定契約雙方當事人的重要證據，關係到法律地位，法律關係名稱，如買賣契約係指承買人、出買人；租賃契約係指出租人、承租人；採購契約係指招標機關、得標廠商。姓名為自然人之姓名，如一方或雙方法人、公司、行號，則應填寫其法人、公司、行號之全銜

（即全部名稱），另加填代表人（職銜及代表人姓名）。契約條文中，如一再重覆當事人之姓名時，為方便起見，得於姓名後面括號填寫「以下簡稱甲方」、「以下簡稱乙方」，至於誰是甲方，誰任乙方，則無硬性規定。

三、前言

前言主旨為宣達契約全部條款與內容乃經由雙方當事人同意與自願，目前並無明文訂定其前言該如何傳述內容，或長篇大論，或記載--經雙方同意約定如下，皆可。

四、標的物的名稱

契約之主體及為標的物，故其名稱便應完善且完整的被標明清楚。如為不動產則應依土地登記簿、所有權狀等來詳述其所在之縣、市、鄉、鎮、段、地號及公畝等。標示不明，往往造成契約內容空洞且易產生法律漏洞而糾紛叢生。

五、標的之價值

標的之價格與金額在訂約時一定要記得將其載明清楚，無論是以物質或者服務為其性質，只要是經手金錢、禮物等之交付契約名稱（品名）、數量、期數寫明，以避免日後爭執。

六、契約履行的日期、期間或期限

契約的履行期應記載明確，如「於○○年○○月○○日交付」；「自○○年○○月○○日起至○○年○○月○○日止履行」、「至遲於○○年○○月○○日前交付」等，避免使用含糊、模稜兩可或曖昧不清的語詞，如「自簽約日起算三個月內履行」

七、契約履行地

契約履行的地點、決定為約之責任，以及訴訟法院管轄的權限，於議定契約時，就應事先約明並予以記載，避免日後爭執。

第九章　契約書

八、契約的權利及義務

　　契約之權利及義務為契約之主要構成內容，為契約之重心，當事人對契約責任依契約所議決之權利及義務為規範，故為契約書中最重要的關鍵。例如買賣契約，承買人要求出賣人於何時、何地將買賣標的物送達；標的物如有瑕疵，該如返還？售後保證或服務，也都應詳細的規定；又出賣人要求承買人何時支付價款、支付方式現金或支票、遲延後應如何處理，都應逐條以契約明定。

　　當事人將雙方的「權利義務」，明定為契約內容時，應盡量鉅細靡遺，權不不厭其煩的納入，但仍應注意言簡意賅。

九、保固期間

　　契約之標的如為有禮物，如電視、冷氣機、汽車、房屋等，則保固期間應以述明，此乃決定物瑕疵及債務履行責任等問題。

十、稅費負擔

　　契約標的物之變動所須之費用及稅捐，應由訂立契約當事人之任何一方支付，應於契約書中明定，以免日後爭執。各個契約所須之費用及稅捐不同，故應用契約訂定前查明，俾於訂立時詳細納入，避免日後爭執，影響契約之效力。以土地暨建築物為例，其所有權之移轉稅費包括 1.土地增值稅，2.房屋契稅，3.監證費，4.登記費，5.印花稅，6.複丈費，7.代書費等。

十一、保險

　　為避免契約履行事故發生，並降低契約當事人之損失，除法律規定之強制保險外，契約當事人得另擇定責任險、火險、公共意外責任險等。例如國內外旅遊，依民法§514-2五款規定旅遊契約應以書面記載旅遊保險之種類及其金額。令旅遊定型化契約§9：「應辦理責任保險及履約保險，未投保者，依最低投保金額計算，應理賠金額之三倍。」

十二、履行保證金

（一）履約保證金應於完成本契約之簽約手續前，完成履約保證金之繳納，以確保本契約之履行。

（二）履約保證金之繳納方式，得為現金、銀行本票或現金、保付支票、無記名政府公債、設定質權之銀行定期存款單、銀行信用狀、銀行的書面連帶保證等，唯郵局匯票不能作為履約保證金。

十三、違約的處理

包括違約之通知方式、違約之具體事實、履行之標準、履行之期限、未履行之處理方式等。

十四、契約的終止

包括契約終止之事由或不得終止事由、終止程序（通知或催告）、終止效力（恢復原狀或賠償問題）。

十五、爭議解決方式及管轄法院

（一）爭議解決方式包括協商、協調、仲裁、民事訴訟。

（二）契約之履行地、決定違約之責任，以及訴訟法院管轄之權限，為免引起法院管轄地之爭議，應於契約中事先規定。

十六、契約分存

契約書訂定後，其留存於當事人、見證人、公證人或第三人之份數，應於契約條文之末予以明列，以做為將來證據之保全。

十七、署名或蓋章

（一）所謂署名，即訂約當事人親自簽名，以示對契約內容負責。
依民法§3規定：「依法律規定，有使用文字必要者，得不

第九章　契約書

　　由本人自寫，但必須親自簽名。如有用印章代簽名者，其蓋章與簽名生同等之效力。」簽約為法律行為，契約書更以文字為必要之表示。故必須親自簽名，以示負責。所以契約之訂定已簽名為主，蓋章為輔。簽名比蓋章更重要，因簽名得以筆跡鑑定方法證明本文件是其親自簽名同意的；而蓋章時，當事人得爭辯該章非其所有，或非其親自蓋的。

（二）如契約文件要求蓋章時，一定要先要求親筆簽名再蓋章，以確保其權益。

（三）當契約文件要求簽章時，於單據只要簽名或蓋章擇一即可，惟在契約則須當事人親筆簽名及蓋章，以求慎重及有效。

十八、身分證字號及住址

　　契約書雖經當事人雙方同意並署名蓋章而生效，唯社會上同名者亦有之，為防免同名之累引起日後契約之爭執，故於署名或蓋章之後，當須列明身分證字號及地址，以確認訂立契約書當事人之本人無誤。

十九、見證人、保證人或公證人

（一）契約書經當事人簽名或蓋章後，如有見證人（及中間人或介紹人）、代筆人（代繕契約書的人）或其他重要相關人（如和事佬等），最好也能在契約上干張，以便日後發生契約爭執時，作為人證、負見證之責。

（二）契約訂立雙方當事人為保證契約之履行，往往另有保證人者，有由一方覓保者（如借貸契約），有由雙方均覓保者（如買賣契約）。唯契約有保證人時，應於契約內中載明保證之責任，如「到期日不獲清償，由保證人負賠償之責」等，保證人並應在契約書末簽章。

（三）重大契約之簽訂，因對當事人權益影響甚鉅，為防免爭執

叢生、契約書滅失，或訴訟時舉證之困難，最好聲請法院公證處公證。

二十、訂約日期

　　契約書的結尾，應注意記載簽定契約的日期，如「中華民國○○年○○月○○日」，絕不能省略或草率，因為訂約日關係著當事人權利義務之生效日期，即簽約的時效問題。

二十一、其他

　　契約書只是立約當事人間信守承諾之文書，若是有一方違反時，除非將契約書作為訴訟證據，因而獲得勝訴判決，否則，絕不可只依契約內容即請求法院依法強制執行。但契約書如經法院公證人公證的公正契約書，一旦對方違約時，公證書如記明應逕受強制執行者，即可依該公證契約書聲請強制執行，不須等待提起訴訟獲勝訴判決。亦即持有公證契約書時，則可不必花費時間於訴訟上，即可迅速的依法強制執行，發揮其效力。因此契約書經公證後，具有下列功效：

（一）公證契約書具有強大的證據力：凡經法院公證人作成的公證契約書，將來如涉訟時，當事人毋庸舉證。

（二）公證契約書具有執行力：當事人在辦理公證時，請求於公證書內記明應逕受強制執行者，將來即可持該公證契約書直接聲請法院強制執行，不須經起訴、判決等手續。

（三）法院永久有案可查：凡經公證的契約書永久保存於法院，當事人所執的契約書，如有燒毀或遺失，可隨時向原法院公證處請求查閱公證書之內容，亦可請求再發給公證書謄本，毋須擔心證據之滅失或損壞情事。

第九章 契約書

第四 賃契約書範例

一、租賃契約的基本條款

租賃契約依其標的物不同，而有不同的類行，在有體物出租，如土地租賃契約、耕地租賃契約、房屋租賃契約、汽（機）車租賃契約及機械租賃契約等；就物之部分出租者，如停車租賃契約、牆壁租賃契約；以權利出租者，如著作權租賃契約書、共有物應有部分使用收益租賃契約等，實不勝枚舉。又就租賃契約條款型式不同而有坊間版、文具店版、政府定型化契約範本等。就其用途更有供住家庭用與供營業用等契約類型。

以上各類型之租賃契約，因其目的或功能不同，各依其所規範之準據法為之，故契約規範條款亦各有不同，欲就租賃契約制定標準型態之契約條款，依個案之不同，說明租賃契約應訂明之基本條款如下：

（一）契約審閱期間（二）承租人與出租人（三）租賃標的物（含範圍及設備）（四）租賃期間（五）租金（六）租金交繳付期限（七）擔保金（押租保證金）（八）租費負擔（九）轉租禁止之特約（十）租賃物之使用限制及方式（十一）房屋修繕與滅失責任（十二）其他特約約事項（十三）終止租約關係（十四）爭議處理及管轄法院（十五）契約分存及附件（十六）立契約日期

另外租賃契約之訂立為法律行為，而法律行為就是規範權利、義務之關係，所以當事人訂定租賃契約應注意雙方間之權利、義務關係，即承租人之權利為何？義務為何？及出租人之權利為何？當各當事人之權利義務之意思表示合致時，契約始發生效力。故當事人為確保契約之生效及對其權益之保護，應就契約法律關係重要事項予以確認合意，契約始能合法有效完成。茲就賃契約訂立應注意事項說明如下：

（一）不動產之租賃契約，其期限逾一年者，應以字據訂立之，未以字據訂立者，視為不定期之租賃（民法§422）。

（二）租賃契約之期限不得逾二十年。逾二十年者，縮短為二十年（民法§449I）。

（三）未定期限之租賃契約，當事人得隨時終止之（民法§450II）。

（四）承租人非經出租人承諾，不得將租賃物轉租給他人。但租賃物為房屋者，除有反對之約定外，承租人得將一部分，轉租於他人（民法§443）。

（五）承租人將租賃物轉租於他人者，其與出租人間之租賃關係仍為繼續。因次承租人應負責之是由所生之損害，承租人賠償責任（民法§444）。

二、房屋租賃契約書範例--消基會公告版本

房屋租賃契約書

立房屋租賃契約出租人：（以下簡稱甲方）
　　　　　　承租人：（以下簡稱乙方）
　　　　　　乙方連帶保證人：（以下簡稱丙方）

茲因房屋租賃事件，經雙方協議訂立房屋租賃契約，並約定條款如下：

第一條：房屋所在地及使用範圍：

（一）地址：縣市鄉鎮市區路街段巷弄號樓之

（二）使用範圍：□全部;□部分，如附圖斜線部分。

（三）承租面積：坪

（四）承租用途：

第二條：租賃期限：

自民國年月日至民國年月日止，計年月。

第三條：租金與擔保金：

（一）租金每個月新臺幣元整，乙方應於每月日以前繳納。每次應繳

第九章　契約書

　　　納個月份，並不得藉任何理由拖延或拒繳。

（二）擔保金新臺幣元整

（1）交付：乙方應於本租賃契約成立同時交付甲方。

（2）反還：甲方應於本租賃契約終止或期限屆滿，乙方騰空並交還房屋時，扣除因乙方使用所必須繳納之費用後，無息返還。

第四條：使用租賃標的物之限制：

（一）未經甲方同意，乙方不得將租賃房屋全部或一部轉租、出借、頂讓，或以其他變相方法由他人使用房屋。

（二）乙方於本租賃契約終止或租任期滿，應將房屋恢復原狀騰空遷讓交還，乙方不得藉詞推諉或主張任何權利，且不得向甲方請求遷移費或任何費用

（三）房屋之使用應依法為之，不得供非法使用，或存放危險物品影響公共安全。

（四）房屋有裝潢或修繕之必要時，乙方應取得甲方之同意使得為之，但不得損害原有建築結構安全，並不得違反建築法令。

（五）乙方應遵守租賃標的物之住戶規約

第五條：危險負擔

（一）因乙方之故意、過失至房屋有任何毀損滅失時，尤以方負責修繕或損害賠償之責。

（二）凡因非可歸責於乙方之事由，至房屋有毀損時，甲方應負責修繕。如修繕不能或修善後不合使用目的時，乙方得終止本租賃契約。

（三）乙方如有積欠租金或房屋之不當使用應負賠償責任時，該積欠租金及損害額，甲方得由擔保金優先扣抵之。

第六條：相關約定事項

（一）房屋稅由甲方負擔，水電費、瓦斯費、管理費、電話費等，因使用必須繳納之費用，責由乙方自行負擔。

（二）賃契約期限屆滿或終止時，乙方願依約將未付之費用，向甲方結清或由甲方在擔保金內優先扣除。

（三）乙方遷出時或租賃期限屆滿後，如遺留家具、雜物不搬出時，視作放棄，同意由甲方自行處理，乙方不得異議。若因此所生之費用，由乙方支付並依前款處理

（四）本租賃契約租賃期限未滿，一方擬解約時，須得他方之同意。若乙方提前遷離他處時，乙方應賠償甲方個月租金。如甲方擬提前收回房屋，亦應賠償乙方各月租金之損害。

（五）租賃期限內，如另有收益產生時，其收益權利為甲方所有，乙方不得異議。

（六）本租賃契約應經法院公正始生效力。

（七）甲方不擬續出租本約標的物時，應於租任期滿日前，以存證信函通知乙方，否則視為同意以原租賃契約條件內容續租之表示。

第七條：違約處罰

（一）乙方違反約定使用房屋，並經甲方催告及限期改正，而仍為改正或改正不完全時，甲方得終止本租賃契約

（二）乙方於本租賃契約終止或期限屆滿之翌日起，應即將租賃標的物回復原狀騰空遷讓交還乙方不得藉詞推諉或主張任何權益，如不及時騰空遷讓交還房屋時，甲方得向乙方請求按照房租增加壹倍之違約金至遷讓之日止

（三）乙任一方若有違約情事，至損害他方權益時，願賠償他方之損害及支付因涉及之訴訟費、律師費（稅捐機關核定之最低收費標準）或其他相關費用。

第九章　契約書

（四）方如有違反本租賃契約各條款或損害租賃房屋等情事時，丙方應連帶負損害賠償責任。

（五）乙方如未按期繳納租金達二個月時，視為違約。

（六）甲、乙雙方如有違約時，他方各得終止本租賃契約，如有損害，並得請求賠償。

第八條：應受強制執行之事項

（一）期限屆滿，承租人給付租金、違約金及交還租賃物，或出租人返還保證金，如不履行時，應逕受強制執行。

（二）前述條款均為力租契約人同意，恐口無憑，爰立本租賃契約書一式二份，各執一份存執，以昭信守。

出租人（甲方）：

身份證字號：

戶籍地址：

承租人（乙方）：

身份證字號：

戶籍地址：

乙方連帶保證人（丙方）：

身份證字號：

戶籍地址：

中華民國　　　年　　月　　日

■應用練習

一、說明何謂契約書，其重要性為何？

二、請說明契約書一般與特別成立要件的差異為何？並舉例。

三、請說明有名與無名契約之差異，其各自代表意義為何？

四、試說明一份優良的契約書應該擁有哪些細項？原因為何？

第十章　書狀與草稿

書狀與單據是吾人日常生活中，經常使用到的文書，也是吾人理應必備的常識。它在民事法律上，是有關權利與義務的信守文書，也是一種當然的證據，具有法律效力。所以，各類書狀與單據的作法、格式，或是必須載明的內容等，都要依其規範，否則將影響其法律效力。因此，本單元將以書狀與單據概說、書狀與單據的種類、書狀與單據的做法，以及書狀與單據範例等四個單元，分別說明如下：

第一節　書狀與單據概說

書狀與單據，皆具有法律效力的書面文書，惟就功用上有所不同。今分書狀與單據之意義與效用說明如下：

一、書狀與單據之意義

所謂「書狀」，即是當事人一方為表示履行權利或義務，或為證明、保證、切結、承諾、志願、表揚，以及感謝等主張，或純粹陳述事物，由一方簽署後交付另一方收執的文書謂之。

而所謂「單據」，即是當事人一方依交易行為之事實所書寫的憑證，由一方簽署後交付另一方收執的文書謂之。

書狀與單據，皆是當事人雙方所要信守的文書，它的意義，則在於社會繁瑣的人際互動中，提供一個吾人所共同遵守的約定，以維持社會正常運行。

二、書狀與單據之效用

「書狀」是屬於關係人約定權利與義務的信守文書，它以誠信做為基礎，是維持其效用的主要約束力，並以法律訴訟做為最後的保障。

而「單據」是屬於關係人在交易行為過程中，作為某一階段憑證的信守文書，它以交易事實做為基礎，具有存證功能的約束力，最後

第十章　書狀與單據

亦以法律訴訟做為保障。

　　書狀與單據之簽署，雖不像契約那麼嚴密正式，但它一經當事人簽署後，立即發生法律效力，當事人必須遵守約定，否則會成為法律上不利於自己的證據。它的撰寫程序，是先由當事人一方簽署後，再交付對方收執，以為雙方日後責任歸屬的憑證。因此，吾人在簽署前，必須詳加確認內容無誤，尤其是牽涉到法律的專有名詞，或不明的詞彙，寧可用淺白的詞句來規範，以免影響自己的權利。當然，有一些文書的效用是受到限制的，如醫院使用之「手術志願書」，或與法律相抵觸者無效等，也都應特別留意。

第二節 書狀與單據的種類

書狀與單據之種類眾多，依其性質不同而有所差異，故以下將分成書狀種類與單據種類兩個單元來做說明：

一、書狀種類

書狀的種類固然很多，但大致可分為以下三種：

（一）申請書

「申請書」是人民向政府機關有所陳請，或申請時，所使用的一種文書，屬公文範疇。其格式、作法等請參閱「公文」之篇章。

（二）訴狀

「訴狀」是人民向法院進行訴訟所必須具備的文書。刑事訴訟有刑事訴狀，而民事訴訟有民事訴狀，皆因其性質不同而有不同的規範，尤其在寫作上較為專業，故一般人士不容易學習，可委請律師事務所，或具法學素養者代寫，也可請教法院服務人員，或自己參考有關書籍撰寫。惟必須謹慎撰寫，以免用詞不當損及自己的權益。訴狀之做法，因屬專業領域，故不納入本書探討。

（三）一般書狀

在吾人日常生活中，最常用的一般書狀，大致可分成人事與財物兩方面：在人事方面，如證書、證明書、委託書、任用書、志願書、推薦書、悔過書、遺囑、獎狀、感謝狀，以及繼承權拋棄書等皆是；在財物方面，如切結書、同意書、承諾書，以及保證書等皆是。

二、單據種類

在人際互動中，有許多交易行為，由於手續繁多，內容各異，因

第十章　書狀與單據

此須要有一種憑證，來證明該項交易成立的內容。所以，我們到商店購買物品時，會有統一發票的收據；訂貨有訂貨單，交易完成後會有收據，記錄交易的事項及內容；估價單、送貨單、領據，以及借據等，這些都稱之為單據。

在吾人日常生活中，較常用的單據大致有：借據、領據，以及收據等三種。茲說明如下：

（一）借據

「借據」是日常財物借貸時所產生的憑證。當當事人一方向另一方借用財物時，須填寫借據，並註明品名與數量，以做為他日償還的依據。

（二）領據

「領據」多為對上者收受到財物的一種憑證。當當事人一方向對上者之另一方領取，或收到財物時，須填寫領據，並註明品名與數量，以做為送達者的一種憑證。

（三）收據

「收據」則多為對平行或下行單位收受到財物的一種憑證。當當事人一方向平行或下行單位之另一方領取，或收到財物時，須填寫收據，並註明品名與數量，以做為送達者的一種憑證。

單據之所以被廣泛地應用在日常生活中，主要在於其立據簡單容易。尤其是借據，但應限制在款項不多、物品不貴重，以及借貸日期不長的範圍內，否則應另訂契約，來規範雙方的權利與義務，以避免無謂的糾紛。

第三節　書狀與單據的作法

　　書狀與單據之作法，因屬性不同，其作法也有所差異。茲分開說明如下：

一、書狀之作法

　　書狀之作法，除上述之申請書、訴狀等，有其固定格式與規範，但一般書狀則無固定的模式，故以下有幾項原則是必須把握，否則會影響其法律效力。

1. 內容必須載明：書狀名稱、正文內容、署名立狀人，以及立狀日期等四項，如此才是完整的書狀。

2. 立狀的步驟為：首先要標明此書狀之名稱，如：「保證書」、「證明書」等，才能清楚知道該書狀的主題。再來是正文的內容，雖沒有固定的格式，但要清楚地表明內容，才能釐清當事人的權利與義務，最好將人、事、物、時、地等清楚寫明，不可有交代不清的模糊空間，以避免責任歸屬不清的問題發生。接著在正文之後必須要用真實姓名署名，並加蓋印章，不可用筆名、暱稱、假名等為之，也要立狀人附記其身分證字號等可輔證其身分的資訊，以方便日後查證。最後是立狀日期，這關係到當事人責任的起訖，不可遺漏，最好使用國曆，包括年月日等。

3. 書狀的行文為：文筆流暢優雅，敘述條理清晰，層次分明，語氣肯定，內容簡潔，不可有錯別字，忌諱使用模稜兩可的詞彙，遇有數字，要改成大寫，以防止塗改等情事發生。

二、單據之作法

　　單據之作法，亦無固定的模式，機關團體可依本身實際的須要，自行設計格式，但有一些原則是須要遵循的。茲以借據、領據，以及

第十章　書狀與單據

收據等三種類型說明如下：

1. 借據之作法：借據依借領雙方的工作身分與所屬機關的不同，可分為對內與對外兩種；就借用後使用的性質而言，則有公與私之分。對內即機關以內的借據，直接書寫目的即可，不一定要寫機關的名稱；但對外即機關以外的借據，或是私人之間的借據，除書寫目的外，還必須有機關的名稱，或是私人的姓名。對內的借據，可以蓋上請借人的私章，或簽名，或是部門單位的戳章，以便他日查考；對外的借據，則必須清楚書寫請借機關的名稱、該機關首長的姓名，以及蓋上經手人之私章，或簽名，並在書寫日期處加蓋印信，以區別為公用所借；至於私人之間的借據，只要請借人簽名或蓋章即可。此外，借據的內容如遇有數字，要改成大寫，以防止塗改等情事發生。

2. 領據之作法：領據即為對上者收領財物後所收執的回條，無論對內或對外，除書寫目的外，都應書寫對方的機關名稱或是姓名，內容中如有出現數字，也都要用大寫，以防止塗改。如果是向上級請領，或是對外的經收款項，則應由機關首長、主計、出納，以及經手人連署蓋章，或簽名，並於書寫日期處加蓋印信。

3. 收據之作法：收據即為對平行或下行單位收領財物後所收執的回條，無論對內或對外，亦是除書寫目的外，都應書寫對方的機關名稱或是姓名，內容中如有出現數字，也都要用大寫，以防止塗改。如果是向下行單位收款，雖不必加蓋該機關之印信，但仍應由機關首長、主計、出納，以及經手人連署蓋章，或簽名，以示負責。

　　借據、領據，以及收據等單據，在寫完財物名稱、數量、單位後，皆要加上「此據」二字，並至少是乙式二份，雙方各執一份為憑。

第四節　書狀與單據範例

　　書狀與單據之範例眾多，基於篇幅，無法一一列舉，故本節之範例，將以一般較常使用者為主。茲以書狀之範例與單據之範例兩部分，列舉如下：

一、書狀範例
　　（一）證書
1. 研習證書

研習證書

蔡○○君參加
○○年度教育部委託本校辦理古典文學中區研習營研習時間自○○○○年○○月○○日至○○○年○○月○○日計三十六小時期滿特頒此證

[大印]　　　　　　　　○○大學校長　蔡○○　　[簽字章]
　　　　　　　　　　中華民國○○○年○○月○○日

畢業證書

學生蔡○○係○○省○○縣人中華民國○○　(○○)○○字第000號
日生在本校管理學院企業管理學系修業期滿　學號 000000000
業依大學法第二十九條之規定授予○○士學位此證

[大印]　　　　國立○○大學校長　　楊○○　　[簽字章]
　　　　　　　管理學院院長　　　蔡○○　　[簽字章]
　　　　　中華民國○○○年○○月○○日

第十章　書狀與單據

3. 結婚證書

<table>
<tr><th colspan="2" >結婚證書</th><th></th><th></th><th></th></tr>
<tr><th colspan="2">姓　　名</th><th>出生日期</th><th>身分證統號</th><th>戶籍地址</th></tr>
<tr><td rowspan="2">結
婚
人</td><td>男方　楊○○</td><td>○○○年○○月○○日</td><td>○○○○○○○○○○</td><td>○○市○○區○○里
○○鄰○○路○○號</td></tr>
<tr><td>女方　李○○</td><td>○○○年○○月○○日</td><td>○○○○○○○○○○</td><td>○○市○○區○○里
○○鄰○○路○○號</td></tr>
</table>

於中華民國○○○年○○月○○日在○○餐廳公開舉行公開儀式，有2人以上之證人在場，已符合民法第982條結婚成立之要件。

結　婚　人（男）：楊○○　　　　　　　　　　印（簽章）

　　　　　（父）：
法定代理人：　　　　　　　　　　　　　　　印（簽章）
　　　　　（母）：

結　婚　人（女）：黃○○　　　　　　　　　　印（簽章）

　　　　　（父）：
法定代理人：　　　　　　　　　　　　　　　印（簽章）
　　　　　（母）：

證　　人：陳○○　　　　　　　　　　　　　　印（簽章）
證　　人：林○○　　　　　　　　　　　　　　印（簽章）

中華民國○○○年○○月○○日

說明：未成年人結婚，應得法定代理人之同意。（當事人均已成

於同月二十六日公布實施，修正條文中的第九百八十二條第一項原規定為：「結婚，應有公開儀式及二人以上之證人。」這是採儀式婚主義。然而修正後則為：「結婚，應以書面為之，有二人以上證人之簽名，並應由雙方當事人向戶籍機關為結婚之登記。」如此的修正便使結婚的形式要件，改為登記婚主義。也就是說新法實施後，新郎與新娘必須攜帶結婚證書，到戶政事務所辦理結婚登記，才算完成終身大事。

（二）證明書

1. 工作證明書/離職證明書

工作證明書

蔡○○君於民國○○○年○○月○○日至○○○年○○月○○日止，在本公司擔任會計職務○○年，月薪○○○○○元。基於 另有生涯規劃而離職，其間所有經管之帳目與貨品，皆交代清楚正確無誤，特此證明。

　　　　　　　　　　　　　　○○股份有限公司　　│ 大印 │

　　　　　　　中華民國○○○年○○月○○日

---

2. 校外實習證明書

校外實習證明書

學生楊○○，參加本校企業管理學系校外實習課程，實習期間：民國○○○年○○月○○日至○○○年○○月○○日止，實習總時 數為○○小時，期滿成績及格特發給證明書。

　　　　　　　　　　　　　　○○大學校長　蔡○　│ 簽字章 │

│ 大印 │　中華民國○○○年○○月○○日

第十章　書狀與單據

（三）保證書

1. 任職保證書

任職保證書

立保證書人林〇〇，今保證黃〇〇君，在貴公司擔任會計時，所有經手之財物帳目均清楚無誤，如有虧空舞弊貪贓之事，保證人願負起全部賠償之責任，恐後無憑，立此為據。

　　此致
〇〇股份有限公司

　　　　　　　　立保證書人：林〇〇（簽章）
　　　　　　　　身分證號碼：〇〇〇〇〇〇〇〇〇〇
　　　　　　　　住址：〇〇市〇〇區〇〇里〇〇鄰〇〇路〇〇號

　　　　　　　中華民國〇〇〇年〇〇月〇〇日

---

2. 產品保證書

產品保證書

由本公司所提供貴公司之〇〇〇〇機器（案號 96001 機身號碼 100001 號）乙臺，保證自交貨翌日起一年內，在正常使用之情形下，免費提供維修服務。

　　此致
〇〇股份有限公司

[大印]

　　　　　　　　立保證書人：〇〇股份有限公司
　　　　　　　　負責人：林〇〇（簽章）

　　　　　　　中華民國〇〇〇年〇〇月〇〇日

3. 銀行履約保證書

銀行履約保證書

立保證書人〇〇銀行〇〇分行（以下簡稱本行）
茲對財團法人〇〇基金會保證被保證人〇〇股份有限公司下列事項：

一、保證金額：新臺幣〇〇〇〇〇〇〇〇元整。

二、本保證書有效期間：民國〇〇〇年〇〇月〇〇日至〇〇〇年〇〇月〇〇日止（結束時間為該計畫結束日加一個月）。

三、如被保證人違反計畫補助款合約書之規定，經　貴會解除合約而須返還補助款時，本行於接獲　貴會書面通知當即發付前開　保證總額，或依　貴會書面通知所載金額，在該保證總額內如數發付，絕不推誤拖延。　貴會得自行處理該款，無需經過任何行政或法律程序。本行絕不提出任何異議，並拋棄民法第 745 條之先訴抗辯權。

四、本保證書如有發生訴訟時，本行同意以財團法人 00 基金會所在地之法院管轄。

五、本行所負保證責任於本保證書到期時即自行解除。

六、本保證書正本二份，由財團法人 00 基金會，以及本行各執一份，副本一份由被保證廠商存執。

七、本保證書由本行負責人或代表人簽署，加蓋本行印信徒生效。

　　　此致
財團法人〇〇基金會

　　　　　　　　保證銀行：〇〇銀行〇〇分行
　　　　　　　　代　表　人：吳〇〇（簽章）
[大印]　　　　　住址：〇〇市〇〇區〇〇里〇〇鄰〇〇路〇〇號
　　　　　　　　電話：〇〇〇〇〇〇〇〇

　　　　　　中華民國〇〇〇年〇〇月〇〇日

第十章　書狀與單據

（四）志願書

1. 學徒志願書

學徒志願書

立志願書人吳○○，今承陳○○之保薦，前來○○機車行擔任學徒，約定時間為三年，每月支領六仟元伙食費，並由機車行免費提供宿舍。凡機車行一切規定，自當遵守，倘若違反規定，自願無條件接受辭退處分。如有虧欠錢物等事項，則由保證人員責賠償。恐後無憑，特立此書。

　　　　　　　立志願書人：吳○○（簽章）
　　　　　　　身分證號碼：○○○○○○○○○○
　　　　　　　住址：○○市○○區○○里○○鄰○○路○○號
　　　　　　　保　證　人：陳○○（簽章）
　　　　　　　身分證號碼：○○○○○○○○○○
　　　　　　　住址：○○市○○區○○里○○鄰○○路○○號
　　　　　　　中華民國○○○年○○月○○日

---

2. 遺體捐贈志願書

遺體捐贈志願書

為醫學教育之傳承，本人自願將身役之遺體捐贈○○大學，提供解剖教學之用，特立此書為依據。

立志願書人：
姓　名：＿＿＿＿＿＿＿身分證字號：＿＿＿＿＿＿＿
出生日：民國＿＿＿＿年＿＿＿＿月＿＿＿＿日
住　址：＿＿＿＿＿＿＿＿＿＿＿＿＿＿＿＿＿＿
電　話：＿＿＿＿＿＿＿＿＿＿＿＿＿＿＿＿＿＿
立志願書人：＿＿＿＿＿＿＿＿＿＿＿＿（簽名蓋章）
日　期：民國＿＿＿＿年＿＿＿＿月＿＿＿＿日
身後聯絡人：
姓　名：＿＿＿＿＿＿＿身分證字號：＿＿＿＿＿＿＿
出生日：民國＿＿＿＿年＿＿＿＿月＿＿＿＿日
住　址：＿＿＿＿＿＿＿＿＿＿＿＿＿＿＿＿＿＿
電　話：＿＿＿＿＿＿＿＿＿＿＿＿＿＿＿＿＿＿
身後聯絡人：＿＿＿＿＿＿＿＿＿＿＿＿（簽名蓋章）
日　期：民國＿＿＿＿年＿＿＿＿月＿＿＿＿日

（五）切結書

1. 保密切結書

保密切結書

立切結書人簡〇〇，同意在擔任研發部工程師期間，對於公司生產的技術與研究的成果，決不洩漏給公司內部無關之人員，以及公司以外的人員知情，如有違反，除願接受法律制裁，並願負責公司一切之損失。

　　　　　　具結人：吳〇〇（簽章）
　　　　　　身分證號碼：〇〇〇〇〇〇〇〇〇〇
　　　　　　住址：〇〇市〇〇區〇〇里〇〇鄰〇〇路〇〇號

　　　　　　中華民國〇〇〇年〇〇月〇〇日

2. 公務人員退休未具刑事責任切結書

未具刑事責任切結書

本人申請於民國〇〇〇年〇〇月〇〇日退休，於退休時之前，並未涉及任何刑事案件，如有隱匿，願負法律責任。
　　此致
〇〇縣政府

　　　　　　具結人：吳〇〇（簽章）
　　　　　　身分證號碼：〇〇〇〇〇〇〇〇〇〇
　　　　　　住址：〇〇市〇〇區〇〇里〇〇鄰〇〇路〇〇號

　　　　　　中華民國〇〇〇年〇〇月〇〇日

第十章　書狀與單據

（六）承諾書

1. 工程受益承諾書

工程受益承諾書

本人購買坐落○○區/鎮/鄉○○段○○地號○○筆，及建物建號○○○○○○號，申請辦理所有權移轉登記，如在工程受益費範圍內，願依照工程受益費條例第六條之規定，繳納應繳未繳，以及未到期之工程受益費，皆由本人員全責繳清，特立此承諾書。
　　此致
○○縣政府

　　　　　　　承諾人：吳○○（簽章）
　　　　　　　身分證號碼：○○○○○○○○○○
　　　　　　　住址：○○市○○區○○里○○鄰○○路○○號

　　　　　　中華民國○○○年○○月○○日

2. 醫療費用承諾書

醫療費用承諾書

貴校職員玉○○為本人之兄弟，現因車禍住在○○聲院治療，所有由　貴校墊付之聲療費用，於出院結算時，全部由本人負責歸還。惟恐空口無憑，特立此書存照。
　　此致
○○大學

　　　　　　　承諾人：吳○○（簽章）
　　　　　　　身分證號碼：○○○○○○○○○○
　　　　　　　住址：○○市○○區○○里○○鄰○○路○○號

　　　　　　中華民國○○○年○○月○○日

（七）委託書

1. 出席委託書

出席委託書

茲委託本公司股東柯〇〇，代表本人出席本公司於民國〇〇年〇〇月〇〇日召開之第八屆第一次之股東會議，並行使該次會議期間之一切權利與義務。
　　此致
〇〇股份有限公司

　　　　　委託人：吳〇〇（簽章）
　　　　　身分證號碼：〇〇〇〇〇〇〇〇〇〇
　　　　　住址：〇〇市〇〇區〇〇里〇〇鄰〇〇路〇〇號
　　　　　受託人：陳〇〇（簽章）
　　　　　身分證號碼：〇〇〇〇〇〇〇〇〇〇
　　　　　住址：〇〇市〇〇區〇〇里〇〇鄰〇〇路〇〇號

　　　　中華民國〇〇〇年〇〇月〇〇日

2. 印鑑申請委託書

印鑑申請委託書				
茲因本人楊〇〇無法親自申請	印鑑登記□ 變更登記□ 委任林〇〇 註銷登記□ 印鑑證明■			
代為申請之	印鑑登記□ 變更登記□ 二份 註銷登記□ 印鑑證明■			
委任人：	劉〇〇	身分證統一編號	0000000000	
戶籍住址	〇〇市〇〇區〇〇里〇〇鄰〇〇路〇〇號			
受委任人：	關〇〇	身分證統一編號	0000000000	
戶籍住址	〇〇市〇〇區〇〇里〇〇鄰〇〇路〇〇號			
委任人：蔡〇〇　　（簽名蓋章） 受委任人：陳〇〇（簽名蓋章）				
中華民國〇〇〇年〇〇月〇〇日				

第十章　書狀與單據

（八）任用書

1. 任用書

```
┌─────────────────────────────────────────────────┐
│           中華桃園明聖經推廣學會任用書            │
│                                                 │
│                      中華民國○○○年○○月○○日 │
│  茲任用                 （○○）○○字第 000 號 │
│  楊○○先生為本會顧問一職，為期三年。            │
│                                                 │
│  ┌─────┐              理事長　蔡○○  ┌─────┐ │
│  │ 大印 │                             │簽字章│ │
│  └─────┘                              └─────┘ │
└─────────────────────────────────────────────────┘
```

2. 聘書

```
┌─────────────────────────────────────────────────┐
│                    聘　　書                     │
│                                                 │
│                      中華民國○○○年○○月○○日 │
│  敬聘                   （○○）○○字第 000 號 │
│  楊○○先生為本公司企管顧問師，並訂聘約如下：    │
│  一、聘期自民國○○○年○○月○○日至○○○年○○月○○│
│      日止，為期三年。                           │
│  二、其他聘約規定事項，悉依本公司相關規定辦理。  │
│      此聘                                       │
│                                                 │
│                       普而得數位科技股份有限公司│
│  ┌─────┐                                        │
│  │ 大印 │              董事長　黃○○  ┌─────┐ │
│  └─────┘                              │簽字章│ │
│                                        └─────┘ │
└─────────────────────────────────────────────────┘
```

（九）同意書

1. 認領同意書

認領同意書

具認領同意書人(生母)楊○○於民國○○○年○○月○○日在(出生地)○○市所生之子（女）同意由其生父蔡○○認領，特立此書為據。

　　此致
○○市○○區戶政事務所

同意人(生母)：楊○○（簽章）

中華民國○○○年○○月○○日

---

2. 手術同意書

○○醫院（診所）手術同意書

基本資料

姓名：王○○　　　　病歷號碼：○○○○○○○○

出生日期：○○○年○○月○○日

手術負責醫師姓名：陳○○

一、擬實施之手術：

　　1. 疾病名稱：○○○○

　　2. 建議手術名稱：○○○○

　　3. 建議手術原因：○○○○

第十章　書狀與單據

二、醫師之聲明：

1. 我已儘量以病人所能瞭解之方式，解釋這項手術之相關資訊，特別是下列事項：

■須實施手術之原因、手術步驟與範圍、手術之風險及成功率、輸血之可能性。

　■手術並發症及可能處理方式。

　□不實施手術可能之後果及其他可替代之治療方式。

　□預期手術後，可能出現之暫時或永久症狀。

　■如另有手術相關說明資料，我並已交付病人。

2. 我已經給予病人充足時間，詢問下列有關本次手術的問題，並給予答覆：

（1）...

（2）...

手術負責醫師：陳○○（簽章）

日期：○○○年○○月○○日時間：○○時○○分

三、病人之聲明：

1. 醫師已向我解釋，並且我已經瞭解施行這個手術的必要性、步驟、風險、成功率之相關資訊。

2. 醫師已向我解釋，並且我已經瞭解選擇其他治療方式之風險。

3. 醫師已向我解釋，並且我已經瞭解手術可能預後情況和不進行手術的風險。

4. 我瞭解這個手術必要時可能會輸血；我■同意□不同意輸血。

5. 針對我的情況、手術之進行、治療方式等，我能夠向醫師提出問題和疑慮，並已獲得說明。

6. 我瞭解在手術過程中，如果因治療之必要而切除器官或組織，醫院可能會將它們保留一段時間進行檢查報告，並且在之後會謹慎依法處理。

7. 我瞭解這個手術可能是目前最適當的選擇，但是這個手術無法保證一定能改善病情。基於上述聲明，我同意進行此手術。

     立同意書人：王○○（簽章）
     關係：病患之
     住址：○○市○○區○○里○○鄰○○路○○號
     電話：○○○○○○○○
     日期：○○○年○○月○○日時間：○○時○○分
     見證人：陳○○（簽章）

日期：○○○年○○月○○日時間：○○時○○分

第十章　書狀與單據

附註：

一、一般手術的風險：

　　1. 除局部麻醉以外之手術，肺臟可能會有一小部分塌陷失去功能，以致增加胸腔感染的機率，此時可能須要抗生素和呼吸治療。

　　2. 除局部麻醉以外之手術，腿部可能產生血管栓塞，並伴隨疼痛和腫脹。凝結之血塊可能會分散並進入肺臟，造成致命的危險，惟此種情況並不常見。

　　3. 因心臟承受壓力，可能造成心臟病發作，也可能造成中風。

　　4. 醫療機構與醫事人員會盡力為病人進行治療和手術，但是手術並非必然成功，仍可能發生意外，甚至因而造成死亡。

二、立同意書人非病人本人者，「與病人之關係欄」應予填載與病人之關係。

三、見證人部分，如無見證人得免填載。

　　（十）推薦書

推薦書

廖○○君係臺灣文化大學經濟學系畢業，後留學於英國雪菲爾大學觀光旅遊研究所碩士班畢業，出生於嘉義農家，本性質樸，刻苦勵學，本人添為大學導師，對其知之甚深，她除在技成績優異外，尤對行銷管理領域更有心得，是個深具潛力的可造之材。今欣聞　貴校企業管理研究所博士班正值招生，而廖君又熱衷向學，故本人特為推薦，倘蒙玉成，不勝感激。

　　此致
○○大學○○研究所

　　　　　　　　　　○○大學○○所教授　蔡○○（簽章）　拜啟

　　　　　　　　　　中華民國○○○年○○月○○日

（十一）感謝狀

感謝狀

感謝　　陳○○熱心捐助本校澤被學子芬揚杏壇特申謝忱

　　此狀

[大印]

○○大學校長　蔡○○　[簽字章]

中華民國○○○年○○月○○日

（十二）獎狀

教育部獎狀

中華民國○○○年○○月○○日
（○○）○○字第 000 號

國立○○科技大學楊教授○○經評選為○○學年度教育績優教師除贈與獎金外特頒獎狀以茲表揚

　　此狀

[大印]

部長　蔡○○　[簽字章]

第十章　書狀與單據

（十三）悔過書

1. 向妻子悔過書

悔過書

本人王〇〇於〇〇〇年〇〇月〇〇日至〇〇〇年〇〇月〇〇日出外旅遊期間，偶遇夏〇〇小姐，因同情其遭遇，又感於「同是天涯淪落人，相逢何必曾相識！」加上隻身在外寂寞難免，佳人在側，花前月下，自是情亂意迷，雖說古有「美女坐懷心不亂」的柳下惠，然古來聖人有幾人。後自覺於愧對愛妻，又不願隱瞞，特修悔過書一封，祈請愛妻原諒，並保證決不再犯，如有違反者，願受愛妻任何處分，絕無異議，謹具此書存照。

　　此致

愛妻夏〇〇

立悔過書人：楊〇〇（簽章）

中華民國〇〇〇年〇〇月〇〇日

---

2. 學生悔過書

悔過書

學生陳〇〇於〇〇年〇〇月〇〇日〇〇時〇〇分，在〇〇教室內，與同學林〇〇打架，經教官制止後，深感慚愧，決定痛改前非，保證今後不再犯，如有者，願接受校規嚴厲之處分，絕無異議。

立悔過書人：楊〇〇（簽章）

中華民國〇〇〇年〇〇月〇〇日

(十四)遺囑

遺　囑

立遺囑人葉○○係民國○○○年○○月○○日生，○○縣人，身分證號碼○○○○○○○○○○，茲依民法之規定，訂立遺囑如下：
一、本人所有坐落○○市○○區○○小段○○地號○○○○○○土地及地上建物（即○○市○○區○○里○○鄰○○街○○巷○○號）四層樓住宅全棟，由長子（民國○○年○○月○○日生，○○縣人，身分證號碼○○○○○○○○○○）單獨全部繼承。
二、本人所有 00 銀行所存金額參千萬元整，由次子葉○○（民國○○○年○○月○○日生，○○縣人，身分證號碼○○○○○○○○○○），單獨全部繼承。
三、以上旨意，由葉○○口授，張○○代筆，並宣讀、講解，經立遺囑人認可後，按捺指紋，記明年月日如後。

　　　　　　　　　　　　　立遺囑人：葉○○（按捺指紋）
　　　　　　　　　　　　　見　證　人：張○○（簽章）
　　　　　　　　　　　　　見　證　人：裁○○（簽章）
　　　　　　　　　　　　　見　證　人：魏○○（簽章）

中華民國○○○年○○月○○日

(十五)繼承權拋棄書

繼承權拋棄書

被繼承人王○○於民國○○年○○月○○日亡故，立拋棄書人係依法享有繼承其遺產之權，惟立拋棄書人自願將其所有財產之應繼分全部拋棄屬實無訛，恐口無憑，特依民法第一一七四條規定，出具本拋棄書為據。
　　此致
臺灣○○地方法院

　　　　　　　立拋棄書人：王○○（簽章）
　　　　　　　身分證統一編號：○○○○○○○○○○
　　　　　　　出生日期：民國○○年○○月○○日
　　　　　　　住址：○○市○○區○○里○○部○○路○○號

中華民國○○○年○○月○○日

第十章　書狀與單據

二、單據範例

（一）借據

1. 金錢

借　據

茲向陳〇〇借支

新臺幣捌萬元整。

　　此據。

　　　　　　　　　　　　　　　　　　借支人：楊〇〇（簽章）

　　　　　　　　　中華民國〇〇〇年〇〇月〇〇日

---

2. 物品

借　據

茲向陳〇〇借用

筆記電腦一臺。

　　此據。

　　　　　　　　　　　　　　　　　　借用人：楊〇〇（簽章）

　　　　　　　　　中華民國〇〇〇年〇〇月〇〇日

（二）領據

1. 領款

領　據

茲領到

天空家族基金會○○學年度優良學生獎學金新臺幣陸萬元整。

　　此據。

　　　　　　　　　　　　　　　○○大學校　長：蔡○○（簽章）
　　　　　　　　　　　　　　　會　　計：曾○○（簽章）
　　　　　　　　　　　　　　　出　　納：林○○（簽章）

　　大印
　　　　　　　　　　　　　　　　　經領人：楊○○（簽章）

　　　　　　　中華民國○○○年○○月○○日

2. 領物

領　據

茲領到

天空家族基金會所贈送之筆記電腦八臺。

　　此據。

　　　　　　　　　　　　　　　○○大學校　長：蔡○○（簽章）
　　　　　　　　　　　　　　　會　　計：曾○○（簽章）
　　　　　　　　　　　　　　　出　　納：林○○（簽章）

　　大印
　　　　　　　　　　　　　　　　　經領人：楊○○（簽章）

　　　　　　　中華民國○○○年○○月○○日

第十章　書狀與單據

（三）收據

1. 收款

```
                    收　　據

茲收到
天空家族基金會捐贈建校之款項新臺幣陸仟萬元整。
    此據。

                        ○○大學校　長：蔡○○（簽章）
                        會　　計：曾○○（簽章）
  ┌──────┐          出　　納：林○○（簽章）
  │      │
  │ 大印 │                經領人：楊○○（簽章）
  │      │
  └──────┘
            中華民國○○○年○○月○○日
```

2. 收物

```
                    收　　據

茲收到
天空家族基金會所贈送之書籍一千冊，詳如附件清單。
    此據。

                        ○○大學校　長：蔡○○（簽章）
                        會　　計：曾○○（簽章）
  ┌──────┐          出　　納：林○○（簽章）
  │      │
  │ 大印 │                經領人：楊○○（簽章）
  │      │
  └──────┘
            中華民國○○○年○○月○○日
```

■應用練習

1. 書狀有幾類，請試列舉說明。

2. 撰寫書狀時，應該注意哪些事項？

3. 請試擬一份保密切結書。

4. 請試擬一份遺囑。

5. 請試擬校運會游泳比賽獎狀一紙。

6. 請試擬感謝狀一則。

7. 單據有幾類，請試列舉說明。

8. 請試擬向友人商借壹萬元的借據。

9. 請試擬一則收到捐贈學校圖書的收據。

10. 學校發給本班《學生手冊》五十本，請試擬領據一紙。

第十一章 規章

規章是一種法律規範的行政法，即為規程及章則的合稱。規章具有強制性的效力，若經由公布施行，則其規範成員都必須遵守履行。規章是各級領導機關及其職能部門、社會團體、企事業單位，為實施管理，規範工作、活動和有關人員行為，在其職權范圍內制定並發布實施的、具有行政約束力和道德行為准則的規範性文書的總稱。

本單元之目的，即在教導你如何制定好的規章，以保障人民／從業人員與制定者自身的權益，進而使機關團體的運作更為順利。以下分為：規章概說、規章的種類與結構、規章的要領與用語、規章的制定與原則，以及規章範例等來做說明：

第一節　規章概說

所為規章，《書·胤征》如此說道：「官師相規」另外《史記·司馬相如列傳》亦云：「……且夫賢君之踐位也。豈特委瑣齷齪，拘文牽俗，循誦習傳，當世取說云爾哉！必將崇論閎議，創業垂統，為萬世規。」此為規之定義。而「章」即為章程，在《國語·周語》上說：「將以講事成章」，《史記·高祖本紀》中提到：「……與父老約，法三章耳。殺人者死，傷人及盜抵罪。餘悉去秦法……。」諸如集會結社活動、性質團體，其組成都仰賴著規章來建構體系，以便維持其運作。

廣義來說，規章也包含有條約、法令與章則等，而現代應用文的規章，則是指機關、團體以書面來記載其設立宗旨、組織、治事程序等，採用章、條分列舉出。範圍與意義都較為迷你簡易。除此之外，規章也不能夠與國家制定的法規互相牴觸。

第十一章 規章

第二節 規章的種類與結構

規章的種類繁多，大致上說來約有十五種，分述如下：

一、規程：規範組織的制度、程序、處事方法等。如：國立雲林科技大學學校組織流程……。

二、規則：規範與約束組織成員行為準則。如：國立雲林科技大學學校學生考試規則……。

三、細則：「細則」透過較為細膩詳密的文字所編列而成的條文，多逐一說明、規定各樣辦法。如：國立雲林科技大學學校教職員退休條例施行細則……。

四、辦法：針對某一件特定事項來規定其處理規則。如：校園霸凌事件處理辦法……。

五、綱要：以簡單扼要的文字來概括某項規定，與細則的逐一條列恰好相反。如：行政院秘書處內部檢覈實施綱要。

六、標準：就某一式向既提綱挈領以規定其指標，提供某一個特定事項的行為或考核等方向之統一標準。如：國民中等學校教育課程標準。

七、準則：為一種普遍性的標準。如：票據掛失止付處理準則……。

八、章程：章程是一種基本的規則，具有指導的意味，也可以說是事件的宗旨。如：國民黨青年黨團組織章程。

九、簡則：簡明扼要的規則，如：獅子會組織簡則。

十、簡章：簡章是以條文式的方法將重要事項摘取。如：雲林科技大學博士班招生簡章。

十一、規約：團體當中所公布的規範，其團體全員皆必須遵守。如：學生宿舍大樓生活公約。

十二、須知：將規定事項逐一條列並公告。如：飯店會客須知。

十三、條例：係由高等行政機關所制定核准的標準依據的準繩。如：十二年國民教育實施條例。

十四、要點：載明某一事項應注意的規章。如：改進貨物稅稽徵作業要點。

十五、注意事項：提醒相關人員必須注意的事項。如：臺灣公職人員前往大陸地區洽公注意事項。

第十一章　規章

第三節　規章的要領與用語

不論是上述哪一規章，撰寫完成之規章有一定結構：

一、規章必須用書面記載，否則不能稱為規章。

二、規章應該以分條列舉方式來表達。

三、規章不得與國家法令相抵觸。

四、規章必須由機關、團體制訂，內容為機關、團體組之、秩序或治事方針。

五、規章具有強制力。

另，製作規章有一定程序之要項：

一、確定名稱：規章名稱，字數不宜冗長，應力求簡短扼要，易懂易記。在製作時，應先定名，在條述內容，其範圍較明確，並符合效率原則。例如：中國鋼鐵股份有限公司從業員申訴案件處理要點，「中國鋼鐵股份有限公司」即其制定主體，「從業員申訴」乃其制定目地，而「處理要點」為該規章之性質。

二、區分章節：規章條文之排列，均有一定之次序，不容標新立異、顛倒混淆。按讚例，或先揭示總綱，再明列細目，或先舉原則，後述例外。

三、釐清結構：一般規章之結構，依序可分為：1.總則或稱總綱，再敘明制訂原由與根據；2.分則或總稱本文，再明列各規範事項；3.附則又稱附文，在補充分則應有之敘述與該規章施行日期、修訂程序等。每依規章，各有其繁簡，毋須均標明以上結構名稱，為其條文之先後序，必須按「總則」、「分則」、「附則」之序而定先後。

四、撰寫條文：條文之文字力求簡明達意、周密扼要、切記含糊籠統、拖泥帶水。條文內容應扣緊所依據之法令或章則，每一條條文與各條條文應上下呼應，不可互相矛盾。又每一條條文以規範一事為原則，遇同一條文二件以上須並列時，應分類撰寫、排列而仍

歸一條。此外，有關事項均應詳加考慮、仔細推敲，逐一規定，務求無所遺漏，而臻周全。無論何種規章，均有其規範性功能；亦有其固定用語，該等用語又多與法律所用者相同，以嚴謹、明確為條件，並各有其特定之意義。倘未經斟酌而誤用，其意義將甚遠。以下僅就常用規章用語逐一扼要舉述：

1. 應：屬肯定性用語，即該當如此不可之意，如：「本公司職員請假，應依規定手續辦理。」

2. 須：即必須、應當之意，與「應」相當；惟稍緩和。例：「議案之提出，須以書面行之。」

3. 得：即可以這樣，也可以那樣，無強制性之意。例：「本會置委員二十人，以票選產生之，任期二年，連選得連任之。」

4. 不得：即明確禁止之意。例：「試卷右上角之座位號碼，不得自行撕毀；考生出場後，不得逗留試場外走廊。」

5. 凡：泛指一切而言，屬概括性用語。例：「凡經申誡以上懲處之員工，該年度考績均不得考列甲等。」

6. 均得：即全部都可以之意。例：「符合左列情形之一者，均得提出申請。」

7. 並、及：兩字字意相近，於連舉事項時用之，如：「凡本府及所屬各館、會、場編制內職員，准其優先登記。」又如：「繳卷時，應請監試人員將試卷又上繳座位號碼撕去，並在准考證上蓋章，再行離開試場。」

8. 或：屬不定連接詞，意旨有此不必有彼，亦即不必兩者兼備。例：「公私立大專院校畢業或具有同等學力者，均得應試。」

9. 經：過程用語。例：「本辦法經簽奉校長核定後，發布施行。」

10. 由：與「經」近似；惟指特定之人而言。例：「……監察院長，由總統提名，經立法院同意任命之……。」

11. 如：即如果或假使之意，屬假設性用語。例：「本要點如有未盡事宜，得隨時修正之。」

第十一章　規章

12. 除……外：於令有例外規定時用之，屬兩面俱到之用語：「非……不得」亦屬之。例：「考生除筆、尺之外，不得攜帶其他書籍、文具等物品入場。」又如：「除病假外，非經主管批准，不得離開崗位……。」

13. 遇……時：於例外性規定之條文用之；「必要時」亦屬之。例：「中等學校教師，以專任為原則，如遇特殊情形時，得函陳省〈市〉教育廳〈局〉同意，酌聘兼任教師。」又如：「校務會議以每學期召開二次為原則，必要時得召開臨時會議。」

14. 視同：即相同看待之意。例：「臨時僱員視同編制內人員核計其工作量。」

15. 以……論：亦屬表示同意看待之意。例：「假滿歸營，應即辦妥銷假手續，否則以逾假未歸論。」

16. 但：即通稱但書，表示例外之意。例：「凡本會會員均得提出申請，除依本單元程第二十二條之規定，連續兩年未繳會費，經大會決議停權者，不得提出申請。但有特殊原因，經申覆通過者，不在此限。」

17. 其他：凡列舉恐有不周或無從確定時，皆以「其他」概括之。例：「違反本規定之規矩，依道路交通管例處罰條例或其他有關法令之規定處罰。」

18. 逕：有「直接」的意思，是職權之屬於直接行動者使用。例：「違反本項規定者，本中心將逕送上級單位處罰。」

19. 準用：即情形不完全相同，而比照適用某一法條時使用。例：「本院受理研究人員生等相關案件,準用一般教師法之規定。」

20. 另訂之；即「另外訂定」的意思。凡訂定規章時，一時未能獲不能容納之的規定，須另訂規章或文件作規定時使用。例：「本細則所定各種書表格是另訂之。」

21. 必照：依附某一規定而照樣辦理，語氣非常肯定。例：「臨時僱員之休假、生育、撫卹等事項，比照職員之規定辦理之。」

第四節　規章的制定與原則

制定規章有其一定之原則：

一、確定名稱：

製作規章要先確定其名稱，並注意以下四點：

（一）制訂之主體。

（二）施行之效用。

（三）適用之機關。

（四）規章之類別。

諸如「雲林縣政府所屬公務機關推行禮貌注意事項」，「雲林縣政府」便是制定主體，「所屬公務機關」則是適用之範圍，「推行禮貌」是施行之效用，「注意事項」是規章類別。另，規章名稱切記要簡要了然，並且在起草規章時須要加上「草案」二字，因為在規章尚未核定前都非正式公告文案。

二、分配章節：

規章的內容須層次井然，如論文章節編排亦須按第幾章、第幾節等條列層遞，或者以一、二、三、A、B、C等排列表之。

三、安排結構：

規章之結構，概括可以分成「總則」、「分則」與「附則」。

（一）總則：敘述規章訂之根據、名稱、宗旨及會址等。

（二）分則：敘述各種特殊事項，如會員、組織、職權、任期、會期以及經費等。

（三）附則：敘述規章之通過、公布、施行及修正等手續。「總則」、「分則」與「附則」之名稱，不一定要標明，但寫作須按照此三者之次第，權衡輕重，予以適當編排。

四、根據法規：

引據法規必須是現行可以引用根據者，不可漫天想像，自行增減。倘若現行並無法條可供參考引據，則行事以不違背現行法規為原則。

第十一章 規章

第五節 規章範例

一、章程：

國立雲林科技大學學會組織章程

80年8月21日訓育委員會通過
84年9月5日第二次學生事務會議修訂通過

第一章 總則

第一條 本校學生得按各該肄業系為單位組織學會，並定名為國立雲林科技大學○○學會。

第二條 學會以聯絡感情砥礪學行及培養互助合作精神為宗旨。

第三條 各學會會址另定之。

第二章 會員

第四條 凡本校在各該技術系肄業之同學均應加入該會之組織並為當然會員。

第三章 權利與義務

第五條 會員有行使選舉、罷免及參加一切活動之權利。

第六條 會員有遵守會章、繳納會費及服從決議之義務。

第四章 組織章程

第七條 學會最高權力機構為會員大會。

第八條 學會置會長一人，由全系同學直接選舉產生，其資格依相關辦法規定之，並得依實際情況設副會長若干人。

第九條 學會幹事部得設總務、學藝、康樂、體育、服務…等組，每組置組長一人，由會長提名適當人員分別擔任之，服務組組長兼任學生膳食委員。

第十條 各組得視工作之繁簡設置幹事若干人，由各組組長提請會長通過聘任之。

第十一條 各組之職掌如下：

　　一、 總務組：掌理文書、庶務，會計及不屬於其他各組事宜。

　　二、 學藝組：掌理文教活動及學術研究、出版等事宜。

三、康樂組：掌理遊藝、旅行及康樂活動等事宜。

四、體育組：掌理體育活動事宜。

五、服務組：掌理聯誼服務等事宜。

第十二條 學會會長於任職期間，有下列情事之一者，得由系上四分之一同學連署，報請指導老師核定後，召開會員大會，經三分之二以上同學出席，出席人員四分之三以上通過罷免之。

一、有貪污舞弊行為者。

二、領導不力，阻礙學會工作發展者。

三、違反校規，影響校園環境安靜者。

四、有其他不法行為者。

第十三條 學會設監事會，每班置監事二人，掌理會務之監督及財務稽核等事項。

第十四條 學會會長任期均為一年不得連任。應屆畢、結業年級同學不得連為會長。

第十五條 各系系主任為各該系學會當然指導老師。

第五章　會議

第十六條 學會會員大會每學期舉行一次，於學期開始時舉行之，必要時得由會員三分之一以上聯名簽請召開臨時大會。

第十七條 學會幹事會議每月舉行一次，由會長召集之，必要時得召開臨時會議。

第六章　經費

第十八條 學會經費來源如下：

1. 徵收會費。
2. 自由樂捐。

第十九條 學會會費數目由會員大會決定之。

第七章　輔導老師

第二十條 系學會為各該系教學及輔教活動之一環，由系主任輔導之，系主任得就系學會活動之性質，指定老師協助輔導。

第二十一條 本單元程經學生事務會議通過，校長核定後實施。修正時亦同。

第八章　附則

第二十二條 本單元程經學生事務會議通過，校長核定後實施。修正時亦同。

第十一章 規章

二、簡章：

國立雲林科技大學101學年度博士班招生簡章

壹、修業年限

一、修業年限為2至7年。

二、在職進修研究生未在規定修業期限修滿應修課程或未完成學位論文者，因特殊須要得酌予延長其修業期限，但以1年為限。

三、詳細修業內容、畢業條件，依本校及各系所相關規定。

貳、報考資格

一、一般生：

（一）公立或已立案之私立大學或獨立學院或教育部認可之國外大學或獨立學院相關碩士班畢業，取得碩士學位或具有同等學力之資格，經審查核可者，得報考一般生。

（二）同等學力資格之標準依照本簡章附錄三之規定。

（三）各系所另訂有報考資格附加規定者，須符合其規定。

二、在職生：

（一）必須具備一般生之報考資格。

（二）必須與所從事之工作有密切關係。

（三）在職且工作年資滿1年（含）以上，或100學年度以碩士班在職生、在職專班生身分畢業之學生。工作年資之計算自取得碩士學位（或符合碩士同等學力資格）後起算至本校101學年度研究生註冊日為止。

（四）前項在職服務工作年資以取得碩士學位（或同等學力）後之「專任」年資採計，兼任（兼職）年資不予採計。

（五）報考各系所「在職生」之各公、民營機構在職人員於錄取

應用中文卷

後，須於報到驗證時另繳交「服務證明書」（附表4），其格式得由機關自訂之。

（六）各系所另訂有報考資格附加規定者，須符合其規定。

參、報名規定事項

一、報名方式：一律網路報名。

（一）考生上網（網址：http://examweb.yuntech.edu.tw/WebExams/Exam_D/）於報名表欄位上鍵入基本資料，再以A4白紙列印，自行核對無誤後，於考生簽名欄內簽名，並將報名表正、副表及相關應繳證件一並以掛號寄出。

（二）網路登錄日期：101年4月10日（星期二）上午9：00起至4月19日（星期四）下午4：30止，報名表件郵寄截止日期101年4月20日（星期五）（郵戳為憑），逾期寄件不受理。

二、報名費：新臺幣2,500元

（一）繳費方式：完成網路報名登錄→取得銀行繳款帳號→利用ATM轉帳→列印「交易明細表」。（請注意扣款是否有成功）如ATM款未成功或無法扣款，請至郵局購買匯票，抬頭請寫「國立雲林科技大學」並同報名表件寄出。如繳費未完成即寄出報名表件者，將視同報考資格不符。

（二）報名費收據將於列印報考證明時一並印製。

（三）凡符合各地方政府規定之低收入戶者應檢附其所開具之低收入戶證明文件（非清寒證明）正本，經審核通過者免繳報名費，審核未通過者，須補繳報名費方得參加考試。

三、共同必繳文件

（一）報名表正、副表：網路建檔列印後，親自簽名並貼妥照片（已輸入數位照片者免貼）。

第十一章　規章

(二) 身分證件：國民身分證或其他相當之身分證明文件正、反面影本，請黏貼於報名表副表上（現役軍人及現任軍事機關服務人員應一併繳驗身分補給證影印本）。（應清晰可辨）

(三) 學位（畢業）證書或學生證：

　1. 已畢業考生，繳驗碩士學位（畢業）證書影本。

　2. 應屆畢業生，繳驗應屆畢業學生證影本（100學年度第2學期須加蓋註冊章）或在學證明書。

　3. 經錄取後應依限補驗學位（畢業）證書正本，屆時如因未能畢業致無法補驗學位（畢業）證書正本者，註銷其入學資格。

　4. 持國外學歷者，報名時繳交學位（畢業）證書或學生證影本，以及「持國外學歷應考切結書」（附表6）；於驗證時應再繳驗下列文件，未能繳交或未能通過學歷查驗者取消其入學資格：

　　(1) 經駐外館處驗證之國外學歷證件影本1份。

　　(2) 經駐外館處驗證之國外學歷歷年成績證明影本1份。

　　(3) 入出國主管機關核發之入出境紀錄1份（應涵蓋國外學歷修業起迄時間，申請人係外國人或僑民者免附）。

四、系所指定繳交表件（請詳閱各系所分則之規定）

(一) 歷年成績單：碩士班歷年成績單（應屆畢業生繳交至100學年度第2學期止之碩士班歷年成績；報考化材系博士班之考生另加寄大學部歷年成績單）。

(二) 碩士論文、著作（同等學力之相當碩士論文、著作）：1份；應屆畢業生可繳交碩士論文初稿，至遲應於5月4日（星期五）前補繳至各系所博士班。

（三）推薦函：請自備信封由推薦者親自彌封簽章，未彌封簽章者無效；系所另有規定者從其規定。（附表1）

（四）學習及研究計畫：學習及研究計畫1份。（附表2）

（五）自傳：1份。

（六）其他相關資料：足資證明專業工作能力之證件，包括專業工作成就（如：研究成果發表、獲獎紀錄、創作、專利、發明、展覽表演等）或相關特殊表現具有證明文件。上述相關資料或文件，以最近5年內完成或得獎者為限，請以影印本或備份繳交，不論錄取與否，一律不再退回。

五、服務年資證明：

報考各系所在職生者，應於網路上自書「在職生服務履歷表」；

100學年度碩士在職生畢業者，另須繳交所長證明書。報考設計所、技職所在職生者，於報名時應先繳交「在職證明書」正本。

六、繳件方式：

將前項文件依序整理齊全並夾妥，平放裝入信封內，於報名期限內寄送。各系所指定之資料，如無法裝入信封時，請另行包裝並以包裹交寄。

（一）通信收件：於101年4月20日（星期五）前，以掛號郵寄「64002雲林縣斗六市大學路3段123號國立雲林科技大學研究所招生委員會收」（以交寄日期郵戳為憑，逾期不受理）。

（二）現場收件：欲自行送件者，可於101年4月20日（星期五）前，每日上午9：00至下午4：00，由本人或委託他人至本校行政中心教務處註冊組登錄收件。

七、列印報考證明：

（一）考生應俟報名繳費程序完成後，於101年5月1～3日（星期二～四）上本校招生網頁（網址：

第十一章 規章

http://examweb.yuntech.edu.tw/WebExams/Exam_D/）列印「報考證明」始表示報名成功，得以憑證應試（本校不另寄發准考證）。如不能列印，表示報名手續未完成，務請於5月3日（星期四）前向本校招生委員會報名組查詢【聯絡電話：（05）534-2601轉2213~2216】。

（二）報考證明列印系統開放日期：101年5月1日（星期二）上午10：00起。

（三）「報考證明」須妥為保存，如有毀損或遺失，請自行上本校網頁補印。若於考試當天遺失，請於考試開始前向試務中心申請補發。考生申請補發應攜帶身分證明文件。唯補發以一次為限。補發之報考證明加蓋「補發」字樣，以資識別。

（四）考生應試時，應攜帶「報考證明」及「國民身分證」（或有效期限內之護照、駕照或附有照片之健保卡）正本，違者依本校考試規則辦理。

（五）請考生詳閱報考證明中之資料，如有錯誤，請速電本校招生委員會報名組，聯絡電話：（05）534-2601轉2213~2216。

八、報名注意事項：

（一）限報名1系所組別，報名資料寄出後不得以任何理由要求更改系所組別。

（二）本校博士班在學、休學生不得報考本校同一系所同一學程招生考試，錄取考生如利用錄取資格，謀取不當利益，則取消其錄取資格。

（三）役男可憑報考證明向役政機關辦理延期徵集入營，至本校註冊日期結束為止；在營服役者，須於本校101學年度研究生註冊日前退伍，始可報名。

（四）具特殊身分之考生（如：現役之軍事校院應屆畢業生、現役軍人、大學校院公費應屆畢業生、在職研究生等），其

報考與入學請遵守所屬主管機關或其上級機關之規定。

（五）所繳證件，如有假借、冒用、偽造或變造等情事者，錄取入學後經查明即開除學籍，不發給任何修業證明文件；並通知原就讀學校或服務單位，予以議處。

（六）身心障礙考生請於報名時在「身心障礙考生」欄位勾選填寫請求服務事項，並依附錄二「身心障礙考生應考服務辦法」辦理。

（七）請考生牢記個人報名時所設定之密碼，以為日後網路報到或成績查詢登入之依據。

（八）報名資格經審查不符者一律退件，所繳報名費酌情扣減審查手續規費500元，於報名審查作業完成後，依本校行政程序退還。

（九）已繳交報名費用，因故未寄或逾期寄出報名表件者，將由本校逕予退費。本項退費程序將酌收300元作業費。

（十）考生聯絡電話、通信地址、電子郵件信箱等基本資料請詳實填寫，以便即時通知各項訊息，如因填寫錯誤致延誤寄達、聯絡或未讀取電子郵件，應自行負責並視同放棄權益。

（十一）個人資料若有電腦各種輸入法均無法產生之文字，請先以『＃』代替，並填寫「網路報名造字申請表」（附表8）傳真至本校處理，以免因資料錯誤影響權益。

■應用練習

一、試說明規章的制定原則。

二、試說明規章的要領有哪幾項？

三、試擬定「視聽器材使用須知」。

四、試為貴校系所擬定「研究室管理細則」。

第十二章　啟事

應用中文卷

啟事是一種個人或公司團體用來公告訊息的公開性文書，具有時效性的限制與目的性的具體意義，因此，啟事在撰寫上便必須多加注意其內容是否達到其目的效益。啟事的形式包含了許多種表達模式，除了公告、徵求、聲明、通知等，尚有多達十七種不同結構文書，另外，啟事亦具有一定的法律效力與責任。以下分為：啟事概說、啟事的種類與內容、啟事的結構與注意事項，以及啟事範例等來做說明：

第一節　啟事概說

一、何謂啟事？

廣義來說，啟事也可以包括廣告，然而臺灣現今的廣告事業有其專門的廣告公司處理相關事宜，並將其設計化、行銷化、體系化，因此本單元將廣告排除於啟事範疇。

簡易說來，所謂的啟事便是機構團體或個人向一般人士公開陳述意見、宣布事實或徵求事項的文件，具有時效性的限制與目的性的具體意義，因此，啟事在撰寫上便必須多加注意其內容是否達到其目的效益。啟事的形式包含了許多種表達模式，除了公告、徵求、聲明、通知等，尚有多達十七種不同結構文書，另外，啟事亦具有一定的法律效力與責任。

啟事的格式沒有嚴格的拘束限制，然而其面對的是普羅大眾，在用語上應盡量淺顯扼要，因此在篇幅與字數上須要走向精簡化。另外，由於公告的內容是交代某一群或全體公民的公眾事務，所以要特別注意不可揭人隱私、誹謗不實，以免公然觸法。除此之外，啟事既可以橫式、直式書寫，亦可以表格的形式來呈現公告內容，甚至可以用不成文體的短句、圖片來彰顯主題，令讀者耳目一新、印象深刻。

第十二章　啟事

二、啟事撰寫契機：

　　啟事的應用範圍相當廣泛，任何事情倘若有其須求皆可以啟事的形式公開宣告，並且啟事者也並無身分限定，舉凡個人、公司、政府團體皆可公告啟事，隨時隨地皆有提筆撰寫啟事的可能性，無所侷限、無嚴格的格式要求，並且淺顯易學，是種優點繁多的文書形式，以下就各種不同情況講述啟事之撰寫契機：

（一）**公告對象非特定**：通知某一消息，諸如尋人、施工等，因無法將公告範圍縮小或所訂單一特定對象，故以公告的方式將消息傳遞出去。

（二）**發諸既定事實**：當某件事情具備有既定事實的意義，諸如婚喪事宜、澄清誤會等，可以撰寫啟事讓特定族群或者普羅大眾明瞭。

（三）**特定目的徵求事宜**：基希望透過公開徵求的方式獲得回應，諸如租賃、招募新血、懸賞等，具有特定目的，但卻無法鎖定小範圍人權來一一通知，便可使用啟事。

（四）**符合法律程序的宣示**：法院要求必須以公開啟事的方式來對社會大眾或特定人士公開宣示時，諸如道歉、徵詢等，可以使用啟事來登報或刊登於公開處。

第二節　啟事的種類與內容

一、啟事種類：可簡略分為四大類別。

（一）**用於公告**：諸如結婚啟事、鳴謝啟事等，為了讓民眾全體或特定的對象知曉某一既定事實，因而公告。

（二）**用於徵求**：諸如如徵婚啟事、招募啟事等，透過公開啟事的方式來徵求某件特定事情，進而希冀獲得回饋。

（三）**用於聲明**：諸如道歉啟事、委託啟事等，透過公開宣告的方式來剖白某一事件，且可避免日後法律紛爭。

（四）**用於通知**：諸如通知權益修正等事宜，為了讓龐大的民眾全體或不知曉數量的族群通知某一事情，因而採取公開方式通知。

二、啟事內容：粗略可以分成十七種形式。

啟事的內容包羅萬象，一一分述如下：

（一）**道歉啟事**：以粗黑偏大字體登報，來達到和解條約。內容顯示啟事者之悔意與道歉誠意，以達到端正視聽的目的。諸如毀謗、侵犯他人肖像權時，皆有可能須要透過啟事來公開道歉。

（二）**聲明啟事**：諸如聲明商標代理權或者優惠券停止發售等，透過聲明啟事來對公眾解釋原由與己方立場，並告知民眾該如何藉由彌補措施來維護自身權益。須注意，此類啟事多涉及法律行為，文詞應多加琢磨、考慮。

第十二章　啟事

（三）**通知啟事**：諸如通知社區住戶參與會議或通知股東參加股東大會等，透過此通知來告知特定團體或對象某一消息。此類啟事多含標題、主辦單位、正文、日期時間四部分。

（四）**徵求啟事**：徵求啟事應用廣泛，凡是普羅大眾或公司團體須要徵求員工、事物或物品，皆可透過啟事來公開徵求。然而由於徵求啟事多希冀能獲得回饋，因此在啟事的內文與形式編排上便須多下功夫，才足以達到吸引對象的目的。

（五）**尋訪啟事**：透過尋訪啟事來公開請求他人幫忙尋找啟事者所要搜尋的目標。諸如失蹤人口、寵物等，須要注意將目標物特徵標明清楚，並載明啟事者之聯絡方式，才足以達到啟事效益。

（六）**租售啟事**：目的為出租或讓售的公開啟事，諸如房屋或店面租賃、農業用地出售等。

（七）**警告啟事**：在採取正式法律行動前的警言宣告，宣告對象有其特定範圍，用以維護啟事者之自身權益為目的。諸如警告他人侵犯隱私、智慧財產權等。

（八）**遺失啟事**：遺失某一具有代表個人身分證件之物品卻遍尋不著時，可以遺失啟事的方式公開公告，請求補發，並且可免除日後的法律究責。

（九）**徵詢啟事**：徵詢他人對產權的無異議，以避免購置產物時有所遺漏，形成日後紛爭之情事。

（十）**喪祭啟事**：喪祭通告知啟事。倘若往生者具有社會地位，其所屬的機關團體往往會其成立治喪委員會，進而統籌喪祭各項事宜，如：治喪委員會。

（十一）**喜慶啟事**：對他人宣告己身之喜慶事宜，諸如婚嫁、壽宴、滿月等，是一種和他人分享喜悅或者公開邀請對方參與盛典的啟事。

（十二）**澄清**啟事：澄清他人對己身的誤會，透過公開啟事來說明某一事實。

（十三）**懸賞啟事**：透過懸賞啟事的方式，公開徵求對方提供己身所求之事物，並依此給予獎賞。如：懸賞車禍目擊證人或車禍過程行車記錄檔。

（十四）**鳴謝啟事**：承受慶賀或受人協助時，用以表達感謝的啟事。應用範圍廣泛，諸如：謝票、治喪期間不便登門以鳴謝啟事表達心意等。

（十五）**更正啟事**：發表的文件上有錯誤，因而提出改正宣告。

（十六）**開業啟事**：公司行號開幕營業的公告

（十七）**遷移啟事**：公司行號遷移地址的通告。

第十二章 啟事

第三節 啟事的結構與注意事項

一、結構：

(一) **標題**：一則好的啟事標題，便是於能夠在正文之前以醒目的字體將內容做一概括的透露，諸如「徵招服務生」、「商場擇期開張」、「鄭重聲明」等，能輕易地令閱讀者獲得啟事的目的意義。尤其是現今的報章雜誌，其分類廣告多會設立各項不同的主題標題，一方面能夠節省篇幅，一方面又有助於讀者迅速找尋所須目標。

(二) **本文**：本文的目標在於宣明啟事所要公告的事項內容，並說明之。諸如在徵才啟事中應徵者的特質、面試日期等，或者是懸賞啟事中的懸賞金額、啟事者聯絡方式等，於啟事中應該清楚載明。並且注意其公開公告的事項內容的真實性與正確性，否則容易造成訛傳或誤解。

(三) **目的**：所謂的目的是指啟事者希望透過此篇啟事達到的目標效果，例如以下幾種：「造成不便，敬請見諒」、「恐以訛傳訛，特此聲明」等。

(四) **對象**：啟事告示中所要訴求的對象，有可能是普羅大眾，也有可能是特定團體，譬如在徵稿啟事中便可以載明對象須有無經驗等。

(五) **具名**：啟事者在公告啟事時必須具名或者公布機關行號之名稱，以示負責，如此更能增益啟事效果。以下說明幾種具名方式[1]：

---

[1] 其實標題倘若在報紙中已有統一標題時，出版業者多不再另行標示。除此之外，標題若能將對象與目的一併明示，亦無須再分句贅述。

1. **真實全名**：倘若此啟事公告涉及了法律層面，通常對方或啟事者本身會要求刊上真實姓名。更完備者可以將戶籍地址、電話、身分證字號等一併登錄。

2. **略名方式**：省去全名，例如在租賃啟是當中便常以「陳小姐」、「王先生」等方式刊登。

3. **代號匿名**：即為保留一定隱私，故以不具名方式用「某」代替本名。諸如機關發布啟事時為免於人情關說便常使用代號匿名。

4. **化名方式**：即以假名的方式刊登，其實此做法較為不負法律責任，因此通常出版業者相對來說便不願意刊登此類告事。

二、啟事的法律責任與效力：

（一）**法律責任**：啟事一旦經由公開刊登，便應具有法律責任，因此啟事的內容應針對事實記載，若有妨害他人名譽或信用的罪行，對方可以據此將啟事列為採證證據。所以，切記不可使用誇大言詞、謾罵語句或情緒性字眼，以免觸犯毀損他人名譽或損害他人信用，即使對方已不在人世亦是如此。另要特別注意的是，倘若在啟事中有提及賦與回饋對象報酬，則具有法律上的給付、執行之義務，故切忌信口開河。

（二）**法律效力**

啟事是機構團體或個人向一般人士公開陳述意見、宣布事實或徵求事項的文件，具有時效性的限制與目的性的具體意義，因此，啟事在撰寫上便必須多加注意其內容是

第十二章 啟事

否達到其目的效益，而它也具有一定的法律效力。然而在以下幾種情況下，它卻不具法律的絕對效力：[2]

1. **「非對話」**[3]**方式**：無法確定當事人是否真的能夠看到這則啟事，屬於非對話方式，因此不具法律的絕對效力。

2. **不一定能夠「通知達到相對人」**[4]：不一定能夠通知達到相對人，和非對話方式相同，都具有不確定因數，因此不具法律效力。另外，即便當事者見到啟事卻無法理解啟事內容，例如文意模糊、目的不明確等等，啟事亦不具效力。

3. **其他**：特別須要注意，結婚的啟事刊登不具有法律的絕對效力，因為準備締結婚姻關係的雙方必須前往戶政事務所登記結婚，生效後才具有婚姻身份。

三、撰寫啟事注意事項：

（一）內文扼要：啟事刊登往往會因應出版限制而必須配合內容的更改，諸如費用、版面大小等原因，啟事者可將標點符號斟酌省略，且不分段，言詞扼要簡明，在標題處便點名主題，以便彰顯啟事目的。

（二）文詞簡明：啟事對象有時包羅萬象，為了令所有人都能清楚了解啟事內容，在發文時必須注意文詞的運用須盡量趨於簡單淺明，讓閱讀者一目了然。

---

[2] 即使啟事在某些狀況下不具法律絕對效力，但當相對關係人太多，實在無法以其他方法完成意思表達時，刊登啟事仍有其必要性。

[3] 民法第95條：「非對話而為意思表示者，其意思表示，已通知達到相對人時，發生效力。」

[4] 民法第94條：「對話人為意思表示者，其意思表示，以相對人了解時，發生效力。」

（三）**言語得當**：上段雖然說啟事內容趨於簡單淺明為佳，然而在措辭上仍須注意其妥適性與精確度，否則容易造成他人閱讀錯誤，產生不必要的誤解。例如在租賃啟事中僅在聯絡人部分寫上「意者內洽」，卻將此告示張貼於各處而非指定地點處，那十條街外的意者又該如何內洽呢？實不可不慎。

（四）**顧及法律**：啟事即便無嚴格的格式、言詞的限制，然而其公開公告的特定導致其具有一定之法律責任，因此在內文部分要小心不可牽涉揭露他人隱私或無端毀謗，以免以身觸法。另外，須注意即便是警告啟事，其言詞也不宜偏頗極端，以免自誤。

第十二章　啟事

第四節　啟示範例

一、徵才啟事：

秀秀幼稚園

徵求中班教師及助理員各一名幼保相關科系或具有幼保教師證明起薪三萬工作時間 7:00~16:00 須配合加班週休二日享勞健保工作地點雲林縣斗六市山和路１２３號

　　　　　　　　意者請洽（０５）５３４〇〇〇〇陳園長

二、徵稿啟事：

歡迎投稿

1. 〇〇出版社從本月開始徵稿，歡迎各界投稿。長稿以一萬兩千字為限，短稿以三千字為宜。請多利用電子郵件，書信投稿者，請自留底稿，並勿一稿多投。

2. 請附真實姓名、聯絡電話、身分證字號、通訊地址等資料。

3. 本啟事內容除公告於各大報外，於本社網站亦有詳細內容，可上網查詢。

4. 地址：(633)雲林縣斗六市〇〇路321號，〇〇出版社。

5. 電話：(05) 53〇〇〇〇〇

6. 投稿信箱：eerin@.......com.tw

三、喪祭啟事：

我們敬愛的陳○○組長不幸於民國○○○年○○月○○日凌晨一點五分病逝於臺中榮總醫院時年 30 歲謹擇於民國○○年○○月○○日（星期○）上午八點整假臺中中港火化場（40764 地址臺中市西屯區福順路 1177 號）舉行追思會暨公祭隨即發引火化安葬

王○○　謹哀此訃

聞　　　　　　　　　　○○企業電子科小組敬啟

四、喜慶啟事：

恭賀

本校○○李○○教授榮獲慕尼黑發明獎，有助提升本校學術水準。李○○教學認真，研究扎實，發明獎得之實至名歸，本校與有榮焉，特刊啟事敬告全校共享榮譽！

國立○○大學全校師生　敬賀

五、更正啟事：

更正○○○年○○月○○日的○○出版社誠徵校稿員工作地點應為○○出版社雲林分部誤刊為新北市○○區特此刊登更正啟事說明

六、通知啟事：

本校學生證附加悠遊卡持卡人於雲林縣立公車所享之現行優惠辦法，其試用期間將至民國○○○年○○月○○日止。本校將與雲林縣政府共同擬定下一波學生優惠專案，詳細情形另待於本校網站公告。

國立○○大學　101.5.21

第十二章　啟事

七、開業啟事：

> 本醫生謹定於○○/○○/○○（星期○）開業應診，敬希垂注。
>
> 該醫院相關資料如後：
>
> 地址：（633）雲林縣斗六市○○路321號
>
> 服務電話：（05）53○○○○○
>
> 傳真號碼：（05）51○○○○○
>
> 看診項目：骨刺、類風濕關節炎等相關疾病。
>
> 看診時間：週一至週五，AM9：00~PM5：00
>
> 李○○醫生敬啟

八、遺失啟事：

> 遺失國立○○大學○○系核發之學生證乙張
>
> 　　　　　　聲名作廢　　聲名人：○○系所　李○○

九、尋人啟事：

> 家母王○○女士上週六，九月初七清晨出門至○○公園散步未歸，家人心焦至極，希望善心人士幫忙協尋。家母五十二歲，身高152公分，體重50公斤，臺語流利，頭髮稀疏，臉頰有一塊約五十元硬幣大小的黑色胎記。走失時身穿亮黃色連身洋裝，藍白拖鞋。如蒙協助找到請電0912345XXX，將提供一百萬為酬。
>
> 心急的家人敬啟

十、租售啟事：

農地租售

雲林縣崙背鄉中正路土地肥沃共 100 甲旁有水郡灌溉方便

0912345XXX 鄭

十一、道歉啟事：

道歉啟事

本人○○○

未經○○數位影像股份有限公司之授權，擅自拷貝重製該公司擁有著作權之圖庫軟體並販售於○○拍賣網站，嚴重影響○○數位影像股份有限公司之權益與商譽，在此特別向○○數位影像股份有限公司及消費者公開道歉。並同時呼籲所有創意設計人共同尊重智慧財產權，勿以身試法。

道歉人：○○○

中華民國 101 年 05 月 05 日

十二、聲明啟事：

本公司服務員○○○君，已於○○○年○○月○○日離職，嗣後其簽約與交易之往來，概與本公司無涉，特此聲明。

○○食品股份有限公司

第十二章　啟事

十三、警告啟事：

近日來社區常有不明人士於半夜放置垃圾於社區路口，造成社區髒亂與住戶的不便，特此張貼警告，請大家發揮公德心，否則將訴諸法律絕不寬待。

李○○里長啟○○月○○日

十四、遷移啟事：

○○蛋糕店遷移啟事

○○蛋糕店由於受到顧客們的長期支持，業績不斷上升，本來的小店面坪數實在不堪使用，為了提供顧客更舒適的購買空間，也為了提升本店的經營品質，本店決定於○○年○○月○○日遷移至新址：

　　　　雲林縣斗六市中興路○○號

　　　　電話及傳真號碼不變　　代表號：(05)53○○○○

　　　　敬請舊雨新知繼續支持本店

十五、懸賞啟事

本部為求有利線索，以期早日緝凶歸案。凡有人獲知兇殺案死者年約30歲身高180體型壯碩的男子身分者或能提供破案消息者，請與本部聯絡。本部立即給予三十萬元破案獎金。並且本部絕對保密告密者分憤，並依法盡保障之責。

報案專線：05-XXXXXXX 專案組林組長

或親自至本部接洽雲林縣警察局啟

十六、鳴謝啟事：

> **鳴謝啟事**
>
> ○○此次參加○○國中第○屆校園美女選拔賽，承蒙全校師生盛情賜票，因而高票當選，特公告此啟示鳴謝！
>
> 　　　　　　　　　　　　　　　　　　　　吳○○　　鞠躬

十七、澄清啟事：

> 針對○○月○○日○○週刊報導之澄清說明如下：
>
> 有關○○月○○日○○○報導「○○糕餅店疑似添加防腐劑　消費者受害」乙事，針對媒體報導○○糕餅店店長○○○昨（5）日表示，此次純屬不實謠言，係由媒體誤會，本店鄭重澄清所有食品均使用天然食材，絕無添加任何防腐劑或化學添加物，並提供檢驗報告，特此澄清。
>
> 　　　　　　　　　　　　　　　　　　　　○○糕餅店敬啟

■應用練習

一、說明啟事的結構包含有哪些部份？

二、請試寫一份鳴謝啟事。

三、請試寫一份遷移啟事。

四、請簡述在哪些情況下啟事並不具有法律絕對效力。

第十三章 電報、傳真與電子郵件

科技昌明，通訊技術也日新月異，無論是電報、傳真或是電子郵件，都是二十一世紀的重要訊息傳遞媒介，改變傳統以文字互遞消息的方式，以更環保、更具經濟效益，亦更加迅速，縮短彼此之間的現實距離。因此，如何正確使用電報、傳真與電子郵件便是現代人所須學習與具備的技能，以下就此三種通訊方式來解說其：概說與種類、行文原則，以及範例。

第一節　電報、傳真與電子郵件概說與種類

一、電報概說與種類：

（一）淵流

電報是由美籍人士薩繆爾‧摩斯（SamuelMorse）所發明，並於1837年在美國取得專利。而同年在英國也有一條全世界最早真正投入使用營運的電報線路由查爾斯‧惠斯通（CharlesWheastone）及威廉‧庫克（WilliamCooke）發明並取得專利，這是一條大西方鐵路（GreatWesternRailway）裝設在兩個車站之間作通訊之用。除此之外，薩繆爾‧摩斯亦建立一套摩斯密碼係將文字及數字編碼，藉著改變電源開關兩種狀態時間長短訊號組合，讓收發電報者轉譯成所欲表達轉知的文字。

一開始，電報只能透過使用架在陸地上的電線進行通訊，1850年首條海底電纜橫越英吉利海峽，將英國及歐洲大陸聯繫起來。1866年橫越大西洋、1902年穿越太平洋的海底電纜分別完工，之後電報利用電纜，將消息傳遞更遠。十九世紀末更出現無線電報，此發明使流動通訊變成可能，不再侷限於電線傳送，成為二十世紀初，將訊息傳遞至遠方重要的方法。今日雖隨著通訊科技的發達，電報也僅能傳送單純的文字訊息，其使用確實已不如往日普及，但仍廣泛地使用在國際傳遞訊息，軍中亦甚常見。

（二）種類

電報的使用率雖然日易減低，然其何以曾稱霸全球通訊，普遍使用於各種管道與途徑，可以就其種類與特性加以說明：

第十三章　電報、傳真與電子郵件

1. **有線電報**：距離傳播範圍較短，但保密性佳。
2. **無線電報**：距離傳播範圍較長，但保密性低。
3. **明碼電報**：公家機關或私人用途皆使用廣泛。
4. **密碼電報**：較常用於政府或軍隊等單位，保密性極佳。

　　另外尚有公務電報及私務電報--以內容與性質區分；普通電報、急速電報--以速度區分等。

二、傳真概說與種類：

（一）淵流

　　傳真機全稱為 Facsimile，原自拉丁文「facsimile」，是影像掃描器、數據機及電腦印表機的一種合體，1913 年法國物理學家貝蘭製成第一部手提式傳真機，主要供新聞記者使用；隔年第一幅以傳真機傳送的新聞照片出現在巴黎的報紙上。1924 年，法國外交部長阿‧白里安從巴黎以傳真方式將一份親筆信傳送至美國華盛頓，首開國際傳真的先河。六〇年代拜電子科技所賜，傳真機質量大幅提升，且價格大幅度下降，令傳真機不再是電信局、報社獨攬的業務，公司行號甚至一般家庭皆可廣置傳真機。傳真機可將原稿上的圖像，以電波的方式，將各類資訊傳送至另一端的傳真機予以輸出，讓傳遞資料不再侷限於文字，也能讓圖表、影像在短時間內傳遞到遠處，自然且更為便捷。

（二）種類

　　傳真一直到現今科技普及的二十一世紀，仍是一種廣泛被機關或私人使用的通訊產品，它不僅可以傳接訂單證明、圖表與文字，也可以加裝電話線路成為傳輸與通話的複合機臺，沒有國界的限制，只是雙方都有傳真機，輸入傳真號碼後便可互通消息。另外，倘若對方沒有傳真機，也可使用間接傳真的方式來傳送訊息。亦即是利用便利商店或郵局等通路，付費使用傳真設備。依照傳真方式可以分成兩種：

1. **委託單位間的傳真與發送**：由發件人至郵務單位申請傳真，通過受理以後會將要發送的文稿內容傳送到發送目的地的所在營業地

點，該營業地點在收到此文稿後才將文件轉交給收件人。例如：傳真至臺灣以外地區的國家，多使用此方式。

2.傳真文件的儲存與再發送： 由發件人將文件內容及收件人的資料傳真到傳真業務單位，由單位幫忙傳送到指定收件人的傳真機。例如：至便利商店使用傳真機傳送至收件人所在傳真機。

三、電子郵件概說與種類：

（一）淵流

電子郵件（E-mail）是一種通過網際網路進行書寫、發送和接收消息的現代通訊工具，《網際網路周刊》：「1969 年 10 月，世界上的第一封電子郵件是由計算機科學家 LeonardK. 教授發給他的同事的一條簡短消息。」1971 年由為阿帕網工作的麻省理工學院博士 RayTomlinson 測試軟體 SNDMSG 時發出的，並且首次使用「@」作為地址間隔標示。[1]

另外伴隨著 Web 網頁瀏覽的興起，電子郵件更與其結合，可直接在網頁上傳遞、收取電子郵件，發送的方式與形式也更加多元。一封信不再侷限以純文字的形式撰寫，也可用 html 來呈現，另外也可夾帶（attach）檔案，在 WindowsLiveMessenger、Yahoo 即時通訊等通訊軟體未興盛前，現代人最多採行傳遞文字；電子檔案的方法，迄今也佔有極重要的地位。

（二）種類

就目前常見的電腦或 I--pad 等收發電子郵件，可分成 Web 網頁（像 IE、Firefox、Google 等）、Outlook 及 BBS 收發，可夾帶檔案。目前線上有提供多種免付費信箱供民眾使用，容量大小不一，可自行比較選擇。然而，無論是何種種類，倘若通信對象為長輩或師長，仍須合乎書信的格式規範，否則易有失禮的情形產生。例如：發送公務信函、應徵函等。

---

[1] 詳參維基百科：網址 http://zh.wikipedia.org/wiki/%E7%94%B5%E5%AD%90%E9%82%AE%E4%BB%B6，2012 年 6 月 30 日。

第十三章 電報、傳真與電子郵件

第二節 電報、傳真與電子郵件的行文原則

一、電報：

電報除了使用於私人訊息的傳遞外，更常用於政府公家機關上的公務對談，因此其書函行事亦應符合公文對應的格式要求，另外，由於電報的費用是以字計費，價格不斐，故在行文上以簡明扼要為主，然而這樣的要求也進階影響了行文方式語寫法，依照其結構可概略分為以下兩種類別：

（一）公務形式電報

發文或者收文者一方為機關單位，或機關單位互通消息，因此首要的便是分清楚彼此位階關係。此行文方式請參閱「函」類單元的說明，此處不復贅述。簡單來說，公務形式的電報內文可以分成三個部份：

1. 前文：收文者之名稱、日期、印。

須留意提稱語的位階關係為上行、平行或者下行，倘若為上行則可寫「鈞鑒」，平行可用「勛鑒」，下行則可使用「覽」字。

2. 正文：發文內容。

發文內容以簡明扼要卻不失禮的方式將所要傳達的目地講述請楚，並注意由於電報無標點符號，故於斷句上必須特別小心，以免造成閱讀誤會。另，電報亦不須使用抬頭。

3. 結尾：發文者之名稱、日期、印。

須留意結尾語的位階關係為上行、平行或者下行，倘若為上行則可寫「電請鑒核」，平行可寫「電請查照」，下行則可使用「電希照辦」等。另外，在結尾處註明清楚發文者的姓名，若為上行、平行，則可

於其後加「叩」字，下行則免。特殊的是電報的日期是用地支代表月，韻目代表日。

（二）私人形式電報

私下雙方彼此傳遞的個人訊息，格式可比照書信，亦分三部分：

1. 前文：收文者姓名、地址。

書寫結構與公文相似，卻更接近一般書信，其差別取決於收文或發文對象的身分關係。由於電報成本較高，因此倘若收文對象為平輩或晚輩，多可省略提稱語，只要將收文姓名與地址註明清楚即可。

2. 正文：發文內容。

發文內容以簡明扼要為主，能清楚傳遞發文者所要傳遞予收文者的目的內容即可。省略一切書信應酬用語。

3. 結尾：發文者的姓名、發文日期。

私人電報傳遞對象多為熟悉友人，故僅須簡單註明發文者姓名與發文日期即可，另為發文日期以「日」表示即可。

二、傳真：

傳真係為書面形式，因此其撰寫原則亦須按照傳送內容而有不同的格式要求，大略說來可以將內容分為前文、正文及結尾三部分，說明如下：

（一）前文：傳真時必須注意將收件者寫置信件首頁，因為收件單位或許是一間多人營運的服務機關，避免造成文件無法交遞至收件人手中，故須特別註明清楚。

第十三章　電報、傳真與電子郵件

（二）**正文**：以工整字跡手寫清楚或者使用 A4 或 LetterSize 的紙張輸出，並注意其字體、字距、行距皆要適中，否則傳真至收件者時可能墨跡會無法辨識。

（三）**結尾**：結尾處記得將傳真人姓名、發送日期標示清楚，否則收件人無法得知傳真是由何人發送。另外倘若傳真內容多達兩頁或以上，也要記得標明頁碼。

三、電子郵件：

無論以 html 或純文字形式傳送信件，電子郵件皆含括了收件者、標題、正文、附檔四部分。除正文部分須要注意格式規範，跟長輩或上級長官互相通信時更要注意其禮節。

（一）**前文**：包含有對方姓名、稱謂、提稱語等。

（二）**內文**：信件主要表達的內容。

（三）**結尾**：結尾敬語、署名、寄信時間等。

電子郵件其實可以說是書信的簡要版本，然而縱然簡要仍須遵守中文信函的格式規範，如稱謂、提稱語、結尾敬語、知照敬詞等，詳情請參閱「中文信函」章節的說明。

第三節　電報、傳真與電子郵件範例

一、電報範例：

（一）公務電報

1. **臺中縣政府請內政部速撥颱風風災專款電文（上行文）**

　　內政部○部長鈞鑒：○○颱風過境，本縣災情嚴重，前奉核定賑災專款敬速撥付。臺中縣長○○○叩午紙印。

2. **電令臺中縣政府教育局飭查案件電文（下行文）**

　　臺中縣政府教育局○局長鑒：本日報載貴縣○○國民中學發生○姓教育不當管教學生，致使學生身心嚴重受影響，希即查明具報。行政院教育部長○○○卯遇印。

（二）私人電報

　　外公病危促請即歸電文

嘉義市○○路○○巷○鄰○○號○○○：外公病危，速歸。○○。泰。

第十三章　電報、傳真與電子郵件

二、傳真範例：

（一）賀友新婚

> 林〇〇姐大鑑：欣聞
>
> 佳偶天成，敬祝
>
> 早生貴子
>
> 永結同心
>
> 　　　　　　　　　　　　　　妹〇〇〇敬賀　　101.6.6

（二）賀友得麟兒

> 〇〇弟：傾聞
>
> 天賜麟兒，敬祝
>
> 家庭美滿
>
> 幸福無疆
>
> 　　　　　　　　　　　　　　兄〇〇〇敬賀　　101.6.6

三、電子郵件範例：

應徵工作

寄件者：王小名＜wangshming@gmail.com＞

收件者：mangahmwng222@gmail.com

主旨：應徵國文教師一職

附檔：王小明個人履歷

張大明老師鈞鑒：

　　敝人由教育部教師甄試網公開聘任網站得知貴校將要徵選國文教師數名，因此來信應徵報明此職缺。隨函附上敝人簡歷及自傳，請查收。敬請張老師指正，亦祈不吝賜教為禱。謹祝

鐸安

晚王小名謹呈

民國一〇一年七月八日星期日

■應用練習

一、請說明傳真有哪幾種類別？寫作格式為何？

二、請說明電報與傳真郵件在傳寫上的差異，各自特點為何？

三、請試擬一封上行文公務電報。

四、請世擬一封祝賀友人高升之電報。

五、請撰寫一封應徵工作之 e-mail。

第十四章　東帖

柬帖的應用相當廣泛，舉凡婚喪喜慶、邀宴贈答等皆可見到柬短形式的文書。就內容而言，它比名片、便條更為簡要，也由於其使用頻繁因而發展出各式各樣種類與形式，在生活週遭代表人們傳達禮尚往來的美俗。

文具店有很多現成的柬帖供我們挑選，各式各樣，種類繁多，是不錯的選擇。雖是如此，但它們都是制式化，不一定契合我們的需求。所以，認識柬帖，懂寫柬帖是有必要的，不然如何挑選契合我們需求的柬帖，甚自行設計、撰寫別有風格的柬帖。以下就：柬帖概說、柬帖的類別與格式，以及柬帖範例等說明之。

第一節　柬帖概說

柬帖的字義與竹簡、帛布有關，「柬」與簡相通，是以竹簡書寫的意思，「帖」則是用帛布來書寫，應是源自於早期紙張尚未普遍流行之前或尚未發明的時代而產生。因此，柬帖又稱作簡帖，或稱請帖，是婚喪慶弔與應酬所用柬帖之總稱。一般而言，柬多用於私人性質之文書，帖則多用於公務往來之文書，是一類邀請收件者出席活動的函件，發訊者名義多數是組織活動的發起人或公關公司，上面有活動名稱及活動類型、日期、時間、地點指引等，又有聯絡人及聯絡方式。有些活動會要求參加者持請柬入場。

柬帖與便條，名片一樣，都是書信的變體，但是柬帖的形式與用語，比便條名片更為刻板而固定。是「書面通知」，大多以稍硬的紙張印成卡片或折疊式二種。在用紙片取代了木片、竹片、布帛之後，柬帖的美術設計和用料便越來越考究，由其它可代表一個人、一個家族，或一家公司等的風格。

第十四章 柬帖

第二節 柬帖的類別與格式

一、婚嫁類相關柬帖：

以往中式結婚柬帖多顯得莊重嚴肅，但由於民風漸漸開放，再加上講求創意、創新，現在的結婚柬帖多能夠凸顯新人自我特色，顯得俏皮又甜蜜，令收到柬帖的親友們不禁會心一笑，為新人們感到衷心祝福。概略上說來，同婚嫁相關的柬帖類別有：結婚柬帖、文定歸寧柬帖、邀請證婚人柬帖、母舅帖、親家帖、禮帖、謝帖等，分述如下：

（一）結婚柬帖： 結婚柬帖的內容主要是在公告親友關於婚禮日期與宴席地點等相關事宜，多於婚禮前半個月左右陸續寄發，有時親友為長輩或貴賓新人也可選擇親自送達柬帖，以表鄭重。此外，柬帖內容應該包括有：

1. 新人姓名。

2. 結婚日期、時間與地點。（倘若結婚與宴客分屬不同時間與地點，應標明清楚）

3. 具帖人名字。

4. 介紹人（媒人）名字。

5. 證婚人名字。（表示敬意，亦可省略）

6. 敬辭。如：闔第光臨。

另外須要注意的是，若是柬帖內並無加印「闔第光臨」，則可於封面印上「王○○先生全家福」等，以示禮貌。

（二）文定或歸寧柬帖： 文定是指女方於訂婚完聘後便宴客親友，歸寧則是辦於結婚典禮隔天。一般說來文定較常施行於臺

灣北部，又稱為「臺北禮」，臺灣南部則大多採用歸寧儀式。但現今由於親友彼此們都較為繁忙，且居住地分散各地集結不易，故採用怎樣的儀式多由新人與親友們共同商討決議，並無硬性規定或劃分南北規矩。然而依照選擇的不同，柬帖便分為文定與歸寧兩種，如前述，文定柬帖註明之宴客時間會早於結婚典禮，而歸寧則舉辦於結婚典禮之後，在製作上與寄發時間必須要特別注意。此外，二者柬帖皆應包含下述內容：

1. 結婚與宴客之日期、時間、地點、禮事等皆應寫明。

2. 新人與具帖人之稱謂與名字。

3. 邀請受帖人光臨。

4. 標註具帖人名字並表敬辭。

（三）**邀請證婚人柬帖**：婚禮邀請證婚人多選擇德高望重的長輩或在社會上頗具聲望的各界人士，也因如此，在聘邀證婚人時便要特別注意禮貌，由新人或具帖人親自帶著柬帖當面敦請，以表鄭重。

（四）**邀情介紹人柬帖**：婚禮中介紹人的聘請，除當面邀請外，亦須備帖致意，亦是鄭重。當今社會盛行自由戀愛，男女雙方大多先經交往，待感情成熟然後成婚，所謂介紹人多是臨時邀約請託的長輩、長官或同事，而所謂的媒人，也多僅止於禮儀的襄助。若遇此情形，則範例中「前承鼎言介紹」六字可予省略，而改為「前承俞允介紹」。另外，舉行結婚典禮時，所要請到的工作人員，有司儀、招待、男女儐相、出納、攝影、司機等，這些人員大多是些至親好友，可當面約請，柬帖可以從省；若為表示鄭重，則其柬帖的格式與一般結婚柬帖相同，只要將「恭請闔第光臨」

第十四章 柬帖

六字改為「敬請擔任司儀（或招待、儐相、出納、攝影）」即可。

(五) **母舅帖、親家帖**：從前請母舅妗的十二版帖，是以外甥（男結婚當事人）的名義具帖，並親自前往恭請，以示尊重。十二版帖的規格、字具有一定的規格，不可隨意更改，帖在禮品店、文具店有出售，也可依範例由自己製作。請岳父母的十二版帖，則是由男方主婚人具名發柬恭請姻親翁、母。其規格相同於請母舅妗的十二版帖。時下已很少使用十二版帖，所以結婚時，不分岳父母、母舅的柬帖，都以結婚柬帖邀請，而信封上亦一律稱「吳○○先生夫人」。但為表示尊重起見，應由新郎親自呈送為宜。

(六) **禮帖**：禮帖作法為宋裡單中首行寫「全福」二字；末行抬頭寫「賀（祝）敬」，下書送禮者署名。送禮者中第二行寫「謹具」，倒二句寫「奉申」，中為禮品名稱。另外須要注意的是，禮帖帖只須用紅色，並且禮品不宜準備單數，而大部分柬帖為求美觀多會以四字一行，將禮品項目對正排齊。

(七) **謝帖**：謝帖針對其領受與否而分為「領謝」、「璧謝」兩種。其寫法為以謹（敬）領起行，而領受物之名稱、單位都以領字來逐項列名，並以謝字平抬或單抬。此外謝帖上應載明：

1.「領謝」或「璧謝」。

2. 發帖人名字。

3. 謝意內文。

4. 敬使若干。

二、喪葬類柬帖：

人生必經之事--生老病死，因而衍生出許多事宜關乎祭祀、儀典、喪葬等。所謂「葬之以禮，祭之以禮」，便是大中華文化精妙之處。以下分別敘述關於柬帖、訃聞、謝啟等格式與內容：

（一）**報喪條**：報喪條函有通知之意，主要是在人去世之後，由喪家以紙條告知親朋好友關於此人過世的噩耗。早些年仍採用分送紙條的方式傳遞消息，今日由於時空與距離更為遙遠，故多以公告訃聞或登報來告諸親友，內容包有死者亡故及入殮的日期、時間。

（二）**訃聞**：「訃」是告喪的意思，「訃聞」是將死者的噩耗以書面通知其親友。訃聞內容應包括：

1. 死者的稱謂、姓名字號。

2. 死者的死亡日期（年、月、日）。

3. 死亡之原因和地點。

4. 死者出生年月日、卒年月日和享壽（年）之年歲。

5. 移靈地點。

6. 開弔日期、時間及地點。

7. 安葬日期、地點。

8. 訃告對象。

9. 主喪者及親屬具名。

10. 附註喪居（聯絡處）地址、電話等。

第十四章　柬帖

　　復文通常分自行印製與登報兩種，也有兩式並用。其中「聞」字、「訃告對象」（如戚、鄉、親、姻、寅、學、友、世等）以及「鼎惠懇辭」等字樣採用紅色套印；「聞」字，要較大，亦用紅色。八十歲以下用白紙印黑字，八十歲以上高壽之死者，不必紅色。如其名號可用紅色，亦可燃紅燭、送紅巾、收送紅輓幛，以及使用紅框之信封等。訃文中之「哀此訃聞」一語，多為長輩或平輩之喪用；「特此訃聞」多為卑幼之喪用；若治喪會等團體具名，則用「謹此訃聞」者多。訃聞具名者之下敬辭，依輩分及親疏遠近關係有所不同，近來多簡化為「泣啟」或「謹啟」、「敬啟」等字樣，亦有「泣血稽顙」、「泣稽顙」、「泣血稽首」、「抆淚頓首」、「拭淚頓首」、「淚襟衽」、「頓首」等。凡是將訃帖發載報刊，不另寄發者，宜加注「恕不另訃」字樣。訃聞依關係類別具名如下：

　　1. 由子女領銜具名的父喪訃聞。

　　2. 由子女領銜具名的母喪訃聞。

　　3. 由夫銜具名的妻喪訃聞。

　　4. 由妻銜具名的夫喪訃聞。

　　5. 由家屬具名與治喪委員會聯合具名的訃聞。

　　6. 由治喪委員會具名的訃聞。

　　7. 由機關團體具名的訃聞。

　　8. 宗教訃聞。

（三）謝啟

　　喪家表示謝意的柬帖為「謝帖」分為領受的謝啟與感謝臨悼的謝啟兩種。後者若刊登於報刊稱為「謝啟」。領受禮物用「謝領」啟行，懇請餽贈或領受部分禮品用「璧謝」或「領受○件外餘璧謝」。「謝」

字須抬頭，並將領受物品之名稱、數量、單位逐項列，並明具謝帖人姓名。感謝臨悼的謝帖的內容，須包括：

1. 領受與否。

2. 死者稱謂與姓名。

3. 對長官親友的送禮弔唁表其謝意。

4. 具謝帖人姓名。

5. 敬使若干。

另外，一般喪葬用之謝啟依關係類別具名如下：

1. 由子具名（父喪）。

2. 由子舉名（母喪）。

3. 由夫具名（妻喪）。

4. 由妻具名（夫喪）。

5. 由長孫與女婿聯合具名（祖母喪與岳母喪）。

6. 由兄具名（喪妹）。

並且，訃聞柬帖有其固定格式與特殊用語，故寫作須注意：

1. 時地須確切：柬帖上必須載明喪葬之既定時間與地點，發送柬帖亦有其講究，不宜過早或太遲。

2. 關係須分明：寫作時應注意，具帖人與柬帖當事人與對受帖人之關係，與發帖之原因、用語。

3. 格式須符合：柬帖具有一定之格式，不可任意改變。

4. 用語須恰當：喪葬柬帖有其用語，應妥當運用，以免錯誤。

此外，訃聞應以：

甲. 黑色筆填寫。

乙. 只填寫一人（先生或夫人）不可聯名。

丙. 封面不寫收或啟。

丁. 收件地址不高過人名。

戊. 喪宅地址要比對方地址低。

己. 對方收到訃聞十月於三～五天後才出殯。

庚. 不寄限時或掛號信。

三、其他一般應酬之柬帖：

舉凡慶祝壽誕、彌月、喬遷、落成、開張、揭幕、接風、洗塵、尾牙、謝師、同學會等皆屬於日常生活中普遍常見的應酬交際，因而由此衍生出許多種樣式的柬帖、邀請函。記得必須載明其舉辦事由、是否備筵、日期、時間、地點，另外為表敬意，目的敬辭與名下敬辭要特別注意附上，並注意是否使用適切。最重要的便是要於柬帖最後寫上敬邀人署名，否則此封柬帖易此收件人感到模糊，增添他人困擾。

第三節　柬帖範例

一、結婚柬帖：

（一）由男方家長具名

謹詹於中華民國〇〇〇年〇月〇日星期〇為〇〇〇與〇〇〇先生令嬡〇〇小姐舉行結婚典禮　恭請

光臨

蔡〇〇　楊〇〇

〇

〇F〇時恭候

設席：自宅

（地址・電話）：（〇〇）〇〇〇〇

（二）由男女當事人具名

我倆交往多年，經雙方家長同意謹訂於民國〇〇〇年〇月〇日（星期〇）〇午〇時在雲林縣地方法院公證結婚〇午〇時在雲林縣斗六市中正路〇〇號自宅敬治喜筵　恭候

光臨

楊〇〇　蔡〇〇

〇

（電話）：

時間：〇午〇時〇分入席

第十四章　柬帖

二、歸寧柬帖：

> 謹詹於中華民國○○○年○月○日
> 為長女○○與彰化縣林○○先生吳○○
> 女士令郎○○君舉行歸寧喜筵　恭請
> 闔第光臨
> 　　恕邀席設：自宅
> 　　時間：中午十二時敬請準時入席
> 　　　　　　　　　楊○○　鞠躬

三、文定柬帖：

> 謹詹於中華民國○○○年○月○日
> （農曆○○○年○月○日）星期○為
> 長女○○與彰化縣林○○先生吳○○
> 女士令郎○○君舉行文定典禮並敬備
> 喜筵　恭請
> 闔第光臨
> 　　恕邀席設：自宅
> 　　時間：中午十二時敬請準時入席
> 　　　　　　　　　楊○○　鞠躬

四、邀請證婚人柬帖：

> 前承先生介紹並徵得雙方家長同意謹訂於中華民國○○年○○月○○日（星期○）下午○○時舉行結婚典禮 屆期 恭請
>
> 陳○○先生
>
> 福證
>
> 楊○○ 拜上
>
> 禮堂設○○大飯店○廳

五、邀請介紹人柬帖：

> 前承 先生介紹舍妹○○與○○○君結婚茲於○月○日（星期○）下午○時身舉行婚禮 屆期 恭請 惠臨賜訓
>
> ○○○ 拜上

六、禮帖：

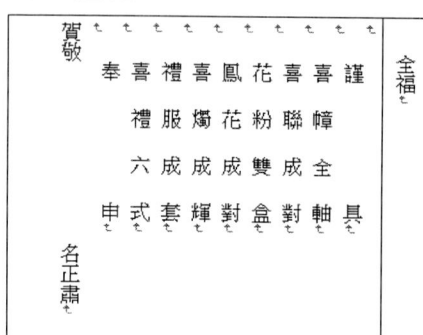

> 賀敬
>
> 奉禮六申 喜禮服成式 喜燭成套 鳳花成對 花粉聯盒 喜成雙對 謹幛全軸 全福具 名正肅
>
> 七、謝帖：[1]

（Thank You 謝帖：敬領＿＿＿先生／小姐　禮金＿＿＿元　謹此致謝　感謝您的蒞臨一同分享我們的喜悅）

---

[1] 圖片來源：〈結婚謝帖範例〉https://tw.images.search.yahoo.com/search/images?p=%E7%B5%90%E5%A9%9A%E8%AC%9D%E5%B8%96%E7%AF%84%E4%BE%8B&fr=mcafee&type=E210TW91215G0&imgurl=http%3A%2F%2Fwww.tybook.com.tw%2Fupload%2Fproduct%2Fupfiles%2F201312%2F16%2Fmark_138720461 1_80.jpg#id=84&iurl=https%3A%2F%2Fdown-tw.img.susercontent.com%2Ffile%2Ftw-11134207-7r990-lqoeu6la8z4o9d&action=click。

第十四章　柬帖

八、訃聞：

顯考○代大父○公諱○○府君慟於中華民國○○年○月○日（農曆○月○日）○時壽終
正寢距生於民國○○年○月○日（農曆○月○日）享壽／享年○○歲　不孝男孝女孝孫等隨侍在側
親視含殮遵禮成服停柩在堂謹擇於民國○○年○月○日（農曆○月○日）星期○中午○時○分假
○○殯儀館○○禮堂家奠○○時○○分公奠禮隨即發引安葬於○○公墓。

　　　　　　　　　　　　　　　　　　　　　　　　　　　　　　　　　　　此　訃
　　　　　　　　　　　　　　　　　　　　　　　　　　　　　　　　　　（恕不另計）

　　　　　　　　　　　　　　　　　　　　　　　　　　　　　　　　　　　　　聞

族寅學鄉誼世友戚親姻

　　　　　　　　　　　　　　　　　　　　　　　　　　　　　　　　　　男　　　　孝　　……（適○）
　　　　　　　　　　　　　　　　　　　　　　　　　　　　　　　女　孝　　　　　　　　　　　　　　
　　　　　　　　　　　　　　　　　　　　　　　　　　　　　　　孫　　孝　　　　　　　　　　　　　　
　　　　　　　　　　　　　　　　　　　　　　　　　　　　　　　孫女　孝　　　　　　　　　　　　　　
　　　　　　　　　　　　　　　　　　　　　　　　　　　　　曾孫　孝　　　　　　　　　　　　　　　　
　　　　　　　　　　　　　　　　　　　　　　　胞兄　　　　　　　　　　　　　　　　　　　　　　　　
　　　　　　　　　　　　　　　　　　　　　　　胞姊　　　　　　　　　　　　　　　　　　　　　　　　
　　　　　　　　　　　　　　　　　　　　　　　胞弟　　　　　　　　　　　　　　　　　　　　　　　　
　　　　　　　　　　　　　　　　　　　　　　　胞妹　　　　　　　　　　　　　　　　　　　　　　　　
　　　　　　　　　　　　　　　　　　　　　　　胞姪　孝　　　　　　　　　　　　　　　　　　　　　　
　　　　　　　　　　　　　　　　　　　　　　　胞姪女　孝　　　　　　　　　　　　　　　　　　　　　
　　　　　　　　　　　　　　　　　　　　　　　堂　　　　　　　　　　　　　　　　　　　　　　　　　
　　　　　　　　　　　　　　　　　　　　　　　姊夫　　　　　　　　　　　　　　　　　　　　　　　　
　　　　　　　　　　　　　　　　　　　　　　　妹婿　　　　　　　　　　　　　　　　　　　　　　　　
　　　　　　　　　　　　　　　　　　　　　　　姪婿　　　　　　　　　　　　　　　　　　　　　　　　

閱

（族繁不及備載）

宗親代表：○○
聯宗代表：○○
金門毛氏金門縣宗親代表：○○○○
電話：○○○○○
勤務：○○○○○
行銷：○○
總幹事：○○
副總幹事：○○、○○、○○、○○、○○

九、謝帖公祭單：

```
中華民國　　年　月　日        敬叩        先生寵賁        謝
                                                奠儀新台幣　　　元正
                                                花籃　　個　水果籃　　對
                                                花圈　　個
                                                花車　　台對　　聯
                                                罐頭籃　　對陣頭　　付
                                                泣領
```

十、其他各式柬帖：

（一）兒子滿月柬帖

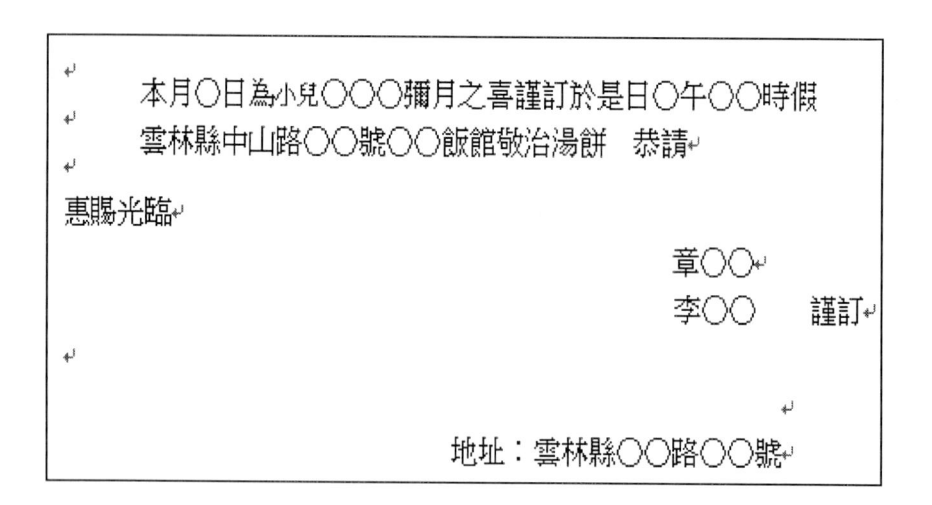

```
    本月○日為小兒○○○彌月之喜謹訂於是日○午○○時假
雲林縣中山路○○號○○飯館敬治湯餅　恭請
惠賜光臨
                                            章○○
                                            李○○　　謹訂

                              地址：雲林縣○○路○○號
```

第十四章　柬帖

（二）開業柬帖

```
　　本公司為擴大服務親愛的客戶新建營業處已竣工謹詹於民國
　　○○年○○月○○日（星期○）○午○○時隆重揭幕　恭請

李部長○○剪綵敬備西式餐點　恭候

蒞臨指教
                                                    章○○
                                                    李○○　敬邀
                                        地址：雲林縣○○路○○號
```

（三）遷居柬帖

```
　　本月○○日為喬遷之喜謹訂於是○午○○時敬備菲酌　恭請

惠賜光臨

                                                    章○○
                                                    李○○　謹訂

                                            席設：新宅
                                      地址：雲林縣○○路○○段○○號
```

（四）一般宴客柬帖

```
謹訂於本月〇〇日〇午〇〇時敬備菲酌　恭請

台光

　　　　　　　　　　　　　　　　　　　李〇〇　鞠躬

　　　　　　席設：〇〇飯店〇〇樓〇〇廳
　　　　　　地址：雲林縣〇〇路〇〇段〇〇號
```

（五）春酒柬帖

```
謹訂於〇〇年〇〇月〇〇日〇〇時假〇〇〇舉行〇〇年
春團拜敬備酒會藉此歡敘屆時務請

惠賜光臨

　　　　　　　　　　　　　　　　　　　吳〇〇謹訂
　　　　　　地址：雲林縣〇〇路〇〇段〇〇號
```

第十四章　柬帖

（六）謝師宴柬帖

> 謹訂於○○年○○月○○日○○時假○○餐廳舉行○○年度「謝師宴」敬備菲酌藉此歡敘屆時務請
>
> 惠賜光臨
>
> 　　　　　　　　　○○級漢學所碩士班全體畢業生　敬邀
> 　　　　　　　　　地址：雲林縣○○路○○段○○號

（七）校慶柬帖

> 謹訂於○○年○○月○○日○○時假○○○舉行○○年校慶慶祝大會敬備酒會屆時務請
>
> 蒞臨指導
>
> 　　　　　　　　　○○大學董事長　章○○
> 　　　　　　　　　○○大學校長　王○○　敬邀
>
> 　　　　　　　　　地址：○○縣/市○○路○○段○○號

（八）尾牙柬帖

> 謹訂於○○年○○月○○日○時假○○○舉行○○年歲末尾牙敬備菲酌藉此歡敘屆時務請
>
> 惠賜光臨
>
> 　　　　　　　　　　　　　　　　　　　李○○　敬邀
>
> 　　　　　　　　　地址：雲林縣○○路○段○○號

■應用練習

一、試解釋下列名詞：

　　（1）文定

　　（2）歸寧

　　（3）蒞臨指導

　　（4）闔第光臨

　　（5）謹訂

二、試擬一份遷居柬帖。

三、試擬一份尾牙柬帖。

四、說明柬帖的格式與類別。

第十五章 慶弔文

人生不如意之事十之八有，況且生老病死事人生常態，每個人都會經歷的生命過程，因此，婚喪喜慶的慶弔文一直是華人社會當中不能免俗的書面形式文案。禮尚往來之間，彼此互道恭喜，分享喜悅；當親友離去，也透過祭悼同表哀淒，相互安慰。有鑑於此，學習慶弔文的寫作方法便是相當實用的學問，透過本單元的介紹，希望未來當讀者使用慶弔文時，皆能信手拈來。以下就：慶弔文概說、慶弔文的類別與結構、慶弔文的作法與用語，以及慶弔文範例等說明之。

第一節　慶弔文概說

現今社會人與人之間交際繁複，有時候許多應酬文字便須以嚴肅莊重的言詞來書寫，斟酌用句、文雅適宜，因此便說明慶弔文為何如此重要了。概略分別，慶弔文是指慶賀、祭弔兩種文體。古時有祭鱷魚文、祭妹文傳世，雖然文體與慶弔文有所差別，但卻可以證明倘若慶弔文書寫得宜，音韻協調，讀之鏗鏘肺腑，常可流芳百代，傳誦千古。故，下筆行文時，務必銖字必較，態度慎重。

《國語・越語》記載：「弔有慶，賀有喜。」臺灣社會受儒家思想薰陶，重視講求倫理與禮儀，加上臺灣人的人情味濃郁，注重人際關係之經營，並追圓滿與卓越化，人人難免須有喜慶喪祭之交際應酬語社交往來，故慶弔文仍為現代社會所必須。其種類繁多，舉凡婚嫁、頌讚、祝賀、上樑、添丁、遷移、開業等，都包含在其中。祭弔文則包括報喪、悼亡所為之聯幛、祭文、弔辭、、哀啟、行述等，合稱為弔祭文。

第十五章 慶弔文

第二節 慶弔文的種類與結構

一、慶賀文：

所謂「慶賀文」就是慶賀別人喜事的應酬文字，諸如：壽誕、開業、婚嫁、添丁、入厝、升遷等。觀其性質，慶賀文多用於表達祝賀或稱頌，常會被視為端莊文雅的詞彙，粗略可分為徵啟、壽序、頌詞三類：

（一）**徵啟**：《文心雕龍·書記篇》云：「啟者，開也，開陳其事也。」任何吉慶喜事皆可有徵文啟事，而這其中又以徵求祝壽之詩文最為有名。一般來說，徵啟是一種公開書信，它並沒有固定的對話對象，例如子孫可以為其尊親來徵求祝壽詩文，當然倘若自身頗有文墨亦可自己撰寫事略。另外，徵啟的文字長短並無限制，文體亦無嚴格規定，例如現代人由於事務繁雜，凡事講求簡便快速，也因此越來越少用到徵啟這項文式。

（二）**壽序**：序是一種文體類別，多置於文章前篇，主要是為了陳述作者己身的行文想法或寫作契機，依目的不同而有不一樣的創作，大致上可以粗略分為書序、贈述與壽序三種類別：

1. **書序**：如〈詩序〉、〈太史公自序〉等類，是為書序。

2. **贈序**：如韓愈〈送董邵南序〉、〈送李愿歸盤古序〉等類，是為贈序。

3. **壽序**：壽序原是由「贈序」中衍生出來的文體，原是用於祝壽的詩詞短句，後來漸發展成無詩詞的序文，又稱為壽言。內容多在推崇壽星的平生功業事、文采素養，

抑或是高潔品格。此風潮最初始於明朝中葉，後至清朝而大盛。方苞的〈張母吳孺人七十壽序〉便有此說：「以文為壽，名人始有之。」

（三）頌詞：《詩·大序》：「頌者，美聖德之形容，以其成功，告神明者也。」另《文心雕龍·稱贊篇》亦云：「頌者，容也，所以美聖德而述形容也。」由此可以得知頌詞是一種對受賀者讚美褒揚的辭類，常出現在詩歌當中，例如〈詩經·關雎〉、〈詩經·麟之趾〉、〈詩經·鴛鴦〉等，讚頌的對象雖皆不同，但言詞卻是相同的華美。此外，「頌」的前後都可以立序言，依作者是判定其實際須要，但要注意的是文具應盡量根據事實書寫，即使稍見溢美，亦不可過度誇而不實。

二、弔祭文：

祭弔文發展年代淵遠，衍生出許多種迥異複雜的文體，且其發展順序與體例也難以辨別、考證，自來被歷代文學家所爭論，倘若依其文體概略區分大致上可以分為傳狀、哀祭與碑誌三種類別：

（一）傳狀類：傳、述、狀、事略、行狀、行述、家傳、傳略、逸事狀。

（二）哀祭類：誄辭、弔文、悲文、哭文、祭文、輓辭、輓聯、輓幛、訃文、哀章、哀辭、哀冊文、哀文、哀策、哀頌、哀啟、追悼啟、唁函、謝啟、告斂文、啟靈文、告窆文、祝文。

（三）碑誌類：墓碑、墓表、墓甎記、墓版、墓銘、墓誌、靈表、神道碑、權厝誌、歸祔誌、遷祔誌、蓋石文、葬誌、誌文、墳記、壙志、壙銘、塔銘、埋銘、續誌、阡表。另外，目

第十五章　慶弔文

前較常被世人所使用的祭弔文文體，可分為行狀、哀啟與祭文三種類別：

1. **行狀**：行狀往往附於訃聞，文字內容有褒無貶，但仍然不可偏離事實。主要陳述死者的生平事蹟、家族系表（生卒年月）等，並為其定諡號，又名「狀」、「述」、「行誼」、「事略」等。

2. **哀啟**：所謂哀啟，是由遭逢喪事者，以文詳述死者的世系、名字、爵位、里籍、學歷、經歷、嘉言、善行、事功、學術、病情、年壽等，告知親有關於死者的生前與臨終狀況，行文格式與行狀相仿，然而其文體形式卻隸屬於報告性質類。

3. **祭文**：《文選》：「祭文之用有四：祈禱雨暘、驅逐邪魅、干求福降、哀痛死亡。」《文心雕龍·祝盟篇》：「禮之祭祀，事止告饗；而中代祭文，兼讚言行，祭而兼讚，蓋引申而作也。……是以義同於誄，而文實告神，誄首而哀末，頌體而祝儀。……祈禱以式，必誠以敬，祭奠之楷，宜恭且哀。此其大較也。」祭文主張真摯的情感流露，詞藻不宜過於華麗不實，歷來諸如韓愈〈祭十二郎文〉、袁枚〈祭妹文〉等，皆為自然動人、言詞典雅哀戚的好文章。另外，自古祭文體類繁多，大致上可區分為六種類別：

    甲. **楚騷體**：此體源自於〈楚辭·招魂〉，此體之祭文，迴環婉轉，感人至深，如韓愈〈祭田橫墓文〉、袁枚〈祭程元衡文〉。

    乙. **駢儷體**：此體始於六朝，以儷辭奠祭，如謝惠連〈祭古冢文〉、顏延〈祭屈原文〉。祭文用駢體者，有陶

潛〈自祭文〉、劉令嫻〈祭夫徐敬業文〉。文體都用四言對仗。

丙. **文賦體**：唐宋時期，用駢體所作之賦，世稱文賦，如杜牧〈阿房宮賦〉、歐陽脩〈秋聲賦〉、蘇軾〈赤壁賦〉，押韻自由，可通篇用韻，亦可轉換數韻，無固定之格式。

丁. **散文體**：散文體祭文，無字數、句數、對仗、平仄、押韻之限制，與普通散文無異敘，只要敘述自然流利，能表達悲哀之情即可。唐宋以來，傳下許多散文體祭文佳篇，如韓愈〈祭十二郎文〉、袁枚〈祭妹文〉。

戊. **四言體**：此體為《詩經》〈衛風・二字乘舟〉及〈秦風・黃鳥〉之遺制，或駢或散，平仄協調與否，並無限制，但須押韻即可。如韓氏之〈祭河南張員外文〉、〈祭侯主簿文〉、〈祭虞部張員外文〉、〈祭穆員外文〉。王氏之〈祭范潁州文〉等，都是傳世佳作。

己. **六言體**：此體由六朝之六言詩變化而來，如韓愈〈祭郴州史君文〉。六言體句法刻板，缺乏姿采，故用之者甚少，僅聊備一格而已。

第十五章　慶弔文

第三節　慶弔文的作法與用語

一、慶賀文：

慶賀文觀其名稱便可知曉其為表達祝賀或稱頌的文體，因此體裁較為莊重雅緻，粗略可分為徵啟、壽序、頌詞等三種類：

(一) **徵啟**：徵啟本身字義具有徵求之意，古時在寫徵啟時多講究用韻並對仗，但隨著時代變遷、白話文的興起，現在的徵啟以能夠傳達其意為主。

(二) **壽序**：序主要為他人所贈別詩歌而作，古時喜用駢體，意境高遠，用韻巧妙。今日則崇尚自然，以文雅不失莊重的白話文書寫即可。

(三) **頌詞**：頌多用於讚揚，表稱頌之意。古時多以四言駢體、一韻到底，長短不一，無特定格式，試舉〈魯頌‧閟宮〉為例：

「閟宮有侐、實實枚枚。赫赫姜嫄、其德不回。上帝是依、無災無害。彌月不遲、是生后稷、降之百福。黍稷重穋、稙稺菽麥。奄有下國、俾民稼穡、有稷有黍、有稻有秬。奄有下土、纘禹之緒。后稷之孫、實維大王。居岐之陽、實始翦商。至于文武、纘大王之緒。致天之屆、于牧之野。無貳無虞、上帝臨女。敦商之旅、克咸厥功。王曰叔父、建爾元子、俾侯于魯。大啟爾宇、為周室輔。乃命魯公、俾侯于東。錫之山川、土田附庸。周公之孫、莊公之子。龍旂承祀、六轡耳耳。春秋匪解、享祀不忒。皇皇后帝、皇祖后稷。享以騂犧、是饗是宜。降福既多、周公皇祖、亦其福女。秋而載嘗、夏而福衡。白牡騂剛、犧尊將將。毛炰胾羹、籩豆大房。萬舞洋洋、孝孫有慶。俾爾熾而昌、俾爾壽而臧。保彼東方、

魯邦是常。不虧不崩、不震不騰。三壽作朋、如岡如陵。公車千乘、朱英綠縢、二矛重弓。公徒三萬、貝冑朱綅。烝徒增增、戎狄是膺。荊舒是懲、則莫我敢承。俾爾昌而熾、俾爾壽而富、黃髮臺背、壽胥與試。俾爾昌而大、俾爾耆而艾、萬有千歲、眉壽無有害。泰山巖巖、魯邦所詹。奄有龜蒙、遂荒大東。至于海邦、淮夷來同。莫不率從、魯侯之功。保有鳧繹、遂荒徐宅。至于海邦、淮夷蠻貊。及彼南夷、莫不率從。莫敢不諾、魯侯是若。天錫公純嘏、眉壽保魯。居常與許、復周公之宇。魯侯燕喜、令妻壽母。宜大夫庶士、邦國是有。既多受祉、黃髮兒齒。徂來之松、新甫之柏。是斷是度、是尋是尺。松桷有舄、路寢孔碩。新廟奕奕、奚斯所作。孔曼且碩、萬民是若。」

二、祭弔文之作法與用語：

祭弔文主要為表達情感愁緒，宣達哀戚之意，故僅要文字莊重適切，並沒有多大的格式限制應如何行文，而弔文、哀辭、誄辭、悲文、哭文等文體皆屬之，如下述：

（一）**弔文**：追悼死者，表達生者之哀淒，如賈誼〈弔屈原文〉、李華〈弔古戰場文〉等。

（二）**哀辭**：蘇軾《答秦太虛書》：「程公辟須其子履中哀詞，軾本自求作，今豈可食言。」袁枚《隨園隨筆·辨訛》：「晉摯仲洽曰：『凡作哀詞者，皆施於童殤夭折，不以壽終之人。』」對年幼晚輩早逝表達傷憫，如曹植有〈行女哀辭〉、潘岳〈金鹿哀辭〉等。

（三）**誄辭**：郎瑛《七修類稿·詩文一·各文之始》：「誄辭、哀辭、祭文，亦一類也，皆生者悼惜死者之情，隨作者起義而已。」如〈楊荊州誄〉、〈楊仲武誄〉、〈夏侯常侍誄〉、〈馬汧督誄〉等，傳誦千古。

第十五章　慶弔文

（四）**悲文**：悲文相仿於弔文，皆為宣達傷痛的文體。如：蔡邕〈悲溫舒文〉。

（五）**哭文**：同上，哀嘆他人離去之殤。

（六）**墓誌銘**：墓誌銘為祭弔文中最隆重者，傳世之作，亦遠較他體為多。人死後，葬者慮陵谷變遷，後人不知為誰氏之墓，故傳墓誌銘埋於壙前三尺之地，用正方兩用相合，一刻銘，一題死者之世系、名字、里籍、行誼、年壽、卒葬年月、與其子孫大略，而平放於柩前，始後日有所稽考。誌文似傳，銘語類詩。為古之有誌者不必有銘，有銘者不必有誌，以有誌銘具備，而係二人所作者。墓誌銘之作，駢散均宜。誌文應詳敘死者之生平之子孫概況，不必押韻。銘詞則為死者生平事蹟之濃縮，並須稍加揄揚，其體以四言句最為通行，間亦有三言、五言、六言、七言者，惟偶數句均須押韻，可一韻到底，亦可換韻。總體而言，墓誌銘於用語上應涵蓋三點：

1. 宣達死者在事功上的成就。

2. 闡述死者逝世後的影響。

3. 暢發對死者悲悼之情。

此外，尚有墓碑、墓表、靈表、阡表、神道碑諸體，古時所詩各別，不容淆亂，今人以不採用，故從略。現代人較常用者為：

1. **哀章、哀文**：為父母先逝，報答養育之恩，頌恩表德為主。

2. **奠章、祭文**：通常行三獻禮或舉行告別式時外家族頌揚其生平之祭文。

3. **誄詞**：本宗族有特殊貢獻或光宗耀祖者頌揚其功德。

4. **弔詞**：各機關或一般親友，哀悼生平事蹟、生榮死哀為原則。

5. **銘誄**：記載先逝者一生功德，為國為民為地方服務之經歷。

第四節　慶弔文範例

一、婚嫁：

　　有關婚嫁的應用文有結婚證書、禮單、喜幛、喜聯、四句等。

（一）禮單

1. 下聘的禮單：

謹具
聘金新臺幣一百萬元整名雅禮盒一千盒
鑽石項鍊、鑽石耳環、金戒指、金手環各兩對、勞力士手錶兩對
添妝錢八十萬元整酒水錢三十萬元
請
收納

　　　　　　　　　　　　　　　　　　　　　　　○○○鞠躬
---

2. 女方回聘的禮單：

謹璧還
聘金五萬元
酒水錢十萬元
名雅禮盒二十盒
并此
敬謝

　　　　　　　　　　　　　　　　　　　　　　　張○○鞠躬

第十五章　慶弔文

（二）喜幛

　　結婚時，親友大都會送現金為賀禮，一些政治人物會送喜幛作賀禮，也有送喜聯為賀的。喜幛是用彩段布幅，在其上面貼上金紙剪成之祝頌之詞，如「天作之合」、「永浴愛河」等。喜聯大都用紅色宣紙上，用墨水或金箔書寫聯與作為慶賀，有時聯語內可以嵌上新郎、新娘之名字，或其他祝賀詞均可，如：

兩姓合婚城大禮
夫妻恩愛百年春

（三）四句

　　臺灣客家人喜、慶、喪事都會講四句，含有祝頌慰唁之意，目前客家鄉村舊俗仍然沿為重要的儀節，亦可見客家文化禮文之深入人心。茲列舉客家有關嫁娶告祖四句範例，以供參考。

1. 雙婚講四句（二首）

兄弟小登科，喜是您家多；鴛鴦祈福祿，琴瑟百年合。
于飛雙雙，喜事重重；相敬相愛，夢羆夢熊。

2. 新娘上轎講四句（二首）

　　新娘出嫁上轎時，除家長灑茶酒於轎頂及轎後左、右、中分擲三炷香外，新娘母親口中唸唸有詞：「上轎大吉，一路平安，尊敬公婆（翁姑），和睦兄嫂（妯娌）百年偕老，子孫滿堂。」

喜氣洋洋，來看新娘，八人大轎，十分風光。
熱熱鬧鬧，新娘上轎，吉日過門，好行婦道。

3. 新娘下轎講四句《轎夫討紅包》

新娘下轎戴紗羅，百摺紅裙賴地拖。
拿出紅包分賞賜，齊說合婚貴子多。

二、慶賀：

慶賀種類甚多，除前述結婚外，有壽誕、添丁、遷居、開張、上樑、陞遷、校慶等。此以壽誕為例：

1. 男壽徵文啟

> 竊維數積靈椿，衍八千之上紀；福臻錫範，陳九五之紅疇。錫以永年，傳為盛事。不有騷客宣揚之詞，文人歌頌之章，則何能生色錦堂，增輝玉杖乎？
>
> ○○月○○日，為
>
> 林○○先生九秩晉八懸弧大慶，客家耆宿，福壽完人，凡屬葭孚姻親，與夫鄉閭故舊，允宜躋公堂而酌酒，製句為聯；祝海屋之添壽，賦詩成什。

2. 女壽徵文啟

> 竊為蟠桃獻瑞，早登王母之盤；玉液傾香，宜醉麻姑之酒。祥開綵○，慶溢慈幃，其足彰淑德而表芳徽者，瑞賴賦陽春而歌天保也！
>
> ○○月○日，為
>
> ○母○夫人○旬設悅華誕，鍾型郝範，歐荻孟機。寶婺騰輝，煥中天之光耀；璇潤式訓，增女界之榮華。凡屬桑梓後生，絲蘿戚好，允宜躋公堂而上壽，祝海屋之天籌也。○○等素養坤儀，愧無藻思，所願文壇碩士，與夫藝苑騷人，掃筠管之煙，宣揚令德；裁桃花之紙，頌表芳徽。幸錫瑤章，敢為嚆引。謹啟。

第十五章　慶弔文

3. 雙壽徵文啟

竊為康寧協吉，五幅為好德之徵；極婺齊輝，雙星乃休時之瑞。古者因事致敬，則相與為詞，以誌不忘，故凡彝鼎標題，敦槃款識，亦往往祈以永命萬年也。
○○月○○日，為
○母○夫人○旬雙壽令誕，弧帨同懸，茂美交柯之樹；極嬋何耀，翱翔比翼之禽。凡我葭莩姻親，梓桑交好，均宜奉觴上壽，頌百福而佐雙杯。然而不習謳歌，豈堪祝嘏；為工頌禱，何以祈年？○○等美德共欽，後塵願附，為祈文壇碩宿，賦新詩而祝岡陵；藝苑詞人，製麗句而輝玉杖。庶幾天保久如之什，不得專美於前也。用弁數言，以彰盛德；拋磚引玉，幸錫佳篇。

王○○謹啟

4. 祝政界通用壽序

維
中華民國○○年○○月○○日，為
○○先生○旬大慶。鶴鶱雲端，鴻通耀臺光於南極；鳳鳴瑤闕，龍纏開壽域於東來。於天如日偏長，在地如山不老！冠裳衍慶，山騰海歡，恭維先生天上石麟，申前金粟。心澄四照，泝流洙泗之波；掌握雙峰，並峙嵩衡之岳。徽猷保文，既大造於百年；偉烈循，更茂揚於四履。鳥御花至，槐蔭同桃實爭輝；麟繫紱來，綏色並海籌競算。紅綃幾簇，玉樹千尋；客泛蓮池，蓮開院，賓僚畢集，耆舊同臨。看海上三仙，人間鼎列；喜春山之九老，席上稱觥。所謂得一為貞，壽身壽民壽國；持三不朽，立德立言立功，百福同綏，萬代弗替。○○等心存酌醴，慶遇懸弧，蕾悃應輸，葵忱齊向。仰德星之燦爛，契恰椒蘭；何甘露之霏微，義垂金石。故園有夢，每存猿鶴之思；仙鼎得逢，冀幸雞犬之附。五百年明世，此時為然；八千歲春秋，方今伊始矣！謹序。

5. 祝壽講四句（二首）

（1）壽星降生係今天，神全身健樂陶然；

再添福壽百過歲，榮華富貴子孫賢。

（2）華堂今朝開壽筵，繞膝兒孫盡孝賢；

壽比南山千載在，福如東海樂忘年。

6. 點壽燭講四句（二首）

（1）點燃壽燭‧照耀壽顏；福如東海，壽比南山。

（2）壽燭雙輝，壽星展眉；兒孫綵舞，獻上瑞芝。

7. 祝壽並娶新娘講四句（三首）

（1）祝壽又喜討新嫂，華誕新婚合兩好；壽星年年福壽添，兩姓合婚行到老。

（2）今日祝壽喜洋洋，又迎新娘大吉祥；壽祝三多春不老，婚聯二姓子孫昌。

（3）壽星今日正風光，新娘今日入新房；一願老人添福壽，三願新娘早弄璋。

8. 入新屋講四句（二首）

（1）向陽坐落好屋場，地靈人傑兩相當；從此光彩生門戶，卜爾子孫熾而昌。

（2）大廈落成好輝煌，子孫滿院喜滿堂；千年根基萬年固，長命富貴永吉祥。

9. 入新屋並娶媳講四句（二首）

（1）新屋做向好景光，新娘迎進新廳堂；新屋滿庭生瑞氣，新娘好命生賢郎。

第十五章 慶弔文

(2) 良辰吉日喜洋洋，新屋落成娶新娘；新娘迎來進新屋，添丁添財富貴長。

10. **開店講四句（三首）**

(1) 十字街頭好店場，吉日良時慶開張。親戚朋友來恭祝，恭祝貨暢財源長。

(2) 鬧鬧熱熱滿店人，都係好友並六親。大家暢飲開業酒，恭賀事業如日升。

(3) 好時好日店初開，招集十方人客來。本錢拿出辦百貨，薄利多銷金滿箱。

11. **啟屋上樑講四句（二首）**

(1) 好風好水好屋場，吉日良辰好上樑；新屋門前迎喜氣，卜爾子孫熾而昌。

(2) 今日好時又好日，上棟架樑卜大吉；福壽康寧億萬年，富貴聲名傳第一。

三、喪葬範例：

1. 母喪哀啟文

哀啟者：先慈系出農家，性情溫淑。少時，勤習農事，又學禮儀，女功綑範，罔不通曉。稍長，工於農事家務。某歲來歸先父某某公，主持中饋，克盡厥職，先祖父母在堂，先慈以十指所入，佐助甘旨。處己儉樸，待客真誠，教下以慈，多所啟導。甲申，不孝甫十歲，先慈每於夜織之時，坐於書桌旁，親自教誨。丁酉，先祖母病，先慈佐先父躬侍湯藥，衣不解帶者累月。壬戌歲，先君棄世，先慈操持家務，不令中輟。戚族稱讚。然終以操勞過度，竟嬰肝疾，延醫服藥，時好時壞，延至某月某日時，竟棄不孝而長逝矣，嗚乎痛哉。不肖侍奉無狀，至永抱博雅君子矜憫愚誠，寵錫聯福，用光泉壤，則感德無涯矣。

棘人王〇〇泣啟〇〇月〇〇日

2. 學界女喪祭文

維

中華民國九十七年歲次戊子六月一日，○○等僅以清酌庶珍，致祭於

張母胡夫人之靈曰：嗟乎！夫人之名，千古流傳；夫人之功，彤管傳楊；嫁為人婦，相夫教子；及為人母，教子有方；大學任教，學界聞名，爭取研案，不遺餘力，強悍作風，聞名校內外；教導學生兮，人人稱讚。何期光陰迅速兮，遽夢黃梁；幽冥相隔，實為可惜。忝為同仁，聞訃徬徨；爰備牲禮，致祭於館。仰祈靈右，是格是嘗。伏維

尚饗。

3. 一般團體祭文

維

中華民國九十七年歲次戊子六月一日上午十時〈一般團體名稱〉，曹○○率同仁等僅以香花水果之奠，致祭於

賴媽胡太夫人之靈曰：嗚呼悲哉！淑人之德，剛強之性，稟賦特異，不畏人言，喜好任事，不讓鬚眉。嫁為人婦，相夫有光，仍出國留學兮，獲博士位研究；回國任教兮，好兼行政；爭取產學合作兮，不擇讜言。豈其大數，一夢黃梁；幽冥相隔，實為可惜。敬陳芻束，奠祭於堂；靈其有知，來格來嘗。哀哉

尚饗。

第十五章　慶弔文

4. 祭母通用祭文

維

中華民國九十七年歲次戊子六月一日，子○○等僅以剛鬣牲醴之儀，致祭於

先考○○府君〈先妣○○太夫人〉之靈曰：嗚呼！父恩德〈母懿德〉兮，孝友德全（謹慎慈祥）；生我育我兮，訓誨淵源。我期父（母）壽兮，百年期間；胡為一疾兮，館（寢）舍遽崩；風木哀思兮，音容何見，天長地久兮，抱恨綿綿！父（母）其有靈兮，鑒此清筵。嗚呼哀哉！

尚饗

四、其他應酬範例

1. ○○大學改制大學慶頌詞

○○大專，卅年校慶。菁我作育，苗栗稱幸。

黌舍不大，絃歌常鳴。綠樹降帳，青衿樂學。

孜孜學風，素有盛名。地方期盼，改制大學。

蒸蒸校風，實力藉興。薪傳有方，濟濟大學。

2. 友人請喝茶致謝頌

> 渥蒙壺觴，班荊道故。復蒙贈物，念舊情重，惜費心輕。
>
> 縞紵之情，永生難忘。茶歌三唱，慶雲當空，令人欽挹！
>
> 一飲一食，素月流天。雜花生樹，既醉以酒，且飽以？。
>
> 居家廉讓，行己清濁。
>
> 附呈七碗茶詩：
>
> 一碗喉吻潤，二碗破孤悶，三碗搜枯腸，惟有文字五千卷。四碗發輕汗，平生不平事，盡向毛骨散。五碗肌骨清。六碗通仙靈。七碗吃不得也，唯覺兩腋習習清風生，蓬萊山在何處？乘此清風欲飛去。
>
> 感戴恩德，能無眷然！

■應用練習

一、何謂慶賀文？其內容、性質為何？

二、試說明弔祭文的結構與性質。

三、試寫一篇老友請吃飯的致謝頌。

四、試寫一篇女壽徵文啟。

第十六章 題辭與對聯

應用中文卷

　　題辭縱存在年代已久，仍不為社會所淘汰，自有其文化價值。透過瞭解其淵源與撰寫技巧，有助於工商社會交際頻繁的人際關係，必要時還可親自撰寫題辭，來宣表自我，以獲得團體肯定與讚賞。另外，對聯也是如此，舉凡喜慶、弔唁、題贈、門楣、樓閣、祠廟等，都可尋覓到對聯的影子。所謂隔行如隔山，生意的竅門往往於細膩處見分曉，而既然對聯應用範圍如此廣泛，其基本概念與格式原則便要摸得熟透才不易出錯，透過遣詞用字的鍛鍊，再加上自我陶冶下的巧思，想必在題辭或對聯上，都能別具一番韻味。以下就：題辭與對聯概說、題辭與對聯的種類與格式、題辭與對聯的撰寫技巧，以及題辭範例與對聯作品欣賞等說明之。

第一節　題辭與對聯概說

一、何謂題辭？

　　所謂題辭從字義上說來是指表達祝福、哀悼、感謝等情感短語，其發展甚早，自古便有如：頌、贊、銘、箴等形式之文體，然而其整體性質還有略有不同。今日的題辭的確承襲了頌、贊、銘、箴等文淚的讚揚、勸勉功能，但卻又更廣泛的應用於生命中各種悲歡離合的場合，或慰問、或表揚、或祝福，不勝枚舉。

　　另外，其格式字數較為扼要，並且常以正楷書寫，字形凸出顯目，如同古式匾額一般震撼人心。而其語言之運用則講求簡潔確實，常引古詞、成語或典故，一方面讀來鏗鏘有力，另一方面也顯示出一股不同於時下火星文的別緻韻味。

二、何謂對聯？

　　對聯又稱為對子，講求平仄對丈的協調與對稱性，是一種獨特的中華藝術。現時社會多將對聯寫於紅紙，貼於門楣之上，但在早期則多鐫刻於梁柱。不僅結合了字音字韻的特性，另一方面也宣揚了書法的文化。無論古今，對聯總是讓一群文人雅士集結，相互琢磨、比試，然而這並不代表對聯僅留傳於士人之間，它更是一般百姓也能輕易上手，藉以暢情寄物的工具。

　　張唐英《蜀檮杌》：「蜀未歸宋之前，昶令學士辛寅遜題桃符版於寢門，以其詞非工，自命筆云：新年納餘慶，佳節號長春。」由此可知對聯的應用與創作，至今仍歷久不衰的成長茁壯。

第二節　題辭與對聯的種類與格式

一、題辭：

題辭如何分類，眾說紛紜，但大致可由以下幾個不同的面向來觀察：

（一）**依種類分**：若由題辭所書寫的物品來細分，則可分為「匾額類」、「幛軸類」、「花圈類」、「獎杯類」、「錦旗類」、「卡片類」、「像贊類」、「冊頁類」等不勝枚舉。

1. **匾額類**：「匾額」是指題大字於木板或紙板，高懸於門戶、廳堂、園亭或書房上方橫額。國人在許多重要的紀念時刻，如：當選、開業、新居落成，常有致贈匾額慶賀的習俗。

2. **幛軸類**：「幛軸」是指題字在布帛或紙軸上，以作為慶賀或祭弔的禮品。此類題辭常用於婚喪喜慶的場合，以增添會場的氣氛，如：壽幛、壽軸、喜幛、喜軸、輓幛、輓軸等。

3. **花圈類**：國人在婚喪喜慶時，常以鮮花或塑膠花紮成花圈，中間題寫上適當的題辭，以用於誌慶或弔唁。花圈使用於喪禮時，宜以白花或黃花等素色花為主，用於喜慶時，則可搭配其他鮮豔顏色的花朵。

4. **獎杯類**：獎杯用於競賽後頒發給優勝者，以作為獎品或紀念品。通常獎杯底下部分設計有底座，並留有題寫表揚競賽優勝題辭的地方。

5. **錦旗類**：「錦旗」為錦緞製成的旗幟，常作為獎品或表示謝意的紀念品。其上皆會題寫適當題辭，以表示優勝或感謝之意。

（二）由題辭所書寫的形式來分類：若由題辭所書寫的形式來看，則可分為「橫式類」、「直式類」兩種。

1. **橫式類**：橫式類的題辭，至題辭的正文在書寫時，是以橫向的方式出現。此種題辭一般是依傳統中文的書寫習慣，由右而左橫寫，但除正文**之外**，其他的行款文字，則仍然以直書的方式書寫。近年來因政府倡導公文書由左而右的橫寫方式，因此亦有全部由左而右的橫式書寫者。

2. **直式類**：直式類的題辭，指題辭在書寫時，是以直立的方式出現。此種題辭一般是依**傳統**中文的書寫習慣，由上而下，由右而左的書**寫**。

（三）由題辭所書寫的句數來分類：由題辭所書寫的句子數量來看，則可分為「單句類」、「多句類」兩種。

1. **單句類**：題辭的撰寫以簡潔明確、引人注目為原則，因此往往字數不多。有一字者，如婚宴題「囍」字、壽宴題「壽」字；有二字者，如關帝廟題「忠義」、賀人中舉題「文魁」；有三字者，如城隍廟題「爾來了」、關帝廟題「大丈夫」。最常見則為四個字，如賀人新婚題「百年好合」、感謝慈善義舉題「樂善好施」等。

2. **多句類**：題辭亦見會合兩個句子以上而成文者，但較不常見，有時在單句題辭以習用成俗，而讓人感覺不出新意時，如能別出心裁，針對人、事、物的特質、自鑄美辭，以多句的方式來適當成線，往往也能具有特殊的效果。如表揚臺灣知名棒球選手王建民可題「伸卡高手，球風穩重，臺灣之光，海宇揚威。」退休教授則可題為：「廣栽桃杏，樂育英才，春風化雨，雲大之光。」

二、對聯：

　　對聯源自中國文學作品中「對偶句」的表現形式，先秦以來的古籍之中，早已出現無數運用對偶觀念或句法創作而成的佳構。除了以漢語為基礎的語言、文字提供了此類句法創作的孕育條件之外；人性中對於音節美感的自然須求，更是不可或缺的重要因素。正如梁朝劉勰在《文心雕龍》卷七〈麗辭〉中所說：「造化賦形，文體必雙，神理為用，事不孤立。夫心生文辭，運裁百慮，高下相須，自然成對。」對偶觀念的應用，實出於造化使然。歷代以來，無論是在辭賦、樂府、古詩、近體、宋詞、元曲、駢文散構或古歌新詩中，都提供源源不絕的巧思，也為自然造化作了最佳的見證。對偶句何時跳脫出文學作品的框架，成為人們生活中句體應用的「對聯」？說法不一。多數的人認為，應該與門神信仰中的「桃符板」和立春習俗中的「宜春帖」有關。

（一）桃符板

　　東漢應邵、蔡邕與王充等人，都曾在著述提及相關的傳說。據王充《論衡‧訂鬼》所引《山海經》描述：「滄海之中，有度朔之山，上有大桃木，其屈蟠三千里。其枝間東北曰『鬼門』，萬鬼所出入也。上有二神人，一曰『神荼』，一曰『鬱壘』，主閱領萬鬼。惡害之鬼，執以葦索，而以食虎。於是黃帝乃作禮，以時驅之，立大桃人，門戶畫神荼、鬱壘與虎，懸葦索以禦凶。」如果這段屬實，那麼新春時在家裡「立桃人」，並在門戶上「神荼」（荼音讀作舒）、「鬱壘」（壘讀音律）二位神人的像貌，用以驅凶避邪，應該是從黃帝時期就已開始。雖然傳說的故事未必全然可信，但是這則故事中用以驅邪的「桃木」、「神像」等元素，卻在門神信仰的習俗中保存了下來。最初人們相信神荼、鬱壘有避邪驅鬼的能力，因此新春時用紙板畫出神荼、鬱壘的神像，貼在門上，用來鎮宅避邪，祈福納祥，「桃符」與「門神」同時誕生。日後或因繪製能力有限；或因取其簡便，於是在「鬼畏桃」（《淮南子‧

詮言》）的信仰基礎上，直接將兩位神人的尊名刻寫在桃木板上，高懸門戶，用文字取代圖像的桃符，相信必定為後人在逃浮上題辭、作對啟發了無限的創作靈感。

（二）宜春帖

新春張貼對聯由來另一說，源於「宜春帖」。所謂「宜春帖」，在南北朝時期已經盛行。梁朝宗懍《荊楚歲時記》記載：「立春時，寫宜春二字，貼於門楣。這種人們用於祝頌立春的字貼，有時直接書寫於紙上；有時書寫於繪幟上。」講究一些的人家，甚至用彩紙雕剪「宜春」二字，或者自用，或者進獻王公貴胄。不過，宜春帖的製作方式與時令應用，初期都與桃符有別。到了宋代，甚至已從單純的「宜春」二字，發展成五言、七言絕句。這對桃浮板上的題辭內容，應當也有相當程度的影響。

（三）最早的春聯

由桃符正式轉型為迎春納福用的門聯，五代時期的後蜀主孟昶扮演了重要的推手角色。根據宋代黃休復《茅亭客話》的描述，後蜀主孟昶早年時期，每逢除夕，都會在宮門的桃符板題上「元亨利貞」等語意吉祥的題辭。有句《宋史‧蜀世家》的記載，孟昶在降宋的前一年（西元 964 年），曾令學士辛寅遜負責為寢門的桃符板題辭，以供除歲迎新。但由於孟昶對作品內容不甚欣賞，於是親筆撰詞，創作了號稱中國歷史上最早的迎春門聯：

新年納餘慶，

嘉節號長春。

可見即使是在後蜀的國內，也是先將傳統的桃符上的圖像或神明改題吉祥用語；然後進一步將題辭改作為對聯。從在桃符上畫神像、書神名、再到寫題辭，作聯語，其間的層嬗關係，，廓然可知。

不過，依據近人的考證，在《敦煌遺書》中抄錄的玄宗開元十一年（西元 723 年）以前類似「桃符稿本」的聯句，[1]證實在桃符板上書寫聯語的形式，早在孟昶之前兩百多年便已普及。這些類似今日應用文書及中所列舉的「對寫撰寫範例」，分別抄錄在「歲日」與「立春日」的標目下，說明各類不同聯語的歲時特性，也為當時人們的實際應用提供了相當程度的方便。其內容如下：

歲日：又：

> 三陽始布，四秩初開。三陽迴始，四序來祥。
>
> 福慶初新，壽祿延長。福延新日，慶壽無疆。

立春日：又：

> 銅渾初慶墊，玉律始調陽。三陽始布，四猛（孟）初開。
>
> 五福除三禍，萬古迴（殄）百殃。迴迴故往，逐吉新來。
>
> 寶雞能僻（辟）邪，瑞燕解呈祥。年年多慶，月月無災。
>
> 立春迴（著）戶上，富貴子孫昌。雞迴辟惡，燕復宜財。

又：

> 門神護衛，厲鬼藏埋。
>
> 書門左右，吾儻康哉。

這些聯句，分別應用於「歲日」與「立春日」兩個不同的節慶。句中套用的諸如：「三陽」、「四秩」、「五福」、「富貴」、「慶賀」、「呈祥」、「多慶」、「無災」、「辟惡」、「宜財」等表達除歲布新，驅邪納福等詞語。值得注意的是，從「立春日」聯句中「門神護衛，厲鬼藏埋」與

---

1 參見《文史知識》1994 年 4 期譚蟬雪《我國最早的楹聯》一文所引《敦煌遺書·斯坦因 0610 卷》．《啟顏錄》抄卷背頁聯句。

「書門左右，吾儻康哉」等內容可窺知，宜春帖的製作內容與張貼性質，似乎以與後世的春聯無太大差別。不僅形製上得以張貼於門戶左右，內容用意也都與門神護佑的桃符精神一脈相承。這不僅是宜春帖的轉化，亦可視為與春聯合流的初步徵兆。

然而由唐致送，顯然尚未將桃符稱為「春聯」或「門聯」。甚至是張貼對聯已蔚然成習的宋代，人們依舊將書寫春聯稱之為「題桃符」或「治桃符」。王安時〈元日〉詩即描繪到：「爆竹聲中一歲除，春風送暖入屠蘇。千門萬戶瞳瞳日，總把新桃換舊符。」正是描述北宋時期的春節前夕，家家戶戶都用「新春聯」（新桃）換下「舊春聯」（舊符）的寫照。

（四）春聯的推廣

題桃符的習俗，歷經數朝之後，到了明代，正式出現了「春聯」的新名詞。相傳明太祖朱元璋開國登基之後（西元 1368 年），建都金陵（今南京）。為歡度次年元旦，朱元璋突然在除夕夜傳旨，命所有公卿百姓的家門前，都必須張貼「春聯」。為落實聖旨，朱元璋並親自微服出巡，觀賞取樂。偶然間見到一戶人家竟然沒有張貼，詢問之下，才知道是一戶以閹割為業的人家，因缺乏能力自題春聯，一時又請不到合適得人撰寫，所以才未張貼。朱元璋於是大方地親自揮毫，代為撰寫，題了以下一聯，送給閹戶：

雙手劈開生死路
一刀割斷是非根

不久之後，朱元璋再次路經其此地，卻發現這家閹戶還是沒有張貼，於是再度詢問原因？閹戶便老實地回答說：「因為得知這幅春聯是御筆親書的墨寶，所以改掛到大廳內的中堂上去了！」

透過明太祖的推廣，加上文人雅士的推波助瀾，張貼春聯自然形成一種舉國盛行的風尚。入清之後，對聯的創作風氣依然盛行不衰，

由門聯、春聯衍生而成的各式對聯,已然成為一種雅俗共賞的習尚。各地風景名勝、亭臺樓閣,相繼出現不少膾炙人口的巧聯妙對。相沿至今,不僅創作的基礎擴大,應用範圍也無遠弗屆,對聯的用處,早已遠遠跨越了「題桃符」與「宜春帖」的原始概念。這股風潮更隨著人口遷徙與文化交流,紛紛在世界各地的華人社區日益流傳。

(五) 對聯快意貼

在現今人們的觀念中,「對聯」以成為包括:春聯、門聯、楹聯、壽聯、輓聯等各式各樣的聯語的總稱。逢年過節,人們無論基於何種理由,總要在門旁或窗側貼上以大紅色紙書寫的「對聯」,以為應景。對文筆自信的人,常會觸景即情,文思泉湧,親手動筆創作。如果自覺缺乏文采,也可以十分容易地在市集上購得,除了迎春納福的吉祥話,許多人會在選擇對聯的內容時,無意間表露自家的身分,或者是個人的願望。

現行的對聯,除了上、下聯外,有時還會增加「橫批」。橫批的作法與字數不拘,大多為四字,有時會比照下聯的格式撰寫,用於與對聯產生「題名」、「點睛」與「互補」等相互呼應的功能。橫批的寫法,多依照上、下聯的閱讀方向而定。依照中文的閱讀習慣,直書的文句,皆自右向左、逐行閱讀。所以正確的橫批,應該是自右向左橫書。然而在大陸地區的對聯,有時慣用「左書」,意即閱讀習慣由左而右,因此上聯張貼於門左;下聯貼於門右,橫批也就依此慣例由左而右橫寫。有些人家在大門兩側張貼春聯之於,還會附帶貼門神的畫像或菱形的「斗方」。人們在除夕當日貼妥這些迎春納福,充滿喜氣的物品後。大都會保持到次年的新春再度降臨為止。

第三節　題辭與對聯的撰寫技巧

一、題辭：

題辭的撰寫須注意以下幾點，下分述之：

（一）**熟悉對象**：題辭的撰寫，一定要清楚明白對象的身分背景，因為題辭必須使用相呼對應的典故、成語等，倘若對象背景混淆，則容易產生用典不當的情形。另外，對方的宗教、興趣等也應該掌握部分理解度，如此一來題辭才能顯得鮮活，讀之恰如見其人。

（二）**取材適切**：了解對象的身分背景之後，題辭常引用大量典故，因此在取材上一定要再三確認是否適宜，例如「杏壇」用於教育，而與之僅一字之差的「杏林」確是使用於醫界，常有人因為不了解而使用錯誤，貽笑大方。

（三）**扼要典雅**：題辭的撰寫，以簡明扼要為主，倘若長篇大論，不免讀之索然無味、昏沉至極，因此除非有特定的須求，否則一般的題辭仍以簡要大方為宜。另外，用詞要注意不可落於俗套，雖然現代社會講求創新與個人特色，但在題辭的創作上仍須力顯雅緻，令其觀之如沐春風，莊重經典。

（四）**音韻和諧**：題辭除須講求辭意貼切外，通常還會注意音韻的調和，使其閱讀起來有抑揚頓挫、聲韻鏗鏘的感受。所以對於四字類題辭的音韻，一般有「平開仄合」與「仄起平收」的說法，其中「開」、「起」即指第二字，「合」、「收」則指第四字，這種要求就是希望四字題辭，在第二、四兩字能有一些聲調、平仄等音韻的變化，以避免同一聲調連續不斷的出現，而造成讀音上的不調和。也就是一、三、五句不論；二、四、六句分明。

（五）**熟悉行款**：題辭的行款，包括正文、上款與下款三部分，茲分別說明於後：

1. 正文

　　正文即指題辭本身，如「良師興國」、「惠我良多」等語即是。正文的字行須大於其他行款字形，一般皆置於中央。若為橫式題辭，正文則由左而右橫書，若為直式題辭，正文則由上而下，由右而左直書。

2. 上款

　　依傳統寫法，上款多位於正文右方，但若正文採由左而右的橫寫方式，則上款應置於正文左上方。上款字形須較正文為小。如是獻給寺廟的匾額，有時不寫上款，有時則寫上年月。若為競賽題辭的上款，則多半寫上競賽的名稱。至於致贈給一般親朋好友的題辭，上款通常包括稱謂和禮事敬詞兩部分，其中稱謂的用法可參考書信撰寫的方式來書寫，禮事敬詞則皆在稱謂之後，寫法依禮事種類不同，而有不同用語。

3. 下款

　　依傳統寫法，下款位於正文左方，但若正文採用由左而右的橫寫方式，則下款置於正文右下方。字形亦較正文為小。其內容一般包括自稱、署名與表敬詞三個部分，有時則在下款的左側，會再加上致贈的日期。其中自稱、署名的寫法，可依書信箋中發信人自稱、署名的方式來書寫，但與書信不同的是，署名通常冠上姓氏。

二、對聯：

　　對聯的創作技巧，由於源自於傳統詩歌對仗句法的聲律要求，由其是受到唐代近體詩將聲律規範推向極致的影響，不免必須具備文字能力的訓練與聲律格式的認知。對昔日為了應付科舉考試的士子而言，這些訓練與認知，不過是基礎常識而已。然而對今日非文史學門出身的莘莘學子或社會人士而言，卻由於對文字聲律駕馭能力的陌生，經常會將對聯的創作視為畏途。其實，時至今日，對聯的創作價值，在於如何運用巧思，透過精心設計的詞句，展現發人情思，引人共鳴的效果。在創作的規範上，也以大大放寬。換言之，對聯的創作，

以非少數文人雅士的專利，也不必具備甚麼高深的訣問與技巧。只要有心創作，略識一些基本原則，便得以由淺入深，樂在其中。當然，如果真能擁有過人的見識、豐富的學養、優雅的文筆與巧妙的心思，在創作對聯時，也必定能夠如魚得水，相得益彰。正因為對聯的創作，可深可淺，可莊可諧，格式簡單，趣味雋永，所以能受多數人的喜愛。總括對聯的作法，大約有以下幾項要點：

（一）平仄協調

這是指在最嚴格的情況下，一副對聯中上、下聯所有相對應的字，都必須平仄相對，否則即為「失粘」。然而，在實際創作上，平仄的應用較為寬緩，最基本的原則是：「上聯末字必為仄聲，下聯末字必為平聲。」至於句中用字的平仄，則不必太過拘泥，可稍加通融。如：

遙聞爆竹知更歲

○○●●○○●

偶見梅花覺以香

●●○○●●○

（註：○表平聲、●表仄聲）

由於中文的遣詞用語，大多好用偶句。如「瑞氣」、「祥雲」、「田里」、「漁家」；「如意吉祥」、「雙喜臨門」、「出類拔萃」、「鵬程萬里」等，閱讀時音節往往落在偶數字上，因此有「一三五不論，二四六分明」的說法。如果能在創作時多多推敲詞語中音節字的平仄協調，那麼作品在朗讀時，必定能產生音節和諧，字字鏗鏘有力的美感。

然而什麼是「平聲字」？什麼是「仄聲字」呢？對一般人來說，要想精確判斷，似乎仍是個小難題。解釋起來，也頗有些曲折。主要原因是，現行對聯在實作上，對聲調的要求，還依循著「漢語」的基礎。傳統的漢語，有「平、上、去、入」四聲，並保存在閩南語、客家語等方言之中。平聲以外的上、去、入三聲，都屬「仄聲」。今日通

行的國語，是較為晚出的北方語系，只有「陰平、陽平、上、去」，也就是「一、二、三、四」聲，而無傳統漢語中的四聲。所以理論上「一聲、二聲」為平聲；「三聲、四聲」為仄聲，當屬容易分辨。問題在於，傳統漢語中的「入聲字」，在轉成國語的聲調時，卻分別散入四聲之中。如「一、十、百、六」四字即是。散入三、四聲的字，原本即屬仄聲，無須煩惱。麻煩的是散入一、二聲的字，就必須逐一分辨了。

　　一般的方法有二：一是熟記或檢索韻書；二是運用具備四聲的方言來分辨。不過這兩種方法，對多數人而言，還是存在某些程度的困難。

　　幸好對聯創作屬「遊戲之作」的居多，將入聲字誤為平聲字，或許失之精準，卻也並非什麼抄家滅門的大禍。能從錯誤中逐步改正，也不失精益求精的美意。或許有一天，聲調的使用能回歸到多數人熟稔且通行的國語時，那麼這樣的問題，便自然迎刃而解了，誰曰不宜呢？

（二）對仗工整

　　對聯的上、下聯，必須句型相同，字數與句數相等，相對位置的遣字、用語，最好是「詞性相同、詞意相對」。如名詞對名詞；動詞對動詞；數字對數字、天相對地；實對虛⋯⋯等，但仍以不礙文意表達為上。如：

除夕月無光，點一盞明燈，照晴空萬里。

○●●○●●○○●○○●●

春初雷未動，擊滿堂鐘鼓，助天地揚威。

○●●○●●○○●○○●●

　　這副由清康熙時的宰相張文瑞公與張廷玉父子兩人聯手的作品。其中「月」對「雷」；「一盞」對「滿堂」都極工整。但末句的「萬里」與「揚威」，則取其文意順愜。雖稍嫌不工，仍為佳作。

（三）行款正確

對聯的製作，不僅展現出創作者的巧思，書法的精美與印章篆刻的整體視覺美感。同時透過書寫行款，彰顯個人的藝術修養。因此在書法、題款、落款、署名與用印等方面，均須細膩處理。

1. 文字宜由上而下直書為佳；如有橫批，則自右而左橫書。

2. 題款與落款的字體比例宜適當，題款稱謂與落款署名之間，須適當表達彼此的關係。

3. 落款署名，禮貌上多署全名，唯可視與受贈者的關係而調整。署名之上，亦可冠上歲次月日或籍里、書齋之名。

4. 對聯字數長短不限，有時長聯字數較多，可分行書寫。分行時上聯由右而左；下聯由左而右。每行字數必須相同，除最末一行須留空間，以便落款外，其餘各行，均須寫到底。此種寫法，稱為「龍門式」。

5. 輓聯書寫時多不用印，其餘各類對聯，宜在署名之下約一字左右的空間用印。凡致書尊長，均用姓名印；平輩間可用字印；尊長贈與晚輩，則可用道號印。用印時，如僅一印，一般多用姓名印。如用兩方印，則姓名印之上、字印在下。古法是陰文與陰文合用、陽文與陽文合用。近世的慣例則為陰文印在上，陽文印在下。為平衡作品美感，有時可以在題款上加蓋「引首印」；或在上聯右下方適當空白處加蓋「補白印」。

（四）辭意貼切

對聯以自創為佳，因此創作時應先認清對象，把握主題，才能措辭適切，意味雋永。如用於公眾、社交場合，套用他人作品，則易顯得庸俗。因此，細膩的觀察，高深的學養，敏捷的聯想與豐富的想像，缺一不可。要到這樣的境界，除了天分之外，經常習作，日積月累，亦足以從鍛字鍊句的過程中，慢慢體會其中的奧妙，磨練出不錯的創作能力。

第四節　題辭範例與對聯作品欣賞

一、題辭範例：

（一）直式

1. 歌唱比賽

農家盃古調歌唱比賽冠軍

樂音悠揚

雲林縣縣長蘇治芬敬贈

2. 結婚誌慶

○○先生
○○小姐　結婚誌慶

琴瑟和鳴

友 王○○敬賀

3. 哀輓題辭

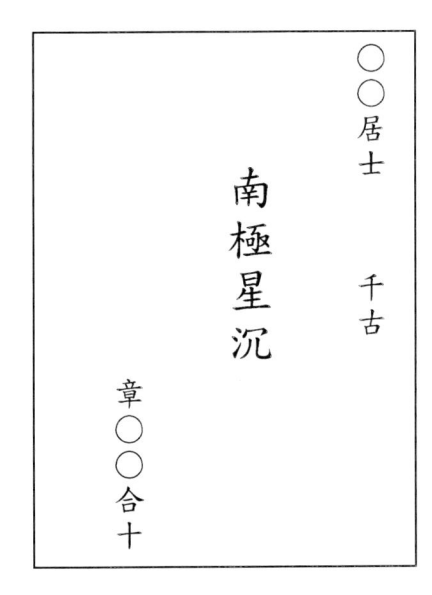

○○居士　千古

南極星沉

章○○合十

（二）橫式

1. 敬祝開業

```
                                        ○
                                        ○
                                        飯
              雄 積 戰 商                館
                                        開
                                        業
        王                              誌
        ○                              慶
        ○
        敬
```

2. 新婚誌慶

```
                                     ○  ○
                                     ○  ○
                                     小  先
                                     姐  生
              圓 月 師 花                結
                                        婚
      友                                誌
      王                                慶
      ○
      ○
      敬
      賀
```

3. 哀輓題辭

```
  ○○居士千古


              斗 山 共 仰


                                    晚 王○○拜輓
```

二、對聯作品欣賞：

（一）最早的帝王聯

文章千古事；

社稷一戎衣。

相傳這是在西山晉祠碑亭中發現的唐太宗手書中最早的帝王聯，敘事詠懷，豪氣千雲。大意是對自己戎馬一生所開創的江山，深感自豪；更相信自己的文章足以傳之久遠，文才武功兼備。有些人甚至認為，這副對聯比孟昶的十字聯早得多，因此，這才是史上最早的對聯。不過依據考證，這副對聯應該是清人朱一尊於清康熙初年重遊山西時所作《晉祠唐太宗碑亭題壁》集句詩中的兩句。出句集自杜甫《偶題》詩：「文章千古事，得失寸心知。」對句集自杜甫《重京昭陵》詩：「風塵三尺劍，社稷一戎衣。」由此看來，是誰寫最早的帝王聯呢？恐怕榮耀還得暫時歸還給孟昶。

（二）最早的祝壽聯

天邊將滿一輪月；

世上還鍾百歲人。

這是一則目前最早的一副祝壽聯。依據宋代孫奕《示兒篇》記載，這是北宋仁宗年間著名文士吳叔經為生於3月14日的黃耕庾夫人所作壽聯。一方面表達對老人家高壽的喜悅；另一方面表達事近圓滿的祝福。不過梁章鉅在《楹聯叢話》中評論認為，「將滿一輪」這四個字用得不夠精確，無法表明生日就是「十四」，不如改寫成「猶欠一分」來得恰當。其實，梁式的批評未必合理。祝壽原本只是心意，對聯中是否一定得說清日期，倒也未必。只是改成「欠一分」，在用字上便易生出負面的聯想。尤其當上下兩聯放在一起欣賞時，「滿鍾一百」不是比「欠鍾一百」在意象上好得多嗎？

（三）最早的輓聯

三登慶曆三人第；

四入照甯四輔中。

　　這是文學史所載最早的一副輓聯，收錄在南宋葉夢德所撰《石林燕語》中，所輓對象為北宋神宗熙寧年間與王安石同時任相的韓絳（西元 1012-1088）。韓絳在仁宗慶曆年間，從考舉人、考進士到狀元，都是第三名。到了神宗熙寧年間任相，也經歷過四次遷謫。死時，蘇軾（東坡居士）為弔唁他，寫了這副對子。傳說中，蘇東坡還有另一副輓聯，才是最早的輓聯：

不合時宜為有朝雲能識我；

獨彈古調每逢暮雨倍思卿。

　　句中的「朝雲」，為蘇軾於神宗熙寧七年（西元 1074 年）在杭州通判任上所納的侍妾，當時的朝雲年僅 12 歲。據說有一次，蘇軾撫著肚皮問家人說：「裡面裝著甚麼東西？」家人有的說是一肚子才華；有的說是滿腹經綸。只有朝雲說是「一肚子不合時宜」。蘇東坡深深以為知己，認為只有朝雲最了解他。哲宗紹聖元年（西元 1094 年），蘇東坡被朝廷貶至惠州（今屬廣東）。朝雲隨侍，三年後（西元 1096 年）又為蘇東坡生下一子。可惜產後虛弱，當年 7 月便溘然長逝，死時年僅 34 歲。然而這副輓聯，據梁章鉅《楹聯續話》的說法，又認定是清代一位名叫嚴問樵人，為「姬人沒於清江」所寫的。因此這副聯是否為蘇軾所作，頗有疑問。此外，從時間先後來看，蘇軾輓韓絳聯是作於西元 1088 年；輓朝雲聯即使真是他的作品，也得等到朝雲死後（西元 1096 年）。時間上晚了八年，至多只能算是一椿文學史上的美談罷了。

（四）最早的賀婚聯

繡閣團圞同望月；

香閨靜好對彈琴。

這次徐珂《清稗類鈔》中「望月彈琴」條所收錄的內容，相傳為清乾隆年間天津太守牛稔文為兒子牛坤娶妻時，紀昀（曉嵐）題贈的賀聯。牛稔文為紀曉嵐的表兄。對這副對聯十分珍愛。未加推敲，即命人懸掛在中堂，借此炫耀門庭。殊不知這副對聯之中，上聯隱用了「吳牛喘月」的典故；下聯則隱用了「對牛彈琴」的典故，對這個「牛」氏家族，開了謔而不虐的玩笑。不過依據梁章鉅《楹聯叢話》中的記載，認為最早的賀婚聯應該是乾隆 47 年（西元 1782 年）學士馮誠修「結婚六十週年慶」的自題聯：

子未必肖，孫未必賢，屢忝科名，只因老年娛晚景；

夫豈能剛，妻豈能順，重諧花燭，幸邀天眷錫遐齡。

馮誠修與其夫人同齡，當年慶祝結褵一甲子時，與夫人重行「花燭交拜」的儀式。「親友門生，駢集稱慶」，可說是盛況非凡。一般賀昏聯大多上聯賀男子，下聯賀女子。這副對聯文雅莊重，情深意長，深刻參透人生的價值，對自己的老伴，顯得十分尊重。不過在性質上屬於「自賀之作」，與真正的賀婚，仍些許差異。

（五）減字聯

一二三四五六七；

孝悌忠信禮義廉。

這則減字聯源出蒲松齡《聊齋誌異》卷八〈三朝元老〉故事，記載清代實有一位中堂大人，曾作過明朝的宰相。因為曾經投降流寇，所以頗遭世人非議。老年十，這位中堂歸隱山林，房子落成當晚，便有幾人住進屋裡。天亮之後，只見廳堂上出現一塊牌匾，上面寫著「三朝元老」；還有一副對聯寫著：「一二三四五六七；孝悌忠信禮義廉。」其中第一句隱含「忘八」（王八）的意思；第二句隱「無恥」。後人又

為此聯加上橫批：「南北」，隱含「不是東西」的意思。據說抗戰時期，曾有人將此聯抄送給汪精衛，以示諷刺。

（六）嵌字聯

收二川，排八陣，六出七擒，五丈原前，

點四十九盞明燈，一心祇為酬三顧。

定四蜀，伏南蠻，東和北拒，中軍帳內，

卜金木土行爻卦，水裏偏能用火攻。

這是四川成都武侯祠正殿內的一副對聯，依據諸葛亮生前的重大事蹟與功勳，分別在上聯嵌從一至十，十個有系統的數字；下聯嵌入五行，以及與五行相配的五個方位，運思精巧，趣味雋巧。

（七）疊字聯

雲朝朝朝朝朝朝朝散；

潮長長長長長長長消。

這副疊字聯出自浙江溫州江心寺大門兩旁，作者為南宋的王十朋。當年王十朋寓居江心寺苦讀，與江潮、雲天朝夕相處。上聯形容天上的行雲；下聯描繪甌江的潮汐，體會深刻，自然貼切。根據研究，這副對聯的讀法甚多，意義各異。原本在對聯創作的基本原則中，重複的字應盡量避免。但王十朋充分運用他的才華和巧思，將這些疊字運用的獨具慧心，創造出豐富的意涵。據說清代的徐渭（文長），將這副對聯改寫如下：

海水朝朝朝朝朝朝朝落；

浮雲長長長長長長長消。

（山海關城東七里的鳳凰山孟姜女廟楹聯）

雖然摹仿的痕跡頗深，但仍別具巧思。

（八）時事聯

金男大，金女大，男大當婚，女大當嫁，齊大非偶；

市一小，市二小，一小城南，二小城北，兩小無猜。

這副對聯出字抗戰時期，當時金陵大學（簡稱金男大），金陵女子文理學院（簡稱金女大）與齊魯大學（簡稱齊大）都遷往成都的華西壩。正巧成都市立第一小學為一所男校，位於城南，第二小學為一所女校，位於城之北。有好事者將這些時事湊在一起，創作了這副對聯，妙趣橫生，同時反映出抗戰時期，政府為保存實力，將許多大學遷往大後方的盛況。

（九）俚語聯

看我非我，我看我，我也非我；

裝誰像誰，誰裝誰，誰就像誰。

這是京劇大詩梅蘭芳所創作的一副對聯，其中用語皆為普通話，淺顯易懂。但卻能在寥寥數語之中，道出演技的妙處。

（十）嵌名聯

「龍」吟虎笑皆出君口，「豪」情逸興都是天才。

「兆」億萬千福壽無量，「南」北東西聲名遠揚。

這是今人張佛千書贈相聲名家魏龍豪與吳兆南的「嵌名聯」。所謂「嵌名聯」，就是將人、地、事、物等名稱嵌入聯中的作法。在現今社會中，基於各種不同的目的，將題贈對象的名字或稱呼嵌入聯中，創作新聯，可以產生「聯有專屬」的效果，因此頗受人們喜愛。嵌名的技巧甚多，然而以將名字或稱呼嵌於聯首為最佳，其次是嵌於聯尾。如果是嵌於對聯之中，最好也要在相對等的位置上。

（十一）最長的對聯

地當扼瀘渝、控涪合之沖,接滇黔、通藏衛之隘,四顧蔥蔥郁鬱,俱轉入畫江城。看南倚艾村,北褰蓮蓋,西撐鶴嶺,東敞牛欄,爛縱橫草木煙雲,盡供給騷壇品料。歆斜棟桷,經枝梧魏、晉、隋、唐,仰睇駭穹壚,躓鬼宿間,矮堞頹堙,均仗著妖群祟夥。只金甌鞏固,須防劫火懵騰;范冶爐錘,偏妄逞盲捶瞎打。功名厄運數也,運數厄運名也,對茲渾渾茫茫,無岸無邊,究淪溺衣冠幾許?登斯樓也、羽者、齒者、贏者、介者,脰臆鳴者、傍側行者、忽翅抉搶、喜嚙攫捫者,迎潮揭揭趣去,拂潮揭揭趣來,厘然坌集,而烏兔撼胸,擲目空空,拍浪洶洶,拿櫓嚱嚱,撾鼓冬冬,懾以霹靂,驫以豐隆。溯岷蟠蜿蜿根源,庶暢瀉波瀾壯闊胸懷耳。試想想還榛樸罷,俄焉狂蕩干戈;吳楚睢盱,俄焉汪洋黻冕;侏離騰踔,俄焉渺漾球圖。謂玄黃伎倆蹊蹺,怎恇怯努眼。環珮鏗鏘之日,盈廷濟濟伊周,忽喇喇掀轉鴻溝,溪谷淋漓膏液。蚩氓則咆哮虓虎,公卿則謹視豚,熊羆鵝鸛韜鈐,件件恃蒼羲定策。遒欃槍掃淨,奎壁輝煌,復紗帽下齆瞌睡蟲,太倉裏營狡猾鼠,毛錐子乏肉食相,豈堪甘脆肥濃?恁踹踏鳳凰臺,蹂躪鸚鵡洲,距踴麒麟閣,靴尖略踢,慘雞肋虔奉尊拳,喑嗚叱吒之音,焰閃胭脂舌矣。已矣!余祈蛻變巴蛇矣!斑斑俊物,孰抗逆甜啖兇麟?設怒煽支祁,例糾率魑魅魍魎;苟缺鋸牙鉤爪,雖宣尼亦懾桓魋,這世界非初世界矣。爰悄悄上排閶闔,瀝訴牢懆,既叨和氣氤氳,曰父曰母,巽股艮趾,舉欽承易簡知能。胡覷軸折樞摧,又嫉兒孫顯赫,未容咳笑,先迫號咷,恪循板板規模,諸任雷霆粗莽。稽首,稽首,稽首,吁儂恩派歸甲族;侶伴蝦蜥,泡呴曇噓,尚詡蜉蝣光采;悶緣香藻,喧嘩鬧鐵板銅琶;快聆梅花,瀟灑飫瓊簫玉笛;疏疏暮葦,瀛寰隔白露蒹葭。嗟嗟!校序黌庠,直拘辱士林苶裏;透參妙旨,處處睹魚躍鳶飛。嗜欲陣,迷不著癡女呆男,撞破天關,遮莫使憂患撩人,人撩憂患。懵懂自吉,伶俐自兇,脂粉可亂糊塗,喬裝著醜末須髯;彼愈骯髒,俺愈邋遢。訕罵大家訕罵,某本吟僧一個,無端墮向泥犁。恰尋此高配摘星,麗逾結綺,咬些霜,咽些雪,俾志趣晶瑩,附舟楫帆檣,晃朗慮周八極。聽、聽、聽,村晴鶯囀,汀晚鷗嘩,那是咱活活潑潑、悠悠颺颺的性。久坐,久坐,計溷骸允該拋棄,等候半池漲落,揀津汁秘訣揉摶,摶至乳洽膠溶,縮成寸短靈苗,嫗煦麑卵,候

幻改鉗發珠眸，遠從三百六度中，握斧施斤，與渠鐫囫圇沒竅混沌；蒙有傾淮漬、溢滬瀆之淚，堆衡鯛、壓泰岱之愁，滿腔怪怪奇奇，悉屬我心涕泗。念蠶鳧啟土，劉孟膺符，軾轍揮毫，馬揚弄墨，泄涓滴文章勳績，遂銷殘益部精華。逼狹河山，怎孕育皋、夔、契、稷？俯吟歔劍棧，除拾遺外，郊寒島瘦，總淒煞峽島巫猿。故臥龍馳驅，終讓進蛙福澤；陰陽羅網，慣欺凌渴鮒饑鵬。英雄造時勢耶？時勢造英雄也？為問滔滔汩汩，匪朝匪夕，要漂零萍梗何鄉？涉臣川耶，恍兮、惚兮、凜兮、冽兮，窔㝔洞兮、突旋渦兮，迤邐歐亞、遼奧斐兮，帝國務壟民愚，阿國務誘民智，奮欲乘桴，而羿羿掣楫，履冰業業，褰裳惕惕，觸礁虩虩，擎舵默默，動其進機，靜其止屜。藐湔氿潢污行潦，誰拔爾抑塞磈砢才猷乎？嘆區區錘鑿崔嵬，誇甚五丁手段？組織仁義，誇甚費蔣絲綸？抽玩爻佔，誇甚譙程卜筮？在岡底崢嶸脈絡，應多少豪傑誕身。沱潛澎湃之餘，依舊荒荒巢燧，硬苦苦追蹤盤古，彈丸摭拓封疆。累贅了將軍斷頭，悽愴了萇弘葬碧，禮樂兵農治譜，紛紛把堯舜效尤。及艷轟平，黎邛順軌，第薛蕊代芙蓉增色，杜鵑伏叢棘呼冤，峨眉秀鮮楨幹材，勉取賨氈㯉布。反猢猻美面具，豺狼巧指臂，獅狻盛威儀，口沫微飛，統犍敘胥驚滅頂，錦絏綷縩之服，寧稱窮措體哉？傷哉！予安獲貢蜀產哉？嶪嶪巉岩，類鐘毓嶙峋傲骨。即肖形凹凸，早嬌惱邑貴朝官；假饒赤仄紫標，雖盜跖猶賢柳惠，庶貪賤弗終貪賤哉？冀緩緩私赴泉官，繳還軀殼，誑說神州縹緲，宜佛宜仙，虹彩霓輝，都較勝幽冥黑暗。詎識鉛腥錫臊，遍令震旦襱襪，甫卸翳胞，遽煩湯餅，愧悔昏昏囊昔，泣求包老輪迴。菩提，菩提，菩提，願今番褪脫皮囊；胚胎螻蟻，堂砌殿穴，永教宗社綿延；虱腦蟣肝，垂拱萃蟜蝦胎；蚊毛蝸角，擠眉擁蠻觸餘航；小小旃檀，妻妾恣紅塵夢寐。噫噫！牂牁僰道，乃稽留逐客夜郎；種雜僮傜，嘖嘖厭鴞啼鶋叫。丘索墳，埋不盡酸齮醋觰，猜完啞謎，畢竟是聰明誤我，我誤聰明。宇宙忒寬，瞳眶忒窄，精魂已所修煉，特辜負爹娘鞠撫，受他血肉，償他髑體。浮沉樂與浮沉，孽由酷濫九經，始畀投生徽裔。且趁茲沙澄洗髓，渚澈湔腸，唏點月，哦點風，倩酒杯斟酌，就詩歌詞賦，權謀站住韁鞦。瞧、瞧、瞧，蓼瘠砧敲，荷槳蕩，卻似仆淒悽惻惻、漂漂泊泊的情。勿慌！勿慌！料藍蔚隱蓄慈悲，聊憑雙闕梯崇，

望銀濤放聲痛哭，哭到海枯石爛，激出丈長鼻膩，掬付龜鰲，囑穩護方壺圓嶠，近約十二萬年後，跟蹤躡跡，胝儂斫玲瓏別式乾坤。

歷史上，總有些好事者喜愛在作品上賣弄技巧，展現才華，語不驚人死不休，對聯創作亦然。如孫髯翁所作坤名大觀長聯共 180 字；俞樾為左宗棠所題辭聯共 316 字；李濟善撰青城天師洞古常觀聯共 394 字；張之洞岳陽洞庭君山屈原湘妃祠聯 408 字。這些「鉅作」，比起這副〈擬題江津縣臨江城樓聯〉，真可算是小巫見大巫。這副聯上下各 806 字，總計 1612 字。作者是清末江津的秀才鍾雲舫，於清光緒三十年（西元 1904 年）在成都獄中為抒發憤懣而寫。這副長聯最特別之處，不僅在於篇幅特長，更在於它是「一氣呵成」。據說作者只用了一天的時間，便完成這副作品。如果加上修改與校正，也不過用了七、八天。內容從描繪江津地理風光，追溯華夏歷史，揭露官吏腐敗，探索人間治亂到尋求社會變革，句句沉痛。作者創作當時，還被羈押在牢獄之中，在沒有書籍可供參考的情況之下，完全憑藉著平日的記憶與才思，確實是空前絕後。除了滿腹的文才外，想必憋了一肚子的怨氣，才擁有這麼「氣魄」的創作動力。目前這副對聯已由當代書法家書寫，紅木雕刻，陳列於江津市幾江鎮藏聯閣中。

（十二）其他各節氣慣用對聯

1. 年節類

甲. 春節：

一元復始；萬象更新。

三陽開泰；五福臨門。

冬去山明水秀；春來鳥語花香。

咦？哪裡放炮？哦！他們過年。

天增歲月人增壽；春滿乾坤福滿門。

爆竹一聲除舊歲；桃竹萬戶布新春。

遙聞爆竹知更歲；偶見梅花覺已春。

不除今夕除何夕？纔過新年又舊年。

乙.中秋節：

中天一輪滿；秋野萬里香。

占得清秋一半好，算來明月十分圓。

喜得天開清曠域，宛然人在廣寒宮。

銀漢無塵水天一色，金商應律風月雙清。

2. 慶賀類

甲.賀訂婚：

良緣天賜；緣定三生。

文定吉祥；喜締鴛盟。

乙.賀新婚：

琴瑟諧春樂；芙蓉帶露開。

百年歌好合；五世卜其昌。

翔鳳乘龍兩姓偶；好花圓月百年春。

詩題紅葉同心句；酒飲黃花合巹杯。

丙.賀續婚：

鸞膠新續；明月重圓。

琴瑟重調；其新孔嘉。

丁. 賀生子：

    弄璋欣有喜；產鳳慶生輝。

    寧馨生應文明運；大器育成棟樑材。

戊. 賀生女

    喜結心中律；欣生掌上珠。

    中郎有女傳家業；道蘊能詩壓弟昆。

    何必重男輕視女；要知半子勝生男。

    如此掌珠得未曾有；誰謂弄瓦聊勝於無。

己. 賀當選

    允符眾望；學優則仕。（機關首長）

    為民喉舌；眾望所歸。（民意代表）

庚. 賀比賽

    出類拔萃；妙筆生花。（作文）

    語驚四座；立論精闢。（演說）

    一鳴驚人；繞樑三日。（歌唱）

    允文允武；龍騰虎躍。（運動）

辛. 賀開業

    駿業宏開；近悅遠來。

    鴻猷丕煥；術精德厚。

壬. 賀畢業

鵬程萬里；精益求精。

學以致用；國家棟樑。

癸. 賀校慶

百年樹人；作育英才。

春風化雨；洙泗高風。

※. 賀退休

功深澤遠；功在雲科。

廣栽桃李，樂育英才。

3. 哀輓類

　　輓聯源自於古代輓歌，一則用於讚頌亡者的公德；二則用以悼念亡者、表達哀思。因此，在寫作時，應對亡者的背景有相當程度的了解，不宜隨意套用陳腔濫語，以免貽人笑柄。至於親族之間的悼輓，雖可參考前人作品，斟酌應用，然仍以自創為佳。題款時，對男性尊親多用「千古」。如：父親大人千古、岳父大人千古……等。對女性尊親多用「靈右」。如：母親大人靈右、岳母大人靈右……等。落款時，稱謂比照對亡者的自稱。對亡父多用「孤子〇〇泣淚拜輓」、對亡母多用「哀子〇〇泣淚拜輓」。對一般尊長可用「泣淚拜輓」、「頓首扣輓」或「泣淚慟輓」；對平輩可用「泣輓」、「淚輓」、「慟輓」、「敬輓」。對晚輩則用「輓」或「悼」略舉如下：

甲. 男、女通用：

鶴夢歸何處；猿啼在此間。

提耳言猶在；捫心齒欲寒。

痛心傷新逝；揮淚意深情。

一曲衷腸淒風悲；滿腔血淚寒天哀。

乙.輓父：

風木有遺恨；瞻依無盡時。

欲見嚴容何處覓；追思義訓弗能聞。

生我育我竟爾長辭騎鯨去；呼天問地澘然無語駕鶴蹤。

八十載春秋雖稱耄耋猶冀久承庭訓；四十年德範一旦見背那堪重讀蓼莪。

丙.輓母

良操懿德千秋在；亮節高風萬古存。

杜宇傷春泣殘雪；慈烏失母啼破哀。

莫報春輝傷寸草；空餘血淚泣萱花。

末盡反哺恩慈親忽爾謝辭世；痛想承歡日血淚滂沱呼蒼天。

相夫教子成實業家供養坤維徵厚載；

備及歸真留璇瑋範譽揚彤史有遺風。

丁.輓師長

當年幸立程們雪；此日空懷馬帳風。

廿載道能宏明德新民存教澤；千秋名不朽博文約禮仰師恩。

4.勝蹟類

甲.名勝：

圓音傳梵唄慈雲廣布呈祥氣；福澤賜黎民法雨均霑顯佛光。

（佛光山圓福寺聯）

真成拓土無雙士；正式開蘭第一人。
（吳東進題宜蘭礁溪吳沙紀念館聯）

一門父子三詞客；千古文章四大家。
（眉山三蘇祠聯）

我輩來此惟飲酒；先生在上莫題詩。
（蘇軾---當塗採石磯李白祠聯）

乙.佛寺：

無我無人觀自在；非空非色見如來。

丙.關帝廟：

先武穆而神大漢千古大宋千古；後文宣而聖山東一人山西一人。

丁.土地祠：

官居五行末；位在三才中。

有廟無僧風掃地；多香少燭月為燈。

5.宅地類

甲.廳堂：

莫放春秋佳日去；最難風雨故人來。

嘉賓蒞臨輝增蓬蓽；憑窗對話座滿春風。

金玉其新芝蘭其室；仁義為友道德為師。

乙.園林：

桃李成蹊徑；江山入畫圖。

水色山光皆畫本；花香鳥語總詩情。

樹影不隨明月去；花香時與好風采。

6. 行業類

　甲. 書局：

　　　　　藏古今學術；聚天地精華。

　　　　　東壁圖書府；西園翰墨香。

　　　　　莫到用時方恨少；總須平日讀來多。

　　　　　翰墨圖書皆成文采；往來談笑皆是鴻儒。

　　　　　大塊文章百城富有；名山事業千古永留。

　乙. 玩具業：

　　　　　類多竹馬青梅之友；不失仁人赤子之心。

　丙. 米穀業：

　　　　　兩岐歌樂歲；九穗兆豐年。

　　　　　無時巧婦難為力；歉歲司農費盡心。

　　　　　亙古皆憑農立國；生民咸以食為天。

■應用練習

一、嘗試寫一份題辭用來祝賀友人得子。

二、請問對聯的重要性為何？

三、如何以國語判斷平仄？

四、請問對聯張貼於門楣的正確位置？

五、以休閒生活為題，試擬一副對聯。

第十七章　論文

所謂「論文」，就是將學術研究以文字描述成果的文章，包含有：學位論文、學術論文（包含：期刊論文、學報論文，以及研討會論文）等，皆通稱為論文。然而無論撰寫論文的目的為何，其研究動機與成果目的是否具有價值貢獻，這才是論文書寫的意義。從構思開始便要審慎分析其理論邏輯性、全球趨勢，運用流暢的文詞將研究內容完整表達，並下達具有創發性的結論。除此之外，論文的格式也佔了其評斷論文優劣的重要地位。

論文書寫與散文書寫不同。前者是客觀理性，須經論證才會有結果，在論證的過程中，必須是有依有據，並合乎科學邏輯；後者是主觀感性，不須經論證就可有結果，在論證過程中，也無須有依有據，並可不合乎科學邏輯，只要作者將其人生感觸書寫出來即可，可以虛構，也可以誇張，只要作者高興，沒有什麼不可以。所以，論文是學術研究的成果；散文則是文學創作的成果。研究生最容易疏忽或犯錯，即是把論文當作散文書寫，切記！切記！以下就：論文概說、論文的種類與結構、論文寫作的技巧與規範，以及論文範例等說明之。

第一節　論文概說

一、論文的定義：

論文是一種較為邏輯化、系統化的文書，並且具有特定格式要求。每份論文都有屬於筆者自我研究主題，從構思開始便要審慎分析其理論邏輯性、全球趨勢，運用流暢的文詞將研究內容完整表達，並下達具有創發性的結論。事實上，學術論文撰寫比其他無書都更加的嚴謹，且更重視省察與獨到的創見。

二、價值與目的：

論文的價值在於提高學術水準：尤其是在出版的學術期刊或專門的國際會議上，分享研究成果、發表新觀點，使後繼研究可以重新驗正，提出有所參酌的結論，具有學術價值或是對社會有具體實際的貢獻。因此，必然設置嚴謹、階段性的審核過程，以資證實或受到學術界的肯定。以功能而言，在於通過考驗，取得學分或學位、獲得學術期刊或是研討會的採酌。以過程而言，在於訓練學者的邏輯思維、溝通表達、遵循格式的能力。

第十七章 論文

第二節 論文的種類與結構

一、論文種類：

論文種類依照功用來分類，可以分為學期報告與讀書報告、專題製作與研究、專業性的學術論文、學位論文等，分述說明如下：

（一）**學期報告與讀書報告**：學期報告與讀書報告多是任課老師給予的課後學習評量，分為個人獨自作業與分組專題報告。可以增加理性的思考判斷，亦可訓練學生的組織及解決問題能力，另外老師也能透過此項作業瞭解學生課堂的吸收狀況與潛力。大學時期的報告大多較為淺顯，篇幅亦不大，然而到了研究所後，教授要求的報告便轉向具有研究性、專業性與創見力的文章，當然相對來說也較為艱深困難。

（二）**專題製作與研究**：專題製作與研究係指研究者針對某一主題進行深入的探究與分析，培養其實作應用能力。某些學校在畢業門檻便有規定學生必須修習的專題製作學分。

（三）**專業性的學術論文**：專業性的學術論文係指透過學者與研究人員來針對某一專業主題提出的系統化研究，並且必須依照論文撰寫格式規範來書寫。諸如期刊發表、研討會等，其作者多是於學、經歷上已具備水平以上的水準，並且能具有創見與具體的解決能力。

（四）**學位論文**：學位論文係指研究所與博士班時期的畢業論文。除了透過教授專業的指導外，其文章亦必須經由學校嚴謹的審核，且通過口試委員的詰問，才能取得學位證書。

二、論文的結構：

　　論文形式文章與其他類研究報告，是一種將研究成果以文字加以闡述的文書。但基本上，論文的格式要求較為嚴謹，一般分成三個部分：篇首、正文、參考資料，分述說明如下：

（一）**篇首**：論文在篇首部分包括有書背、封面、序言、致謝詞、摘要、目錄等。

1. **書背**：書背及書脊，通常應包含論文名稱、研究題目、院校系所名稱。

2. **封面**：寫明學校名稱、研究所名稱或研究機構、論文名稱（或課程名稱、報告題目）、作者姓名、指導教授姓名，以及撰寫完成日期（年、月）等。其中個要項的編排次序或位置，各校或略有不同，但主要項目則少有差異。

3. **序言**：序言主要說明該研究的背景；動機、範圍及目的，有時也會說明研究過程及論文之重要發現；而資料之取捨標準、論文的編排程序、所用的術語符號說明，有時也會簡要介紹。序言可分為自序與他序兩種，他序多請師長或專家執筆，有推介之意。

4. **致謝詞**：以致謝詞表達在撰寫輪文過程中獲得的協助，有的論文會將致謝詞並於序言中，而不獨立列之。

5. **摘要**：經濟部公布之「摘要撰寫標準」：「對某文獻作一簡短而正確之內容說明，不加註任何評論，同一摘要無論由何人撰寫，其內容應無多大區別。摘要須配合原著之形式及文體，將其內容做最完整的描述。」根據此定義，論文（學位論文、期刊論文或研討會論文）摘要的撰寫，事論文的精簡嚴謹的介紹，可涵蓋：

第十七章　論文

甲. 研究之問題、目的。

乙. 問題解決所運用之研究方法。

丙. 問題解決過程、步驟。

丁. 成果或發現。

戊. 研究發現的重要決策函意，及結論與建議。

己. 後續研究之必要性，並在最後附加最多五個關鍵字，讓讀者在未閱讀正文的情況下，清楚且快速的掌握內容。

6. **目錄**：目錄是將論文或報告所包含之項目、內容及次序作條例介紹，包括：

甲. 目錄第一頁正上方要有「目錄」字樣。

乙. 目錄之內容必須列出序言、緒論及各篇、章、節之名稱。此外，參考書目、附錄或圖表目錄等資料也應列出。

丙. 使用虛線以註明所屬頁次。完整內容目錄在整篇論文完成之後才能編定，而在每一章節都完成之後，章節目錄編排可以完成。

7. **圖表目標**：圖表目標的製作，主要目的在於查閱方便。若圖表數量較多，則宜獨立編成圖表目錄，否則就可省略此項，作者可自行決定。其與內容目錄的寫作方法十分相似，是依據章節的順序將圖表名依序陳述，但附圖的編號最好採用阿拉伯數字。習慣上，第一章的第一圖，以「圖1-1」來編寫，第二章第三圖，則以「2-3」來編寫。如果文中圖表數量不多時，可將圖標目錄列在同一頁，甚至可以不使用圖表目錄。而在全文中，附圖、

附表出現的先後，則須按照圖表的先後順序如「圖 1-1」、「圖 1-2」及「表 1-1」、「1-2」來加以陳述。為使圖表論文中發揮其應有功能，應注意下列幾點：

甲. 圖的標題應放圖的下端，而表的標題則放在表的上端。

乙. 每一圖表的大小以不超過一頁為原則。圖表如大於半頁以上，應單獨放置一頁，如小於半頁，則可和文字敘述資料放在一頁上。但如果表的大小超過一頁時，可在前表的右下方註明（續後頁），且在後表的左上方註明（接前頁）。

丙. 先出現說明文字，後出現圖表。

丁. 若引用他人製作之圖表，須註明資料來源。

（二）**正文**：正文是論文或報告中最重要的部分，包括緒論、本文及結論三部分。論文或報告的研究構思、理念論述、事實依據及研究結果與貢獻，都於此系統化組織，且簡明連貫的表達。

1. **緒論**：短篇幅的單篇論文又改稱為「前言」。此一部分可以概論與文獻探討來函蓋。應包含：

甲. 問題背景緣起--研究動機：進行學術研究，必有研究動機，研究動機大致因：前人未作研究，而該主題值得深入探討。

乙. 過去其他相關研究的簡述--文獻探討：文獻探討的撰述乃說明問題背景與由來，將之前學者的研究做一綜合說明。撰寫文獻的整裡與評論時，研究者多參考前人重要著述，作為其研究之基石。

第十七章　論文

丙. 研究範圍的界定：在有限的時間、人力、財力或文獻資料的影響下，研究範圍的設定都會受到影響。所以，研究者必須說明其議題的設定範圍，即處理材料的範圍，讓讀者根據說明評估其研究之價值。

丁. 研究途徑與方法：研究途徑與方法是指研究者選擇相關資料及問題的標準，以何種角度探討研究的主題及相關問題。研究的方法則指研究者針對主題，運用何種成序與方法來進行。而研究方法的說明，可使讀者了解其所應用之法，檢視其研究方法的創新情形，進一步評估研究的方法有無問題。

戊. 研究過程及步驟：研究過程及步驟的規畫，可使讀者明瞭其研究歷程，研究者也能掌握研究步驟，使論文（或報告）可順利完成。

己. 研究架構：研究架構是指作者針對其研究的主題所進行思考分析的架構，一般包括研究架構圖及研究架構圖之文字說明兩部分。

2. **本文**：本文為論文或報告的核心所在，通常有一研究主軸，其架構多以章節來區分，每一章節各有標題，標題要有明確的說明作用。各章開始皆起新頁，有些於章節下在細分，通常以壹、一、（一）、1.、（1）等次序編列，層次區分要分明。

3. **結論**：論文結論主要目的是將研究的成果與創見呈現。結論為綜合性之回顧，常陳述創見與建議，如下：

甲. 歸納問題總結。

乙. 說明論文貢獻。

丙. 提出論文具體可行之措施與未來展望與後續研究方向與建議事項。

（三）**參考文獻**：參考文獻是指研究者在撰寫論文時所參考的資料，在論文中被引用的文獻。因為論文寫作重視學術論理，在引用他人的著作時，一定要遵守智慧財產權及著作權的規定，註明引用原文的出處。

（四）**附錄**：學位論文大都有附錄，是為呈現與論文有關的作者年譜、各種測驗、量表；數據資料與統計程式等。

（五）**索引**：索引為學術論文之最後部分，一部有相當分量的論著均附有索引，以方便查證，通常分為人物所引與主題索引等。

第十七章　論文

第三節　論文寫作的技巧與規範

論文題目與論文內容，必須有適當的搭配，可以小題大作，但不能有大題小作的現象，最好是以適當為原則。指導老師通常會要求學生小題大作，較為容易，千萬不要大題小作，難於顧全論文的完整性；而大題大作甚為辛苦，也不容易完成。筆者則認為，不管是小題大作，還是大題大作，皆應以學術價值來評量，沒有價值的論文，只會製造學術界的垃圾，毫無意義。更何況！想當學術人的前提，就是不畏艱辛。茲將論文寫作的技巧與規範、注意事項說明如下：

一、寫作技巧與規範：

（一）擬題、摘要

題目的設定初期都過於普遍，指出研究的方向須經過與指導教授、同儕研究生討論，逐步產生簡短、精要、醒目的關鍵字，題目就越來越清晰明確。有些論文會等到文章寫完後，再次確認題目與內容的密合度。

摘要內容則力求忠實反映本文，表達採敘述式，篇幅不宜過長。中文摘要約在二百至五百字之間較為適當，以不超過 A4 指一頁為原則。摘要內容著重研究發現的部分，占整篇摘要的三分之二，其餘的三分之一則簡略描述研究目的、對象及方法等。一般而言，中文論文除了要有中文的摘要以外，通常還要具備應文摘要，以方便不同國籍或閱讀習慣的閱讀者之須要。

（二）目錄、關鍵字

目錄為標題段落的綱要表，以顯現層次、頁數、附表圖所在，可供隨時檢查論文的架構以及前後連貫性。目錄應務求清楚明白，可以指引讀者（包含研究者本身）閱讀。

論文完成後，通常會選擇幾個關鍵字作為檢索之用。關鍵字的設計，可以增加論文被引用、延續研究發展的機率，一般宜選三至五個扣緊研究主題、研究核心、研究結果的詞語，條列於摘要。

（三）正文

　　正文的敘述要中立客觀，並且有獨創性，要能提出問題、分析並提出解決方案。旁徵博引要能提出自己的批判，引用文章不宜過長，綜合歸納各項資訊，力求發展新概念。用字遣詞、標點符號與字體圖表不可馬虎，務求淺顯易懂、一目了然。

　　草稿不斷的修正，使前後章節緊密結合。首章的研究動機、研究問題、期望結果，必須畫龍點睛、引人入勝，千萬不可草率。次章的文獻探討，則顯示平時蒐集資料的功力。寫作時採倒三角形態，資料由背景說明、名家立論，到本身的研究範圍，濃縮精華，步步鋪陳，扣連到下一章。基礎知識不足，資料蒐集不夠廣泛，將使第二章乏善可陳。第三章一般而言，若不是理論文獻持續鋪陳，就是將研究方法、步驟、架構、工具、統計分析（資料處理），一一陳述。無論是引用他人的工具或是研究者自己建置，工具的信、效度，必須交代清楚。若是進行實驗，對照組與實驗組的安排也要避免誤差，實驗過程要重視實驗對象的隱私、人權、研究倫理。研究者必須相當熟悉所使用的方法、工具，及結果檢測的步驟。

　　研究方法之後，就是執行結果的陳述，以及問題討論與建議。執行結果不可捏造，數據、圖表要標示清楚，圖表不可花俏，簡單明瞭即可，圖表一律採黑白呈現方式。結論依照所得結果撰寫，切不可於結論時提出新的觀點，自說自話反而降低說服力。亦可根據結論提出建議與未來研究方向。

1. 參考資料的引述寫法：撰寫論文時，資料引述的寫法為重要的步驟，研究者能透過引述相關資料，使論文（研究報告）更為完善充實，其方式分為兩種：

    甲. 改寫法：研究者以自己的用語彙整所引述資料的要義。

第十七章　論文

乙. 直引法：引用原始資料的文字不加以修改。

　　研究者在撰寫時，不論是採用改寫法或直引法，應清楚註明來源及出處，這便稱為「詮釋」(或稱「附註」、「註」、「注」)。註釋是以簡潔的標示，以補充說明論文的枝節部分。詮釋可依位置不同而分為兩類：

甲. 文內註釋：在行文裡引用參考資料之後，加括號註釋其作者及資料發表夥出版年代，並在文末列出詳細書目即可。

乙. 文後註釋：可因放置位置不同而分為「註腳」與「附註」兩種：正文如橫行排列，註腳可列在當頁之下端；正文直行排列，註腳則可列在當頁之左邊。附註可列在全文之後，如分章撰寫的長文，附註就列在每章之後，全文之後就只列書目而不列附註。有些較短的論文，文末只列附註，不再另列書目，以附註代替書目。

2. 引用文獻的原則：

甲. 選擇與研究題目最相關的文獻，若有針對相同題目作總整理的文章，應多納入，讓讀者能從該文獻獲得更多資訊。

乙. 不要刻意隱瞞文獻，如果論文題目與前人類似或相同，所引用之資料可能大致相同，此時應主動提出該文獻之參考部分，不應刻意將該篇文章忽略。

丙. 應選擇現在尚存而別人可以取得的文獻(最容易取得之文獻以期刊為多，書籍、會議刊物、博士與碩士論文等次之)，而已絕版且不易取得的文獻的參考價值不高，故應避免列文獻。私人通信或未發表之資料、講義等，除非必要，應勿引用。若須使用，可用於文字敘述之括號中。

　　在撰寫過程中，各參考文獻在正文中第一次被引用時，須按照規定編排，並依序標注序號；第二次引用時，則相同的地方，如：出版

地、出版者、出版年等可省略。在文末將徵引過的期刊、書籍等，分門別類編纂成目錄。

（四）參考書目（文獻）

參考書目（文獻）之格式：論文寫作的格式是學術溝通的符號，一致格式可以使資訊流通更有交集。基本的格式有簡略與繁複之別，但格式並非一成不變。國內人文社會多辦遵循 APA（AmericanPsychologyAssociation）、MLA（MamualLanguageAssociation）的格式規範，若欲發表或取得學位，則必須遵照相關機構（單位）的要求，符合其特定格式。一般而言，同一領域的標準大同小異。

1. 參考文獻的排列沒有統一規定，大致可有下列幾種方式：

    甲. 以作者姓名筆劃多寡編寫，同一作者有多篇論著，則一年代遠近為序，遠在先、近在後；同一作者在同一年內有數篇論著時，則在年代後用英文小寫 a、b、c 等符號標明。

    乙. 依時代、出版時間先後次序排列。

    不論何種編排方式，皆須系統性的編寫，以方便讀者檢閱。而中英文的排列次序，一般均以中文為先，日文隨之，英文最後。中、日文又以筆畫少者為先，應文則以字母先後來排列。若投稿的期刊並無規定，則可依照此形式來排序。尤其要特別注意，論文格式學術界並沒有統一，完全由各學術單位自行規範，中研院有中研院的格式、臺大有臺大的格式、雲科有雲科的規範，各學門的論文格式也不相同。故在投稿時，應注意徵稿單位的規定。

2. 參考文獻羅列之內容：一般有作者姓名、書名、篇名、期刊或會議名稱、版次或卷期數、出版時間地點及頁碼。編排方式以凸排 2 字元為主。現分類敘述於下：

    甲. 專書論文：

    屬參考文獻--作者（年分），《書名》，出版地、出版者；或作者，《書名》，出版地、出版者、出版年。如：羅敬之（2003），

第十七章　論文

《文學論文寫作講義》，臺北：里仁書局；或蔡普得：《魯迅小說研究》，高雄：麗文出版社，2010年版；或蔡普得：《魯迅小說研究》，(高雄：麗文出版社，2010年版)，頁13。

屬引文文獻--如：蔡普得：《魯迅小說研究》，(高雄：麗文出版社，2010年版)，頁13。

乙. 期刊論文：作者姓名（發表年分），篇名，《刊物名稱》，卷數、期數，頁次。例如：高博全（2000），〈多元化的教學活動〉，《國教輔導》，39：4，頁44-47。

丙. 學位論文：作者（畢業年月），論文名稱，學校系所及學位名稱。陳炎旻（2003），《專題製作課程對大學生創造力之影響研究》，彰化：國立彰化師範大學工業教育系碩士論文。

丁. 會議論文：作者（發表年月），篇名，會議名稱，發表地，頁數。陳茂仁（2004，10），《古典散文的創意教學》，第二屆創意開發學術研討會，嘉義：嘉義大學，頁389-405。

戊. 研究報告：作者（發表年月），篇名，研究學名，發表地。如郭秋勳、王自和、顏若映（2001），延伸國民基本受教年限規畫研究，教育部中等教育司委託，彰化：彰化師大教育研究所。

二、其他注意事項：

（一）時間管理

　　寫作論文過程中，思考的熟練、對生活的觀察、關注徵稿主題（期刊研討會等）、發現問題（蒐集資料與分析）、文獻的探討、建立架構（選擇、設計研究方法、工具）、策略的運用等，不只是研究流程，而是研究計劃的內容有系統的建構起來，相當化時間。再者，時間流是飛快，論文寫作者又並非都是全職寫作，所以時間的管利與自制力相當重要。

指導教授的影響力是存在的，除了口試審核的影響力外，若是他（她）生病、太忙、轉換跑道而必須換人指導，通常經驗都不太愉快。即使有兩位以上的指導教授，最好還是與主要指導教授作密切、完整的溝通之後再參酌其他意見；否則左右為難，甚而造成爭議，立場就很難堪。簡言之，學位論文的寫作與指導教授的關係非常密切，然而獨立研究、人際分際與情緒管理的能力則更為重要。

（二）經費的爭取

教育部、國科會、公私立機構等，提供大學生或研究者研究經費。在論文寫作的過程中，須要工具的採購、問卷印刷、寄發回收等費用，若能同時爭取經費的挹注，將對研究有所助益。若能獲得補助，也得到相對的肯定，藉以提升研究的品質與學術的地位。本單元範例（行政院國家科學委員會補助--大專學生參與專題研究記畫研究成果報告）的提供者，當時為輔大學生，現就讀於中正大學研究，變是很好的例證。

（三）排版與印刷

每頁打字或列印，上下及右邊須空留一英吋，左邊則空留一英吋半，以利裝訂。論文以單面列印，使用雷射印表機，最好不要使用Dot-matrixPrinter(點陣印表機)。論文字體一般以Times/TimesRoman（12charactersto aninch）為主。每頁列印 23 至 26 行（2 倍行高double-spaced）。左邊文字對齊，右邊可不必切齊。很多人忽略排版與印刷，認為這是瑣碎的事物。然而花些時間讓論文的門面更有觀賞、收藏價值，也是值得努力的工作。

（三）關鍵字詞的查詢

關鍵字詞的選擇決定資料蒐集的範圍。蒐集資料，範圍要恰到好處，以免過於狹隘而難以尋求合宜的研究，或過於寬廣以致篇章過多卻離題太遠。

（四）文獻資料的整理分類

以文件夾附上標籤，將查詢到的資料分門別類。現在的資料夾種類繁多，可依須要選用風琴夾或資料夾，將文件夾一一置入保存。若是筆記，切記單張零散記載。

（五）碩、博士論文著作權歸屬

根據經濟部智慧財產局（2006），有關碩、博士論文著作權歸屬爭議之問題說明，以內容寫作程度參與多寡為決定關鍵。

（六）著作之引用

避免抄襲的心態，或誤犯剽竊行為，否則將導致身敗名裂。根據「經濟部智慧財產局校園注作權百寶箱」，引用必須公開表明出處，且屬於重製行為，必須尊重著作權。為使資訊流通並加速研究成果深層貢獻，某些著作多採用 CC〔姓名標示--禁止改作--非商業性〕授權條款臺灣 2.5 版授權。

應用中文卷

第四節　論文範例

一、碩士學位論文：

1. 封面

雲林科技大學漢學資料整理研究所
碩士學位論文

Metadata 文學典藏之研究----以魯迅《野草》為例
A Study of Metadata Literature Archiving in the Case of Lu Xun's "Wild Grass"

研究生：林〇〇

指導教授：蔡〇〇

中華民國九十九年六月

第十七章 論文

2. 摘要

摘　要

　　魯迅為中國近代思想與文學巨擘，他對於人性的體認之深刻，同時期少有人能相提並論。在其鼓吹改革之際，其文學作品之中卻始終帶著一絲揮之不去的陰霾。其亦數次自承「我的思想太過黑暗」，而他說這些話的時期與《野草》各個篇章發表時期相重疊。令人揣測魯迅的黑暗思想，是否與在創作《野草》時的境遇相關？以現今可見研究魯迅思想的成果來看，可確認《野草》中含有魯迅以藝術手法隱藏的黑暗黑想。但卻無任何資料搜尋系統可以提供客觀的時代背景以及歷史事件，以節省研究者搜尋相關資料的時間，或者藉以更明確的了解魯迅當時遭遇的困境。

　　臺灣自 2002 年起發起數位典藏計劃之後的五年之間，各樣的典藏計劃不斷的被提出及執行。在這諸多計劃之中，珍本由於其材質容易損毀而被典藏研究者所重視。現今有大量的珍本被翻拍或經輸入建立資料庫供研究人員使用，大大提高了珍貴文獻資料被使用的頻率。但這些資料庫大多以文字比對搜尋為主，對於作者在創作時的內（作者寓意）外（時代背景）環境皆無法提供給搜尋者。本論文以《野草》為本，並藉由整理出《野草》中相關的人物及事件，並透過 Metadata 的數位典藏技術，將這些資料與文本篇章相互關聯。提供使用者在查尋《野草》之時，可以更加容易的了解到魯迅在創作該作品的環境，由此延伸出其他的研究可能。本研究亦嘗試整合文本資料研究，以及數位典藏知識兩大領域，希望提供數位典藏另一個發展、完善的可能。

　　關鍵詞：魯迅、野草、數位典藏、詮釋資料(Metadata)、文學

3. 外文摘要

Summary

Lu Xun is an authority in modern thought and literature; the depth of his understanding of human nature was almost unparalleled at the time. At a time when reform was so strongly advocated, his works carried a trace of pessimism. He even admitted on several occasions: "my thoughts are too dark." The time that he made comments like this overlapped the time that he was publishing chapters from "Wild Grass." This coincidence has led some to speculate as to whether his cynicism and the unfortunate circumstances he found himself in while writing Wild Grass were related. From advances through the modern research of Lu Xun's thoughts, we can confirm that Wild Grass contains this "dark thought" hidden by Lu Xun's artistic techniques. However, there does not exist a single information search system that can provide researchers with an objective background on the times or historical events to save time for those searching, or to provide a more complete understanding of Lu Xun's predicaments at the time.

In the past five years since Taiwan initiated digital archive programs in 2002, all kinds of archive programs have been continuously proposed and implemented. Amidst these many programs, rare books have received a great deal of attention from researchers due to their fragile materials and how easily they are damaged. Currently many rare books are being recopied or entered into databases for future use by researchers; in this way information from these valuable works is much more commonly used. However, the majority of these databases use text comparison searches as their main method, and have no way of providing information on th einner (author's intent) and outer (historical background) environments of the author at the time.

This study is based off "WildGrass," and arranges the characters and events in connection with the book. The study also uses Metadata's digital archiving technology to connect this information to the writings, allowing researchers, while searching the book, to more fully understand the environment in which LuXun created his work "WildGrass"; and through this open up other research possibilities. This study also attempts to integrate the two major fields of literary information research and digital archiving knowledge, and thereby hopefully provide room for development and improvements in digital archiving.

Keywords: LuXun、WildGrass.、digital、Metadata、Literature

4. 目錄

目　錄

第一章緒論……………………………………………………………1

　　一、研究動機與目的………………………………………………1

　　二、研究方法與步驟………………………………………………8

　　三、研究範圍與限制………………………………………………15

第二章文獻探討………………………………………………………21

　　第一節文本探討……………………………………………………21

　　第二節技術探討……………………………………………………30

第三章典藏內容討論…………………………………………………41

　　第一節創作動機分析………………………………………………41

　　第二節資料庫表格設計……………………………………………69

　　第三節metadata格式採行標準……………………………………74

第四章典藏模式建立…………………………………………………81

　　第一節系統建構模式………………………………………………81

　　第二節系統展示……………………………………………………107

　　第三節系統成果與未來展望………………………………………185

第五章結論……………………………………………………………200

參考書目………………………………………………………………202

　　附錄一：文學作品詮釋資料格式…………………………………202

　　附錄二：編年史詮釋資料格式……………………………………220

　　附錄三：查詢系統程式碼…………………………………………232

5. 參考文獻

參考書目

一、古籍、原典（依著作時代排序）：

〔漢〕趙曄：《吳越春秋》（上海市：中華書局，1927 年）

〔元〕脫脫等撰：《宋史》，楊家駱主編：《新校本宋史附編三種》（臺北：鼎文出版社，1979 年）

二、魯迅文本：

魯迅：〈無花的薔薇之二〉，《魯迅全集》第 3 卷（北京：人民文學出版社，1981 年）

魯迅：〈論「費厄潑賴」應該緩行〉，《魯迅全集》第 3 卷（北京：人民文學出版社，1981 年）

魯迅：〈紀念劉和珍君〉，《魯迅全集》第 3 卷（北京：人民文學出版社，1981 年）

魯迅：〈反「漫談」〉，《魯迅全集》第 3 卷（北京：人民文學出版社，1981 年）

魯迅：〈野草英文譯本序〉，《魯迅全集》第 4 卷（北京：人民文學出版社，1981 年）

魯迅：〈我和《語絲》的始終〉，《魯迅全集》第 4 卷（北京：人民文學出版社，1981 年）

三、專書（依著者姓氏筆畫排序）：

片山智行著，李冬木譯：《魯迅《野草》全釋》（長春：吉林大學出版社，1993 年）

朱順佐等編《紹興名人辭典》(上海:上海國際出版公司,1994年)

李天明:《難以直說的苦衷--魯迅《野草》探秘》(北京:人民文學出版社,2000年)

林志浩:《魯迅傳》(北京:北京十月文藝出版社,1994年)

蔡永橙、黃國倫、邱志義等:《數位典藏技術導論》,(臺北:國立臺灣大學出版中心,2007年)

四、期刊論文:

陳亞寧、陳淑君:〈Metadata初探〉,《中研院計算中心通訊》第15卷5期(1999年3月)

五、網路資料:

後設資料工作組:http://metadata.teldap.tw/share/share-frame.html,上網日期:2010/4/20。

國家文化資料庫知識管理系統:http://km.cca.gov.tw/download/rule.html,上網日期:2010/4/18。

魯迅博物館圖書查詢系統:http://www.luxunmuseum.com.cn/lxww/dataAll.aspx?fid=2,上網日期2010/1/11。

第十七章 論文

二、博士學位論文：

1. 封面

○○大學中國文學研究所
博士學位論文

魯迅小說研究
Research on Lu Xun's Novels

研究生：蔡○○
指導教授：李○○
中華民國九十八年六月

---

2. 摘要

摘　要

關鍵詞：魯迅、小說、國民性、禮教吃人、精神勝利法。

　　本文以〝魯迅小說研究〞為題，其動機乃五四運動的新文學對中國文學史衝擊，是空前的，革命性的，遠非歷史上任一時期所能比擬，它使傳統文學脫胎換骨，另創紀元。而魯迅則是這一戰場的大將，他的小說，不僅與胡適等的新詩，開創新文學創作之先河，也是最能直接反應，當時老舊弊病叢生的社會及人民百姓的心聲。可惜，向來研究者，除大部份帶濃厚〝意識形態〞外，亦局限於單篇或片面分析，缺乏全面性、系統性之探討，尤其以現代小說之標準做為基礎的整體研究，更是遑論，致使研究五花八門意見分歧，至今仍難有定論，實令人無所適從，故其完整性自顯不足。筆者即基於上述原因，並秉持純學術立場，嘗試對魯迅小說做整體、全面且有系統之研究。其目的除對魯迅小說做完整性探討，以建立其系統化外，並期有一番新的闡釋，以確定其貢獻還魯迅歷史應有地位。

　　本文採〝文獻分析法〞、〝批判法〞，以及〝演繹法〞、〝歸納法〞四者並用。先行蒐集與研究有關的基本文獻、各家評論，繼就所得材料續予外在評估，與內在評估。前者在鑑定資料之真實性，後者在確定資料之價值性，然後引述分析，並加以演繹、歸納，同時就不合理者提出批判，以求獲得結論。

　　本文分七章論之，計三十六萬餘言，其步驟為：

第一章　導論：先敘述筆者研究動機與目的、研究範圍與限制、研究方法與步驟、名詞概念與釋義，以及文獻分析與回顧等。

第十七章　論文

第二章　魯迅小說之創作背景：繼導論後，再探其背景，由時空環境的影響論起，傳統文學的影響、外國文學的影響至思想性格的主導止，以掌握其整體概況。

第三章　魯迅小說之作品分類：整體概況掌握後，即可進行魯迅小說之分析，首先就小說形式區分以及小說內容區分，兩方面來加以說明，以探討其寫作方法。

第四章　魯迅小說之寫作技巧：繼寫作方法後，再從小說結構的設計、作品標題的選擇、故事情節的處理、時間空間的安排、人物形象的塑造以及語言文字的運用等來加以分析，以研究魯迅小說之寫作技巧。

第五章　魯迅小說之思想性探討：完成其小說寫作方法與技巧分析後，便可探索其作品所反映的人道主義思想、進化論思想、改造國民性思想以及社會改革思想，以助解決一些爭議性問題。

第六章　魯迅小說之風格及其地位：最後再論魯迅小說的藝術風格，以及對後世影響與貢獻，以確定其文學地位。

第七章　結論：綜合上述，客觀做出總結，並評論其得失，還其歷史應有的地位，以及提出建議。

本文研究的結果，魯迅的偉大不僅是他奠定了現代小說的基礎，提高小說的地位，在中國文學史上具有劃時代之意義。且還在於他對國民劣根性的研究，揭發、抨擊，終身不懈，三十幾年如一日，真可謂〝鞠躬盡瘁，死而後已。〞的這份精神。就連臥病不起時，他仍然要說：「我病倘稍愈，還要給以暴露的，那麼，中國文藝的前途庶幾有救。」故無庸置疑的，魯迅是國際有名作家、文學家，更是新文學運動以來中國最偉大的文藝創作家。綜觀他的作品流傳之廣，對後世影響之深，近八十年來無人能企及。

3. 外文摘要

Summary

Keywords: Lu Xun, novels, national character (guominxing), human cannibalism, psychological victory

This book entitled 'The Research of Lu Xun's Novels', which is motivated by the impact of the literature reform of the May Fourth Movement in the history of Chinese literature. This unprecedented and revolutionary impact has transformed traditional Chinese literature and brought Chinese literature into a new era. Such influence is unparalleled in the history of Chinese literature. Lu Xun is the most significant phenomenon in the Movement. His novels had not only created the new form of literature, but also reflected the ills of the society and voice of Chinese people directly. Some previous researchers, however, examined Lu Xun's novels with strong 'ideology' as well as limited to single piece of work or partial analysis. The lack of comprehensive and systematic discussion, in particular, a complete study on the basis of modern fiction, resulted in divergent views of the study of Lu Xun's novels yet to reach a conclusion. Based on the aforementioned reasons, the author of this book attempts to examine Lu Xun's novels with academic methods to establish a completed, comprehensive, and systematic research of Lu Xun's novels. In addition, the author also tries to discover some new interpretations of Lu Xun's work to recognize Lu Xun's contributions in the history of Chinese literature.

This article uses four research methods, including: "Text Analysis Method", "Criticize Method", "Deductive Method", and "Inductive Method". First, this article will collect relevant literature and various review articles. Then, on the basis of previously collected materials, this

第十七章　論文

article will continue external and internal evaluations. The former aims at is verifying the authenticity of the materials; and the latter aims at is determining the value of the materials. This article will cite and analyze the materials Second, this article will apply deductive method and inductive method to the materials as well as criticize method to unreasonable phenomenon of the materials. By doing so, this article will reach the conclusion.This book is divided into seven chapters with more than three hundred and sixty thousand words. The steps are as follow.

Chapter 1 Introduction: The first chapter introduces the author's research motivations and purposes, the scope and limitations of the study, research methods and approaches, the concept of proper nouns and their definitions, and literature analysis and review.

Chapter 2 The Background of Lu Xun's Novels: This chapter describes the background of Lu Xun's novels, which begins with the influence of environments of his time; following by the influence of the traditional Chinese literature, and then the influence of foreign literature; to Lu Xun's belief and characters. All of which is to form a general understanding of Lu Xun's novels.

Chapter 3 The categories of Lu Xun's Novels: This chapter categorizes Lu Xun's novels by the forms and contents. By examining the forms and contents of Lu Xun's novels, this chapter discusses Lu Xun's writing skills.

Chapter 4 The Writing Skills of Lu Xun's Novels: This part aims at Lu Xun's writing skills through various aspects. This chapter includes designs of the novels' structures, choices of the titles of his work, the process of the story plot, the arrangements of time and space, the formation of characters' images, and the use of language.

Chapter 5 The Analysis of Ideas in Lu Xun's Novels: This chapter focuses on Lu Xun's thoughts regarding humanitarian, evolutionism, the transformation of the national character, and the reform of the society to solve some controversial questions.

Chapter 6 The Styles and Status of Lu Xun's Novels: This chapter discusses Lu Xun's novels in terms of artistic styles as well as the influence and contributions to later generations to establish Lu Xun's literary status.

Chapter 7 Conclusion: This chapter summarizes previous discussions with objective conclusions. This study also offers evaluations and recommendations to recognize Lu Xun's contributions in the history of Chinese literature.

The conclusion of this paper would suggest that the greatness of Lu Xun' is not only him had established the foundation of modern novel, which improves the status of novel in Chinese literature; but also his spirit of continual studying the inferiority of national character. He had dedicated his life to expose and criticize it for more than thirty years, which is the true spirit of staying on duty until the end of his life. Even when he was critically ill, he still said, "If my illness is slightly healed, I still have to expose it. Then, there might be hope for Chinese literature and arts." Without doubt, Lu Xun is a well-known writer, literary scholar, and the most significant artist in China since the Literary Reform Movement. Overall, his work not only has a wide circulation, but also brings deep influence on the later generations. It is such an achievement no one would achieve in recent eighty years.

第十七章　論文

4.目錄

目　錄

序　　言
摘　　要
Summary

第一章　導　論　　　　　　　　　　　　　　　11
　　一、研究動機與目的　　　　　　　　　　　12
　　二、研究範圍與限制　　　　　　　　　　　17
　　三、研究方法與步驟　　　　　　　　　　　18
　　四、名詞概念與釋義　　　　　　　　　　　19
　　五、文獻檢討與回顧　　　　　　　　　　　22

第二章　魯迅小說之創作背景　　　　　　　　　29
　　第一節　時空環境的影響　　　　　　　　　31
　　第二節　傳統文學的影響　　　　　　　　　49
　　第三節　外國文學的影響　　　　　　　　　59
　　第四節　思想性格的主導　　　　　　　　　67

第三章　魯迅小說之作品分類　　　　　　　　　89
　　第一節　就小說形式區分　　　　　　　　　92
　　第二節　就小說內容區分　　　　　　　　　96

第四章　魯迅小說之寫作技巧　　　　　　　　　　105

　　第一節　小說結構的設計　　　　　　　　　109
　　第二節　作品標題的選擇　　　　　　　　　122
　　第三節　故事情節的處理　　　　　　　　　128
　　第四節　時間空間的安排　　　　　　　　　142
　　第五節　人物形象的塑造　　　　　　　　　163
　　第六節　語言文字的運用　　　　　　　　　206

第五章　魯迅小說之思想探討　　　　　　　　　　249

　　第一節　人道主義思想　　　　　　　　　　250
　　第二節　改造國民性思想　　　　　　　　　253
　　第三節　人性進化思想　　　　　　　　　　259
　　第四節　社會改革思想　　　　　　　　　　261

第六章　魯迅小說之風格地位　　　　　　　　　　273

　　第一節　藝術風格　　　　　　　　　　　　276
　　第二節　文學地位　　　　　　　　　　　　290

第七章　結　論　　　　　　　　　　　　　　　　315

　　一、總　結　　　　　　　　　　　　　　　316
　　二、評　論　　　　　　　　　　　　　　　321
　　三、建　議　　　　　　　　　　　　　　　326

參考書目　　　　　　　　　　　　　　　　　　　332
附　錄　　　　　　　　　　　　　　　　　　　　349

　　一、魯迅小說研究史之回顧　　　　　　　　　350
　　二、張學良將軍親筆稿《魯迅先生研究綱領》　412
　　三、魯迅簡譜　　　　　　　　　　　　　　　413

第十七章　論文

5. 參考文獻

參考書目

一、原始文獻（按出版年份為序）

魯　迅：《魯迅全集》（全十六卷）第一版，（北京：人民文學出版社編出，1993年）。

魯　迅：《魯迅小說集》第一版，（北京：人民文學出版社，1994年11月）。

魯迅著、黃菊編：《魯迅全集》（全十三卷）初版，（臺北：唐山出版社，1989年9月）。

魯迅著、項懿君編：《魯迅作品全集》（全三十三冊）第五版，（臺北：風雲時代出版社，1992年10月）。

魯迅著、張瀛玉等編：《魯迅全集》（全十六卷）臺一版，（臺北：谷風出版社，1989年12月）。

魯迅著、魯迅手稿全集編輯委員會編：《魯迅手稿全集》（全三十二卷），（北京：文物出版社，1978年至1983年間）。

二、一般論著（按作者姓氏筆劃/字母為序）

　　（一）中文

1. 專書論著：

丁　淼：《三十年代文藝總批判》，（出版地不詳：亞洲出版社，出版日期不詳）。

尸一等著、楊一鳴編：《文壇史料》，（大連：大連書店，昭和十九年十一月。

【俄】果戈理（Gogol, Nikolaiv）著、李映萩等譯：《狂人日記》再版，（臺北：志文出版社，1995年3月）。

【英】佛斯特（Forster, Morgan Edward）著、李文彬譯：《小說面

面觀》修訂版，（臺北：志文出版社，1995年12月）。

【俄】陀思妥也夫斯基（Dostoyevsky, Fyodor）著、邱慧璋譯：《雙重人格》初版，（臺北：爾雅出版社，1976年4月15日）。

【明】胡應麟：《少室山房筆叢》第一版，（上海：中華書局，1958年10月）。

2. 期刊論文：

王宏志：〈魯迅與胡風〉、〈魯迅在廣州〉載於香港中文大學中國文化研究所：《中文大學中國文化研究所學報》第二十卷、二十二卷，（香港：中文大學出版社，1989年及1991年）。

王潤華：〈五四小說中的狂與死～中國現代文學的反傳統主題研究〉載於林徐典編：《新加坡國立大學中文系學報》第三期，（新加坡：新加坡國立大學中文系，1991年12月）。

毛澤東：〈新民主主義論〉載於延安：《中國文化（月刊）》第一卷第一期，1940年2月15日。

巴　金：〈憶魯迅先生〉載於：《巴金全集》第十四卷第一版，（北京：人民文學出版社，1990年）。

吳定宇：〈《狂人日記》是浪漫主義作品嗎？〉《中山大學研究生學刊》第一期，（廣州：中山大學，1980年）。

吳茂生：〈魯迅與俄羅斯文學～論魯迅筆下的前驅者與俄國小說人物的關係〉載於中文大學中國文化研究所編：《中文大學中國文化研究所學報》第十三卷，（香港：中文大學出版社，1982年）。

胡　適：〈論短篇小說〉載於陳獨秀等編：《新青年（月刊）》第四卷第五號，（北京：北京大學，1918年5月15日）。

孫中山：〈孫文學說〉載於中國國民黨中央黨史史料編纂委員會編輯：《國父全集》第二集第二版，（臺北：中央文物供應社，1966年10月）。

第十七章 論文

3.學位論文：

吳　俊：《魯迅個性心理研究》，（上海：華東師範大學 博士學位論文，1990年）。

金宏達：《魯迅文化思想探索》，（北京：北京師範大學 博士學位論文，1985年）。

楊玉鳳：《五四短篇小說主題研究~1917至1927年間的中國婦女解放問題》，（香港：香港大學 碩士論文，1983年）。

蔡輝振：《人性、環境、行為互動關係之研究》，（香港：能仁學院哲學研究所 碩士論文，1994年）。

鄭懿瀛：《魯迅與中國現代知識分子~從"吶喊"到"彷徨"的心路歷程》，（臺北：政治大學 碩士論文，1991年）。

（二）英文

1.Books：

Goldman, Merle. *Modern Chinese Literature in the May Fourth Era*, Cambridge, MA:Harvard University Press, 1977.

Hsia, C.T. *A History of Modern Chinese Fiction*, New Haven: Yale University Press, 1961.

Hsia, Tsi An. *The Gate of Darkness: Studies on The Leftist Literary Movement in China*, Seattle, University of Washington Press, 1968.

Lin, Yu Sheng. *The Crisis of Chinese Consciousness: Radical Anti-Traditionalism in the May Fourth Era*. Madison, University of Wisconsin Press, 1979.

Lee,Ou Fan Leo. *Lu Xun and His Legacy*,Berkeley, University of California Press, 1985.

Lee, Ou Fan Leo. *Voices from the Iron House:A Study of Lu Xun*, Bloomington: Indiana UniversityPress, 1987.

Lyell, William. *A., JR. Lu Hsun's Vision of Reality*, Berkeley: University of California Press, 1976.

Ng, Mau Sang. *The Russian Hero in Modern Chinese Literature*, The Chinese University of Hong Kong, 1988.

Semanov, V.I. *Lu Hsun and His Predecssors*, tr. by Charles Alber New York: M.E. Sharpe, 1980.

Wellek, Rene and Warren, Austin. *Theory of Literature*, Third Edition New York:Harcourt,Brace & World, 1956.

2.Article：

Hanan, Patrick. *The Technique of Lu Hsun's Fiction*, Harvard Journal of Asiatic Studies, vol. 34 1974.

Krebsov'a, Berta. *Lu Hsun and His Old Tales Retold*, Archiv Orientalni, vol.28 1960.

Schwarcz Vera. *How Lu Xun Became a Marxist: Conversation with Yuan Liangjun*, Bulletin of Concerned Asian Scholars, vol.13-3 1981.

■應用練習

一、請問學位論文、期刊論文在結構上有何異同？

二、試擬定一研究主題。

三、請嘗試為自己的研究主題擬定大綱。

四、請說明何謂著作權？碩博士的論文著作權應該歸屬於誰呢？

國家圖書館出版品預行編目資料

應用中文卷 / 蔡輝振　編著～二版～
臺中市：天空數位圖書　2025.08
面：17 x 23 公分
ISBN：978-626-7576-27-4（平裝）
1.CST：漢語 2.CST：應用文
802.79　　　　　　　　　　　　　　　　　114011059

書　　　名：應用中文卷
發 行 人：蔡輝振
出 版 者：天空數位圖書有限公司
作　　　者：蔡輝振
版面編輯：採編組
美工設計：設計組
出版日期：2025年8月（二版）
銀行名稱：合作金庫銀行南臺中分行
銀行帳戶：天空數位圖書有限公司
銀行帳號：006～1070717811498
郵政帳戶：天空數位圖書有限公司
劃撥帳號：22670142
定　　　價：新臺幣680元整
電子書發明專利第　Ｉ　306564　號
※如有缺頁、破損等請寄回更換

版權所有請勿仿製

服務項目：個人著作、學位論文、學報期刊等出版印刷及DVD製作
　　　　　影片拍攝、網站建置與代管、系統資料庫設計、個人企業形象包裝與行銷
　　　　　影音教學與技能檢定系統建置、多媒體設計、電子書製作及客製化等
TEL　　：(04)22623893　　　　　MOB：0900602919
FAX　　：(04)22623863
E-mail　：familysky@familysky.com.tw
Https　：//www.familysky.com.tw/
地　　址：台中市南區忠明南路 787 號 30 樓國王大樓
No.787-30, Zhongming S. Rd., South District, Taichung City 402, Taiwan (R.O.C.)